# 司马迁

史诗悲剧小说

柯文辉 著

下

山西出版传媒集团 北岳文艺出版社
BEIYUE LITERATURE & ART PUBLISHING HOUSE
·太原·

**图书在版编目（CIP）数据**

司马迁：全二册 / 柯文辉著. —太原：北岳文艺出版社，2018.1
ISBN 978-7-5378-5432-0

Ⅰ. ①司… Ⅱ. ①柯… Ⅲ. ①长篇历史小说—中国—当代 Ⅳ.
①I247.5

中国版本图书馆CIP数据核字(2017)第275806号

# 司马迁（全二册）

柯文辉 / 著

策划
赵学文 续小强

责任编辑
陈学清

书籍设计
张永文

印装监制
巩璠

出版发行：山西出版传媒集团·北岳文艺出版社
地址：山西省太原市并州南路57号 邮编：030012
电话：0351-5628696（发行部） 0351-5628688（总编室）
传真：0351-5628680
网址：http://www.bywy.com E-mail：bywycbs@163.com
经销商：新华书店
印刷装订：山西人民印刷有限责任公司

开本：787mm × 1092mm 1/16
总字数：690千字
总印张：46.75（彩1.5印张）
版次：2018年1月第1版
印次：2020年1月山西 第1次印刷
书号：ISBN 978-7-5378-5432-0
总定价：98.00元（全二册）

本书版权为本社独家所有，未经本社同意不得转载、摘编或复制

# 下 卷

# 出　狱

# 铁窗诗梦

造物的雕塑大师啊，你是陷入了失恋的孤独，是德智高绝、久久找不到对话者而陷入失望的狂怒，还是悟到了作品灵魂的贫乏，江郎才尽？还是遭到其他星球的讥讽，在酩酊大醉中捏伤宇宙，竟然失去了自信和自制力？

为什么你对低能的配角雕虫者，没有理智的打手，都那样宽厚，甚至纵容，而对千年难遇的台柱子那样冷酷？

一场酷刑在你来说不过是瞬间，为什么把自己用良知良能为泥，浪漫主义精神为水，历史的教训为胆汁，人的命运为经络，名山大川银汉丛林为起伏，哲学家的深邃、儿童的天真、凡夫的人情味搓出的眼睛，塑造成岸然伟丈夫形体，又突然拔去他漆黑生光的长须，在岩石般的前额扯去大片青丝，在他的全身用利斧砍上那么多的伤痕？除了破坏、毁灭的炼狱，就无法升华你的杰作？难道是火山海啸地震的启示，你用庄严畸形的丑陋，去冶炼更高的美，而故意让芸芸众生瞠目结舌？

肌肉，精炼了；

筋骨，浓缩了；

皮发，枯焦了；

健笔被阉刀切断；

旧日的司马迁，到哪里去了？

司马迁还半睡在暮春情绪馨润壮丽的怀抱中，不曾全部意识到高爽、充盈的中年业已到来，不曾看清它的音容笑貌时，就匆忙地飘逝了。一个飞跃，他降落在全然不习惯的老年边境。无论他多么桀骜，用严词痛斥，老年仍旧伸出枯瘦冰凉的手，拉住他并肩而行。

老年对他慷慨，提前在他心中栽上一株秃顶躬腰的瘦松，作为收编礼物。把犀利的目光，丰富的知识，澄明的哲理，浇在松根。使它在人的森林中成为乔木，立于文明高峰。树荫便是一片绝无尘埃的冰雪世界，他人难以攀越。

也许是看在历史的金面，允许他保留内在小园的一角，用意志、憧憬、责任感、自我怜悯、才智、纯洁，挽留住残春，撒下诗梦的天葩，结出壮妍沉逸的形象硕果，满林连枝，用以象征东方文明犹如日月经天江河行地般的创造力！暴君们，酷吏们，侏儒们，宠妃们，舔痔吮痈的奴才们，黄脸干儿们，会合成包围着诗人八千层的寒流，也无法使之凋萎。他注定跨越时空，进入无极！

……

死亡——墨面而失去生育力的石女！

多谢死神接受一双睾丸作为贿赂，允许司马迁和你擦面而过。

当你伸出乌黑的嘴唇要吻司马迁腑脏的时刻，亏你那对情欲无与伦比的克制力，又后退一步。就在一缩头的瞬间，你那冰针般的蛇发，在他坚毅的面庞上扫了一下，留下那么多的裂纹，我们怎敢对你苛求？你的仁慈总是那样悭吝，小气得超过放高利贷的老太婆对待她叮叮当当数过几千遍的小铜钱。

假若把人脸比作大地，五官当成海洋山岳，皱纹便是江河涧溪。她们的出现与凿深，记载着人类在肉与灵上的燔火电光，是思维的灵车横冲直撞纵情耕犁出的辙印，日趋稠广。可惜我们同千年后的人们一样，不懂她们的歌词。司马迁脸上的“无字天书”啊，我怎能破译？

其实，宫刑的伤口好愈合，不可愈合的是心理上的巨创，它将不断流出悲愤的血，隐形的泪，无涯的火。燃烧着、消耗着生命，提前迎来最后一息。甚至通过扭曲的教育方式，把负面遗产，传给下几代人，溶入民族气质。

在生的阶梯上，是前进一步还是退后几层，司马迁心口相问，无法回答。

他很怕睡到四更天惊觉，胸口饿得像猫掏似的，铺头上有干粮和水，就是没有兴味吃下一点定定心。头痛如劈，乱糟糟的尘世百味，倒在脑海里，升起白烟，终于涌成一块白布——无边的茫茫渺渺。

太史公血气不旺，一点微小的音响便将他触醒。躺在地铺上仰望天窗，忽而觉得出奇的高，碗口大的亮光上，布着严严实实的蜘蛛网。昏花的眼睛看不清那些八卦般的横竖道道儿。一只逃避西风的哀蝉，因为千载一时的机缘撞在网上，愈是挣扎，被捆得愈牢靠。大约过了烙熟半张薄饼的时光，在暗中窥伺已久的大蜘蛛沉着地登上了宝座，这狰狞的虫儿比蝉小得多，它的头两次袭击，受到蝉的抗争时，吓得倒退老远。但过不了一会儿，贪婪又驱使它重整旗鼓俯冲过来。几个回合，袭击的间歇逐渐缩短。末了，蝉不动，任恶虫宰割。

蝉宿命的故事和司马迁的经历有不似之似。他正看得出神，竟失口叫出："放掉它，它太无辜！"但转眼便清醒：呼号无助于蝉。

良久，耳边响起熟悉得有点陌生的笑声。他迅速意识到这自我讽刺的笑声出于心底。

"睡吧！"太史公端起女儿送来的酒壶，一口气喝掉大半，连连告诫自己："你醉了！"

"酒醉心里明白，你能禁止我思想吗？"朦胧间另一个年轻的司马迁，或者是往昔的幻影站在他面前，身高三丈有余，青髯飞动，腰横巨阙剑，寒光闪闪，柳眉横扬，目光似秋水澄潭，皂巾褐衣，系着白丝腰带，有铁树临风的气概。

"你有何能，不能全家保身，发扬家学，还在我面前盛气凌人？"

"我会写出左丘明以来最好的文章！"巨人毫不示弱。

"呸！不为那该死的文章，我愿受这最侮辱人格的腐刑吗？我在剧痛中呻吟，恨得七窍生烟的时候，你在哪？"

"我活着就要想！禁止人思想是最愚蠢的！你还没有被皇上、李广利、杜周之流欺侮够，又来欺压我吗？我不听你的！"

"呸！思想那是一只无底的空桶，它诱惑人从血管中抽出希望的绳子拴着桶梁，一次一次沉入命运的井里，想捞起一些未知的数和律。可是绳子以老牛的速度在延长，井水下陷的速度超过大宛名马。罢休，不可能；不甘罢休，能得到什么？兄弟，你被思想害苦了，还打算蘸在笔端去害人……"

"能不想吗，我的兄弟！"巨人跪倒在床前，热泪盈眶，紧紧抓着他的双手。

"别想那么多，那么幽冥邈远。长夜漫漫，还是一醉糊糊涂涂为好！我爱护你，太史公老弟！"

"谢谢！思想的痛苦是人类的享受。大丈夫不羡慕棺材中的宁静，石的沉默，蛆的苟活，羞于和弄臣侏仆为伍！五百年必有圣人出，孔子辞世已经五百年，你虽然有名利凡心，有齐家治国平天下之类不切实际幻想，有自视过高的迂阔，有难以生存的大半个赤子之心，还有小半个爱弄聪明带几分廉正又庸俗的官心，不用遮掩，我了如指掌。可以当一位开山的史学圣手。历史找不到人记载而急白了拖在地上几千丈长的胡须。好好活着，写下去！为当今，为过去，为未来！我将常常到梦乡来勉慰你，你是司马氏家族的骄傲，承担着无人代替的重大使命。振作啊！"

"你一片好心，我懂得为什么活下来，活得比死还不幸。我也喜欢你春秋义士般的侠气。刚才的话，别跟任何人说。把蛛网上的蝉救出去，这不过举手之劳。"

巨人拭泪起立，扯破了丝网，蜘蛛逃开了，蝉得到解脱，伸开翅膀，在牢房里飞了两圈。巨人缩小了，最后不到一寸高，骑在蝉背上，冲出天窗，飞入无际的自由……

突然，司马迁听到啪的一声，那是他自己从枕头的土坯上掰下一块土，投向天空发出的音响,土坷垃碰碎在蛛网边的瓦椽上,细灰落下来,迷了他的左眼,刚才的梦幻飞逝,蝉还在网上悠晃,蜘蛛正在志得意满地吞噬这位过时的歌者。

司马迁不愿看到蜘蛛肆虐的景象,揉揉眼球,抹净额间汗珠,侧过身子,伸手将湿漉漉的内衣稍稍掀起,不叫它贴近脊梁。正要集中思维去摘梦之花,顷刻间便被遗忘的冰杖搅得凌乱、颠倒、重叠,无始无终,花瓣落在他的眼皮上,迅即成为黑蝶,四只翅膀扇动一次,便延长一寸,越扇越快。他在喉间斥道:“滚开,我要采花!”蝴蝶却充耳不闻,霎时间诗的光圈沉入不断扩大的黑暗。

一连三天,眼睁睁看着蝉被恶虫一口一口吃光。抖动的网,向他吐出大串贫血的叹息。

前几天,书儿提着一壶酒、一碗狗肉来探监。

“爹,我搀你坐起来吃。”

“不。”

“怎么啦?”

“坐着,胯骨被自己的脚跟硌得生疼,勉强坐住还会倒下,应了‘席不暇暖’这句古话。”

“那,您还是躺下,我喂爹。”

“不。”

“咋啦?”

“躺着让自己背后的骨头硌得痛……”他又连喘几口大气。

“爹,您身上一点肉也没有!”女儿捏住父亲腕子一撇下唇,睫毛水盈盈的。

“傻孩子,有骨头就好。你看这茫茫人海,几个人有自己的骨头?”他得意地大笑,右手习惯地伸近下巴,要摸摸自己的美髯,胡须已经陆续落去,残存无几。想到早落的牙齿,心中浮现出一个变形的幽灵,下唇内陷,使光秃秃的下巴向前翘出,那不男不女的老太婆就是他太史公司马迁,笑声戛然而止，黑云绕过眼前，吐出串串的金星，犹如元宵节之夜放出的焰火。宫刑的苦痛，从酸胀的咽喉涌上舌尖，冷瘪的脸上只剩下几条机械的笑纹，没有内容，似乎是笨拙的刀，刻在干尸蜡黄的脸上。

女儿的筷子一颤，两滴泪珠落到父亲的鼻头和唇边，他下意识地伸出苍白的舌头舔了两下，又热又鲜，立马变做润滑油沁入腑脏，给了他一种难以言喻的满足。

“哈哈！”他猛地坐起，接过筷子，笑得很温馨，三伏凉风，三九暖日，进入孩子的意识。“你娘好吗？”

“她……挺好。”

“怎么她没来？”

“事儿太多，杨敞陪伴她老人家去见老丞相，正在操办爹出去后的生计，也真费周章！”

“爹或许能挺过去，也说不定残年有限。我们都没有弟兄姐妹，这个风雨飘摇的家，靠她这根铁柱子顶着，厄运都能化险为夷。倘若柱子倒下，你就太苦……千万照顾好娘，我早已将生死荣辱置之度外。”

“嗯，爹快吃，凉了。”

他兴冲冲地喝了两杯：“妈没让你捎话来？”

“她要您别急，卖老宅的钱分文未花，等着买补药和好东西给爹吃。往后别入公门，全家守在一块儿，喝口凉水也甜！”

“快到霜降，屋太破旧，你娘经不起寒风冷雨……”

“不要紧，少卿伯伯送来半车面粉和谷子，又送来修屋的银子。可太公舍不得让匠人们赚去，只请几位邻居吃了顿酒，大伙儿搭把手就拾掇得风不透雨不漏。瞧儿手上的茧子，揣泥递砖，也出了一份儿力气呢！”

“太公，言必信，行必果，不顾身家安危，来去飘然，是见首不见尾的神龙。可惜这样的人越来越少，得遇此老，应当知足。要多多孝敬，像侍奉亲曾祖父一样。”

“儿牢记心中。”

“一千一百八十一天，咱家经历了非人所堪的苦难。重返往年那样贫苦相依的平静韶光很渺茫。可还记得十年前你娘过生日那天我教你唱过的谣曲吗?”

女儿点点头,再扭过脸庞,肩头微微地抽搐两下,又迅速恢复了常态。

沉湎在回忆中的司马迁,没有注意到这个细节。他轻轻地哼起了民谣,细若一缕游丝,从地心抽出,又仿佛是从远方飘过来,低哑中略带一点尖音,饱含着炙热和对美好事物一去不返的哀愁。

父亲停止吟唱,女儿厚朴轻柔的余音还在他的心头回旋。

孩子强颜一笑,提壶又给他倒了一杯:“干吧,爹,酒都凉透了!”说罢抖抖袖子,擦了擦那早熟的明眸,轻咳一声,收拾着食具。

“吃下去会生热的!”正当爷儿俩依依惜别,四目无声对射的时刻,铁窗口立着邴吉颀长干瘦的身影,用右手食指弹弹送牢饭的竹篮说:“司马小姐回去吧,杜大人要来查监。王命在身,非同儿戏!”

干燥平直的语音,不带任何感情色彩。父女俩都讨厌这张用斧头也劈不出一丝笑容的板脸。

书儿腾身立起,拉个长脸,噘着小嘴,急匆匆地走出小牢房,路过邴吉身边时,还故意跺了两脚。那细长的幽灵踏着沉重的步子,消失在狭长的甬道中。

酒入愁肠,只因身子骨太弱,对牢房里的温度太敏感,外来的热力一消散,背脊和两腕都冒出了冷痱子。他摇动双肩,将身下的褥子弄平,紧紧地裹着被条,呆看着屋顶上那个小天窗。高不可攀,一条灰黄色的光投射在幽森的墙壁上,不知为什么使他联想到杜周、邴吉的脸部表情,想到在温良恭俭让背后你死我活的官场,虽然他也明白,这一线光明也是对钦犯的“优待”。其他牢房像只土罐覆盖在地上,内里没有亮色。

一连四天,过得十分单调、乏味。

傍晚,女儿送来酒食之外,还递给父亲一棵人参。

“反正我死不了,何必买这么贵重的东西?带给你娘服用。”

“不,娘也有一棵,比这一棵还粗呢。”

“吃完粗的再用这一棵。”

“爹不吃,她不肯吃。”

“她在家干吗?”

“刚织成新布,向邻居讨了些羊毛,正在给您套制被褥,赶明儿爹回到家里好用。” 。

“唔! 下回不许买补药。”

“好! 不过……”

“什么?”

“爹呀,有件事挺怪!”

“说。”

“上回送酒肉回到家里,在食盒底下,保暖用的麦糠当中,不晓得是谁在里面放上了一块金子。”书儿把嗓子压得特别低。

“哪来的?”司马迁也很惊奇。

“真不知道。我拿给太公掂了,太公说:‘铜苦金甜。’我咬一咬,说不出滋味儿。又送到首饰店一看,是真东西!”

“你来回的路上没遇到过什么人?”

书儿的头摇得像货郎鼓。

“那就应该带到这儿来问个水落石出。”

“我也这么说。可太公不让拿,说声张出去,善人遭殃,只能牢记这位无名恩公,等你出去之后,加倍偿还,才是正理。”

“你娘怎么说?”

“她……”

“她的主张和太公差不离?”

“嗯!”

“还有谁见了落难者而解囊,可贵的不是物,是比赤金贵重万倍的心!”

“今儿带的东西多点,明后天帮娘捻线,来不成。请爹别老惦记。”

“哈哈,小小年纪学会絮叨,不经老!”司马迁用食指抬起女儿下颚,久久凝视着。

书儿略带羞涩地白了父亲一眼,就告辞转身。刚刚跨出铁栅门,甬道另一头又响起沉重的脚步声，细高黝黑的影儿摇曳着。她憎恶地啐了一口唾沫，加快了步子。

司马迁自斟自饮，没有多久便兴味索然，妻子拿手的焦片肉、卤狗腿都做得太草率，菜肴的味儿是小事，就怕她累坏了身子骨。

他推开杯盘，半躺地倚在墙上，眯着眼睛，设法让心静下来。

钟鼓楼传来初更的铎声，凉气从脚底和背后朝刑余的病弱之身侵袭。他蒙上头，一会儿就睡着了。

铁锁"当"一声，敲断了残梦，他睁眼一看，两支烛火，点在墙洞里，袅袅黑烟飘忽不定地上升。牢房很少这样明亮过。

牛大眼抱来一大捆谷草，撒在司马迁对面的一角，外沿用一个未解捆的秫秸拦住。

"莫非又有一位很有来历的犯人要进蚕室?"烛光使司马迁有点炫目。

门外，邴吉的黑影闪现了片刻，又随着他那笨重的脚步消失了。

"什么时候才能没有监狱，没有活狱神邴吉呢？唉！"

一位身长玉立的少女，矫健活泼，毫不费力地挟着行李卷儿走进牢房。

牛大眼抬起右手向地铺上一指，少女敛衽为礼，一步一瘸地走过去，轻轻放下了铺盖，环顾四周，风流的眼睛，受到泪水的冲刷，集中了惶惑、恐惧、焦灼、期待、哀怨而变得稳重，使人同情。

司马迁毕竟未到耄耋[①]之年，男性的审美观念很顽强。从幽壑村姑，朴雅凝重的学者妻女，有暴发户味的名公巨卿家眷，铜臭气很浓的商人亲属，当炉市井的街道西施，雍容华贵的后宫嫔妃，他见过数以百计的女性。今天看女人更加客观，犹如观赏一尊塑像，一张帛画，添了艺术色彩。他从来没有见过这样漂亮的女孩儿家，她还不足二十岁，如果说乌长的修眉剃得太细，有些人工痕迹而露出俗气，那白里透红的腮上，朝太史公凄然一笑时的天然风韵便足以抵消。无论是粉红汗衣领口上一串小小的牡丹，翠绿坎肩上的梅枝喜鹊，猩红长裙边上的几层莲瓣绣得那么巧、艳，也难看出轻佻冶容的迹象，犹如一阕天籁合成的音乐。和步态相呼应的是额上青丝有点

①耄耋(音茂跌)，八九十岁的老年人，百岁称期颐。

蓬乱，告诉同铁窗的难友，她受过刑，虽然打得不算太狠。对豆蔻年华的妙龄妞儿何必那么凶残？她显然不是杀人越货的江洋大盗，那闪亮的碧玉簪，衔在钗头珠凤嘴里一粒手指甲般大的明珠，都展示出她和显爵富豪有不寻常的关系。

“这位小娘子……”素有辩才的太史公怕伤害了对方，竟不知如何措辞。

“大伯，您老人家好！”她文静地行过礼，便摊开大花被子侧着脸伏卧在枕上呜咽。

“大眼，你怎么这样糊涂，竟然把妇人送到这儿来，这不是……”司马迁的唇上泛出紫红，他敏感到自己宫刑后竟可以与女性同处，人格上受到了奇辱。

“是廷尉右监邴大人叫送来的。”

“呸！他怎敢……”

“太史公别生气，是这么回事。喂……”

窗上又出现邴吉瘦细的剪影，屋里一片沉默。过了大约可以吃完半张饼的时光，影子又流逝于黑暗之中。

“大眼是官命难违，太史公，我这拙嘴笨舌的说不清，还是明儿让她自个儿表白，你们好生歇着。”狱卒向司马迁拱拱手，出去锁好门，轻手轻脚地离开。

“大伯是冒犯过龙颜的太史公大人，失敬得很！”那女子双手一按褥子，忍痛爬起来，走到司马迁床前深深一揖。六成男声，和那身艳服风马牛不相及。

“你……”司马迁捻着残存的胡须，茫然地沉吟着。

“您是朝野钦敬的大忠良，皇上被权臣、娘娘、太监们欺蒙，大人忠而见疑，长此下去，国将不国，臣民何以为家？”

“小娘子你……”

“小侄非女流，是跟大伯一样的男儿。借一榻之地，烦扰长者，叩请宽宥！”囚徒再次作揖。

“这真叫人糊涂……”司马迁为之语塞。

“小侄原籍姑苏，长于帝京，父母双亡，家境窘困，赖八旬祖母抚养成人。可叹命运多舛，未报大恩，遭不白之冤，只怕奶奶性命难保……”

“不知你有何冤屈？某虽无力解尔倒悬之苦，愿闻其详！”司马迁穿上袍子，手指不断抚摸着大襟。

“老伯请安坐，围上被条，免得着凉。小侄生来女相，曾投师学艺，在茶楼酒肆卖唱为生。师父见我容颜姣好，十五岁起改着红装，强颜欢笑，操此贱业，奉养师父与祖母。”

“你也请坐！”

“刚用过刑，只能站立。”

“小女送来酒菜尚有微温，先饮几杯驱驱冷气。”司马迁递过狗腿与酒杯。

新囚徒顾不得体面，吃得又快又馋，令人怜悯。

“再啃一块，老夫已吃饱了。”

“这……”

“我家夫人烹调有术，甚受亲友赞许。有此机会，请吃个痛快！”

“先敬大伯三杯，所剩酒食，归小侄愧领了。”

“好！老夫自己来。”司马迁没有城府，自筛自饮三盅之后，把菜罐酒壶全推给歌郎。未曾消散的旧酒力又得到生力军相援，太史公眼圈顿时变红，心头像放了一只烈焰飘忽的火盆。

新囚犯受到酒力的鼓励，举动更加男性化，老成的风度，与那妖姬的外形全然相反。

羞恶之心的苏醒，还是要维持尊严。他拔去首饰，三把两把就将长发在头顶挽成个大髻，折下几寸长的秫秸细棒，插在其中，耳环和裙子也被扯去，胡乱扔在床头，了无赧颜之态。

太史公更加动了恻隐之心，干脆从枕头的土坯外面解下包袱，取出一袭布袍，原打算是出狱之日蒙在外面穿着它回家，而今他很愉快地施舍给了新难友。

"大伯如此慷慨,小侄没齿不忘。只是伯母千针万线,披在我这微贱之人身上,实在不配。盛情心领,万万不能遵命!"

"衣服本是御寒之物,以我有余奉君不足,天经地义。推推诿诿,多此一举。你以悦人的女装为羞,我帮你恢复丈夫故态!"

"小侄惜玉香枉生尘世,从未听到这样热忱关切的话,可惜不够资格拜大伯为师,原不甘苟活偷生,贻羞祖宗。所以迟迟不决者,是祖母和师父……"歌童泫然。

杜周的哲学来自汉天子的身教:外宽内猛。杀人是立威存身之本。得罪杜周的人,一辈子别想抬头,能活命就算造化。

被酒色耗虚体魄的人都怕冷,加上要摆谱儿,管家秉承杜周的鼻息,四只铸着辟邪头像的紫铜火盆,被放置在墙角,黑炭蓝火白灰,客厅里的气温接近初夏时分。明明是白天,四面绣幕低垂,茶杯粗的巨烛台上堆着半透明的蜡泪,为室内平添了幽邃的氛围。

从西域买来的乐工,配上聪明伶俐的家生子(家奴儿女们的古称),仿照上林离宫的派头,用西域传过来的琵琶、胡笳、箜篌、觱篥(读作必利)和一些古老的乐器,演奏着富于异国情调的强音,悲凉、粗豪、激越,比内地冲和平淡的曲子节奏更强烈。几位姨太太接受过惜玉香的训练,跳起胡旋舞,姿态虽然稍嫌柔熟,也别具风情。大条台上、几案上陈列着从丝绸之路流过来的水晶盘,和田美玉、玳瑁、玛瑙、翡翠、猫眼儿、海西布。连丞相家也无此豪华。

就在寻欢作乐的场景中,杜周不动声色地静观,从宝气珠光、衣香鬓影里找出蛛丝马迹,很快发现玉香成了夫人们垂涎的禁果,那桃腮比他黄中夹着红色的胡子,瓦灰色的蟹壳脸要好看一百倍。名利场中是一官遮百丑,在闺房中却不尽然如此。汉文帝宠邓通,武帝宠韩嫣,在杜周看来是傻瓜。一箭多雕的阴谋想好之后,玩得点滴不漏。

一排如夫人做出媚眼,掩饰着心头的忐忑不安,娇声嫩气地为他把盏。他半拢双睛,对最受宠爱的玩物,不过是鼻孔里哼上一声,那些锦衣玉食的奴隶们便双股发颤。

此刻，歌郎登场，简直是一位凌波仙女，几层舞衫，衣袖的颜色五彩缤纷，投素手，伸皓腕，花的图案便变个不停。旋转的舞裙先像支喇叭花，当速度加快时，第二层的裙子拖在地上，外面的罩裙平腰飞起，成为一只绚丽的盆子，更加狂放、奔腾，带着一丝儿歇斯底里的情绪，反过来又把舞蹈家们的狂热煽动起来。这样循环反复，杜周、家奴们，甚至是舞俑们也不知身在何处，今“夜”何夕，成了仙乡琼岛飞来的肉陀螺！

从玉香樱桃小口里，唱出略带甜沙音的歌：

繁弦汤汤，
鼓声橐橐。
有美一人，
香魂索寞。

杏林融融，
寒云漠漠。
有美一人，
芳心何托？

乘风飞云，
恨无仙药。
酒河滔滔，
谁澄谁浊？

歌声响遏流云，当妖姬美女们醉痴的妙目，都汇集在歌郎身上时，杜周也似乎受到了情绪的感染，他拉了个豪放的架势，抓起犀牛壶，将葡萄美酒倒入皇帝赐给他的玉爵中，这只酒具是张骞从安息国买得的，乳黄底色周围浮动着一层嫩碧的琼浆。他站起身来，乐声突然变弱，缥缈如烟。

“哈哈哈哈！气得妞儿们半死的小子，你真比妖姬还有女人味，来，赏你一杯，别忸怩，干了！”

“谢大人！”歌郎在急剧的旋转之后，气虽不喘，颊间泛出红晕说话仍是莺啭燕唱。

“好！再来两杯！”

“启禀大人：奴家不敢！”

“喝吧，酒是从楼兰运过来的，谁有你这么大福气？”杜周从来没有这样温和过。

歌郎不敢过多推让，饮下之后，眼珠直勾勾地发亮。

“停乐！”

乐师们如同死囚遇赦，忍住笑容，走出大厅，听不到一丝儿脚步声。

冷场。

烛焰在杜周脸上抖动，神秘难测。

“众姬人，”他的目光扫过玉香，意思是将后者包罗在女眷之内的。“老爷对你们如何？”

“恩重如山！”歌郎跪倒奉承了一句，学舌的小妾们模仿一遍。

“老夫食朝廷之禄，忠君之事，一向执法森严，不敢徇私舞弊。天理昭彰，人神共见！今日巳时，有管家二人告密：说玉香路过前堂，看到案上所供皇帝诏书，面有怨色。按大汉刑律，就犯了腹诽之罪。想不到意外之事竟出在老夫忠烈之门，出在你身上！”杜周的手向歌郎一指。

“廷尉大人，”歌郎叩头如同鸡啄米一样，一只珠凤从云鬓滚落地毯上也顾不得拾起。“奴家从来不敢出后院一步，是管家喊到前厅给老爷捶腿的。对于圣驾，怎敢腹诽？无中生有，老爷做主呀……”'

“人非草木，谁叫你身犯逆天大罪，为大臣者岂敢枉法以徇私情？只能忍痛割爱！可怜你上有八旬祖母、六旬恩师，刚到弱冠之年，尚未完婚，一下大狱，难免要受腰斩之刑，岂不是人间惨事集于一身？一经邴吉之手，老夫也不便开脱你呀……”说到伤心处，杜周竟然流下泪花。

歌郎膝行几步，抱着杜周的双脚：“大人救我一命，愿变成犬马，以报大恩……”

美女们如卧针毡，哭，怕杜周吃醋，“腹诽”是看不到摸不着的罪名，杀人易如反掌；不哭，舍不得这个八面玲珑珠颜玉貌的娈童。小妾们对俏哥儿寄以幻想是严刑峻法不能消除的。

一位恃宠的小妾跪下了：“老爷向来铁面慈心，今朝为他落泪不止，妾身看了也受感动。我们都是侍奉大人的奴仆，全靠大人栽培，只求大人法外施恩，吩咐上上下下不必声张，天无绝人之路！”

“好，你能为他讲情，也是共事一主之义，我并不妒忌！”

“妾身不敢。”

“嗯，你们倒是挺合适的一对儿，看今晚让你们成婚，明天送他入狱，死后或许有个祭祀之人，老爷一手玉成。避法求全，杜某无此斗胆，宁肯以名姬相赠，也不能上负圣恩，下负庶民！”杜周狠狠咽下一口唾沫。

“大人，救我狗命吧！我怎敢做对不住大人之事呢？”歌郎又感谢又害怕得六神无主，除了叩头别的全忘了。

“烈女不事二夫，贱妾求情，是怕小人借此事泄私愤，攻讦大人治家不严。若是怀疑妾身有私情，情愿一死以明心迹！”这位姨太太看看歌郎，猛然起立，做了个夸张的动作，一头向粗大的汉白玉柱子上撞去，一群小妾把她紧紧拉住，她失声大哭。

“扶到后堂好生劝慰，她一片贞心，杜某收回成命。”他知道，送娈童去绳之以法，会给他带来政声。只要皇帝赏识，任何人指责都不怕。

一大窝女人叽叽喳喳地拥着扬言要寻死的小妾离开了大厅。小妾懂得适可而止，哭过一阵便风平浪静。

“我送你去见邴吉，看看你的运气吧！”

“多谢老爷！”玉香止不住泪水。

“来人哪，备马套车！”

“是。”帘外台阶下面的家丁狼嗥一声。

“老爷！”歌郎浑身发抖。

“老夫也舍不得你这个乖乖儿！”堂内无人，杜周一把抱住歌郎。“只有听从谋划，有了活路，这廷尉府还照旧容纳你。”

歌郎听完杜周一段耳语，又趴在地上叩了几个响头：“老爷绑上我吧，长安城内都说大人严厉，想不到您老人家是世上最好的人！能侍候老爷，也不枉小人一世。”

“乖儿，你看小夫人又哭又闹，其实，她的眼神告诉了大家：喜欢你。如果郦吉那一关能闯过去，我把她赏给你，决不食言。今日不是时候，要水到渠成。你要体谅到老夫的怜爱就行。想什么心事也瞒不过老爷！”

歌郎心中怦然，主子的眼力非凡。死亡的威胁，正义的伪装，依稀可见的希望，奴才职业的谄媚与警觉，帮他找出一大串冠冕堂皇的推脱借口。

杜周用丝绦松松地绑上玉香，打结的当儿，双手抖抖索索，给歌郎的心中加重分量。

当假女人向太史公叙述入狱的原因时，子长道：“广蓄歌郎娈童，穷奢极欲，秽乱宫闱与钟鸣鼎食之家，自古而然，于今更烈。贤者闻之而作三日呕。杜周之心可诛！”

“主人恩德匪浅，纵或有不是处，小子不敢讥评！”

“杜周嗜杀、贪功成性，逢迎皇上，冤狱罄竹难书，不意如此放肆。若你被赦出监，就该自立门户，勤俭奉养长辈。再投入豪门，色衰年长，定遭摒弃。我若重见杜周，一定会忠告他洁身改过，否则身败名裂，为期不远。酷吏张汤、王温舒自尽，义纵被斩，有朝一日要给这些恶贼立传，昭戒百代！”

“谢大伯教诲，饮刑之前，懂得许多道理，请受我再拜！但杜周非省油灯，大伯忠言于他无益，反受其害。还是息事宁人，小侄千刀万剐，理得心安。连累大伯，于理不公！”

“不必多礼，君子自重。杜周就是虎狼，也不足畏。还是喝几杯！”谈到苛政、酷吏、天灾、人道、立身、修德之类题目，司马迁天真得像个顽童。古人说：“君子可以欺其方。”他也跳不过这门槛。

蜡烛的残火跳了两下，一支先灭了，芯子上冒出一丝焦煳味儿。

谯楼上更敲四鼓，远远传来荒鸡的啼声。

司马迁冻得连打了几个冷战。

铁锁被打开，牛大眼睡眼惺忪地提着灯笼，在牢房门口叫道：

“男小妞儿，提审！”

“大伯请歇息，多多保重！看来小侄是活不成了。这件新袍子弄脏了太可惜……”

“天亮之前最冷，穿着可以御寒，再罩上我这件旧的，要是挨打，可以减点皮肉之苦。去吧！”司马迁脱去袍子掷给歌郎，自己朝被筒里一钻。

牛大眼晃着鹅步走到两张地铺之间，伸出右手抓起歌郎的花被，盖在司马迁身上。

另一支烛光熄去，房里格外黯淡。

“出来带上门儿。”牛大眼打了个呵欠，伸伸懒腰，走入甬道。

歌郎回过头来侧目看看司马迁，一耸双肩，两件袍子都卸到了地上，眼光中带着厌恶和嘲弄的成分，带牢房门，拔掉簪发的小秫秸，草草挽成个坠马髻。整整双鬓和衣衫，用尖嗓子轻咳一声，几步便赶上了狱卒。

“屁精贼，肚脐冒烟——腰(妖)气！早晚老子要阉你的狗蛋……”

“大叔，您这模样儿真是福相……”

“少拍马屁，滚开点！”牛大眼双目瞪得像酒杯。

“吓煞奴家！……天这么晚，您要奴家去侍候哪位爷……”

啪的一声，牛大眼反手一个耳光，打得玉香差点没摔倒：“畜生！”

歌郎没有再吭声。

司马迁倾听着屋外，没发现受刑者的呼号。过分的紧张，反而加重疲劳。歌郎、杜周、皇帝，还有自己的明天，占据了他的思想空间。连翻几个身，总是心神不宁。后来找出了部分原因，是歌郎花被所熏过的异国香味所引起的。便将这床富贵淫气十足的被子卷起来，扔到了新地铺上。

在昏暗的灯光之下，他看到了自己的两件袍子堆放在地上，心头猛地一暖和，觉得人有良知，今夜的放谈并没有落空。歌郎虽然沾上一些自贱的劣习，还知道向善和惜物，正是为了不把袍子打坏，宁肯受冻，其中有点美好的成分。微笑浮上太史公的唇边，他忍冻跳出被窝，拾起袍子盖在被条上。

“有教无类。”孔子的箴言被适才的事实所验证。司马迁在内心向玉香道歉：“我太瞌睡，不是不关心你啊……”他睡得没有噩梦。

一阵清凉的窒息感把他唤醒，是一方凉水搓过的面巾盖在脸上。他以为是歌郎开玩笑，狱卒是不敢这样做的。带着微愠的感觉拿去潮布，迟到的晨光刚进牢房，豆大灯光还在挣扎，油快烧完了。

他披衣坐起，就看到歌郎的床铺空着，邴吉的黑脸没有表情，全身像根竹竿似的兀立在房子中间。

“子长先生！”显然面巾是邴吉所放，这种近于恶作剧的行为有什么意思？

“太史公！”

“大人！”语气的降温比赛正在进行。

“没睡好可以再睡，天也刚亮。”

“睡够了。”

“不用这样没好气。告诉先生：皇恩浩荡，下了赦诏，您可以出狱回家。”

“真的？”司马迁揭开被子跳了起来，可惜身体太虚弱，不是扶着墙就跌倒了。

邴吉默然点头。

“少卿先生，那男孩子呢？”

“管他干什么？你先空着手回去，东西丢下，停会儿叫牛大眼送到府上。”

“多承关照，只是那歌郎……”

“叫你少问就别再管闲事，不然吃五谷也会让石子硌牙扎舌头。”

“他很年轻，恶习可以改正，对微贱者不能蔑视。”

“他这辈子改不了啦。”

“那未免武断！”

“他死了。”

“啊?”司马迁无法相信自己的耳朵。

“是死了,尸首停在对面蚕室,你看不看一眼都行。”

“是被杀的还是自尽的?”

“这跟先生没关系。他对您感激莫名,临死之前还给您写了封长信,要我转呈给您。”

“是吗?”太史公很受震撼,“我们是一面萍水之交……”

“看。”邴吉递来一卷白绫。

“孺子非不可教,无人施教,过失不尽在他!”

“看来你也有一份过失。”

“当然,若早些认识他,可以领上正路,他并不愚笨,字写得很可观。”司马迁看着卷末的手印和画押,更增添了歉意。

“可惜他太聪明,就像你太天真一般!”

小天窗投下的光比刚才又强点儿,司马迁摊开帛卷一看,原来是份供词,写着他十恶大罪,头一条就是大不敬,诽谤皇上,含沙射影,指桑骂槐……冷汗冒出了背脊和额头,十个指头像发疟疾一样颤抖。

太史公连连摇头说:“是可怕!不是怕死,我死过一回了……”

“你怕杜周?”邴吉昂着头,那象征法律和公正的獬豸冠第一回在司马迁的眼里有了重量感。供词又卷上了。

“他,小人不足畏,怕的是世道人心,天理何存,正义安在?我炎黄子孙生聚教训,积成的美德良知,像地动,像海啸,像山倒雪崩。人欲横流,只剩下贪鄙、狡诈、欺骗、出卖、专横、谄媚的奴性。九九归一,邪恶用华山当磨刀石,正在磨他的獠牙。他的狰笑比赤地万里和灭顶之灾更难抗御。要荼毒生灵,使子子孙孙中的鼠目寸光之辈,成为偷生的皮囊,没有头脑的活尸……”

“子长兄,这是皇帝陛下的诏狱。就凭你这番大论,又该砍下一个脑瓜!”

“你……出首去吧,原来叫回家是戏耍我,心里想杀我,叫美女其面蛇蝎其心的狡童来套我的由衷之言诬告我!好哇,杀吧,这样的脖子值得砍一刀，哈哈哈哈！”一串狂笑之后，司马迁拍着颈项。

“子长兄，镇静！你的眼光只能看历史，看不清身边的桥和陷阱，别笑，笑下去您会发狂。发狂不难，于人于己于事于将来何益？疯子一半最清醒，另半最糊涂。屈原就是个会作赋的大疯子兼大哲人！你要有疯子的清醒，避开糊涂，在疯狂的边缘建树精神！不用急，死会来拜访你。如何死，有时可以选择。若有一股势力要置你死地，你甘心听这些小人的话，忧愁伤身，去为小事而死，为助不该助者而死吗？子长兄，上有令尊大人和众位硕儒，熔冶教诲，百年难遇；下有娇女，中有诤友，期待于兄者。匹夫之勇，妇人之仁，使拔山扛鼎如项羽死无葬身之地，贤如箕子比干，功如伍子胥文种二大夫，学如屈原，你比他们若何？天降大任于子长兄，出狱之后，深自韬晦，谨言慎行，毁誉一笑置之，成败默然受之，是非以史家冷眼视之。无所为而后大有所为。兄德才高于弟百倍，本不敢以一得之愚奉献吾兄，无奈时光迫人，故而一反故态，慨然陈词。知我罪我，花落花开。诏狱之内，有弟周旋，出此方丈之地，无忌等鹰犬未曾酣睡，请兄明察！今朝一别，或相见或不相见，见如路人，以疏为亲，各行其是。”这阵疾风骤雨般的快语，从一个缄默的狱吏口中吐出，司马迁一向善于知人论事的自信，顿时变做沙滩上的大厦，巨浪连袭，下有地震，左摇右晃。

新的命题像一座大山拦着他的去路：如何做个活人？

智者远在天边，近在眼前。枭獍蛇蝎，也是如此。怎么去辨明？

非独善其身不能修史，不兼善他人，白来世上一遭。为一身一家而生，岂是大丈夫素愿？

他知道，修史即兼善天下，远惠来者。能否摒除一切亲朋，如兰居空谷，鹤翔九皋！

是是非非，不应当去寻找。找上门来如何拒绝？

身在笼中，难以奋飞。一朝笼碎，羽毛萎缩，能鹏抟鹰扬吗？何况笼坚似铁，自己很快霜染残鬓，余年几何？身裹巨创，心流血涧，能再换一种为人处世之道？

数不清的质问急待回答。他需要推开这一切，有片刻安宁。

“子长庸愚，不识少卿人中潜龙，卓识大义，感愧不已！兄面无喜色，为国为君为系狱万千囚徒而忧，不给谗臣酷吏以把柄而失去仗义助人的良机，步履沉重，使人未到而声先至，给人以避过空隙，外冰内火。可见人不必择地，皆可以学为圣贤。兄用意良苦而不欲人知，乃无名高士。子长每每视为奸险之辈，当面谢罪！”司马迁整衣一拜。

“相知不在颜色礼法。”邴吉连忙扶起司马迁。地狱中的坦诚相示，使友情得到奇特的飞跃。

“子长不才，损人利己之事不敢做。歌郎一案未了，我便遽然离去，生怕有累少卿兄！”

“此案可以了结，兄好自为之！”邴吉夺过供词放在残灯上点着。

“这……兄是代子长受过吗？不妥！”司马迁伸手就抓火苗。

邴吉左手将他扶住，右手上的火还在烧，良久才掷到墙角，看着它变成灰烬，又把热灰捧起投入便桶。

“杜周不是好惹的。”

“他做事自己明白，不敢啃我一口。没有这些护身符，我早死在他的手上。但我并不想除掉这个酷吏，因为皇上喜爱这帮人，换一个新的，只会更坏。他对我有几分相信，三分怀疑，又找不着疑点，就这样较量几年，早晚皇上也会处死他，或者逼他自己去死。张汤、王温舒的明镜挂在那里，就是杜周不愿也不敢去照一照。你看穿杜周的毒计吗？”

“这……”

“他没有你的才华与好名声，就要仇恨你，连皇帝也不例外。你要知道这才是危险所在！”

“嘘——”

“不要紧，牛大眼回家去了，不会害我们。这小院里就咱们两个人。我比你小心！”邴吉把灯吹灭，屋里已经大亮。

“少卿兄说说杜周……”

“他怕你出狱再做官，要报旧仇，喜欢惜玉香又怕男宠和媵妾们做出风流韵事，才故意加他腹诽之罪，让他做证诬告你，再对歌郎用宫刑——请子长兄不必多心——在皇帝与同僚面前享得无私美名，使那些小妾们不敢妄生他念，弟是了如指掌。”邴少卿从鼻孔里冷笑两声。

司马迁听了，心头突突乱跳，这件事他没有见过，闻所未闻。

“像娈童这等玩物，贪生怕死，留下还有好些人要被他告密，就用点计策，防患于未然。”

从午后到黎明前，邴吉的表演做到了无懈可击。无论杜周多么奸诈，他只能欣赏邴吉的木讷与刻板，却无法探测出邴吉的高深。事情坏在自命不凡这条人类难以摆脱的痼疾上，又何限于杜周？

案情的叙述和几句自我表白的赞美诗很快告一段落。歌郎嘤嘤抽泣，直挺挺地跪在阶下，主位上杜周昂头高视，手抚虬髯，意气自得。邴吉一向洗耳恭听，唯唯诺诺。任何上峰见了也会在嘲弄和自我满足的状态中，信赖赏识类似的部属。

“牛大眼！”邴吉平板的声调不乏官气。

“侍候大人们！”狱卒仿佛是无所不在的地祇，突然从侧边走出，哈腰垂手待命。

“这是廷尉大人赏你的酒钱。”邴吉摸出一锭银子朝狱卒扔去。

“叩谢大人！”狱卒用胖子当中罕见的麻利接在右手，眼光一亮，例行公事的叩头也熟练得有如大画家笔不到意到的做派。不愧是个衙门里混事由儿的老行家！

“这是身犯律条的罪人，又是廷尉大人身边的童儿。不打没有王法，打伤了有背人情。拉下去重打十板。轻了要打你三十；重了打你六十，决不殉情。”邴吉的表情很严厉。

“遵命！”牛大眼把歌郎牵走。

杜周皱眉立起，邴吉也陪着他走进耳房，为他沏上一杯热茶。

“司马迁在牢房里还安生吗？”

“没有异常举动，成天不说话，看来很消沉。”

“老弟，恕愚兄直言，此人一代名士，心怀叵测，不能掉以轻心。成天汪汪乱叫的狗只会骗主人几块骨头，在方丈之地摆摆威风，吓唬贫贱百姓，并不咬人。猎狗灵猩，从来不叫，咬住一样东西就不松口。看看打围，便悟得此道。”

“大人独存慧眼！”

“我等为朝廷效死，上报明君，下答庶黎，若是被胆大心细的书生弄出意外之事来，毁了前程，愧对父母妻妾儿女，小心为是！”

“多谢大人指教！久闻大人神箭从无虚发，可惜没有亲眼受教……”

“哈哈！”提起围猎，杜周的话就多了。他绘形绘声地讲到当年在狩猎场上邂逅当今万岁陛下的机遇，又夸自己三天之前射倒一只母鹿一对黄羊的经过，笑得合不拢嘴。

“大人是地仙，凡人难比！”邴吉傻乎乎地笑着，眼神很艳羡。

“下次围猎，愿在鞍前马后一睹风采！”

“一定请老弟赏光，那才是人生一乐呢！”

“听老丞相说，大人家藏西域美酒，其味甘醇雍和，玉液仙浆，都是皇上所赐吧？”

“圣主隆恩，愚兄受之有愧！今晚有请老弟到舍下小酌几杯，共谋一醉如何？”

“大人美意心领，只是皇命在身，不敢疏忽。加上不会吃酒，怎敢与海量大人共席，谢谢……”

“出不了差错，这种谨小慎微，愚兄佩服，可惜做不到。皇上也称赞你刚正无私，将来前程无量！”

“大人乃擒蛟伏虎大才，何必与卑贱碌碌乡愚并论？多蒙栽培，位居大夫，已不能胜任，时常想辞职还乡躬耕奉养祖母与家慈，从无升迁妄想。前路宽宏者大人是也。”

“哈哈！长安城内都说你不善于应对，其实是误会，老弟有口才、文才。愚兄马齿徒增，早该退隐林泉，代愚兄者吾弟也！”

“朽木岂可支大厦？”

“同僚之谊犹如手足。‘肥马轻裘与朋友共’，酒也一样。”

“不便叨扰大人!”

“莫非看不起愚兄?”

“不敢,卑职从命!”

杜周在花园中的小轩里待客,这儿只有一堆帛书,几大架竹简。侍酒者仅有一名老苍头,给来客的印象是简朴、恳切、舒适,没有威势。主人懂得自奉与示人的形象是两码事。在不同的空间舒卷自如。

邴吉的酒喝得憨直,上来就和主人互敬三杯,来势汹汹,不到十杯,话也多了,眼红耳热。杜周见他不是善于藏量的老将,像个初出茅庐的嫩苗苗,便有几分猫玩儿老鼠的优越感,没费半个时辰就把邴吉灌醉。

“廷尉,您真是个好人啊! 您的心眼儿实实在在……那司马迁乃贪生怕死之辈,跑不出您的手心……谁说大人不好,我剥他的狗皮……抽他的筋……好人……我没醉……再来两壶……没……醉……”酒后真言使杜周心花怒放,家丁将邴吉送回府,他和衣倒在床上便鼾声雷动。邴夫人对来人与车夫,出手不菲。他们谢过赏,喜滋滋地辞去。

邴吉关上门,在屋里徘徊良久,轻得没有声息。

弹去烛花,翻开竹简,看了片刻《易经》,不能全懂,只觉胸廓间有些燥闷,他打开窗子,竹枝披月摇风,似在娓娓对语,人的内心能否也像星座一样互相照彻呢? 说有所思又无所思,讲有所忆又不知忆的是什么。一股淡淡的热流,不太清晰的暗示,浮上脑海,召唤着他去做一件不凡的事情。便从枕下摸出匕首插在靴筒里。

把夜间要查诏狱的事告知了夫人,她为他披上一件黑色斗篷,送他到长廊尽头。

他未带童仆,紧紧腰带,骑上紫鬃烈马飞驰到诏狱,月亮才爬上柳枝,青光熠熠,柔和温暖,并未减弱星星的金芒。

歌郎业已进入了第三间单身牢房,屋里这位老犯官被无忌收监之前是光禄大夫,他面壁枯坐,无论歌郎如何饮泣呼冤,他始终守口如瓶,达到泥塑木雕的境地。这位老于世故明哲保身的人不知何故获得的罪名与歌郎同样为“腹诽”。

另外的两位受到优待的钦犯，一名是掌管长安市政的左内史，曾显赫一时，只因新盖的贰师将军官邸达不到李夫人母亲的要求而身陷缧绁[①]。他对杜周破口大骂，暴跳如雷。另一位郡守是收过杜周在渭南的庄园所应缴的田赋，此公像只斗败的小公鸡，耷拉着头，说话吞吞吐吐，啰啰唆唆，不知所云。这种误国的宝贝为丞相所看中，从衣着的陈旧来看不是赃官，但也不是干练的循吏。

尽管对歌郎的反应强弱有别，邴吉慢慢地悟得：被皇帝讨厌的犯官，除去贪赃枉法的虎狼之辈，也有清廉自守，上无大臣提携，又想有点作为的清官。这些人若能重返朝廷，对杜周肯定是反对力量，至少可以牵制酷吏们，也是好事。

看完第四份供词，邴吉仍然和颜悦色地对歌郎说："腹诽之罪 当斩。你能出首以证实四名要犯的大罪，死罪可免，要改为宫刑。你这么年轻美貌，走这条路太可怜！"

"大人救命！宫刑不就成了第二个太史公吗？小人不愿意呀，大老爷！给我留下一条根，我情愿……"歌郎下意识地整整云鬓，将领口朝下一拉。

"我知道你很委屈，就怕没有能耐救你！"

"救救小人吧，愿意侍候大人……"

"廷尉大人才喜欢这些！"

"老爷，小人不会告诉廷尉大人！"

"往下站，只有廷尉能救你，牛大眼刀都磨得锋快要阉你这孽种！"

"廷尉大人若能搭救小人，就不会送到这儿来。"

"他也怕人告发而丢官。"

"那怎么好？"

"而今有了这些供词，廷尉从宽发落，责任轻得多。"

"请大人指点！"

---

①绁，拴牲畜的长绳；缧：大绳子。《论语·公冶长》："子谓公冶长，可妻（去声，娶）也，虽在缧绁之中，非其罪也。"缧绁指监狱。

“廷尉也不想你死，就是怕你勾引他的美妾。他的为人你也明了，阉了你对他无害。依我之见，可以给他写封遗书，誓死不受宫刑，装作自杀，他怎舍得你这位龙阳君？一急之下，宫刑自然免除，倒不失为万全上策！”

“谢谢大人再造之恩！”

“快写，天将破晓，有几句话就行。”

“遵命！”歌郎给杜周写了一封动情的遗书，还说自己有负大恩，只好一死。

邴吉看后，叫他画了押。

“大人，这不是还没死吗？廷尉精明，怕要生疑……”

“我就对他说，你正要服毒，让人搜出了砒霜，怕你寻死，特地将你捆在床上，不容廷尉不信。等他来时，要放声大哭，牵动他的旧情，把他的心弄软。”

“小人会这些，就怕廷尉大人的心软不了。”

“他也是血肉之躯！”

“请大人上绑。”

“这是不得已而为之，我也舍不得绑你这样水灵的美人儿！”

“绑紧些，大人，为了不杀头挨阉，小人心甘情愿哪！”

“好嫩的纤手！”邴吉抱起歌郎，把他横放在刑床上，盖上被条，然后用绳子一道将人和床捆在一起。

“差不多吧？”

“再来两道。”

“好，你挣扎两下，看看能动吗？”

“不能动弹。”

邴吉脱去袍子，跳到了床上。

“大人，您这是……”

“放心，我不阉你。”

“大人是救命恩人！您……”

邴吉坐在歌郎的胸口，双腿牢牢夹住他的头，左手捏住他的鼻头，右手从窗帘外边摸过一把铜壶，猛地插入歌郎嘴中，他来不及出声，又吐不出来，浑身跳动一阵。邴吉只怕他不死，等到砒霜灌完，又用枕头压在他脸上，双手按着枕头。

一朵罂粟花就这样凋残。

过了烙熟一张饼的工夫，邴吉一试鼻息，才解开绳子，将枕头垫在尸体的头下面，血从七孔流出来，淌到枕头和刑床上。

邴吉将遗书叠好放在歌郎怀里，然后锁上蚕室来看太史公。

听完邴少卿的介绍，用不着再到天南海北去狂搜，司马迁对面的新知己就是奇男子。大丈夫灼脸的泪水很珍贵，为自己的命运，为人心的美丽丑恶，为世路的崎岖，为无数无辜者的悲愤而伤心吗？不完全是。成分是如此复杂，以致无法去做精神化验。只能用卓绝的行为来作答。

邴吉匆匆收拾起歌郎的遗物，准备放在他的身旁。

“我也有罪，杀人者死，为臣者让陛下绕开千年后骂名，不计后果。歌郎与兄不能并存，舍粪土而留璧玉，事非得已，是残忍了些，谁教我们生在这年月？可以告慰的是离家之前，我对照《易》卜了两卦，都很吉利。子长兄应当转机了。”

“子长不知道该怎么说，如果出了事就全推到小弟身上，好去抵命。”

“抵命？为一个歌郎不去写史书？此事希望老兄永莫提起，你知我知便了结。死者的祖母师父，我将出资养老，别了，兄长！”邴吉鼻腔发酸，不觉涕下。

“不，我不走！等杜周来放我出去，几年都熬过来了，还怕什么？快把蚕室收拾干净，别给杜周找到疑点。”

“是，兄长保重啊！”邴吉去了。

“如何来解释这个世界的昨天与今天？扰攘岁华，从何而来，流向何方？”他垂头注视脚尖，向内心和四面发出永恒的疑问。

也许是苍天不愿过分难堪，便从碗口大的天窗里投射下神秘的光之井，向司马迁的前额微笑。似乎在计算着一夜秋风后，诗人又添了几茎霜发。

地上白色的亮点又扩大了几圈。群星小如芝麻，从他的太阳穴里迸射出来，愈放愈多，愈远愈密，一阵阵恶心，头天夜间所吃的白酒牛脯，想吐又吐不出来。两耳和脑后有十多只破锣儿在狂敲乱嚷。他倒在铺上，冷汗从天灵盖四周和背脊冒出来。

“太史公，给您老送热茶来啦，刚沏上的，香着哪！”大眼一见司马迁倒了身架儿，急忙放下茶壶，把他的双腿盘好，一手抚背，一手扶颈，让他坐起，再掐人中，推太阳穴、捶背，好久才缓过气来。

茶香很提气，热流入腹，司马迁向大眼拱手为谢。

“今儿个是咋的啦？小人妖喝砒霜，这屋倒下了大人。啊哟，又是龙灯又是会，又赶上爷爷九十岁，真够闹腾的！再喝两口定定心，您老福大命大，大眼又碰上啦，要不真玄！”

“不要紧。邴少卿大人呢？”

“刚陪廷尉大人给小人妖验过尸，诏狱倒霉赔一副十二圆的大棺材，往年是大臣赐死才给用的，也给小人妖睡上了。杜府来的家丁，正在套车拉出去下葬，丁点儿大个人也真能作怪，荒年多蹊跷事！活着忸忸怩怩，死了人家连看也不肯多看一眼，日里白死，夜里黑死。能死也算有点血性儿，托生个好人家去……”

“看牢的不会受牵连吗？”　。

“腿瘸哪能怨路不平？那边院子里关了六万多口人，一天死几十，像劈柴一样横横竖竖摞起来，全成了人干儿，小院里好多天没人守夜，忙不过来，老猫也有打盹时。童儿不是三条腿的蟾，买得着，官大了有人送男妾，不稀罕。”

司马迁平时怕大眼唠叨，今天听来一点不烦，反而想多问他几句。

邴吉脚步声咚咚地走到门外，漠然叫道：“请太史公更衣，少时廷尉大人有请！”

“大人，太史公是……”

“帮太史公洗头整装，廷尉大人要派人送他回府！恭贺恭贺，子长先生，再会了！”邴吉的眼角闪过一刹那喜色，又恢复旧态。

司马迁无言地一揖。

邴吉又咚咚地走开。

“大眼贤弟!”司马迁的嗓音很温和。

“不敢,折杀小人了。”大眼被这意外的称呼弄愣了,“您是一年六百石的下大夫之位,哪能和俺这草木同朽之人称兄道弟?”

“我什么官也不是,算老百姓,刑余残生,连引车卖浆者流都羞与为伍!我天天都盼着出这座铁屋子,想到腐刑,哎,又怕出去了。兄弟,你这件袍子旧了,照顾我一千来天,无以为报,书儿娘刚刚送我一套新袍子,稍长一点,改一下,你凑合着穿。”

“太史公,而今这年头儿只看衣冠不看人,您应该穿体面点,少遭狗眼小看几回也好。俺是前世不修,今生才当了个专做腐刑的狱卒,真是罪该万死,冒犯过您这响当当的文曲星!”大眼泪如雨下,跪在司马迁面前,狠狠地捶打自己胸腔:“您到这步田地还想到小人,甚至是您的仇人,怎能再夺您的衣服来遮掩俺这身横肉?受刑的该是大眼!俺有眼无珠,恨过所有的赃官儿们,阉起他们打起他们心里忒痛快。心里说当老爷的天下乌鸦一般黑,当着面又哈腰,叩头问安,装他妈的孙子。出了大院人人骂我、恨我,看不起俺,不敢伤人一根汗毛,回到天牢光拣无钱无势的软人儿欺侮。十几年来,良心霉了、臭了,黑透烂光。是您开导俺,让朽成蜂窝浑身淌脓的心尖上又冒出小肉芽儿,眼睛慢慢有了寸把光,嘴里有了人情味儿。您老一走,俺怕这堆肉里从前剩下的坏水,又要淹掉一星一点的好东西。要那样还活个啥滋味儿?您想不到我从前多差火呀,先生!”

在现实中推醒一个人,比在纸上创造几个人更难。太史公更懂得以热赠蛆虫使之化作蚯蚓的价值。只要暴力不去践踏,一朵人性复活之花便会盛开于美德的旷野上。谴责一个人太容易,道德家伦理学家犯罪学家奋斗几千年,都没有使人类变得完美。只有去创造、去更新人的素质,才能缩小恶德的阵地。

推让一气,还是大眼提出接受太史公的旧袍子,穿在身上,不忘训诫。

“过年我请您到舍下喝几杯。”

“一言为定。”

“想留您歇几天再走，听听您说话，也知道归心似箭！过几天到府上去看望！您走道儿脚不扎根，还是让大人派辆车送送！”

“用不着，走走看看，也很新鲜。老弟，后会有期！立志处处行方便，仍不失为好心人。”

皇帝结束早朝之前，没头没脑地说：“看了近年一些诏书，无文采可言。司马相如、枚乘、枚皋等文学之臣先后去世，后继无人！”

贰师将军李广利手捧笏板道：“陛下求贤若渴，何不再次诏告天下荐贤？臣弟延年侍奉陛下有年……”

武帝将袖子一摆：“延年长于制曲，为朕协乐律，创新声，颇能辨诗。文辞非其所长，论才逊于司马迁远矣！”

李广利恭顺地跪下说：“臣弟延年享禄两千担，恩宠甚隆。臣虽愚钝，岂敢荐弟谋私，为天下人所不齿？臣想的是延年弟子多人，采风于郡县，若遇长于辞赋者，可选其佳作恭呈御览。”

皇帝捋须一笑：“辞赋诗谣，汗牛充栋，大多出手巧丽，未必有大手笔，得山川奇气而有卓识。比如封禅大典，就要大块文章。你们看司马迁如何？”

杜周眼巴巴地看着李广利。

“封禅大典，载之青史，司马迁虽有文才，只怕刑余之人，委加重职，先皇无此例。”草包将军马上为杜周代言。

皇帝冷笑一声：“朕用人素来不拘常格。听话者大多不能肩承重任，有识之士多主见，恃才傲物，不肯俯首帖耳。为人主者用其长而知其短，求全则无。拘于绳墨者多是忌才之辈，只见人短，不见人长者，小家子气！”

李广利擦擦头上的热汗，不知所措。

杜周的眼睛突然一亮：“臣冒死启奏：非凡之才如千里马，必得善骑者方能建功于绝塞。司马迁学贯古今，下笔千言，瞬息可待。其人难得，没于草野，有负吾主爱才雅意。臣意特荐司马迁为中书令，出入内廷，审阅表章，转奏要事。司马迁感主隆恩，乐于效命！”这番话使李广利听后茫然坠入弥天大雾中，忍不住白了杜周一眼。杜长孺的笑纹被络腮虬髯遮住，显得矜重。他为这步棋下得如此高明而沾沾自喜，迎合了皇上的意图，捞了个爱才的好印象，显得宽宏大量，他怕司马迁要写《酷吏列传》，心里很不踏实，书呆子是三分可厌，二分可怕，二分可笑，二分可恨，还有一分可敬。对他们彬彬有礼，可以冲淡前嫌，至少稳住对方，不唱妨害自己前程的反调。再者他深知中书令一职虽然有实权，接近至尊，但过去都由太监担任，颇以身有几根傲骨自许的太史公不可能与宦官们为伍。纵然不敢公然抗命，也会力辞。这样肯定触怒皇帝，后果难测。

“有理，容朕三思！”皇帝不住点头。

杜周心里美滋滋的。

“陛下！”李广利还要多口。

“贰师将军，要荐贤不避仇、不避亲，还是让陛下圣裁吧！”杜周低声阻止草包将军，也有意叫皇帝听到。

“杜卿，你不怕司马迁身居高位对你不利吗？”皇帝一脸高深莫测的微笑，欣赏着自己的词锋。

“臣启奏万岁，封禅大典，千秋盛举。臣不敢以一身得失害天下大公！古有明训：聪明不过天子，不会选中泄私愤图报复的小人。退一万步讲，司马迁若敢冒天下之大不韪，陛下有三尺法在。臣信陛下如慈父，事事坦然。”杜周说得很激昂。

“哼，会说话！哈哈哈哈！”皇帝情绪良好。

下朝之后在宫门外，杜周悄悄向李广利做了解释，然后来到诏狱。

后院很深，客厅里仅有司马迁一人在漫步，眉宇间忐忑不定。杜周进门，行过常礼，说出一大串讨好的话。

“皇恩浩荡，子长刻骨铭心，请廷尉大人代奏陛下。”司马迁回答一句官话。

“遵命！”杜周笑得更谦逊，他庆幸自己长于纵横捭阖而一着领先，原来太史公也有意为官。“陛下很快会召见太史公。推贤荐才，长孺不甘居人后。我等有幸同朝，圣上面前，几次为太史公求情，权贵作梗，惭愧之至。多次冒犯，恭请恕罪！”

“先王约法，见之三尺竹简。愿大人据以断狱，能抑止天下邪恶之心，使狱中少囚犯，富民安国，路不拾遗，夜不闭户，定能名垂青史。大人炙手可热，然人言可畏。子长刑余之囚，随时可死，今日直剖胸臆，以报盛情，何计毁誉安危？”

仿佛高峡蓄水已久，忽而闸门洞开，势必飞流倾泻。念及女儿的哀求，顿时冷却。

杜周越听越气，心似火燎。只靠长期积聚的官场经验，提供灵感，要把戏做得出众。他满面含春，居然撩袍端带在司马迁面前跪倒：“先生锦言，父兄想说而说不出，能以此理相教者想说而不敢言。何况长孺不孝，先父弃养十年，又无兄弟，喜闻黄钟大吕之声，能不感激涕零，由衷下拜？”这厮的内心独白是：“好个不识抬举的阉狗！老子先装夏禹王闻善言则拜，给你一点甜头，扬我美名于天下。我拜的不是你，是早朝时在我左边的相位。不就差那么二尺远吗？假如遇到皇上呢？不也要下拜吗？别人想拜还没这份荣幸。杜某也不是好骑的马，这三拜要砍下你脑袋来当利息，办不到就枉做男儿！”

血涌上太史公的双颐，焦茶色皮肤涂上烙铁般暗紫。是为杜周的壮举所感动，还是对自己的卓识过分陶醉？司马迁无法分别，或许兼有二种情绪。他一甩袖子做出搀扶的架势，家丁们手一拉，杜周轻捷地站起。

“听说先生官邸变卖有年，眼前急需静休之地，小弟寒舍甚偏窄，若蒙不弃，欢迎先生举家来住，蓬荜生辉，内子也扫榻以待！长孺年过半百，早岁读书甚少，也曾发愿学为仁义，然此路极端清苦，无人赏识，便不以为然。弱冠而后，无缘得侍良师，见识浅陋，失误很多，又怕没世无闻。眼见了张汤、义纵飞黄腾达，功名诱人，一反初衷，学而为吏，执法过严，怨声不少。先生提耳面教，自当迷途知返。当朝贤能济济一堂，驽钝之材，不久即辞官让贤，晨昏得与先生过从，让犬子延年以师礼事太史公，为通家之好，此生诸愿已足。先生怜我愚诚，幸勿推却！”杜周声音有点哽咽，他能口吐雅言，心中悲悼美媚绝伦的娈童，虽然伤悼也是一刹那的闪念，任何真情感都排出思维，方能青云有路。实践业已多次对他展现硕果，用不着怀疑。

“子长命薄无福，少无乡里之誉，今又受极刑，不祥之人，深负雅意！”司马迁不亢不卑地一揖。

“先生不耐尘扰，未便强人所难，愿以百金赠予先生另置新宅，聊表微忱！将来在陛下面前，还请美言几句，长孺不会恩将仇报！”

杜周还礼，峨冠巍巍颤动，把送金封口的卑劣勾当，做得仁至义尽，无可指责。

杜周躬身时，朝上飞了个眼白，寒光闪闪，阴气森森。一阵冰雹，砸碎司马迁顷刻之前的幻想，邴吉的忠告在耳旁狮吼：“两脚虎比四脚虎更凶残、危险！小心，朋友！你妄想化虎为人，愚不可及。杜周，每年捕两千石以上大员上百名，郡守县令上千，百姓数万，小案动辄杀百十人，大案株连千计。比此贼为虎，虎亦含羞。”

“子长将埋名隐姓于市井之外，不会有报效机遇。”司马迁恢复了初见面时的冷峻，“多谢大人，安身有一榻之地，不劳多虑！”

邴吉怕太史公言多有失，特地命牛大眼来请杜周，说有事情要请示。

“你们备车送太史公。”杜周不想多费口舌，便发出命令。

“多谢大人，子长不需人车相送，可以安步当车。”

对一个人了解最深的，常常不是配偶、父母、儿女、亲友、师生，而是政敌。

大眼的勤俐，不能扫除牢房里的血汗气息，作为酷吏，诏狱的气味足以使杜周踌躇满志，就像战马听到了号角，演员听到金鼓丝竹，苍蝇嗅到恶臭一样兴奋。他向太史公道了歉，唤来两名皂隶，径自去找邴吉。

“这两个狗才是不是奉命要盯着我的细作？”廷尉下面用的人手超过上万之众，囚徒职业的敏感不是无的放矢。

“太史公请！咱们在大门口恭候大人！”胖狱卒柔顺地请求，不能掩盖睫毛下面、嘴唇外围的冷蔑。

“请！”不胖的狱卒没有表情地附和着同伴，双双而去。

司马迁穿过前院大监房直奔小院蚕室。甬道狭长，牢房门洞对面呈现出几块灰白的光点，不是狱神庙里那盏长明灯，就深远得望不到尽头。即使在白天，习惯于在黑夜中从种种罪恶勾当里榨取余沥的狱卒，没有灯火也寸步难行。火苗苍白，下半边围着惨绿色的圈儿，上面冒出一缕黑烟，似乎随时都可以死灭，其实灯盏里的油还能维持漫长的韶光。司马迁走到狱神祠木栅栏跟前，那儿有几支香，是家属们认领刚刚死去的囚徒遗体后，点在一只陶盆中的。狱神的三角眼很凶暴，须髯戟张，威风凛凛。司马迁的额头和颧骨上面披着一绺跳动的光，其他部位，都与浩茫无涯的黑暗合成一体。

黑暗，向太史公提出疑问：监狱体现法律与公正吗？

监狱的存在不是人类的光荣。父母师长从不教人为恶。吹牛、拍马、盗贼、妓女、窃人荣誉道貌岸然的伪君子，都没有专门的学校去培育，这类人物同样也不希望后代危害黎民。为什么不能断种？

取消监狱并不难，用什么来代替它？

法律只是道德补充。教化得法，大部邪恶者从善；教化不当，善即走向反面。

当然，教化也非万能，对杜周、李广利以至公孙弘、无忌之流何用？

人类最后会消灭监狱，否则世界便成了个大监狱……

司马迁回答得不全。他仅知自己已立身于黑暗的边缘，一线光明的起点。

光明，那是一座插天的高峰，愈高处，光线便愈强劲，攀登的险径没有止境。

出狱一步，只是来到峰下。对于监狱而言是光明，比之稍高层次则仍是黑暗。写出史家绝唱的大诗人没有侥幸心理，知道现实的冷峻；渴望光明就是抗拒丑恶虚伪的动力。爱的光源，即使虚幻，也是思想家大诗人们为抚慰千百代亿万生灵冶炼出来的暗夜囚粮。有可化无，无能生有，远远胜过漆黑一团。

伟大民族的历史是为消除漆黑一团而攀缘的脚印。

司马迁伫立不久，就听到了垂死者被浓痰堵塞的喘息……

死的联想掠过脑中，使他记起任安昔日赠送的礼物，至今还插在墙缝中，以后不可能再来寻找，牛大眼也不会捎去。他猛然一惊，似乎听到牢房在埋怨："朋友，数载相聚，晨昏相依，苦乐与共，一朝离去，竟不看我一眼，未免薄情吧？你笑话张耳陈馀刎颈之交，为权利而相攻击，自己又如何？"

房门洞开，没有加锁，司马迁呼吸迫促地回到屋内，从墙缝中摸出小竹筒，轻轻地放进口袋，然后才从容地看看墙壁、泥土地、草铺、天窗、蛛网、瓦椽、瓦片深深浅浅斑斑驳驳的色调，一切和昨天一样，和三年前一样。十年之后也许还是如此，它们比人老得缓慢。

他的心头涌上一丝苦涩的甜味，对于离之唯恐不早不远的牢房，有些恋恋不舍。其实他错了，难舍难分的不是这儿的物质环境，而是出生入死的大波澜。耻辱加重岁月的分量。笔虽停下，心还在写，不是大片空白。当然，如果再能回到三十多岁去就太好了。他整整衣领，向四面墙壁，向厚土与天窗分别一揖，周围的一切，刹那间都人格化了。

他走到门口，用手摸摸栅门，还有那黑沉沉的大锁，多少救民水火的宏愿，多少在学术上可以实现的梦想，多少荡气回肠的挚爱，多少渺小的人物，在你的神镜面前照出原形，多少想不到的灵光被你涂抹在普通人的身上。也不过是转瞬之间，从皇帝到朋友，排成长队被司马迁推到大锁的面前，人的精神身高与道德体重毕现，毫发不爽。

"走吧，大人！"久坐在旗杆下的胖狱卒有些等急了。

"请吧！"不胖的狱卒也在催促。

司马迁闭上眼睛，让自己平静一下。他希望丑恶虚伪的事和人都锁在牢里，只带走人们闪亮的面影。

大院子里乱糟糟的，棺材、囚车，钉镣的锤声，囚人及其亲属朋友的哭泣声，在高墙铁青的暗影笼罩之下暴露无遗。这正是大汉国土的缩影，冤狱的怨恨在冒烟，罪恶的痈疽在流脓，瘴气与脓血把张汤、杜周之流的座席浮上高层。说不尽的同情和厌恶，催策司马迁急于要走出诏狱，去吸几口来自祁连山北的西风。有狱卒们答话，荷戟守门的大兵们并没有刁难。

行行重行行，几条大街和诏狱中不是一个季节。城门走过熙熙攘攘的人流，谁是胁肩媚笑的商家，谁是碧眼黄发的异邦丝绸掮客，谁是走卒贩夫，谁是骑马的豪奴恶仆，谁是乞食的盲妪，司马迁觉得又陈旧，又新奇。他似乎只是漫不经心地一瞥，又都认真地加以辨识。护城河水面，碧影弄波，久不下雨，新裸出的河滩上，覆盖着几层落叶，老的灰黑，新的橙黄，清香中夹着一丝令人欣悦的霉腐味儿。跪在石头上的妇人正在捣衣，砧杵声声，单调而清脆。也还有白发盈耳的老汉，未冠的黄口少年，赤着双腿，站在河水里，清漂床单。

度日如年，一千多天来，死亡和出狱构成一部宏伟的二重唱。起初，死亡以绝对压倒的优势，占据了主旋律，犹如一块千丈巨石，压着一粒先天不足的松子。出狱与其说是一种可能性，不如说是自欺的杜撰。松子充分估计到巨石的重量，并没有与它争雄雌的妄想，只是吸着责任的热气与亲人的爱，准备萌芽。宫刑之后，那块巨石逐渐酥松，生之幼芽和对明天的幻想携手成长。而今松树已经错节盘根吞吐着信念的歌，死亡的巨石下部崩碎，留点空隙，向松树做了短暂的让步。

一千多天来的牢房像个石盒子，底儿朝天扣在地上，里头乌黑。希望躺在上面做马拉松式的冬眠。他昼夜在盒中乱闯瞎撞，虚耗了精力。大眼用过刑，把阉刀之魂交给了乍醒的希望，希望开始凿击房顶，终于凿开了一个洞，他跳出了牢房。希望用背脊压着洞口又昏睡过去。于是，旭日的祥光，溢出子长的眼眶，嘴角、鼻孔、脸上的皱痕，突然变得褐红的面颊与指尖……

一千多夜来的梦魇，随着盗汗、自汗和无法驱散的自怜，尽付于秋风，摆脱于双肩及襟袖之外，沉落于诏狱城楼下的吊桥浮面，沾在布履底上。一步一步行程，擦在泥路上、芳草上、落叶上、碎石上……

血液运行的残星碎点，随着全身活动一加速，呜咽三载的心脏忽而吹起号角，召唤力气归来，为提前老化的主人效力。起初两条腿还不能协调无间，左腿的气力早报到归位，它居然嘲弄右腿慢条斯理的劲儿："你这个厚颜无耻的叛徒，只会锦上添花，不肯雪中送炭。灾难一来，逃之夭夭。怎似我有远见，掐指一算，便知道主人不会倒下，所以受尽饥寒潮湿，恋恋不忍遽然离去。今天又来趋炎附势，狗脸往哪儿搁？除非你拜倒愚兄门下，赏碗饭吃，不然就会疤癞眼照镜子——自找难看！”

“哈哈！咱们是同时诞生，你凭什么以兄长自居？我是小人，你明明在外混吃混喝，比我只早到一霎时，贼胆包天，竟以一贯忠贞自许，世上还有羞耻二字吗？推开窗子说亮话，互相拆台不如彼此捧场。一块跳板上的兄弟，瞒上不瞒下，只要糊弄过太史公不就了结！”右腿的力气也是老于江湖，不是痴汉。

自称“愚兄”者一被戳穿，休战伊始便是合作开端。只要司马迁低头叹息，都被认为是嘲讽它们的势利，有点羞涩。哪知道司马迁急于要见妻女亲友，要看看阔别的首都，哪来闲工夫算旧账？急于报效的它们就安然地装出一贯高尚的模样，不再汗颜。

从三十岁以来，司马迁不曾走过这样轻快的步子，他为此有点愕然，两名随行者差点都跟不上他。

迎面来了一辆马车，帘儿半卷，司马迁抬头一看，车上坐的是皇上的宠臣李延年，前后有八名骑士呵护。这位大音乐家脸上傅粉，涂着胭脂，昂首鄙视着行人，从车马队中横冲过去，两名狱卒慌忙跪倒在路边恭送。

司马迁爱听民谣，喜听李延年谱写的新曲，虽说少点儿苦味，毕竟高出于同侪很多，但是讨厌他倡家出身的脂粉气，还有架子十足的官气。趁着弄臣还没有看到自己，他装作搔头，侧身用大半个袖子遮住五官，躲到一旁出口长气。辕马撒着欢儿，辔铃急促，车轮仿佛从他的肩头上滚过。

狱卒们互相看了一眼，认为司马迁大逆不道似的，同时啐了一口。

大路通天，横穿过柿树林，直指着古都咸阳，再远便是茂陵。沿途村庄错落，并不荒凉。

太史公的背脊、天庭、耳背、鼻尖，都湿漉漉的，久不走长路，呼吸和心跳加快，腰背酸麻。兴奋期一过，每步都像踏在云堆上，有下陷的感觉。

坐了一会儿，双腿更加疲软，不想挪动。他对自己的身体估计得过好，看来要经过一段休息调护，方可康复。

天突然沉下瓦灰色长脸，带着雨意的潮风吹走了阳光，落叶在官道上哀叹，在尘沙间呻吟。

“太史公老爷，还有多远？”胖狱卒坐在石条上气喘如牛。

“两里之遥。司马子长是刚赦的罪人，就直呼名字，莫称老爷。”

“又没有天翻地覆，谁敢那样没老没少没上没下的？”瘦狱卒扫了伙伴一眼。

“咱哥儿俩一辈子最恨势利小人。您老不必过谦，当年长安城内谁不知道您是大名鼎鼎？要说在朝伴君，出点岔子，没啥可笑。笑人前，落人后！您老丢了前程，可名声更响！”胖子一番高论，博得了同伴连连点头。

“不敢当！子长徒有虚名！”被人理会的快乐中带有凡夫虚荣心的满足。

短暂的沉默。

南方传来不太清晰的锣声，逐渐向柿树林移动。

“太史公老爷，能赏咱哥儿俩几文酒钱吗？”胖子笑容可掬，似是羞于启齿。

“实在惭愧，不知道今天逢赦，未曾带钱，请两位差官宽恕！”司马迁抱拳举过眉毛，包含着羞涩的歉意。“到舍下，请两位小饮几杯。”

“说好听的没用，靠山吃山，靠水吃水，靠上衙门就得吃打官司的饭。您要是有就高抬贵手，咱们一个哈哈两个笑，彼此方便。要是善财难舍，别怪咱们粗人不给情面。”

“伙计，老爷是受难之人，就通融一下吧……”

“怎么，你要行善？也不撒泡尿照照自个儿癞蛤蟆样子，吃里爬外，把家里石头朝山上背？”胖狱卒怒视着同伴。

“何必呢？何必？糠里没有油……”不胖的小卒跟大眼学手艺，用软抗来息事宁人。

“哎！”太史公窘极长叹。

锣声移近，增强了音量。

“没银子，咱们得另有公干，恕不远送。”

“请回，不必劳驾！”司马迁想试探一下这两名差人是否要跟踪到底。

“伙计，那边送死人棺材的过来了，别招上丧门星。既然老爷吩咐，咱们就恭敬不如从命。谢谢！”胖子看到同伴兀立不动，又补上一句：“腿长在尊驾身上，要送我也拦不住，再会，告退！”言罢扬长而去。

“老爷，小人知道您是敢说真话的大忠良，咱们送您，可怕别人挑眼儿砸了饭碗。有道是大神不忌小怪，求您包涵！山不转路转，多多珍重！”不胖的大眼徒弟像惊弓之鸟，嗓音压得特低，唯恐别人听到。行礼之后，回头叫嚷：“哎，伙计老哥，您干吗发那么大的火气？这又何必，何必呢？”他一阵小跑追了上去。

司马迁暗自好笑：“子长，你太多心！若胖子奉命跟踪，怎敢半途回城？他是势利眼，何必和他抱一般见地？杜周要加害机会很多，网中之鱼，又跑不脱。他怕你重新出山，没有放肆的必要！”

兀然独坐，四面开阔，思维的泉眼，又千头万绪地喷涌。

阴云骄傲地张开巨翅，从四面围剿不甘退出天庭的太阳，它们裙衫飞扬，坠得天躬下腰来，离大地更近。林外滚来阴阳锣声，一面用尖音敲出阳平：咚——！另一个用嗄音吐出阴平：波——！僵硬刺耳，象征着死亡的脚步声，朝他迫近。

右耳旁阴厉的怪腔在威胁：“我是专报死亡凶信的不祥鸟，很快要把你吞进腹内的苦海，书写不成，连女儿都休想过一天舒心日子……”

“这……”他背脊发冷，肩膀扛不动脑袋。

另一个阳刚之声向他的左耳反驳道：“有生便有死，倒霉到了底，除去死，什么滋味全尝过，能再下一层地狱？”

为了平衡心态，他倾向于后者的辩解。

俄顷，右耳之声似乎流水落花春去也。

更让他揪心的是一群人的哭声。从锣声的间歇中听出有一个声音最悲凉，竟然如此熟悉，以致希望自己立刻变成聋子。

“你知道吗，司马子长！这是谁的哀音？”右耳响起了升级的新序曲。

“这是闺女哭亲娘。”左耳之声毫不示弱地投入轮唱。

"是书儿在哭她骨肉未寒的娘亲!"右耳响起了主题。

"胡说！近似的声音很多,你怎能断定是书儿？难道天底下所有的不幸都要集中到一家来？我做了什么恶,要受到这样无罪的惩罚?"左耳之声在怒斥。

"你敢上前去看看吗?"

"为啥要去,不就走过来了吗?"

"莫闭上眼塞住耳朵……"

争吵声在加速,在重叠,在厮打,一个想咬伤另一个,再加以吞并。

司马迁烦厌内心的骚扰,干脆闭拢双眼,手扶大树,脸埋在臂弯中。

锣声、哭声同样顽固,要注入太史公视听,凝铸成棺材,压在他胸膛。

更近的队伍强迫他睁开两眼。

哀乐呜咽、阴惨,颇像这凄暗的天空。

素车白马,拉着司马迁夫人的灵柩。东方朴太公白巾、白袍,银眉连着睫毛,襟带翩翩、高大、魁梧,一如他自己雕出的石像,残留着春秋战国杀身成仁舍生取义者的古丈夫气。全身没有多余的线与色。这似雪衣冠如果出现在其他场合,好奇又爱才的太史公或许会怀疑这位长者是燕国太子丹的友人,以易水生寒的气概服饰,为刺秦王的荆轲大壮行色呢！铁的现实怎容他驰骋诗思于茫茫荆棘地和幽幽九泉之间?

杨敞身穿重孝,扶着棺木,哀戚地半垂着头。

车后是他的女儿,麻冠素服,被一位硬朗的老太太搀扶着,在乐队与乡邻们不下五十人的行列中占有特殊位置的孩子,眼泡肿成了红桃,颚上灰暗,眉宇间堆满愁雾,并不遮盖她的宽厚、超越同辈人的阅历与书卷气,把稚嫩与早熟犹同春梨秋菊齐开于一树。

乡亲们或袖手,或哈腰,其中有茂陵故宅的旧街坊,多半是东方朴家近邻,哀静中夹杂着对死亡的严肃畏惧,不仅仅是在悼念逝者的百祸千灾而陨涕。

"太公、列位伯伯叔叔大娘大婶,请少待片刻!"书儿轻声请求众位芳邻。

“吁——”御者低喝一声，白马喷了个响鼻，摆动长鬃，立于官道当中。

太公轻快地跳下车，走近书儿：“孩子，怎么不让车马前行？”

书儿侧身顿足，哽咽难言。

司马迁本想大叫一声冲出去。乡亲们不至于嘲弄他，只会加倍崇敬，杨敞要恭谨下拜，太公将执手无语，女儿只能抱头痛哭。然而，用尽三江百河水，难洗宫刑满面羞？太史公怎能卸下因袭的重担，建立一套与帝王将相相反的荣辱是非观？“受极刑而无愠色”是短暂的豪言，羞辱是团团烈火，烤得比死更难受，直到末日。什么“父母之体肤发不能伤”“不孝有三，无后为大”……一条条的门槛高过祁连山，如何跳得过去？他只能扑在大树背后，掩口无声地恸哭！

“孩子别哭坏了，那样一来你母亲的在天之灵更不安，你父亲在诏狱里也要魂不守舍，还是走。”太公老泪纵横，拍拍书儿的肩背。

“太公，这条大路是去茂陵的咽喉要道，我幼小时候，父亲常常带我骑着马由京都回到爷爷兴建的旧宅。后来娘又带着我，一趟一趟奔向京师天牢探监，沿途乡亲，只要有车，都让咱们娘儿俩乘坐。这路边的阡陌树林，我都认熟了。还听娘说，早先，爹还亲自赶车陪着娘去过骊山，游过温泉，上过潼关城楼，看过渭河的龙舟。眼下爹爹蒙冤难白，不能来抚棺一恸，亲自送葬西山，日后抱恨终天！我在此等候片时，明知爹爹来不了，也是女儿的心意啊！”

“孩子，你懂事，是司马家的好姑娘！这片孝心，上感苍天，也会保佑你爹爹平安回来的！有女如此，有丈夫如你父亲，你娘死而何恨？……”老人阵阵哽咽。

乡亲们受到感染，几位老太太一领头，人们想到司马夫人的许多慈行，哭声乃如破堤浪潮，盖地奔流。

比起所有的送葬者，司马迁更能感受到那活生生的上官清再也不会出现！众邻居的哀伤抚慰了他，也增加了他的沉痛。如果他少说几句话，夫人又何至于英年早逝？与蛮女的一场缱绻，幸福顿成谴责。一个念头折磨着他：“夫人间接死在你手！不要怯懦，送她一程，就末了这一遭，纵然是为她而死何伤？为什么情面这么重要？呸！什么有志为圣贤的大丈夫？一个无义的软骨小人！”

但是双脚生了根，动弹不得。

他的前额被又硬又冷的树皮划破，血从上唇流入嘴中，已经丧失味觉。

他的手狠抓着树干，指甲裂了，流下热血，没有痛觉。

“有日不明有月无光的天，保佑爹爹回来吧！”书儿朝长安遥拜。

太公挥手，乐声骤起。

司马迁双手捂着脸，用树挡着身子，眼从两指间望着太公女儿一行缓缓地向西北而去。灼烫的泪流过手背，滴入了焦渴的黄土。

当人马即将在地平线上消失的时刻，他忍不住捶胸哀哭。

天、云、地、路、树、风，都在听着他的倾诉，没有任何力量干扰他。

也不知道过了多久，虚脱的体躯再也无法支持，一阵眩晕使他跌倒。

当他苏醒的时候，手心牢牢地攥着那只细于小指头的竹筒子，死的转念如何袭来，毒药几时从包袱里摸到手头而又未倒入口腔，全在下意识中进行，他也难解此谜。经过择优，记住一些能够保护生存的事，忘记一些不利的事，或者将伤疤改造成花蕾，是人类由童年走向青春的标志。如果连无意中言行都不忍拒绝于记忆之门外，思想家肯定会被自身畸形膨胀的脑袋压死。

将毒药贴身收妥，定定神之后，双手按地想立起，一排排柿树向他的身上倒过来，地像摇篮一样晃动，只是口不能出声，自知又得了一种病：黑头晕（美尼尔综合征）。

环境、心理、生理三股逆流联成一体，以令人头昏的速度，将《太史公书》这座琼岛仙阙，推得离开它的作者几万里，使命感殷勤送来救生圈，他没有在半途被淹死的权利，必须冲上岸，用血肉锻造这部名著。

一个拾牛粪的牧童发现了他，远远站着，既害怕又舍不得离开，幸而他的右腿痉挛一阵，还能把弯曲的膝部伸直，牧童才知道是个活人，探过鼻息，从官道上喊来两位汉子，将他抬到路边，让他倚着一株树半侧着身而坐，眼睛半闭，慢悠悠地喘着气。

守到了午时，牛大眼赶着一辆驴车给太史公来送行李。

大眼忙了一宿，睡意很浓，听说杜周要派人出车送子长，故而在司马迁出狱之前便回到家里。小卿忙着端洗脚水，取出热菜饭侍候爹爹在东屋睡倒，他才反带上门，坐到院子里去读书。也是机会赶巧，这位健康正直的少年被任安好友田仁推荐到夷平公主府当了卫士，时而陪着驸马昭平君打猎逛街，饮酒征歌，但没染上一丝儿流气。

大眼睡得正香，不胖的差人找上门来，不顾小卿阻拦，将他喊醒，说明原委。

“爹，我去看看太史公吧！”

“嘴上无毛，做事不牢。你哪能办这么大的事？”他匆匆跑到诏狱，借了驴车，装好太史公的行李，飞快赶出横门，直奔河伯庙西大道。

“早知如此，干吗不让我送您？”大眼从车上取下酒坛，打开封口，凑到太史公口边，连连灌进几口。酒力上行，子长的眼睛睁开，嘴唇嚅动几下。

“您先歇着，别忙说话。要在路上有个三长两短怎么办？简直谋害圣人，糟蹋文曲星君！”大眼封好坛子，喋喋不休地抱怨着。

“大爷，我帮你抬他上车？”

“好孩子，来，搭把手！”大眼将被铺开一半，另一半卷做枕头，还有太史公几件旧衣服，全部垫在底下，这样软和一点。

“拿着，大爷赏给你的，今儿个多亏你这小贵人搭救太史公老爷！长大也念一肚子书，当一名忠良，为百姓分忧。”大眼拿出两串铜钱，塞在牧童的裤带上。

“不要，大爷……”孩子抓起钱扔到车上就跑。

“一定要拿去。”大眼安顿好病人，跳上车打了驴儿一鞭，当车子追上牧童时，大眼将钱摔到孩子脚边，爆发出一串朗朗大笑。

“得儿，得儿，驾！驾！”鞭在空气里放出一串“长爆竹”，并没有落到驴儿背上。大眼不愿太史公受到颠簸。

走过两箭之遥，路上坑坑洼洼，车轮乱蹦，太史公的头从靠垫耷拉下来，接着是一阵呻吟。大眼喝住牲口，扶好太史公，酒从他的嘴角溢出。

“啊哟！这怎么得了？老天爷！”大眼几乎要哭。

太史公摇摇右手，抹抹喉咙下面，是表示恶心还是制止大眼不要急于洒泪呢？大眼弄不明白。只要人不昏迷，心里总算踏实一点。

“想吐吗？”轻细的声音像是怕惊醒了沉睡的老父亲，同那肥硕的身躯全不相称。

“……”太史公双手捂着胸口。

“瞧我脑瓜里装了一盆糨糊，太糊涂了。您受不了这恶心，成，我背您慢慢走，稍停一会儿就到家。”

男孩喘着粗气跑过来放下粪箕，显然对车上的病人放心不下。

“好小子，你能凑合着赶车？我再给你几个铜钱。”

牧童摇摇头：“把缰绳拴在腰带上，牵着驴走呗。”

“嗬，这小脑袋好使着哪！来，帮个忙！”

“好！这伯伯真是一位老爷？”

“货真价实，叮当的清官！”

“那他干吗不坐轿，又没有差官喝道呀？别的老爷到乡间来可威风，鸡飞狗跳，人见到就躲开。”牧童很伶俐。

“没法儿说清楚，他得罪皇上啦……”

“是吗？那不得……”小家伙用巴掌在脖子上一比画。

“长大你会明白，忠臣都这下场！”

“大爷就是忠臣，肯帮落难的官儿。”孩子说得符合常理。

“我是粗人，见不着大官皇上，不配称为忠臣，但不想当小人到死。”大眼心里猛一热。

有时候，童言是为善催生的契机。

“我长大准当跟大爷一样的好人！”孩子眼里的事物都单纯。大眼背好司马迁，孩子解下捆行李的绳子给大眼绕上几道，系个活结。

“谢谢好小子，这样大爷肩膀能使劲，光靠手和胳膊走不远。慢着，我再给你钱！”

“谢谢君子大爷！刚才您赏我的那两吊也塞在被底下，给这位得罪皇上的老爷买点好吃的。我爹说过，不能白要人家的钱！”牧童挎起粪箕，朝田野就跑。

大眼下意识地追了两丈远，身子被驴缰绳扯住，等驴儿调过头，他才觉得自己可笑。司马迁咳嗽两声，搂着大眼的脖子。

“忍耐一会儿就到。”

迎面时而碰上行人，都对大眼的做法投来惶惑的眼光。他多少有些委屈，走了一程，再遇到过客，不等人家议论，他就主动解释：“病人怕颠，不是怕压散驴车，累坏牲口……”这样，心里安泰得多。

村落出现稀疏的房屋，光秃秃的秋树。

大眼觉得一阵口干，从车上取下酒坛子牛饮几口说：“这酒是送给太史公的。自己先喝个饱，挺不好意思。您也来两口！”酒坛被大眼送到了肩头，司马迁推开了。

虽说肩膀被绳索勒痛，双臂很酸，两腿逐步变重，赎罪的轻松，给了他往日没有品味过的满足。

进了石板铺成的村街，不见居民。几只瘦狗懒洋洋地躺在街口，对大眼的到来全不理睬。他愤愤然骂道：“吃冤枉粮的坏东西，叫两声也让主子听着开开心，白食也吃得安稳些，贼坯！”

司马迁拍拍大眼的右肩，再指指西街尽头一座两进的房子，院子很宽敞，当中古树，粗可合抱，枝条苍然滴翠。墙角有几畦菜地，一坛花草。其余空地上，放着大大小小的石块、石片，业已完工的石桌、石鼓，镇墓用的辟邪。这些活儿凝聚着东方朴太公的心血，除去幻想出来的麒麟、辟邪雕得十分传神之外，还有獬豸、马、牛、龟、鱼、朱雀，大都随石赋形，稍稍加工，绝不雕饰，迸射出活力。

书儿挨家谢过乡亲们送丧的高谊，想到太公忙了多日，没吃过一顿正儿八经的饭，回屋就动手做菜肴。一会儿，太公把祭奠亡灵用过的胙肉分送到帮着抬棺的街坊家，回屋后虚掩上大门，精心地刻着老太史公的画像石，这方汉白玉有二尺来高，宽约四尺有余。司马谈系着巾，袍子外面罩着坎肩，腰横丝绦，慈眉亮眼，三绺胡须飘拂胸前。他左手拿着一编竹简，正在讲述着什么；听讲专注的小儿头梳髽髻，右手抱一只羊羔。远处的羊群或吃草，或戏逐，或跪乳，或仰呼同伴，线条奔放、潇洒、随意，稚拙老到。

锤子敲出轻快的节奏，扩散着老人创造的欢欣。每当进入这样时刻，他的嘴似笑非笑地半张着，须髯抖动，表现出大匠要当石头主人的意志。只因心无二用，大眼进门，他没有觉察。

“司马小姐，太史公回来了！”大眼话没有落音，书儿已经知道来者是谁，扔下锅铲就往外跑，油倒在锅里烧得冒青烟，来不及倒下菜去炒。

“爹爹！”女儿从背后抱住了父亲。

司马迁肩头抖动，万般难吐。

“太公，爹回来啦！”书儿又叫了一声。

老人走到门口停了一瞬间，手搭凉棚，眯上老眼看清之后，轻声叫道：“子长！”

“太公，请插上门，小姐也别嚷嚷，太史公先得歇着！”大眼怕乡邻们来惊扰病人。

太公迅速关上门，将驴子系在石猴的臂膀上，再抱起太史公，书儿解开绳索，拥着父亲，送到后进。

“锅煳了！”太公嗅到烟火味，到厨房抽去劈柴。

后屋一楼一底，楼梯和房门都在过道上。楼下是客厅，屏风后面是太史公的床。四面空旷，打扫得挺干净。

太公将司马迁放在榻上，大眼为他脱去外衣，女儿替他盖上被子。他抓着太公和书儿的手，下巴抖动，泪如雨流。

“太史公还没用午饭，请小姐去烧点薄粥，再烧一锅热水，趁我在这儿好给他擦擦身子。话儿有几大筐，等日后再叙谈，眼下可别累着他，让他静下来。”

“子长，多亏你们家祖宗有灵，活着回来便是万幸，别老是哭，伤了身子对不起夫人！”

“太公！”书儿拉拉东方朴的袖子。

“总得说真话，你穿一身孝，能瞒过你爹？人死不能复生，你往开处想，我们劝你，并不能减少你的悲哀，强者自胜！痛痛快快哭一阵就歇着，不能没完没了。明天我请大夫来给你治一治。”

书儿在厨房外间摆好酒菜，给驴儿送去一盆麸皮，一捆谷秸，然后捧着粥和小菜，送到父亲榻前小几上。

东方朴拉着大眼走到前进屋子，为他斟上一大碗酒说：“子长多亏你照料，聊表敬意！”

“大眼眼小无珠，要说身上还有点人味，全靠太史公起死回生！当年我厚颜无耻，也向太史公一家讨过酒钱，说过一堆驴腔马调，先向长者赔礼！下边我再多喝几碗。酒，我带来一坛子，小意思！”大眼讲得毫无遮饰。

“真人不说假话，我也恨过你，甚至想在你头上开两个窗户。从你对子长好那天起始，云散烟消！”太公一饮而尽。

牛大眼说到小牧童还钱一事，气得直捶自己肩胛和锁骨。

酒过三巡，不见书儿来吃饭，他们放心不下，同到后屋一看，但见粥放在几上，女儿跪在榻前，扑倒在榻边上饮泣，太史公左手抚摸着女儿的柔发，右手掩面流涕。

“书儿莫再惹你爹伤心，要懂事些，他再经不起折腾。子长，换碗热的吃吧！”太公说罢就换稀饭。

司马迁连连摇头，向太公和大眼拱手为礼。

“太史公，您不肯用饭，大眼也不吃一口，太公这么大岁数，陪您挨饿。您要强打精神喝上两碗，免得饿毁身子骨，让杜周、李广利那帮奸臣高兴。”

司马迁拭去泪水，书儿将他扶起坐定，他身后又垫上叠好的被，让他靠稳，他接过太公手上的粥，索然无味地喝着。

太公、书儿、大眼都感到一点轻松。

因为谈得投机，太公将大眼请到卧室去欣赏他新雕的画像石。

“就差不能说话，简直是活的。人和羊都会出气呢！太公见过老太史公？”

老人点点头，捋着长须，很觉得惬意。

“太公，人有旦夕祸福。说句不吉利的话，万一这回太史公起不来，您老人家能用石头雕一尊站像吗?”

“这——我倒没有想过。”

“老太史公刻活了,太史公也准能雕得出来！能试试吗?”

“让我仔仔细细想一想。”老人用粗大的手掌,遮住司马谈脸庞下部,左眼全闭,右眼眯成一条缝,久久凝视着。

“啊,真有太史公的精气神!”大眼也学老人的样子,像木匠吊线那样望了片刻,忍不住叫了一声,然后拿来一碗酒,高举过头,向老人一跪说:“先谢谢您老!”

“这酒我不敢喝,没做过的事怎么能随便许诺？请起来。”太公知道一句诺言的分量。

这种不苟取的精神,在大眼的心中添加了人的亮丽。

# 杀　庙

助　卷

# 宫 怨

年龄不饶人，节气不饶天。

李夫人的芳龄是永恒的禁区，没有人敢打听。

“娘娘越过越风光，简直漂亮得无以复加，月里嫦娥也知道枯草不是牡丹对手，哪敢下凡来比一比！”肉球李福两眼眯成一条线，把这些废话背诵一遍，夫人就算拿到了开心钥匙。现在儿子刘髆早已封为昌邑王，皇帝喜欢更年轻的嫔妃，很久都没有幸临西宫，李福的“万应灵丹”也因她意识到的迟暮感而降效，只要皇帝偶然来一两回，“灵丹”又变得很神奇。

“哎！人心不古，连二哥延年也变了！往年他把江南小调、巴蜀情歌，编成软绵绵的曲子，唱着满嘴香，听的人魂都被勾过来，哪天皇上下朝不驾幸这儿呢？而今延年哥也忙乎着什么西域歌儿，用的是玉门关外的乐器，跳的舞没有媚劲儿，偏偏能把皇帝、大臣们、勋戚们、凤子龙孙们都弄迷了。那些江湖玩意儿，一看就会，叫人扫兴！”李夫人有些慵倦地在心里对自己说。

为了邀宠趋时，午餐之前，她把几位西域乐师和擅长胡旋舞的太监宫女们叫来，用一个半时辰，反复演出几种舞，看在眼里，记在心头，估计不会遇到拦路虎，便跃跃欲试。不管她多讨厌，那该死的声音确实叫人腰眼发胀,脚底板生痒。不旋、不扭、不跳,就宛如遭到绳捆索绑一样不舒坦。她无法自制,旋了两支曲子,头晕眼花,额头上金星狂涌,一排双人合抱的楠木柱子也在摇曳,宫女们不同颜色的衣裙连成一匹长布,颜色旋转成流闪的花,由白而黄,进而化红变紫,最后把一切都装进了漆黑无底的大口袋。

疯狂的乐声总算停住,她竭力把呼吸调得匀静些,耳边一阵嘈杂的赞美声:

“夫人是瑶池下来的仙姬,舞得真大方!”

“夫人简直是一片飘飘的彩云!”

“不!是一只火凤凰,真朱雀来献舞也比不上娘娘一个指头!”

“胡说,什么一根指头,连根头发也比不了!”

“你也是瞎讲,漫说头发,连根小汗毛梢子也难比……”

她闭上双眼,两袖一挥,人的声音顿时寂灭。乐师和舞蹈者们也悄悄地溜走。

她的咽喉酸涩,然而并不流泪。

熊掌……珍馐美味也引不起李夫人的食欲,草草尝过几口就回到卧房。

“万岁驾到!万岁驾到!”似是宫女禀报。

“哎呀,怎么来得这样神速?还不曾整装!这……”她从冥想中惊觉,苍白微黄的梧桐叶还在院中飘荡。

“万岁驾到!万岁驾到!”鹦哥平直地呼喊着。

她不敢正视失宠的威胁,才亲自教鸟儿说话打发时光。想让皇帝听到,回忆旧情,巩固自己与昌邑王的地位。不想变为自我嘲弄,她立刻迁怒于打开的窗子,便重重地关上,借以推远鸟语。

“万岁驾到!万岁驾到!”它还在絮叨。

此刻李夫人才记起鸟儿讨好为了乞食,与她的命运并无差别。便抓起蛋炒的高粱米,送到它跟前,它向主人拍拍翅膀,多么玲珑可爱的小玩意儿!在万岁心目中,她也曾经是一只鹦鹉,比那些言语难上达的同伴们幸运得多,同情与歉意使她抱起鸟儿,轻轻理理翎毛,将面颊贴在翅膀上。

回到大客厅，呷上几口参汤，想弄清万岁对自己恩爱程度的念头特别顽固，呼唤宫女："莲莲！"

年约十五岁的莲莲轻脚走进来叩头："奴婢侍候娘娘！"

娘娘午睡，她不敢惊扰，就坐在花园葡萄架下绣花，职业把她训练得全身都有耳朵，夫人任何时候低唤一声，她都随时出现在主人面前。

"喊胖孩来吃燕窝汤。"

"遵命！"莲莲穿过假山的圆门，飘逝于绿天深处。

胖孩是一名小太监，七岁进宫就学会了角抵、冲狭、拿顶、倒行。能耍五只盘子，双手接住一对，三只飞在空中，高度不同，从没有掉在地毯上。他跟西域进贡来的七位乐师学会了琵琶、羌笛和一些小戏法。李夫人见他异常伶俐，把他作为活的玩偶养在身旁。

胖孩憨厚，李夫人生气的时候拧他的嫩腮，打他耳光，他从来不哭，一个劲儿笑。有时还唱几句民谣，逗得李夫人忍俊不禁。只好将他搂在怀里，吮吸着那片被拧青的皮肉。

聪明和愚昧可以统一在一个人身上。李夫人一高兴就教他认字，他一听就会认能写。他心目中起初只有李夫人，别的嫔妃女官宫娥太监，一律看不起。问他任何事情，也包括万岁和李夫人的风流勾当，他总是守口如瓶。李夫人出于无聊，也曾拿些珍宝，请别人送给胖孩，询问一些消息，都被他谢绝说："除掉李娘娘的赏赐，不收别人的礼物。"所以李夫人的心得到了满足。皇帝一来，李夫人就让他斟酒递茶。有两回因为李广利远征无功，皇帝闷闷寡欢，胖孩使出浑身解数，皇帝才破颜一笑。

"万岁若是喜欢胖孩，就把他带在身边吧，有他侍候，臣妾也稍稍放心。"

"带走，夫人岂不寂寞？调教一个孩子也要费神，何必夺夫人的宠物呢？"皇帝显然被感动了，他将夫人揽入怀中，胡须蓬乱的广颐贴在她的鬓角上。

无论怎么少食，用绸带把腰部勒了又勒，她的腹肌还在变厚，双腿也像玉石柱子一样。她不敢把全身压在皇帝的双腿，悄悄用脚尖踮起，来减轻皇帝的负担，希望他跟自己多亲热些。

“启奏陛下，古往今来帝王甚多，唯有陛下辞赋最好，连香草美人托物见志的屈灵均大夫也让三分。每当思念陛下之时，吟诵几遍，不觉泪下如雨！”夫人声止泪落。

“朕非章句之徒，偶一为之，寄兴而已，怎比屈大夫？当代文章高手不少，枚乘、枚皋，犹存古风，司马相如是一代奇才，笔健气遒，善于铺陈，朕甚慕之，去世以来，常常忆念。老臣大都凋谢以后，叙事不掩人善，不隐人恶，得泰山黄河气势者，唯有司马迁在。”

“小小史官，岂能和陛下并论？陛下爱才，臣妾对此人一点不佩服！”

“说到文章，夫人恐不如朕知人。若言良史，司马迁负不羁之才，作大文章实比朕高。古代帝王不敢说出此话，朕嵚奇磊落，一吐为快。但不必告诉他人，免得司马迁恃才傲物，不成大器，反而为才所累。”

“臣妾不解文章，何曾泄露过陛下密语？今日妄议此事，实有求于陛下！”

“宝贝，你有何求，可办者当令卿满意！只是朝臣众多，你兄广利、延年再有……”

“陛下，臣妾蒲柳之姿，自入椒房，恩宠集于一家，官爵黄金，美轮美奂巨宅，皆不应再求，只求妾身死后，陛下保重，不必悲痛，免得有伤龙体。如果旧情难遣，可为妾作一辞赋，以招泉下弱魂，于愿足矣。”

“夫人无大病，何必说这样不吉之词？”夫人的热泪使皇帝心软化。在他漫长的一生，见过粉黛以万计，但是没有享受过普通人的情爱。

皇帝的谴责并不严厉，夫人的哀痛也不是装出来的。她感到自己腰间的双手掣动了两下，知道对方已被打动，不觉暗暗得意，泪水流得更畅快。对于做过十来年母亲的女人，偶然来一两个年轻人的动作，用不谐和的噪音入乐，有非凡的效验。她连连扭动腰身，表情矜重地把一股电波撒入皇帝的细胞：“陛下乃伏虎之人，上应天星，百病回避，老而弥健。妾身纵然活到百年，也还是注定要走在陛下前头。愿陛下一百五十岁的时候，妾重新托生，长为少女，选入禁城来当一名宫女，侍奉万岁。请万岁认明，妾耳后有颗红痣。”

“知道,左耳有痣,上面还有七根汗毛。”皇帝此刻已经成为一个极普通的老汉,在乏味的宫廷生活中,轻微的悲哀也是珍贵的刺激。他沉醉于久别的缠绵中,自信能熬到一百五十岁,好像有什么神灵向他担过保一样。

“不! 下一辈子我若做皇帝选卿做皇后,世世相爱!”只有低潮中的回光,才叨念下世的事,用渺茫的诺言装饰了冷却的残羹。

“赋是一定要写。这样妾身可以借陛下文字而垂之不朽!”她理理老人的胡子。

“宝贝真讨人喜欢!”他双腿稍稍移动,让夫人躺在上面。那胡须扎在下巴上痛得发痒的味儿,能加快她的心跳。但是,某种饥渴感使她又讨厌胡须和鸡皮鹤发。如果抱她的人像当年霍去病那样年轻,情焰一如夏日的太阳,那才惬意。然而怎么可能? 皇帝真想立她为后,昌邑王继承大统,要什么来世呢? 她懂得玩物只是玩物,提出过高的企求,算白白跟其在一起过了将近二十年。

武帝豪饮了好几斝酒①,又把西域的乐工招来弹唱歌舞,直到四更才停。

他打了两个呵欠,两眼一片蒙眬,向后一倒就睡着了。那枕头特别柔软,热乎乎的。

等他醒来,夫人满面含春,捧着七宝镶嵌的玉杯立在床前,杯口上热气腾腾。皇帝掀开夫人为他盖上的锦被,回头一看,不禁哑然失笑,自己枕的竟是小胖孩。

等到皇帝一起身,孩子手提着裤子,沿途放着响屁朝马桶间跑去。

“这孩子怕吵醒陛下,憋了这么长工夫,大气也不敢出。”李夫人说起胖孩守口如瓶,皇帝很意外。

从此,胖孩成了皇帝午睡的枕头,起初两次皇帝还有点不安,次数一多,胖孩总是笑嘻嘻的,主奴各得其所。

和皇帝的靠近,意味着与李夫人逐渐疏远,这是邀宠的代价。她也想

①斝(音假),圆口三足酒器。

重新训练一个，理想的玩偶也不易到手。只好让怨怅在日益加深的麻木中减轻。

莲莲把胖孩引进椒房，夫人特别开心，从左腕脱下一只金镯，抓过莲莲的右腕轻轻套上，吓得宫女连连叩头，瞠目不知所对。夫人笑盈盈地一挥右手，她才如鱼脱网般地辞去，临出门还用左手摸摸镯子，怎敢相信这是真的？

“叩见娘娘！”胖孩跪下叩头，然后双手拄地，倒立着爬行了一圈。

“胖孩也不过来看看，小人儿混大了！”夫人将他拉起，让他坐在膝上，不知不觉地套用了皇上抱她的架势。

“万岁那边事挺多，分不开身。”胖孩把自己看得很重要，那神气俨然的表情使夫人觉得滑稽。

“别动，娘娘喂你燕窝汤。当年昌邑王五岁光景，我也这样喂他，长大之后让宫女侍候他自个去吃。知道娘娘喜欢你！”她希望胖孩永远就这么大，或者缩回到三四岁，只是办不到罢了。

“谢谢娘娘！”胖孩挽着夫人的粉颈，将头贴在她的胸膛，“您的心跳得像打鼓一样！”

“乖儿，想万岁想的！你能把万岁请到这儿来，娘娘要重赏你，私下里让你做我的干儿子，就娘儿俩在一块的时候喊我娘，你可别告诉人，人家一妒忌就会害死你。别看这儿的人文绉绉的，心里都揣着一把刀，只恨别人不死！”

“娘！”小太监一气喝完燕窝汤，用小嘴对着夫人的耳朵门子轻唤一声。

“好宝宝，真招人疼！快告诉娘：万岁为什么不来？在哪宫过夜？”

“好！万岁说过：任何事情只能奏知他一个人，别人再问，什么也不能说。说就不忠，不忠就该杀头……”

“对娘也不说？你知道娘是万岁什么人吗？”

“知道，宫里叫夫人、娘娘，老百姓叫老婆、堂客、屋里头的、孩子他妈。”

“你怎么知道这么多？小小肚皮，不怕杂碎撑破！”夫人摸摸胖孩的腹部，在肚脐上抠了两下，孩子怕痒，格格地笑着。被称为“老婆”使她乐了一阵儿。

“乐工们说的。有天晚上，他们在一起喝酒、流泪，我问他们有什么心事，有人说想老婆，有人想孩子的妈，后来他们挤眉弄眼，我才猜出一大半，都是老百姓的娘娘。真娘娘不就是万岁的老婆姨？”

“等你长大，赏你一个漂亮老婆好吗？”

“不要，太监们都没有老婆，如果要的话……”

“要谁？”

“我要娘这样的人做老婆，人人都说您最好看！”

夫人的鼻腔不觉一酸，她幻想着，如果他不是太监，自己是个五六岁的小姑娘，长大之后真是粉雕玉琢的一对儿，做个贫贱夫妻，白头相守，也胜过这笼中凤凰的无聊岁月。热浪朝她脸上一涌。

现在她明白了，她的没精打采是想像司马迁那样壮实的男人。看到内心隐秘的伤口，黄金与权欲埋到了她的眼皮，大滴泪珠从亮密的长睫毛丛中流出来。

“你什么也不告诉娘，对你好又有何用？”

“给您当枕头。”他跳到床上脸贴着丝绸床单，伏在那儿纹丝不动。

出于异样心情，她躺了下去，将头枕在他的腰上，伸出纤手，拧拧他结实的大腿。

“万岁驾到！万岁驾到！”鹦哥又在学舌。

夫人陷入沉思：广利延年骄横无谋，她一死掉，雪山如何避免融解？

远远响起一阵云板，伴着含糊的歌声……

她烦躁地翻过身，双腿一蜷，轻轻叹息着，心头像有一只无形的小槌在敲击。万岁常去邻宫寻欢作乐，她的生命也和眼下的时光一样临近黄昏。

她决计还要最后来一番挣扎，便顺手扯过枕头，自己直躺在床上，将男孩搂进怀里。

“明天儿奏知万岁，说娘病了，请他来看看，就对乖儿感激不尽！”

“一定上奏。哪天万岁才来，可说不准。”

“世上什么事能说得准？当年皇上的恩宠是真的，而今又将视为夏裘冬扇也不是假的。”李夫人在心里嘀咕着。

胖孩一走，她又觉得百无聊赖，皇帝驾幸已远如仙山琼阁。

她打发莲莲把邵伴仙请到了西宫，说明意图。

“启奏娘娘，皇帝乃天上紫微星君降世，本来不应作法召请，念娘娘平时赏赐甚多，为报厚恩，老朽甘犯天条效命！皇帝身边有位美女乃色中饿鬼，精通妖术。老朽斩灭此鬼！”

夫人微微颔首，将信将疑。

邵伴仙拔去头上桃木簪，披下一头长银发，连颧骨都被盖住，嘴里念着咒语，手上的桃木剑在空中越划越快，矮胖的身子一阵胡旋，仿佛很神秘地膨胀起来。

娘娘见他煞有介事地呼唤着天、地、泰一这些神灵的名号，心有所动。当年她初怀六甲，随皇帝去长安西北甘泉山上的离宫，为了保胎，并且暗暗祝愿生个男孩好封王位，甚至有希望被立为太子，曾经去祭过这些神。齐人少翁彼时正走红，皇帝对他百依百顺，那三位仙人画得身高三丈，非常威严，皇帝也以行家口吻，介绍少翁胡造出来的上帝：“《易传》有明训：‘易有太极，足生两仪。’两仪者天一地一，是为头上之天，足履之地。太极者泰一，至高无上谓之泰，绝对不二谓之一。泰一即天帝，不可不知也！”少翁这番扯淡，在他死后的东西两汉三百年间从来无人道破，皇帝一被愚弄，荒唐就穿上真理的长袍，可以高视阔步，通行无阻。妃子大臣，能有机会奉陪还算三生有幸呢！李夫人果然一胎举男，神的地位在她的心目中是很高的。

邵伴仙挥剑对一只杯中的“法水”一指，又在自己头上砍了两下，再朝地上一刺，最后将法水饮入口中朝剑上一喷，再流下来变成殷红的鬼血。他悄悄地说：“鬼被老朽斩首，过两天万岁来了就不想离开。”他叽里咕噜念了几句别人听不懂的咒语，然后说：“娘娘受惊了，死罪死罪！鬼血怕咒语，一会儿就变成水，晒干之后没有痕迹。”

李夫人大为惊异，很高兴地赏了邵伴仙一锭黄金。至于仙翁为什么不念咒点石成金而接受赏赐，谁也不去多想。

有了指望，时光特别难熬。

但煎熬又是享受，很多珠黄的老女人，丢了权力和荣宠的衣冠丈夫，还要品尝失去煎熬的悲哀。

院子里，莲莲和宫女们哼起了李夫人往年爱唱的乐府谣曲。她打开窗户，失神地谛听着，似乎歌曲能帮她追回一些珍贵的东西，便跟着唱出声来：

北方有佳人，
遗世而独立。
一顾倾人城，
再顾倾人国。
宁不知倾城复倾国，
佳人难再得！

她在反复吟唱中想到二哥面目不姣好，连当太监的分儿也轮不上，为什么皇帝还要他佩上协律都尉官印，而没有另找妖冶的娈童？不仅仅靠傅粉擦胭脂，唱歌编乐曲也是媚术之一。

新启示使她对希望迈近了一步。

宫女们一身都是无处发泄的精力，有了娘娘这位“总导演”的一声令下，乐师们也猜测皇帝很快会来，有机会忙乎是求之不得。

经过半天复习、排练，李夫人站在众星捧月的位置，腰腿是有些累，兴致还很浓。大概是久不出汗，又贪吹口冷风，晚上李夫人有点发热，莲莲为她请大夫取药，服用之后，饭也未吃就躺倒了。

“莲莲，你看我还能歌舞吗？”

“能。后宫一万八千来口，论唱歌跳舞，不管是谁，再苦学十年，也比不上娘娘！”混沌乍开的女孩也从李福那里批发来一些半真的奉承话。

“莲莲真伶俐，这种话睡着之后听见也会醉倒！”

“奴婢就少伶牙俐齿！”

“我这人不好侍候吧？”

“娘娘金枝玉叶，背着包袱雨伞跑穿铁鞋也找不到第二个，能侍候娘娘是大福气，说娘娘难服侍，是身在福中不知福，半夜摔断脊梁骨。”

“好个画眉嘴兔儿脚的俊妮子！”只有在极愉快的刹那间，夫人才夸女孩儿家长得好看。

“奴婢是丑八怪，送到西域凭这丑劲儿能吓死番邦人！”莲莲一本正经地说。

李夫人扑哧一笑，得意的是自身能从宫女堆中挑出莲莲的非凡眼力。

几日之后，舞还在排练。宫廷艺术总是权势者趣味的反映，王朝上升时期，博大开朗的作品被允许出土，一到王朝末日，纤柔玲珑的东西必然大行其道。从太公的石雕刻到李夫人的舞蹈，或者是西汉盛极而衰的转折，不能归之为阳刚与阴柔两种并无高低之分的美。

云板声声，又飘来一阵旋律剽悍的乐曲，全是胡儿情调，只因演奏者多是楚人，又带着南音。这种杂烩便是李延年的杰作。

“啊，万岁驾幸西宫！该死的胖孩怎么不先来报个信?”夫人走近铜镜，她看到自己眼泡微肿脂粉褪去的真面目，又急又恨又凄凉。那乐声渐渐被风送远，大概皇帝又到别的宫苑去了。

“万岁驾到！万岁驾到！”鹦鹉儿又在絮叨，她寂然无所动，手托香腮，铜镜儿一片混沌，似乎在安慰夫人。

“启奏娘娘，贰师将军求见！”

“宣！”

“人要发旺或者倒运下坡，八匹马也拉不住。”谈到杜周，长安的小市民时而发出这样的感慨。

近三年，杜周在长安城内外就抓了七万之众，八成是无辜百姓，许多人头落地，衬托了杜周的无私，皇帝特赐他深广的宅第，威势过于王侯。

权力一朝脱离了品德和监督而听命于欲望，枉法、卖法、避法的把戏便愈玩愈精，愈走愈远。

每天早朝一罢，回府用膳之前，杜周都要练一会儿拳脚，为了防刺和健身。老百姓以至于正直的大臣都厌恨饥鹰饿犬，杜周心中有底，从不把由官媒那儿廉价买来的几百名婢仆的恭顺看作民意的象征。

这天，家丁禀报皇帝外甥兼女婿，隆虑（读林离）公主的独生儿子来访，便整冠束带将贵客迎入大客厅。

年轻气盛的昭平君带着八名戎装侍卫，威风十足。

几句客套之后，昭平君开门见山地说："舍下有一健仆，鞍前马后甚解人意。昨日在酒楼之上醉后打死酒保一名，被长安中尉拿下投入天牢。俺愿以五十万钱赎他死罪，邴吉不肯通融，特请廷尉大人网开一面。"

杜周打量昭平君：脸傅白粉，口涂淡脂，也掩盖不住酒色过度，眼皮下发青；服饰虽然都丽，举止总觉轻浮。原想卖个情面，释放恶奴，继而一想，死个把仆人算什么，驸马闹到皇帝那儿，只会对自己有利。

"驸马枉顾，理当遵命。只是高皇帝约法三章：杀人者死。还要请示万岁，再放不迟。"

"区区小事何必惊扰父皇？若父皇降罪，由俺担待。"

"长孺身受皇恩，不敢以私情慢法，驸马恕罪！"杜周彬彬有礼，无懈可击。

"杜大人，此事若能圆通，愿以白金为大人寿！"皇亲国戚总是迷信金子。

杜周一看来客眼神，断定了死囚是受宠娈童，才会出此高价，便故意作态地沉吟着："这……"

纨绔子弟以为老奸巨猾的酷吏入港，哈哈一笑，告辞而去。

大约将近个把时辰，太监乘着马车送来了金子。杜周是聪明人，故意在太监到来之前乘着斧车到天牢，吩咐邴吉将杀人犯处死。

两天之后，驸马去见皇帝诉苦："人言杜周清廉执法，儿臣看来虚有其名。"

皇帝正在忙着批阅大臣们的上书，很温和地说："杜周是可恶，但他为的是大汉江山，你先回去，等看完这些帛书再议如何？"

"多谢父皇。"昭平告辞，正要出殿。

“皇儿，厢房里有白金，吩咐小谒者搬到你的车上。”

“啊？”

“杜周送来的，不必多讲，按律行事。漫说一个家奴，就是皇儿犯法，朕也要严加处置，与庶民同罪！朝政繁忙，休得妄议大臣！”

“多谢父皇教诲，儿臣不敢。”

皇帝给杜周加了俸银，杜周做得漂亮，上表辞谢，赚得更好的名声。不知内情的人看到杜周虬髯戟张，一副疾恶如仇的架势，一个劲儿赞叹。

## 梦中游侠歌

巡礼过云层星空,踏过血原,浴过泪海,穿过妖焰魅火,司马迁来到现实与理想两座高峰之间的峡谷——梦的故乡。那儿烟雾缥缈,花雨缤纷。每片英瓣都靓丽透明,揽在手上只剩空无。虚空穿过指间再腾向蓝天,还是那样炫目。

一块当时极其罕见的丰碑立在谷口,乍看似乎刻有“游仙幻境”四个大石鼓文,细细辨认,又一片空白,使他迷惘。

碑前,坐着一位少女,面若夭桃,细眉大眼,稚气可掬。她在嘤嘤干咽,两袖泪渍未干。司马迁很同情地施礼:“女公子请了!”

她吐不出话语,站起来还礼,肩膀不停地抽搐。

“敝人司马子长,跋涉四十载,腿酸腰痛,想到梦乡养伤,迷了路途,请女公子[1]指引。”

“那两位山神是一对怨偶,争争吵吵已有数十万年,你去找不到宁静所在。”

“哦!”司马迁有些犹疑。

[1]“小姐”称呼始于明代。称大官们的女儿为“女公子”见于《左传》庄公三十二年传“女公子观之”。

“先生，该死的不死，不该死的早已夭折。不该诞生的却来了。人对梦还不能随心所欲地选择。”

“在下一介凡夫，斗胆请教：女公子有何难事，愿尽微力！”

“我调和、拥抱、抚慰两座山峰，累得精疲力竭！可这两口子都有些疯疯癫癫，心不坏，就是不肯安生过好日子。我两头挨骂，烦得肠子里车轱辘老在转……现实是丈夫，说我太悭吝，他要黄金、美女、宫殿、不死药、神仙、飞车，不停地伸手，他自身就是欲望的主人兼奴隶。夫人怪我太好说话，心太善良，只该像他小时候那样给些善和关，不该事事依从。更不该势利眼，帮着贵者富者强者，在梦中欺压贱者贫者弱者。不知道该怎么办，又不能借来慧剑劈身为二，满足这对伉俪，苦啊……”

“多谢坦诚，当头棒喝。可惜我内伤危重，还想进谷去将息……请女公子成人之美！”

“我也不是好东西！把白凤公主，你尚未竣稿的书，形形色色的漂亮幻想，当作膏药贴在你的伤口上，让它和血肉长成一体。一到梦觉，我把它们又一块块血淋淋地撕下来。我让你尝过上百次与绝代佳人们(甚至仪态万方的李夫人)的交杯酒，又几百回把你送上刑场。还曾提前几十次送你进入蚕室，使你把屈辱苦难的酒猛灌入腹，酒又变成滚油煎熬你的意志。见到您羞愧得无地自容，您还想为我排难……”她哭得更哀切。

司马迁谛听片刻，他知道忏悔的泪水是稀有的圣水。哭，有时不全是悲苦，还是一种欢乐。索性随她多哭几声，再次表白：“往事逝矣，来者可追。若梦乡仍有饥寒监狱，请问子长当往何处为佳？”

少女伸出右手，用食指在眼眶上擦些泪水轻轻一弹，几粒明珠飞入司马迁口腔，使他饥火顿熄，腑脏生凉。她正色说：“指路者非哲人即骗子。哲人之路遍地荆棘，愈高愈险，末段是刀山，踏过去便能永生；骗子指的路往往相反。爱为人指路者自己未必有路，指过之后未必相信是坦途。更未曾亲身走过。我若有路，会留给自身去走，为什么告诉你？正因为对你抱歉，才坦白承认无知，也算报答。请不要怀疑我的诚意！”

“谢谢！难道真已山穷水尽？”

“无路之路远在天边，近在眼前。看不见时找不到，看得见时难拒绝。现在就找到，几千年后的人干什么？莫胡思乱想，路在走动的脚板下出现，在失去的流光中伸延。吃饱睡足，能读便读，可写则写。成无所喜，失无所悲。不冷不热的英光，或能烧出一颗新星！”

“女公子所言，高深难测。允许敝人到谷中去看一眼，然后拜辞，沿途好把忠告揣摩一番。”

“不能进去，但我请先生坐在碑前稍稍歇息再走。”

这样，他走入梦中之梦。

无论是正常或反常，梦总是填补人生缺陷的产物。命运有三位姐妹：真实如何，应当如何，只能如何。问号是她们的速写像，下边一点是泪——包括喜泪！梦与三姐妹都有交往，但她更爱二姐，常常抱在一起狂笑！

在刑辱中靠墙墙倒，靠树树歪，司马迁特别爱游侠。

寒食节晚上，司马迁睡得较早，没多久，似乎听到有人在磨剑，愈磨愈响，把他吵醒，才知道躺在自己家中。二更刚过，前边屋里，有谁在和太公纵论天下大事，公卿们的贪廉智愚，声震屋瓦。他怕小人窃听后去禀报官府，招来横灾，便披衣而起，去到前屋，吁请宾主警觉鹰犬。入门一看，是郭解与太公豪饮剧谈，桌上放着客人携来的酒瓮。郭解须发斑斑，比他童年见到时清癯，眼神幽悍如故。

郭解忆起旧情，从怀中摸出一枚金元宝放在桌上说：“多谢你想写《游侠列传》，这点小意思用去买酒或送给穷人都行，扔掉也不错，由你去吧！平生所好是为人报仇，地上有两个革囊，装的是杜周、李广利的脑袋，你不怕受连累吗？我还要杀弄臣李延年一帮胁肩工谗之辈！”

“你把子长看成什么人？他是拿笔代刀的侠士！愚兄大他五十多岁，敬之若师，事之若兄，翁伯言重，罚三大碗，子长把盏！”太公解衣磅礴，裸着赤铜色上身，便是一尊铜雕。

“钱帛如粪土，侠骨世所稀，黄金当赠太公为寿！子长心慕壮士，乐于提壶。”说罢坐在横头斟酒。

郭解旁若无人，更不逊让，捧起大碗，牛饮而尽："有酒无歌，何以洗吾俗耳？"

太公用筷子轮流敲击着空碗、菜碗、桌面，构成非乐之乐，引吭而歌：

棠棣之花，
双枝竞丽，
伯夷叔齐，
难兄难弟。
人间末世，
道义皆弃，
蜗牛角中，
争权夺利。
让国饿死，
留彼正气。
歁欤伟哉，
焉可无纪。

司马迁多次旁听过李延年唱歌，称得起尖新婉媚，华贵雍容，尽管倡家的故作娇态，胡姬卖弄异域风情的顾影自怜，损害了艺术格调，仍令人久久难忘。不过这种魅惑力和太公的歌喉相比较，就同纸花见到原始古松一样。

意足反嫌雕饰丑。老人唱歌是情蓄于衷，积之有年，犹如陈酒，退了火气，加倍甘醇。脱口而出，伟岸丈夫无态的真人格活脱兀立于声外，迫人仰视。恍如隆冬的江河，水面平平，深度都在底层。大堤之下裸露出宽阔的河滩，横陈在沙坪上的巨石、大船、断锚、贝壳、石级，便是联想的酵母。盛夏洪峰拍天狂泻的气势，惊雷叠鸣远闻数里的涛声，凸现而出。

歌声悠扬，银汉耿耿，大宇茫茫。卷土归来的春之温泉，麦苗飘闪的沃野，繁花溅翠的芳汀，情窦初开的眼波。薄于蝉翼的桃红皮肤之下，涅槃烈火复活的热血，织为玫瑰色晨曦，要夺回被冬统治已久的体躯。连推带拽，那须眉皤然貌似慈蔼的暴君打着瞌睡，却纹丝不动。春情急无奈，便抱住冬的头重重一吻，轻轻一搡，他就倒在雪野。春欣悦无涯地跳上交椅，想不到寒气如锥，从宝座下面喷出，冻得她全身哆嗦。冬在鼻孔中冷笑一声，春被冲下座来，他大模大样地坐下，闭上了威严的虎眼，任春围着交椅团团转，也无一丝禅让之意。春在位的瞬间，从冰上撞击出的火星、亮影永在子长心之一角。

情绪升于峰巅，歌者不仅忘了听者与曲子的高低快慢，也忘了自身的存在。荒腔、脱板、回忆歌词而造成的间歇，都沉入浑茫的天韵。

然而，梦总会醒，何况梦中之梦呢……

他又来到高门原上，华池粼粼波光之东，新筑起一座坟茔，草坪铺开碧毯，两侧有几行柏树，高才平人胸口，在仲夏的南风中向来客倾吐着。妻安卧在透明的石块和棺木中，面色如生，胸膛似在起伏。

她那别人替代不了的声音，哀戚、温润，在他的耳际回旋，嘴却不肯张开："子长来此做甚？"

"来向夫人道歉！"

"何必自苦乃尔？你有什么对不住我？论我的才貌和德不过中人，表兄是百千年难遇的汉子，咱们一起过苦日子，活的时候身在福中不知福，今天我要你活得稍许快乐点。你太敏锐，长于联想，那些不幸在你身上造成的灾难，比落到常人头上要重十倍。我已懂得这些，可惜迟了，白白跟你过那么多年！老是跟你顶嘴生闷气，只有请求宽恕！"

"我有极世俗的一面：在昆明差点娶了白凤，后来还时时悔恨没有这样做。书儿出世，我怨恨过不是男孩来继承我的学识。你为这件事自责，我才故意装作欢欣，讲过女儿比儿子贴心之类的敷衍话。你心地好，但也把我折磨得头发开叉，我恨过你，是伪君子！"他咀嚼着坦率的快乐。

"除了子长兄，谁能把自己的隐私全抖到阳光之下晒给别人看！几个当官的不纳妾？我是醋坛子，你跟公主不是散了吗？生前没有好好喜欢你啊！如果有什么来世……”

“要有的话，我做你的夫人，主持家务，让你安心著作……”他连连抹去泪痕。

“还要你生几个大头儿子、一个闺女，再挑书儿一次，她够好的了！”笑纹在阔别多年的桃色浪花中漩动，各种弱点随着一层衰老的外壳蜕尽，换成了使司马迁感到陌生的新娘子。

“清妹，”多年来他没有这样称呼她，“你的嘴不动，从哪儿发出这么动听的笑声……”

“傻哥，用心交谈，当然比嘴里吐出的声音悦耳。亏你念一肚子书，连这也不懂?”她有点害羞。

“可是……”他还想问个究竟，只听得嗡的一声，敲断了梦的翅膀，那是女儿推门送来了枣汤和小米糕。

# 血溅河伯庙

一场来得突兀化得迟缓的桃花雪阻止了春的脚步。乍到的东南风有气无力，刚睁的柳眼，又涂上一层青灰色薄漆，迟迟吐不出鹅黄嫩绿。早晨，渭水与大大小小的塘面上，浮冰约有俩铜钱厚。

司马迁身上的生气，比过冬的柳树还少，没有萌发出壮芽。他的脸色苍灰乏血，眼光在凝滞与迷茫的两极之间穿梭浮动。胡须落尽，腮部下陷，显得下巴向前探出一分，前顶头发卸光，退尽了鸭蛋青的颜色，与额头的界线渐渐模糊。提前佝偻的背脊使头部与胸廓前倾，鼻尖几乎同脚尖平行，身材也矮了。

有时，他手扶老柏，头抵树皮，从风声中恍惚听到父亲的絮语；

有时，他抱臂呆立，从土墙的水渍，寻找亡妻的遗容，终得似无似有；

有时，他从枝头雀儿们的喧闹，忆起二十岁时在禹王陵上听到的啁啾鸟语；

有时，他觉得有件急事要去办，便挥汗趱行二三里地，忽然忘了出门的原因，掰着指头反复冥想，确实无事；

有时，离家不过两箭之地，觉得太公外出采石，女儿到前村大塘去浣衣，门不曾上锁，匆匆赶回一看，门锁得很结实，这才放心去田埂上走走，也不过烙熟两张薄饼的光景，又认为门没有带上，再次扫兴而回，苦苦生自己闷气，半晌无言。

正月悠悠，二月漫漫，三月饿坏放牛郎。永昼难消，便面壁而坐，背诵屈大夫的《离骚》。说来也可笑，只要念到“亦余心之所善兮，虽九死其犹未悔”，舌头就会捣乱，即或掐着指头避免回旋，也会转回开篇。于是只好闭目不语，脑子里一片空白。

几案上还放着半部残存的《孟子》，打开一看，句句记得。往下一放，一句记不清。也有过顺畅的时候，看到竹简上的字，不缺腿少胳膊。可两遍读完，不知所云，记忆力犹同漏斗，与未读时全无差别。或者遇到常见的字却不敢断定，苦思半日，尽是白费劲，第二天不想它，又记起来。

一下床，眼皮上就堆满瞌睡；一上床，兴奋得睡意全无。

只要忆及史料和旧稿，脑里便嗡嗡乱叫，下颚骨使劲向脸前伸出，天灵盖上如同压着一摞石板。强迫自己休息，于事无补。后来他描写此时的心情说：“……仆以口语遇遭此祸，重为乡党所笑，以污辱先人，亦何面目复上父母之丘墓乎？虽累百世，垢弥甚尔！是以肠一日而九回，居则忽忽若有所忘，出则不知所往，每念斯耻，汗未尝不发背沾衣也……”当是实录。

司马迁也有过欢乐：阴柔的乐趣来源于书儿，阳刚的欢愉来自太公。老人怕他老是让自己心和口交谈过于凄苦，便找他议论那些石块的不足之处。想借他渊博的学识，来检验艺术成就。石刻有时能给他诗的情愫升腾。可惜他没有奏刀的甘苦，才气只是感觉，不是经验。会意和言传不全是一回事。他尊崇老人广漠的艺术疆域，体现了人要自由、自尊、自信、自强，去创造第二个大自然！

他和太公常围着一条被，在床上抵足而坐，几杯浊酒，配上牛大眼射来的兔子肉（有时送的次数太频繁，司马迁疑惑他是从集市上买来的，而大眼赌咒发誓，自称为一流猎人，就抓不到把柄）。老人家豪兴大作，为司马迁讲起剧孟、郭解之外，诸多游侠的旧闻，历历如生，这类人物的剽悍重义，敢于为素不相识者报仇而死，在皇帝眼里是大盗，在市井小民眼里是侠士、英雄。除去少数挂着游侠招牌的恶霸，鱼肉乡里的奸宄，司马迁都很崇敬。

岁月如流，三十年来再也不见郭解那样外朴内豪的壮士。

太公这部活的大书，内容又何限于游侠、名将、循吏、酷吏、王侯、医生、商人、能工巧匠？谈起来又带着迷人的观察感受。树有根，水有源，纵横脉络，清清楚楚。他相信宿命，却不谈神怪。听到节骨眼儿上，司马迁会心而笑，偶尔也提问两句，引发老人浓烈的兴味，表现得更生动。司马迁既怕老人死掉，也不甘心在许多翔实口头史料成书之前，自己猝然死去。他格外珍惜这段共处的岁月。

太公忠告诉司马迁："路隔十里少真信，百年无信史。不要急于求成，多方听听不同说法，越真越好。再好的人有短处，坏人也非无一是处。亲人爱褒，仇人爱贬，此类偏见，你也不能例外，要尽力去减少。往日你写的袁盎、汲黯、陈胜、项王、高祖刘邦，都有毛病，才更可信。我的毛病是不治家产，喜欢漂泊，待在一个地方长不了；你的毛病是轻信他人，容易冲动，认死理，太好奇，太爱才，结果委屈自己一辈子。"

书儿的理解力和阅历有限，不是所有的事都能和父亲沟通。对于太公，司马迁仿佛孤寂无告的老太婆，好不容易抓住一位倾听者，唯恐她逃去似的，久埋的抑郁便迸出了胸臆。

雄鸡初唱，月冷星寒。

书儿故意用重重的步子跺着楼梯，下来叩叩门环："爹，别累坏太公！"

司马迁摇摇手。太公像有什么隐私为人逮住一般，虽很流连，也只好匆匆道歉回到卧室，书儿才轻步登楼。

惹得侠翁兴奋、少眠、拍案叹息以掩涕，子长也觉得心怀惴惴，无奈那些史实的光焰太劲烈，听起来便忘了现实。每到荒年，人宁肯被粮食压死也比饿死满足。精神上也一样。

疲劳可以使年轻人入睡，也可以让思想者头部发木，眼圈变作无形的铁框，沉甸甸地坠在眼皮上。褥子上像有荆棘，身子怎么安放也难以停当。

两只鬼车（猫头鹰）凄绝地和答着，在屋顶上盘旋，阴气森森，切断了司马迁的悬想。寂静少顷，心搏如擂鼓，他不知道这是夜的脚步声，或是大地的呻吟，月亮的喘息，令人厌烦。但咀嚼稍久，舌尖泛出甜中带苦的甘草味，作兴就是浮生的写照。一股幽泉从华池漾上口腔，甜苦联袂杳然而逝，只剩嚼不烂的虚空。

丁丁！铿锵！

异军突起的锤声打破心音的一统天下，初则交错抗争，继而挽手同步，慢慢分不清是谁掩盖了谁的歌喉，谁衬托了谁的跫音。未央宫里的编钟，孔庙的雅乐，因雕琢伤神而相形见绌；城楼飞檐下铁马，北国漠野驼铃，无力抗衡。只有比司马迁更有智慧的洪钧大雅，才意识到这和弦前无古人，后罕来者，万年一刻。来如灵感无轨迹，去似秋风失屐痕。

在艺术神圣的塔尖，太公指挥着锤与凿，高奏为黎明和为美催生的天韵逸响。砰砰然，铿然，傲然，凛然，𬴊[①]然，不知其所以然。良久，戛然而止。巨人掷锤于地，从他被手紧捂的口腔里，压出嘶哑哭声。挚切、痛楚，克制不住，漾过小园，抖动窗帘，轻抚门环，旋舞于骊山灞水之间。

“莫非是我无意间说过什么多余的话，触动了老太公的怀旧之情，还是……”若断若续、似远而近的悲声，拴住司马迁的文胆诗肠，疑惧、自责、关情、不安，催促他要去问个水落石出。

他穿上夹袍，套上靴子，打开房门，霜花料峭，使他打了个寒噤。于是退回床头，摸到丝绦拦腰一系，戴上厚巾，走到楼梯口侧耳凝听，楼上一片阒寂，书儿睡熟了。孩子太累，如果母亲健在，摸着她手上的老茧，注视她眼角的血丝，准会揽儿入怀，何等地心疼！而今自身贫病交迫，成为孤岛，在耻辱之海当中，日日夜夜承受着怒潮冲袭。太公已登大耄，谁为女儿分忧？他想上楼看看女儿，但是没有这样做。

走进院子，风在树梢吹着口哨，好久以来，他没有像此刻这样感到清醒。

或许是怕扰人清梦，哭声已勉强忍住，粗糙的抽搐声还在延续，它拽着司马迁前行的步伐。

值得珍惜的夜用青灰色大氅覆盖着土地，愚昧、罪恶虽然不曾睡熟，多

①(音霍)，东西破裂声。

少有些困倦,不像白天那样睁着贪婪与情欲的斜眼,出奇制胜地制造着、玩赏着善良者的不幸。睡眠在深宫大宅与茅舍野店表演着不公正的公正。司马迁感觉到生存的美,没有人再干扰他,他也没有损害别人。相对的自由,就在他的耳边呼吸。假若此身还被羁在诏狱,焉能像这样摆脱群体?

刚刚回到这儿,或许是太公的点化,书儿知道爹爹不愿见到邻人,免得充当话柄,天黑请他就寝,屋里不放灯烛。二更来天,城外便是深夜。她喊起父亲,要他多穿几件衣衫,一同到远离村庄的田野去漫步。她以中年人自居,遇到有沟,总是孩子先跳过去,然后回过头来搀扶他。自觉地充当一个拐杖,他倚着精神支柱。天伦至情醉人,大自然的面容反而变得形近神遥。

为了不触动对方,父女俩在谈话中都不触及司马夫人。这种绕开礁石的默契会削弱交流。

今夜,世界把自己交给了司马迁,他也以同样的爱去领悟透明的夜。小路如弦,沉缓的脚步,弹出了一种灵境:如此平常的美景,短暂一世中又能品味几次?轻淡的生之哀愁,流连光景悲悯厄运之情;不甘沉埋,对明天的憧憬,一齐觉醒。

他蹑手蹑脚,迅速穿过院子。厨房外间,灯火闪耀,太公并没有回到卧房。

云纱四散,月外晕圈模糊,群星更亮,从幽冷逐渐化为恬馨。司马迁兀立着,缁衣拂风而动,犹如一团黑色的火苗,反射着月华,夹杂着墨绿色幻影,焦茶色的光波。

“太公还不歇着?”

“子长,你该躺下,不该来哟!”老人原先双手掐腰,呆立在石桌边发愣,听到招呼,转身走到月下,左手沉甸甸地搭在司马迁的右肩,扭过头用右腕揉擦着老眼,久久说不出话来。

把老人推到屋里,司马迁抓起夹袄披在他的身上,但他感到燥热,一耸肩抖落在石条上,依旧光着古铜上身,长髯上光珠闪动,分不清是汗是泪。年岁不饶人,膈肢、上腹部的皮肤已经皱起,肌肉开始萎缩,双臂不似往年那样浑圆，股上的青筋也松弛了。

司马迁脱去靴子，坐在秫篾席子上。

太公抱着双臂，坐在对面。

席边立着半人高的石柱，方形，凿痕条条，没有加工。柱顶一虎口半高，是比真人略大的头像，广颐、短额，眉楞骨隆起，三角眉垂到眼角，目光非笑非怒，难于琢磨。下巴翘起，狮鼻，胡髭短而直，椎髻、不簪。司马迁三次移动视角，石像的表情也随之变幻：或静悍，或冷嘲，或悲愤。太公把各种感情都组织到几条线中，欣赏家将自身所带来的情绪注入石像，石像立刻用加倍的力度，将它弹回到审美者的思维，碰击出和鸣。这是东方雕塑艺术的精髓。多层次的复调，被纳入最简练的形式。

"太公，这不是气度恢宏的郭解吗？"

老人点点头："可惜手指发僵，眼不当家，死石头敲凿不出活人的神气！老了，老了！"他抓住银须摸到一多半，突然唇边眼角浮现出苦笑。

"听先父说郭公能豪饮斗酒！"

"是啊，当年建章宫尚未竣工，城内尚冠、太常、章台、久阳、华阳、炽盛、蒿街、香宝八条大街上，十二辆车轨可以并列，酒店不下七十多家，酒友都是些游侠们，比如临淮兒长卿[①]、西河郭公仲、关中樊仲子、长陵高公子、槐里赵王孙，到了一家酒肆，每人三杯，自早到晚，一个不醉。那些风云人物，以德报怨的古君子，大都被朝廷诛杀殆尽，惨哪！"

"您也同他们一起豪饮过？"

"这……"

"太公，子长目光浅陋，也神往英奇人物，您老人家便是一位隐于石匠当中的游侠，古道热肠！"

"我算不上，只能算追随过他们的朋友晚生吧。我说的不是指年纪，指的是心胸！睚眦必报，意气杀人的事不愿做；持公论，重诺言，从前我也不甘居人后。年纪一大，法网又严，眼睁睁好人横死，天下太大，苦人太多。

①古兒字，音泥。长，上声读倪掌卿。临淮，汉代郡名，治在江苏睢宁县西南，非安徽凤阳县临淮关。

几位游侠，杯水车薪，无济于事。我把怨恨埋到石头里。有人懂得，很好；没有人理会，也好。”

“太公知之深，爱之切，方能雕得活！”

“你说这像雕得好？”

“当然！”

“我有位很苛刻的朋友，说它不传神！”

“在哪儿？这像刚才动手，谁见过？”

“就是这位老弟！”老人从地上拾起锤子向太史一扬，“他命令老朽改日重刻。”锤随音落，头像碎裂，石片和粉末纷纷掉在地上。

“这是太公心血，太可惜！”司马迁跳起来搓手顿足。

“旧的不去，新的不来。子长，砸了它我很快乐。事无大小，包括你写史书，能死方能生，肯失才有得。自己看不入眼，怎配给别人过目？”

“透彻！”

“不能说皇上的名讳，莫忘了他叫刘彻，在外边要小心！大不敬是死罪，太不值得。死得于苍生何益？”

“记住了！”司马迁感到惭愧。交了腐刑这样昂贵的束脩，并没有学到做人的“秘诀”。

“你知道郭解死在谁手？”

“知道。郭公去投案，御史大夫公孙弘说郭解布衣任侠，睚眦杀人，已犯王法，虽然在大赦之前，罪迹仍在。轵城儒生之死，郭解虽然不知道，其罪比亲手杀人还要大逆不道。这样，郭公全族无辜被诛，令人不平！记得太公将他幼子送往辽东，不知近年若何？”

“朋友为了保全翁伯后代，浪迹天涯三十年，幸而香火尚能绵延。你说说，史家应当如何对待公孙弘？”太公眼光咄咄逼人。

元鼎元年，子长二十岁，考得为博士弟子员，曾听公孙先生讲经，前后三载。就私谊而言，终身应当敬师不忘。此老实为当代第一大巧伪人，每餐仅用一样荤菜，但多少不限。汲黯检举他位列三公，俸禄甚多，只盖布被一条，贪名窃誉，他老人家居然表彰皇上是圣君，汲黯是直臣才敢进忠言，承认自己是矫揉造作，把皇上捧得乐不可支，反而封先生为丞相。先生只肯吃刚刚脱壳的糙米，后母去世，穿孝服三年，一钱如命，宾客有困难，必送重金。外似宽容，内怀忌刻。每害一位大臣，必先与之交往，到重要关头方置之死地。主父偃被杀，董仲舒先生被排挤到胶西困顿而死，都用此种伎俩。诸侯有叛逆，天下有事，必上书告退，以示不恋爵位，甘心让贤，来保位固宠，用尽权术。在朝会时，只罗列诸臣议论上奏，不置可否。皇上所好，一味投合，无是无非，从不面折廷争。要写列传，必须毫不隐讳。若以师生之私，隐恶扬善，便是上负君父，下愧庶黎，不是良史。

“子长一席话，深得我心。天下事每多坏在此辈伪君子身上。我们三代至交，我想告诉你一件隐私，听完就去睡。”

司马迁再次为长者披上衣服，这回太公没甩掉，毕竟是四鼓了。

灯花突然一亮，爆出几粒小火星，随之寂灭，他俩没有理会。四壁联成墨幕，拓宽了空间。月光从大门投射到席子一角，如酒潮初退牙雕般人面上，黑白镶嵌得分外合适，剪影峻拔，仿佛是被超度到另一片乐土。

谈及平生豪举，太公将右臂平肩举到胸口，腕子连连伸曲，皮下的肌肉疙瘩鼓成一个老鼠大的肉包，一用力，它便上下来回乱窜。

郭解被斩之后第二夜，闪电若金蛇乱钻，雷声摇撼着长安街巷，那架势想把渭水翻个底朝天。

“这是苍天替屈死的郭解一家鸣冤！”不止东方朴，大多数百姓都有这类想法。

人头挂在西北角“横门”城楼上号令，木匣上全是血渍，放在旗杆下面竹箕里的石灰，被血染成了紫黑色。两名守卫的小卒都不信会有人来盗取那颗闭上了双眼的人头。

太公不愿连累亲戚朋友，在腰带上挂着一小管毒药，万一被捕，就一死殉郭解。他特地烧开一锅豆油，将脸凑近锅边，突然敲几个鸡蛋投入沸油中，“啪，啪”几声，油花飞溅到太公脸上，炸得层层是泡，麻麻癞癞，粗如树皮，即使是老友碰上他也无法辨认。

天刚断黑，他掀掉后屋楼梯下的石板，将成殓需用的棺木衣衾整理停当，然后喂饱了最早饲养的关东大黑驴，戴上斗笠，缝好大小两只皮囊，二更乍过就悄悄上路，雨点从笠檐斜拂到脸膛上，痛得像针扎。这对年届花甲，走南闯北的豪客来说，算不了什么。

太公将关东驴拴在河伯庙门口，背着长剑与小革囊，但等三更鼓响，迅速奔向门南边一箭之遥，溜下护城河，宽仅十丈，转眼之间就到了彼岸。他屏气提神，仗着剑，贴近城墙，将一端有钩的长绳扔上城垛子，横咬着剑，双手攀绳，两手一拉，钩子又垂下来，被他接住。试了五次，挂得很牢稳，他才缘绳而上。城高三丈五尺，爬起来不费力。

一个武士抱着长矛倚墙打呼噜，另一名见到太公提矛就刺，太公从枪杆上跃过，伸出左手抓住矛柄，飞起一脚，将小卒踢倒。

“哎哟！”小卒正要嚷嚷，被一声炸雷所淹没。

太公左膝跪在小卒前胸，扔掉长矛和宝剑，掐住他的脖子，把两腕的关节下脱臼，撕下淋水的衣襟，塞住他的嘴，再抓住剑一跃而起。

“有贼！”打盹的小卒闻声醒来便狂叫一声。

太公手快，长矛刺来，木柄一碰锋利的剑刃，前半截就飞下了城楼。

“饶命！”他轻声叫一句，扑通跪倒。

“不杀你，不许叫！”太公一剑斫断旗杆上绳索，木匣往下一落，太公割下绳子，把小卒绑在旗杆上，再割下他的衣襟，填入他的嘴巴。

人头装入革囊，挎在肩上，跑到登城的所在，顺绳而下，游过城河，奔向河伯庙，解下黑驴，抽上几鞭，径往法场。

法场上没有兵卒把守。太公脱下上衣，包好郭解遗体，装入大皮袋，捆在驴背上。郭解的家族，已在轵城被害。解到京都来的，仅翁伯一身。

天过四更，雨下得更大，驴背上、革囊上、衣服上、大路上的血痕，都被冲洗得干干净净。

太公怕郭解遗体查出，连累邻人，将亡友成殓之后，钉好棺木，盖好地窖，再将自己的衣服打成包裹，连同大小皮囊一起装进大袋子，骑上黑驴，跑到几个庄子之北，找到一片苇荡，挖个坑埋妥。天到放亮，雨渐渐止住。

察看过家前屋后，没有可疑之处，然后披衣坐在床头，喝了两碗酒，没有一丝睡意。大事一毕，脸上的伤疤，痛如刀刮，敷上拌有乳香没药的桃花散之后，也不见轻。

太公在家躺了半个月才出门，邻人们听说他面生恶疮，送来一些瓜菜和鸡蛋，告诉他长安城内正在捉拿郭解的党羽。还有人说，是雷神亲自把郭解的遗体运走，越传越玄。

半年之后，太公借了马车，连夜将棺木运到荒山安葬，每年都去祭扫几回。

同样骨骼须眉的老侠，在太史公心目中发生了质变，风度襟胸都升格了。他自恨对长者的灵魂认识得太迟。

"太公，明日清明节，我想回夏阳去祭祖坟，中途给大侠扫墓。看看童年耕牧的故地，比成天枯坐在这儿好。"

"你还经受不起风霜，万一弄病，很难复原。还是让书儿在家照看你，夏阳之行由我代劳，要听从吩咐！"

"借一辆车，您我和书儿都坐着去。明儿再商量。"

"今晚先去给我躺下。命运对你不薄，该尝的味道都咀嚼过。今晚耽误时光，明天我向书儿告罪。"

次日，太史公精神特别健旺，书儿端过温水来给他洗漱，方知太公在早晨便动身去夏阳。

饭后父女们摆上了一盘棋。司马迁的思想里填满了太公的话，几回出了神。

"下子呀，爹！"

"唔……"司马迁被动地放上一粒白子，很难集中思路去应付棋局，孩子的笑靥、手势，连棋子在棋盘上敲出的声音，都使他忆起亡妻，心如火炙，唉——！

书儿倔强，只要父亲让子，就当场揭穿。他只好尴尬地干笑，出子缓拙，一会儿绝处逢生，尽是高招；一会儿只顾招架，本末倒置，失势还一意孤行。这种疟疾般的棋风，使书儿赢得吃力、诧异。

"棋输子在，摆摆再来。"

“不，爹没有心绪，明天再摆。”书儿憨笑两声，收起棋具。

司马迁对女儿下厨赶集之类琐事从来不管，主张让孩子去发现甘苦。书儿继承了母亲的棋艺天赋，进退自如，但兴味欠浓，不会有多大出息。

“书儿，下棋要认真走进棋盘，同时又能跳开，超越胜败，方能体会到乐趣，表现个性。”

“败给爹爹太公挺高兴，要是输给别人就不自在。”

“输有输的乐趣，赢有赢的味道。快乐这位先生住在昆仑顶上，从来不肯去找别人，老要人去找他。你到五十出头，成为过来人才能理会这种玄妙。”

“女儿还浅，进不去。”

“我到三十七岁都浑浑噩噩。过早悟道是受灾难启迪，显然不幸；终身执迷不悟，又是白活。”他坦率地说起自己二十八岁继亡父任史官时，在华山与挚峻韩仲子下过六天棋，一盘未胜。此刻特别怀念高士挚峻和传闻战死在大漠之北的韩仲子将军。自从皇帝下诏求贤之后，挚伯陵便骑着一匹驽马，携着一只水瓢、几卷古书走出西安，多年没有消息。

“如果我衣食不愁，心绪稍好，当记下所闻所见的名士风流。可惜马齿徒增，愧对故人！”

“爹爹还想写史书？”

“你看出来了？”

“可不，这棋赢得我心事重重！爹，别写一个字，再惹祸爷儿俩都活不成，说不定还株连太公。”

“不做点事活着太腻味！”

“事儿多着哪，就是不让你动笔，不许藏一方绢帛，一捆竹简。写出来儿也要像秦始皇帝嬴政那样烧掉。只要爹爹多活几年，答应女儿吧，否则永世不起来！”书儿泫然地跪下。

司马迁皱着剑眉苦笑一声，拉着女儿。

“爹绝不说假话骗你，你是最亲的骨血！起来，你若这样爹心疼！”

“不管你可答应，儿都看着你，让您写不成。”她悻悻地站起。

“我们到院子里拔草去。”

“爹歇着，女儿去。”

“都去，歇着人要生锈的。”

菜种得太早，天冷缺水，还有蚜虫。叶子才钱大就老了苗，梗子发红，倒是草儿长得绿油油的。

“太快了！小时候在龙门寨，跟你爷爷一道拔草，手快眼快，拔完三畦，爷爷一畦子还剩一小半呢！眼下我两只手不如你一只手……”

“可写文章谁也比不了您的手！”说出此话是姑娘的疏忽。

“人外有人，无名高人更多，故而称不起最好。一支笔磨到我这火候也大不易。你要它投闲置散，有什么办法？”

“女儿没有恶意。”

“浑浑季世，千诡万谲，善意的折磨一样毁人！至于坏人之间为名利地位而互相残杀，好人不想伤恶人，但对恶汉人格上有重压，行为上有制约，被邪恶势力毁掉太多。书儿，孔子吃了粮食化作《春秋》，左丘明吃了饭吐出《左传》《国语》，三闾大夫吃了大米酿成《离骚》《九歌》……爹不能白白糟蹋五谷，空来一趟。”父亲拍拍她的头淡化一下严肃，“话憋在腹中太久，时光催我，不吐不快！”

“邻人上城卖菜，说街巷里日夜有大兵巡视，事由儿是抓李陵同党，说他们降了匈奴，又回来刺探军情，逮到就杀。亭长也被上司吆喝去询长问短，作兴和此事有关。小心无大差！”

“由此可见皇上不会忘记这名小小的史官，随时都会捉去砍掉。你盘算的是我还能活多少年，我想的是离死还有多少天，不一样！盼望在大归之前把书写完，不留遗憾在世间。”

“娘啊，我该怎么办呢？听爹的，还是听自己良心的？”女儿下唇一撇，嘤嘤地哭起来。

“别说了，咱们下棋……”司马迁觉得鼻腔酸胀。

“不、不，早起送走太公，挑了些野菜，剁点狗肉，给爹尝尝……我怕，怕出事儿……头年把几卷书索性都烧掉。爹，女儿知道您爱书，对您老人家不起……"书儿撩起裙裾垂头跪下。

"哈哈！烧得好！烧得好！起来！"他本想拉起孩子，却下意识地前行几步，双手扶着她的肩头笑着，"心里的书不怕烧，干干净净也好，爹不会责怪好女儿！"

"您不生气？"

司马迁缓慢地摇头："爹不是笑了吗？"

"谢谢！"

"莫放心上，做过的不后悔！"他转身走进屋。

"您老人家干吗？"

"我要……"

"说呀，爹！咱们父女俩都只剩下一个亲人……有心事还瞒着？"

"不对！还有太公，我要去找。"

"找什么？"

"找灰，书烧成的灰！"

"爹爹，饶了没娘的书儿吧！"孩子跑去拽住父亲的袖子。

"没怪你呀，傻丫头！哈哈哈哈！"含泪的笑不会自然。

他双手在残灰里扒了良久，找到两根竹简，苇编已断，一端被烧煳，字迹不太清楚，下面大半截还可辨认，原来是《孟子》中的残简，他用袖口一拭，念出了第一句，书儿非常熟悉地插进女声，合诵全段：

故天降大任于斯人也，必先苦其心志，劳其筋骨，饿其体肤，空乏其身，行拂乱其所为，所以动心忍性，曾益其所不能。

先人们善于从陈旧的武器库中各取所需，抽象继承。孟子说的"大任"，可能指获得高位以推行其政治理想；司马迁领会的是写《太史公书》；女儿根据父亲的诠释：在精神与肉体的大苦痛中丰富自身。

掌灯后，书儿怕父亲抑郁，要他提着葫芦到村东小店去沽酒，顺便在田野里遛个弯儿，走累了回来，可以睡得香些。她洗过碗，取过针线筐，坐在席上给父亲缝单衣。

门外剥喙两声，很轻，不像太公或父亲在叩门。书儿迟疑了一会儿，又是两声，比刚才叩得稍重。

短短一瞬间，书儿的心被劈成两半——一半在追悔：不该让爹出门，来了恶人不好对付；另一半很欣悦：如果来捕抓他，就把这些恶棍骗到后面，自己关上厨房，点火自焚，爹爹看到火光会逃走。

更急促的叩环声。

书儿后面的想法占了上风，顿时从容地开了半扇门。

一个瘦削麻利的身影侧身闪入，立即要关门，女性本能的敏感，使她又打开另外半扇门，走到外面一看，街上没有人迹，不速之客旋风一样把姑娘拉进屋，迅速掩户，再用自己的背脊抵住插上的门闩。

几上灯影幢幢，气氛僵重。

书儿出口长气，打量来人，五短身材，狭长的马脸还很白净，细眉插鬓，二目开合如电，头发花白，绾着椎髻，依然很整洁。上髭稀疏，大部墨黑，海下无须，下巴微亮，说明他是从清秀的青年时期走过来的。但是，横贯过额头上的一条刀疤又红又粗，打破匀称，增加了颇具神采的特征。左腿下段残废，拄着一条粗大的铁杖，乌亮水滑，落地不响的轻快步态有着与年龄不相称的果断，展示出他有一段神秘惊险的往事，引起她的好奇心。宽松的绛色长袍，前后襟被粗丝带扎在腰上，肩头、两腕的骨骼轮廓分明，领口两肘洗得发白，有着积重难返的洁癖。

四只眼睛在无声中对视。

“你叫书儿吗?”声音比人老，又带点苍哑。

“您是……”姑娘看不出来人的恶意。

“俺要拜见太史公。”

“这是石村蓬蒿里，住的全是老百姓，没有当官的……”

“俺要拜见司马子长贤弟，此处当年是俺旧居……”

“爹爹没在家，大伯改日再来吧!”

“只怕天明之后，你韩仲子大伯就不在人世了!”

“哎呀，侄女久闻大名，爹爹时时提起，傍晚还说在华山苍龙岭上跟大伯下棋连输几日呢！请到草堂，受晚辈参拜！”

“劫后残身，休提往事，徒生感慨耳。”

“父亲没在家，我在守门。”

“就在此屋小叙。”仲子跟着姑娘走入餐室，倚着石案旁竹席而坐。“太公是俺恩师，那时府上在茂陵，贤侄女也还未出世呢！”

“挚伯陵老伯可有信息？”书儿奉上热茶。

“隐于渭南。老死乡里，已三载有余。去岁清明，俺也曾斗酒只鸡；荒村祭奠一番。堂堂国士，湮没无闻，于理不公。除非靠你爹爹挥毫作传，才可流芳百世。”

“爹爹自遭大变，不再握笔修史。”

“哦？……”仲子的茶碗突然往案上一放。

“大伯从何处而来，往何处而去？”

“四海飘篷，来道而来，无路可去。”

“想必未用晚餐，厨下还有菜饭。”

“不必张罗。只因李广利兵伐匈奴无功，请求还朝，皇帝龙颜震怒，传旨屯兵酒泉。幸存李陵旧部，陆续逃归，有人上书请求抚恤战死亲属，不了了之。传到边地，李广利怕人告他按兵不动，坐失良机，特派杀人不眨眼的惯贼胡亚夫回京，征得杜周首肯，到处捉拿李陵派来的奸细，意在灭口。俺以为李陵降敌、身败名裂不足惜，老母妻儿被诛，内情阴错阳差。殉国兄弟，气壮山河，不应埋没。故而甘冒万死，来京师向你爹爹说明实情，存信史，了夙愿。俺死之后，只怕再也无人提起这段公案。”

“大伯提着自己脑袋来闯虎口，侄女佩服！”书儿纳头便拜，“只是……”

“有话但讲无妨！”

“只是他余痛刺心，九死一生，四面贼眼，时加窥视。可怜他余年无多，还请伯父莫让他再担风险……”

“请起来！哪家孩子不惦念父辈安危？大伯心是肉做的，能说什么？俺把好兄弟交给你，好生奉养他，就对得起你厮杀大半生的老伯伯！俺儿，走串大街小巷，村里集市，追名逐利者比比皆是，想找个有脊梁骨的人一吐衷曲，难于上天！父子、夫妇、兄弟、师生之间，以能捏造罪名相互告密为忠；卖道义，卖是非，卖骨肉亲友，不以为耻，反以为荣。人人憎恨面具，谁也不敢不戴！生而无欢，死而何惧？天路茫茫，何处归宿，何处又不是归宿？明日问候令尊，伯父去也！”

“侄女太偏心，难以自拔。大伯保重，天道好还，风声平息，重会有期！”

“不必相送！”

“且慢，烟囱中藏有黄金一锭，是侄女探监时无名大恩公所赠，转送大伯，遇到为难之时，好派点用处……”

“哈哈！子长有你这样的好孩子，大伯死也瞑目！黄金对俺无用，留下买些补品，好给恩师与尊大人受用，算大伯回赠贤父女的心意！见了太公，不必说俺来过，免得老人家惦念。”仲子抓过金锭向屋顶上一扔，不偏不倚，落在房梁当中，他转身便走。

书儿伸手，够不到金块，追到过道，仲子拨闩开门，想不到司马迁刚巧赶到门口。仲子想闪躲也晚了。

司马迁把葫芦交给了女儿便问：“这位是……”

仲子向主人一揖，给姑娘解围：“迷途之人，叩门问路，多谢小姐指点，告辞！”

“天黑路途难认，何妨进寒舍小饮两杯，少时月上柳梢，再走不迟。”

“萍水相逢，怎好相扰？多谢太史公！”

“仁兄认识子长？”

“这……不曾幸会……”仲子支吾一句，夺路出门，踽踽而去。

“好熟识的口音！”司马迁狐疑地看着过客的后影。

“爹爹进来吧！”

路上隐隐传来一声痛哭，但是立即被什么东西堵住而消失。

“啊，是他！”司马迁追上去冒叫一声，“仲兄！”

黑影迟疑一下，又加快了脚步。

“仲兄！”这是肺腑之音，把对方钉在路当中。“回来！”他追了上去。

“爹！嘘！”书儿怕父亲跌倒。

两位老友四臂相抱，浑身颤抖，久久无声。

“大伯请回家去，这儿诸多不便！”

三人鱼贯而归。

“子长兄弟，还是让俺走吧！”

“一别五年，怎能不长谈一夜？”

“不，还是走开为好！”

“为什么？”

“我怕……”

“哈哈！仗打老了，胆子打小了。小弟不怕，你怕什么？”

“死都不怕，只怕连累兄弟！”

“仲兄，你怎么残废了？”

“是贰师将军李广利、伏波将军路博德的赫赫战功！”仲子额上的刀疤变得紫红，他的叙述把太史公父女二人的思维带到了一片冰天雪地之中。

仲子将军，这位逃过百次死亡的幸存者，吐出的不光是语言、历史见证人的职责、天宇间无人可诉的孤愤、是非颠倒的大哀，而是殉国者铁的事实吼出壮烈的圣歌。叙述者的侠肝义胆，是几声鼓鼙，淹没在暴风雨般的马蹄声中。

漫说冤沉海底的司马迁，早历风霜却仍未脱稚态的书儿听出了神，就是看惯鬼魅妖孽的夜色，也因贪听这段珍闻，腿站得又麻又僵而忘了举步。如果不是木铎报三更，天几乎永远不会亮。

草堂里极静，穿过门窗缝隙的风丝被送入了宾主的耳膜。凛凛苍穹，仁厚地母！眼泪都是浪费，何况是不能更改人们命运的哀叹？

比起大自然，人类显得少不更事，弱点多，太外露，欠超脱。他们不许沉默冻结着时间与空间。书儿悄悄走到案前，给灯盏里添上两根灯草，暖意从火苗上跳出。

太史公捧起葫芦献给老友。

仲子仰天牛饮，喉头“咕嘟、咕嘟”作响，吐出了腑脏，就该用村酒去填空！

书儿爬上小几，从柜顶上取出祖父用过的笔，毛已经让老鼠咬烂。几块写字的帛上尽是灰尘，别的写字工具都找不着，哪像书香门第？

仲子耸肩一笑，兄弟之间不需要安慰，便把葫芦奉还太史公，里边的酒已所剩无多。司马迁不想喝，只向案几上倒出半杯，然后握起大笔，蘸蘸酒在粉壁上奋腕疾书，立即被墙吸干，了无痕迹。

书儿兴奋地看着，两眼焕发出热和光，赞美这无形的起点。

千兆万亿，皆始于一。

一生出无极。

一点火种，可以燎尽腐草，炼出铁水，烧出美味，点起明灯。

心里的灯比月亮更重要，是灵魂的巨眼。

斜阳古道，大漠，碧野，马群，旌旗，枪林，剑树，箭雨，车河，边城、金殿，诏狱，争先恐后拥到毫尖，不知道该先写什么，后述哪些。灵感的闸门，快快升起，瀑布就要倾泻狂飙！

是父亲临危流泪的眼；

是妻子出丧刺耳的锣；

是太公的锤，在给时间的神骏钉蹄铁；

是畏友挚峻的棋盘跃上银河，抖下星的珍珠；

是历史老人用胡须蘸着热汗为他洗伤；

是杜周恶笑的牙齿长成侠士的磨剑石。

笔秃了，算什么？庄子、老子、孔子、孙子、屈大夫、左丘明源源地送来如椽彤笔，其实太史公不需要，他的骨骼便是斗笔。

没有漆、没有墨，怕什么？

文人写文用墨。

志士抒情以血！

突然，行空天马失前蹄，滚滚污水涂抹过的京华西郊蓬蒿里，落入太史公看不见的巨砚中，墨潮飞溅。他掷笔几案，歇斯底里地狂笑豪呼："哈哈！哈哈！哈哈哈哈！疯了！疯了！哈哈哈哈！"

女儿很畏葸:“爹爹——”

仲子抱住他,连连用铁拐杖轻轻叩着老弟的右肩。一切音响灭寂。

从智慧高峰的七窍洞里飞出粗细长短不等的寂寞之蛇,啃着三颗普通的心。

心,戴着镣铐,头顶旧世纪的万钧石锁,在磷火吐出的舌海中挣扎……

砰砰! 砰砰! 砰砰! 皮靴在踢门。

开门! 开门! 开门! 大门外二片混乱。

“李广利的爪牙来了。”书儿有些发急。

“快逃,楼梯下有地道!”地道通往街后菜地里的假老坟。当年房主修宅,为的是逃命,仲子知道底细。太公每年还下去清扫。司马迁一回家就下去过一次。现在他要搬动石板,石板不听摆布。

“俺来。”仲子单腿蹲,双手将石板掀起一条缝,用拐杖撬开,朝地窖中一跳,再用肩头把石板合上。

书儿要父亲躺下,有事她来应付。

“怎能叫女孩儿去开大门,当然我去。”

“爹不能去。”女儿追到院子里拦住太史公时,十名官兵跟着胡亚夫撞开大门,一步三摇地闯进来。

司马迁把女儿往身后一拉,挺身走到草堂门口。

“太史公,久违了!”胡亚夫夸张地整整衣冠,向主人深深一揖,“末将铁甲在身,不能全礼,大人宽恕!”他摆摆手,士兵们两边散开。

“半夜破门,有何贵干?”

“捉拿匈奴奸细韩仲子,他与大人相交二十载,又是叛贼李陵心腹。秉承御史大夫杜大人钧旨,贰师将军将令,前来惊扰,身不由己。贤父女海涵!”胡亚夫探身垂手,表情恳切。说话与当年在李府做打手门客时的油腔滑调判若两人。

“爹爹久病在床,杜门谢客,没见到什么匈奴奸细。”书儿想到父亲的遭遇,说出话来脸不红,气不粗。

“收容奸细,祸灭全族。末将素仰大人道德文章饮誉九州,还是保全身家性命要紧。”

“寒舍并无奸细,休要误会。”

“哼哼,搜出来可不大光彩。”

“如搜不出来呢?”

“活该! 儿郎们进去看看!”

“我司马子长未犯王法,为何要来搜查?”

“你敬酒不吃吃罚酒,别拉架子,大不了一只阉猫,搜!”斥候[①]头儿露出本色。

“不许恶语伤害爹爹!”书儿扶着父亲,和这群豺狼一同进入草堂。

“点上火把,上楼看看!”

“遵命!”两名斥候擎着火把直冲楼上书儿的卧室。司马夫人的孝幛都掀开找了一气,茫茫无所见,便下楼向头头报告结果。

“司马迁,你家里还藏着笔、点着灯,凭这些罪证,就该搜查! 有笔会写文章。写文字就会骂皇上,腹诽都该杀;你脊梁挺得像根哭丧棒,看你能硬多久!”

另外两个士兵报告了搜查前进三间小屋的情形。

“太史公老爷,”胡亚夫一挥手,斥候们再次散开,各自拔剑立在院子当中小路的两侧,“麻烦您老人家跟随末将去一趟左内史衙门。”

“爹有病,不能去。”

“草民不想见官。”

“大人,请您去做个证,末将来查过,韩某某未到过府上,立即派轿子送大人回府。不去没个交代。适才说韩某某到府上,有人见过,他可以作证。”胡亚夫随手一指,被指的斥候当面撒谎,振振有词。

“骗人! 看到为什么当场不抓住?”书儿理直胆壮。

“大人,霍子孟大人对您的女婿言听计从,很是器重。咱们混口饭吃的,敢把您能怎么样? 请吧,一根汗毛也少不了。您真要是执意不去,咱们

---

①班长之类打手。

就放火点着老石匠的房子，让你们仨无家可归，到那时候打官司，大小衙门都听贰师将军的，没人帮您说话。不信走着瞧！”

“若要作证，我替爹爹走一遭！”

“那可不敢让大小姐抛头露面，左内史大人怪罪下来，末将就没命。不去，抬着您老人家也得去，免除误会，别无办法，多多宽恕！请！”

流氓无赖的本领在于大事不要头，小事不要脸。太史公知道跟这类宵小说理是自找麻烦，索性坦然默坐在炕席上。

“冒犯大人！”胡亚夫很迷信“礼多人不怪”这句成语，一面施礼，一边向斥候使眼色。

两名走狗会意，冲上前来就架司马迁的双臂。胡亚夫却摇身一变成了好人，横眉竖眼地说：“退下！谁教你们这等无礼？太史公老爷是天上文曲星君下凡，又在病中，怎么毛手毛脚的？喏，背着走，两边扶好。”

“慢，你们饶了爹爹，可怜他老人家好不容易活到今天！前屋梁头上还有一锭金子，情愿赠给将军。”书儿呜咽地说。

金子使得这些狐群狗党眼睛贼亮，几乎要滴下血来。

“一锭太少了吧？”

“要多实在无有了。”

“既蒙小姐慷慨大方，这厢道谢！”亚夫指使斥候去取金子。“小姐大富大贵之相，将来杨敞大人位列三公，还请多多关照！末将幼读圣贤之书，也知‘非礼勿取’，平生廉洁，两袖清风。得此厚赏，不能无功受禄，我那匹西域宝马，让给大人骑去结案，请！”这番话说来一点不打咯噔，面皮冰凉。

“书儿看守门户。”司马迁推开两名小卒跳起身来。

“儿要与爹爹同生共死！”

“小姐，门闩砸断，明儿叫人来修，门可得守住，万一丢了什么，咱们吃皇粮的跳进黄河也洗不清。末将再提醒小姐：水火无情。”

“侍候大人上马！”

“书儿听话在家。左内史又非猛虎，怕他做甚？少时便归。女孩儿家深夜出门，岂不让我多添忧虑？”

“末将要在大门外上锁，免得小人混进来作案，坏了末将等的名声。请小姐抵上大门，锁上草堂。太史公请！”胡亚夫指定两名走狗守在村街，晚一会儿赶上来，显然是看看仲子将军可会再来，同时又把小姐软禁屋内，冲着杨敞的情面，又怕两名走狗做出伤天害理之事，坏了他的前程。他和这些人面狼是一丘之貉，心中有底，安排十分得体。

抖动的夜空从来不曾这样蓝光莹莹。新月像一只微笑中眯上的孩子眼睛，顽皮纯净，周围浮漾着一层透亮的黄纱，妙在有无之间。银河熠熠，星星知道个体的微弱，才把群体的光束绑在一起，用来和月儿争辉。说不定所有的星儿去参加合唱，一颗散星都看不到。凝望既久，月亮逐渐在太史公的感觉中变得哀愁，竟然像是女儿的眼泪。

麦苗盖不住平畴的荒瘠，皇帝开边兴造宫殿将大批青壮年深植在泥土中的根子拔掉，靠老汉妇孺做田，田老挨饿，瘦得扛不动那么多株禾苗，怎能不枯黄减产？

司马迁不愿想到扑面而来的死和身后的萧条，仿佛是一篇极不通顺的文章，读不成句子。只希望马走得更慢些，哪怕没有尽头，总比死于非命强。

横门城楼的剪影墨黑，从护城河边的苇子丛中望过去，阴森、冷酷、狰狞。

斥候们举着火把，走入香火零落的河伯庙里，立于殿前两侧。

胡亚夫拉住缰绳，马垂下头来，悠闲地嗅着庙门外回阳不久的爬根草。

“大人请下马！”胡亚夫一摆手，两名斥候把司马迁半拖半架弄下马，马被牵走，拴在树干上。

“大人请进庙歇息片刻！”胡亚夫吆喝一声。

“不用，快进横门。”

“哈哈！这庙你不进也得进。”胡亚夫的脸上浮出灰绿色的恶笑。

河伯的塑像，油漆掉落，目光迟钝，似乎很不得志。跟司马迁当年在汨罗江边所看到的佳作无法并论。正在狐疑，胡亚夫把他一推。

“司马迁听着：今晚胡某一无圣旨，二无大令。咱们之间无冤无仇，你不该得罪贰师将军和李娘娘,咱是端人碗,服人管。叫朝东,不朝西;叫打狗,不撵鸡。你放明白点儿。杀你不好结案,放你我活不成。梁头上给你预备好一条绳子,打好了活套儿,你挂上去官府不会问。给你个全尸,没白花你一锭黄金!”

“哈哈!死后还要我背上畏罪自杀的恶名,这样做太不光明磊落,太卑劣,月光星光,还有河伯都会嘲弄你们。本来,我对生死置之度外,但无论你们怎样逼,我决不上吊,死得那样听话。来,刀剑长矛一起朝咽喉扎,不怕!”他扯开自己领口,露出瘦骨嶙峋的胸部,闭上两眼,昂起头颅,屹然不动。

“不许伤他!一个糟老头子,怕他干什么?上!他属阉过的鸭子,烧熟了嘴还硬邦邦的!”胡亚夫为了立功,表演自己的威武,冲了上去,被司马迁重重地打了一耳光。

“嗬,还真有几根小子骨头,叫我挨了打也有三分服气,这一掌算万岁打的,不计较!”

几名斥候抬起司马迁,拉住他的手。

胡亚夫轻松地跳上祭坛,抓过绳子,套住太史公的脖子再往梁下一推,斥候们随之松手。这些两脚笔直的狼,干起杀人的勾当熟已生巧,悠然不迫地玩赏着死亡的特技。

司马迁悬在大梁上,两脚乱蹬,双手抽搐,但再也举不到肩头,眼珠像金鱼一样鼓出,脸色由紫转青。

“铁哥们儿,走!”胡亚夫哈哈狂笑,“这事谁走漏风声,司马迁就是一面铜镜!”

“好,谁讲出去吊死谁!”斥候们狞笑着。

此刻,两名后到的斥候刚走到庙门口,被一个自苇丛中冲出的黑影击毙,夺下两把剑,继续前行。

门吱呀的一声被剑撞开,矮小威严的仲子口衔一剑,神出鬼没地闯了进来,一个箭步,蹿上石阶,突然扬起右手,利剑飞过空中,划断梁头的绳索,带着飕飕冷风,啪的一声扎在河伯的胸膛,幽光闪闪。三名恶徒,来不及看清怎么回事,已在刃下丧生。

司马迁摔在地上,人事不知。

另一柄长剑脱手而出,直刺胡亚夫,他头一歪,正好中在木柱上。

“韩仲子！到处抓不到你,送上门来,铁哥儿们,上！抓活的赏一锭黄金!”胡亚夫知道仲子的武艺,高声号叫着,三个转身跳到斥候们的背后。

不等胡亚夫叫完,铁拐杖又敲开一名斥候的后脑,往下一拉把他手上的剑磕飞,右手正好接住,凭着一条腿的硬功夫,铁杖与宝剑并用,虚实难测,探刺如意,杀出常规。这些恶棍本来就只擅长咋咋呼呼,仗势欺人,极少练武功,有点真本领,也一贯轻敌。仲子闯庙全出他们意外。长期的仇恨积聚在兵器上,唯一庙门被他封住,火把倒在地上,浓烟刺鼻,众打手眼发花,哪有将军能沉住气?

胡亚夫趁着仲子与下属们拼搏的时候,拾起死者的矛绕到了仲子的侧面,对准将军头颅狠扎,仲子听到风声,又要招架正面对手,来不及跳开,将头一歪,长矛擦鬓而过,胡亚夫往怀里一拉,仲子的左耳被剐掉,血如泉涌。但也顾不得许多,铁拐向后一扫,只听得当的一声,胡亚夫手中的矛被震飞了。

“抓住司马迁！韩仲子,你不投降,我们就杀司马迁。”胡亚夫忙着要找剑。

仲子满腔怒火,心知不能久拼,救太史公要紧,决定出奇制胜,便右臂运足力气,将剑投出,正好扎在胡亚夫肩头,胡亚夫向后一倒,双腿乱划,仲子再指着他的咽喉说:“叫他们放下兵器,脸朝墙跪倒,俺饶你狗命,快喊!”

“补一剑吧,我不喊……杀了司马迁!”死期一到,胡亚夫还有点流氓的臭硬,干脆闭上双眼。

就这片刻,司马迁缓过气来了,他扯掉脖上绳子,一跃而起,拔下河伯胸口的剑,向仲子这边移动。

“保护自身,别管俺!”

“老将军饶命！全是胡亚夫逼咱们来的。”一个斥候把剑扔到空地,朝墙跪倒。

“丢人!”一个伙伴的长柄矛扎进投降者的背脊。但是仲子的手更快,不等矛拔出,长剑一挥,杀人者倒在血泊中。

就在同一时刻,胡亚夫就地一滚,手刚伸近长矛,矛被司马迁踩住。从胡亚夫的脸上,太史公看到了李广利的狂暴和狡诈、杜周的狠毒。

“太史公……”胡亚夫没有喊完,司马迁一剑刺入他的口腔。

只剩下三名斥候,大势已去,但都知道生路已绝,仍同老哥儿俩苦斗。

仲子的铁拐杖神出鬼没,又得司马迁相助,战了二十几个回合,三名斥候全部被斩。

“兄弟!”仲子掷剑于地,抱住司马迁。

“仲兄!”司马迁忍不住唏嘘,将头倚在仲子肩头。

月儿一落,带走了很多热力,似在哮喘的天空由湛蓝变成瓦灰,荒鸡鸣起银笛。仲子踏灭火把上的余焰,包裹着兄弟俩的青烟正在消散。

“眼前的事怎么了结?”

“不知道,大不了一死。”仲子跳到香案上坐定。

“仲兄,你的耳朵伤了。”

仲子紧皱眉头说:“断耳难以复原,挂着又误事。父母所赐之体,决不忍心扔掉!”他咬紧牙关,伸手将耳朵扯下来,填进口中,一伸颈项,咽了下去。刚要凝住的血又淌开了。

离奇的做法,使司马迁惊愕。对救命之恩,竟忘了说谢谢。他胸有成竹地跑到门口一望,马还拴在树上,正垂下头啃着草皮。便回到庙里,从胡亚夫口袋里摸出金块,放在仲子的右腿上。

“仲兄,客套话不说,快快逃命要紧!闽越一带,远离帝都,找个地方,埋名隐姓,以尽天年,快快上马!”

“这些尸体怎么办?愚兄一走了之,你去投案自首,让杜周砍你人头示众吗?”

“胡亚夫是小弟所杀,情愿偿命!”

“俺能看着兄弟伸着脖子去挨刀?说偿命你才两条,俺有九条就该逍遥法外吗?”

“兄死不能救弟，弟死可以救兄。既然打算一死，不管几条，后果一样。为报再造之恩，死得痛快！”

“死得痛快难，活得痛快更难。兄弟让俺活下来做什么？”

“摆脱追捕之苦，风尘之累，避祸养老。”

“养到一千岁也写不出《太史公书》！你一番美意，感俺肺腑。贤弟上有老太史公遗命，弟妹尸骨未寒，弱女孤单。实在不当死，没有资格去送死。你死，走了一条便宜路，撇下活人太苦。百劫千磨才活到今日，世上好人坏人都太多，不记下来怎么行？”

“是该写，可又无处写，心不静，写不好，何况书儿从中作梗……”

“今晚你拾到这条性命，侄女会助你一臂之力，孩子还是热肠人！兄弟读书多过俺百倍，本来用不着俺提醒。何谓大丈夫？俺以为是：在别人活不下去的恶劣环境中不失人格地活着；在天才蠢材都无所作为的时刻做出业绩。你有和万世子孙抵掌而谈的大手笔。刑辱杜绝了你治国安邦之路，对皇上已无所求。弟妹谢世，你少了人世温情，也少了治家产等身外之累。灾难毁你又成全独一无二的福人。当公卿烂为粪土之日，正是你精光彪炳之时。兄弟别再胡思乱想，振奋起来，不似愚兄生无益于人，死无损于世。著书无学问，打仗是废物，种地种不惯，求有欲望而不可得。其心槁木，其志死灰。此生虚度，好生哀怆！虽然俺甘饮白刃，不受人怜。我的立锥之地何存？自欺欺人苟活于世的依据安在？子长，你说俺们的命运哪点儿像真的？哪点又是假的？不荒唐之极，滑稽可笑吗？”

“哈哈！哈哈！”老哥儿俩异口同声地干笑着，笑着，在不知不觉间，又变成无声无泪的干哭。天地万物在这哭声中战栗，在战场在刑场贮存的英雄泪可以畅快地流！

谯楼五鼓，天将破晓，寒气从护城河上升，穿过苇荡，直钻庙门，侵袭着死里逃生的兄弟俩。

时间又恢复了旧日运行的速度。

仲子揉揉眼睛，抓起宝剑，在柱子上写道：

市井无赖，
兴妖作怪；
俺韩仲子，
为民除害！

“仲兄，你为什么要自己败露？”

“为了《太史公书》！贤弟，门外有脚步声，快去看看，愚兄太困了。”

“此地不是睡觉之所，快快逃走！”

“来不及了，先看看外边来了什么人？”仲子把剑递给太史公，自己倚柱而立，抚摸着铁拐杖。

“我怎么未曾听到？”

“先关上门。”

“好。”司马迁走到门口，拖开一名斥候的尸体，打算掩门。

“请太史公三日后来认领愚兄尸体！”不等司马迁跑来阻止，仲子举起铁拐对准自己的脑门狠狠一击，血花四溅，倒于柱下。

“仲兄！”太史公发疯似的扑过来抱住仲子，将军本应献给沙场的血，流遍他的全身。泪水和语言都已无用，一霎时，耳朵眼里似乎飞进了一千只马蜂，一齐钻进他的后脑勺，由单调的嗡嗡声汇成雷霆，头部比石鼓还沉，但是还有一个清晰的近似将军的声音在警告他：“子长，你不能晕倒，要挺住，前面等着你去做的事太多！”

他抱起仲子，横放在石案上。逝者嘴边隐隐现出一线无愧为人的笑影，似乎哥儿俩凝合为一体……血已经不滴了。他用脸贴近死者渐渐冷去的额角。

司马迁深深再拜。他记不得几时离开河伯庙，怎样上的马，几时到的家，见了书儿说了些什么。明明是刚才发生的事，好像已经隔了很久。倒是和仲子华山对弈的场面，反而像是昨日。

书儿很舍不得这匹马，想留给父亲乘骑，但又怕给父亲惹是非。她向爹提出：“等到天黑之后，悄悄骑着马到正北关康济里，把它送给牛大眼叔叔好吗?”

“好。我的头晕!晕!渴……”

“您先歇着。”

“睡不着。血!你仲子伯伯的血……”他的舌头转动不灵,眼光发直。

这个白天很漫长,他的神情恍惚,像酝酿着一场大病。

入夜,她换上黑衣,用蓝包头裹着脸,将马骑到康济里。东屋里黑灯瞎火,西屋里正亮堂,小卿书声琅琅。院门半开,里边大门也虚掩着,或许大眼还在诏狱未回。姑娘将马悄悄拴在门环上,溜出巷口,顺着大街西行回家,心扑扑通通乱跳,幸而未遇到熟人。

新生的太史公悲悼亡友的哀声,正好是《史记》精神呱呱坠地的第一声大哭。

仲子、太公、老太史公、司马夫人、生者、未生者、死者、贤者、不肖者、酷吏、暴君,在为《太史公书》的催生上,似乎有什么君子协定,非常默契地从不同角度推波助澜,共同雕塑着司马迁这个幸福的不幸者,不幸的幸福人。这支合唱以公正的不公正与不公正的公正为对位法,除了太史公挥舞巨笔,谁能立在珠峰之巅,以江河为管弦,时间的流逝为协奏,来指挥这伟大的合唱呢?

司马迁,顶礼吧!司马迁,您何幸而生于中国!

接受稽首吧,有幸孕育司马迁的昊天沃土!

# 骡　魂

# 一

孩子方面大耳，俊眉灵俏，瞳仁乌亮，皮肤榴红丝白，笑起来现出一对深深的酒窝，皇帝很喜欢他的纯厚与幼稚。无论是猴儿、松鼠、狸奴、山雉、孔雀，都没有孩子好玩。不幸的是，十天以来胖孩舌头上长着恶疮，太医们、长安与外地请来的大夫们用尽各种药物，舌头越肿越凶，由紫变青。多亏李福用一段晒干的猫肠子塞在舌根，另一端插上漏斗，灌进大量人乳，病儿才维持着奄奄一息。

皇帝每天亲至病房，这一行动，给大夫们胸膛放上一堆石头。

两日之前，有位不到四十岁的大夫提议割掉胖孩的舌头，一月之内可以康复。

皇帝一听，先是皱眉头，继而笑容可掬地问道："朕意先割去大夫的舌头试一试，等长出来之后再给这可怜的孩子动刀如何?"

大夫们全体叩头，一片哀呼，面如瓦色，提议者吓得昏死在地上。

"医生要有割股之心，怎能想出这类下策，难道不怕神明震怒?"皇帝在责难臣僚们的时候从来不检验自己的行为，似乎他就是神明的化身，群臣双股战栗的模样儿更使他沉醉于自己的威慑力。屋里一片寂然，几乎可以听到一根胡须飘落到地上的声音。他摸摸胖孩的面庞，拂袖而去。

当夜，皇帝接到李广利西征出师无功的战报，把信使臭骂了一通。

次日，武帝带着余怒来到胖孩床前审视，病情有增无减，急得他像铁笼里的豹子一样来回不停地走动。

还是李福高招多,他备车把孝景帝九十多岁的御医请来会诊。按脉之后没开方,就被扶到邻居休息。

“难道山穷水绝?”皇帝跺跺脚。

“臣等驽劣之材有负圣恩……”大夫们在觳觫。

“饭桶!治不好就把你们全都砍头示众!”武帝的双眼熬得通红,两腮下陷,颧骨上的皮肤发青,胡须干枯,颚下和虎口上的神经在突突地跳动,李福加倍胆战心惊,说不定灾难会迅速落到谁的头上。

武帝抱起胖孩,他昏昏沉沉,舌尖上毒疽有鸡蛋那么大,脸色苍黄,要吸入三四口气,停顿一下才吐出一口气来。

老御医跪在皇帝面前说:“启奏我主:胖孩的痈疽十分危重,但据脉象及虎口筋纹未曾发黑,看来尚非死症。老臣斗胆恳求陛下……”

“老大夫德高望重,救人心切,有话何必留下半句?”武帝伸出左手捋着胡子,眼里闪出期待的神色,语调变得温和,李福乖觉地将老大夫拉起。

“昨日门人割舌一说,并无大谬。陛下德被四海,恩及禽兽,不忍使病儿终生喑哑,然病舌不除,势必攻心,再过半日,事不可为,悔之晚矣!老臣身受国恩七十年,请陛下三思……”老大夫一领头,太医们又一齐跪下了。

“哎,听天由命!昨日一时暴怒,诸大夫不必介意!”武帝放下胖孩,把御医们一一扶起。他想到自己也有生病的日子,还要恩威并用。“连日辛劳,内侍传旨每人赏黄金半两!”

“谢万岁!”

“不必,朕在书房候听佳音。”

孩子的生命很顽强,又得到名医们的治疗,舌头一割就脱了险,武帝很高兴。四十天之后,他又能倒立拿顶,给武帝做枕头。见异思迁,是皇帝们对待玩物的普遍规律。只因语言不通,沸点过去,逐渐冷却下来。

从御医们那儿悄悄得知,李夫人患的是绝症,顶多再撑半年便会玉殒香消。伴仙颇善藏拙,决计觅一良机,告假回乡祭祖,兼为扬言活到二百岁尸解而去的先师修坟，到蓬莱去躲风，顺便把夫人赏赐的珠宝送回老巢藏好。

邵翁不愿见李夫人，十五年来这女人犹如嫦娥的飘带，一直拴着他的魂魄。见一回就折腾几个月，无论是念咒，午夜在官道上狂奔二十里，累得上气不接下气；或是连续舞剑一个时辰还多，也休想通宵睡个囫囵觉。睁着眼，屋里屋外墙上天上都看到夫人在倩笑、在低唱、在曼舞；眼一合上他就返老为白面书生，跟夫人同拜天地，进洞房，喝交杯酒，月圆花好。

他时时提醒自己的处境和角色，一条大河堤可以毁于蚁穴。二十载积累的一切，皇帝白眼一翻便付之东流，还搭上老命。这样，保持岸然道貌。内心炽烈绝望的单恋，做到滴水不漏，真是地狱里的苦差。于是欲火点燃了仇恨，报复的武器仍是女人！

他听到自己非常年轻的心声："邵某是一只小虫，等第一棵大树倒下再栽另一株，早已饿死。夫人，真正的仙子！您的井里水将干涸，恕邵某无情无义，辜负您的许多厚赏，要先开第二口井，否则晚年富贵休矣！"

有时，又有一个苍老的声音在训斥他："你这老色鬼、老淫棍、老流氓！陷君王于酒色，危及国运民生，该千刀万剐！"

两种独白恶战了半年，还是欲望胜过了苍白的道德。理由是：邵某要活得好！没有邵伴仙，皇帝也养一万八千个女人……

邵伴仙有位好友赵无疾，家住河间郡，颇有资财，因为犯了风流罪，受宫刑之后在京师任中黄门，常常和邵伴仙在一起喝几盅。后来身患重病，自知不起，将唯一的女儿托付给邵半仙，不到半个时辰，就咽了气。邵伴仙将他葬在长安城西北三十里的雍门之外。在宫中走动，带着小姑娘总觉不便，就亲自把她送交寡母照应，每年探望一次。赵女长到十七岁，寡母死去，见了邵翁，哭得很伤心。

太始二年（公元前九十五年），邵伴仙扈从武帝巡狩回京，路过河间，早已被长安父执们遗忘的赵无疾之女已经出落得一表非凡，新月眉皓齿，双颊如丹，体态华贵。

六十一岁的老皇帝对李夫人的眷念早已淡化，碰上天刚刚下过一阵急雨，太阳从云层里闯出来，一条七彩长虹让彤云衬托得华光横溢。

“李福，召方士望气！”

邵伴仙知道时机不负苦待人，便披发仗着桃木剑念念有词，向东南西北各下一拜，弄足玄虚，再扬尘舞蹈，神秘地启奏：“请退左右！”

皇帝目光左右巡视，除去李福，郎中们都离开了。

“但说无妨。”

“彩虹投入昊日之杯，我主大吉大喜，此地当有奇女子，贵不可言。按照天意，陛下当访求纳之。臣泄露天机，当减阳寿十载！”

“哦，奇女子？”皇帝的眼睛突然来神。

“此虹西北角稍有卷折，此女当是双手蜷缩，不见真龙天子，难以伸开。”邵伴仙苍老语音中带有折寿的沉痛。

“母鸡捉虫，美女捉龙。”民间俗语不无道理。

“李福，赏他一株珊瑚树，再派郎中密访拳姑娘，朕要近日召见。”皇帝嘴角现出一条似笑非笑的细纹。

“遵旨！”李福答应得脆响，毕竟是李夫人的耳目，步履很沉缓地退出寝殿。

“那珊瑚树，请公公选一株高大的！”邵伴仙随他踱出来。

“是吗？”李福肉缝中的小眼眨得不太快，似有所待地说，“要是找不着什么拳姑娘、腿姑娘呢？吃饭家伙不是玩的！”

“挑选大珊瑚孝敬公公！”邵伴仙深深一揖。

“哈哈！不用。”李福的拂尘在邵伴仙的脸前一扫，轻轻叩叩他的发髻，拱手而别。

邵伴仙在喉管里冷笑一声，他想：李夫人很快树倒猢狲散，不愁珊瑚树夺不回来。

一连两日没有奇女子的消息，李福好不惬意，皇帝坐卧不安。处于九五之尊，不便询问。

“这邵老儿的话能信吗？”

“敢夸海口，总有点把握。”李福想用反话来激怒皇帝，又怕话说过了头，会陷入尴尬境地，尽力保持分寸。

邵伴仙故意枯坐行宫长廊，闭目养神，若无其事。掌灯时分，一辆小车把拳姑娘迎入寝宫。

武帝也不勉强，便叫四位郎中分别试过，赵女的手指就是伸不直。

“只有请陛下一试了。”邵伴仙伏地叩头，一副惶恐神色。

“李福你来。”

“遵旨！奴辈已经没有多大力气。”凭着侍奉皇帝几十年的经验，他看到此女浓丽春色，艳不掩清，异日必受专房之宠。逢场作戏，才能给自己留条后路。他心中暗暗地说：“李娘娘，我是不得已而为之！”李福拉出宰牛般的架势，闹腾一气，也掰不开赵女的双拳。

武帝总是乐于做小姑娘的“忘年交”。他走下台阶，面对赵女，眼中射出惊异的微芒。那是他找了很多年，连他自己也不知道找的是什么，而今顿时豁然开朗。至于赵女腼腆无语的窘态，还有那脸上的肤色，朗润、鲜柔，如同西域贡来的葡萄美酒，装在薄如丝绢般的白玉瓶里。处子才具备的淡香，贵妇人的娴静，小家碧玉的玲珑，北国名姝妖冶的情韵对他都失去了魅力。说来也怪，是少女乌亮鉴人的美发，挽成黑油油的蛇髻，唤起许多矛盾的回忆：他厌恶陈阿娇，和卫子夫疏阔多年，并未忘记她们的妙目与青丝。站在阶下的赵女倩目胜过阿娇，柔发不亚于子夫，他伸手去掰赵女的拳头，稍一用劲便伸得笔直，拳内落下一对玉钩，这场面出乎皇帝和郎中们的预料，一齐欢呼。只有邵伴仙端坐廊檐下面闭目无语，回到国都，便如愿到齐鲁云游去了。

武帝特辟钩弋宫，供赵女居住，宫中尊称为钩弋夫人，又称拳夫人。过了一年，夫人有娠，十四月后生下武帝第六子弗陵。武帝从古书获悉尧母庆都也是怀胎十四月生贵子，乃称钩弋宫宫门为“尧母门”，封赵女婕妤，恩宠胜过其他嫔妃。

## 二

吃了两支参，十多只老母鸡，加上小园中四时鲜菜，饭量一添，司马迁的身板就逐渐硬实，与新的起居比较适应，书儿喜形于色，她以为大河流过深谷险滩之后，总会出现宽阔平缓的境地。

每天上午，他和女儿一起灌园，中午小饮几杯，带着微醺和衣而卧，总要到初更过后才起来吃点薄粥，在灯下通过回忆，写出一些列传。每到灵感激荡笔不暇书时，他或狂歌不休，或泪湿襟袖，悲人自悲，为自人生高峰沦入地狱的传主倾吐不平，为默默屠狗守城舍生取义的壮举而掷笔徘徊，向苍天发出许多疑问……

书儿很解事，四更将至，她总是侧身轻步送来村醪、花生豆、豆干，或是一块新烙的油饼，一碗滚热的小米饭，悄悄放下便走，不与父亲交谈，怕打断他的思绪。

食物和天伦之爱生出不同的热能，推动太史公的思维，将血肉悲喜赋予他描写的人物与事件，折射出时尚。

女儿把油壶提到自己卧室，灯盏里的油只能点到四更，写作不能在月光下进行，灯灭之后脑子活动范围更广，跳跃得更快，往往失眠。在大多数夜晚，搁笔之后独步园中，与星河对话，倚树数着自己的脉搏，再舞剑一回。或者将石块从东边墙角搬到西边，第二夜再搬回来，借以寻求累极的甜睡。

离群索居，郁郁寡欢；和熟人恢复交往，面皮良心过于委屈；与邻人打交道，是非和无意的村言闲语，同样伤及内在的创口。

经过多次动议，司马迁才同意和女儿同去赶一次集，在陌生人流中去看看热闹。她怕父亲碰到熟人，特地让父亲换上了太公的短上衣和犊鼻裙，雪白的汗巾系到鼻孔下边，大竹笠罩着眉心。天一放亮，吃饱喝足就登程。出村不远，花了十文铜钱，搭上载货不多的马车，同车夫说说笑笑，倒也轻松，此人是业余的巾舞行家，今天便有演出，他欢迎司马迁逛过街后到广场上去看舞剧，爷儿俩欣然首肯。

拥挤的人群，使街道变得更狭窄，马车要绕道后街，方能进入广场。一到街头，父女俩就下车改为步行。

除去店家敞开大门欢迎顾客之外，街两边没有门面的墙下，摆着许多大锅，地上铺着篾席子，许多食客跽坐在席上，就着矮几吃得很香，店家肩搭长巾，立于白布顶棚下面，挺着圆得几乎垂到膝上的大肚皮，笑容可掬，张着油亮的嘴，招徕着顾客：“老鸡婆汤，野兔肉包子！赛过熊掌驼峰，天上蛟龙肉。喝一口，香一月，闻一闻，香三天，吃个饱，想三年；香喷喷，一风吹五里，馋嘴老猫闻到摔下爬不起。哪位客官来尝尝，先尝后付账，肉孬不要钱！”馋嘴的孩子们歪头注视着沸腾的锅里，连连咽下唾沫。

“爹，您小时候也好吃吗？”

“那可是，比你和这些看人嚼肉的孩子凶得多。”

“有意思！”

“本来人都好吃，越吃不上越想吃，长大之后，怕人嘲弄，装作不爱吃的样子给别人看。好吃无罪，孔夫子还讲‘食不厌精，脍不厌细’。一点不好笑。来，掌柜，来三碗羊肉泡馍。”

“是啦，请上坐——！羊肉泡馍三碗来！”掌柜的嗓子真能听小半里路远。

“爹，您又饿啦？能吃下那么多？”

司马迁哈哈大笑，拍拍三个半大孩子的背脊说：“上席去吃个痛快，请！”

“这位客官是……”店主有点摸不着头脑。

“我请这小哥儿仨！”司马迁特别开心。

“有意思！”书儿也破颜一笑。

“还不谢谢大爷！我再给你们加上块板板实实的后腿肉。”店主飞快地旋动着魔术家一样的手，转眼之间，半块面盆大的厚饼，被撕成小丁子，然后把羊肉切得像纸一般薄，放在漏勺里，下锅打个滚，分到馍顶上，再浇上翻花的汤，本已完事，为了表示慷慨，特地从锅中捞起三块大骨头横放在碗口，几乎要滚落灶台，用夸张的忍痛之态说：“反正是蚀了本。这位大爷解囊，俺也得做个模样儿给孩子们开开眼界……”

半大的男孩带着两名总角少年，向司马迁和书儿下拜，他领头说出真诚的祝福：“愿爷爷多福多寿，多子多孙！愿姑姑将来大富大贵，一人之下万人之上的姑爷位列三公！”

两少年鹦鹉学舌一般,不太熟练地复述一遍。

司马迁哈哈大笑,并没有在意。书儿的脸上掠过一阵寒霜,但也不好说什么。

爷儿俩前行数步,父亲皱眉叹息。

“野孩子话,爹别生气!”

“我怎么会那样没心胸,是觉得为吃一碗馍竟要下拜,这世界太糟蹋人!可惜饥寒的孩子太多,咱们太清贫……”

“爹爹看那儿多新鲜!”女儿岔开话题,指指一大排黑棚下面成堆的赌徒们,像正在作战的蚁群。

地上铺着青石板,被赌客的手摸扫得油光水滑,极少浮尘,每座棚下都坐着庄家,有的脑满肠肥,下巴挂着三道肉箍,细小的眼珠特别机灵;有的骨瘦如柴,面孔蜡黄,貌似镇静,其实很慌张,如同生着热病的大瞳仁织满红丝,在掂量着顾客的腰上缠着多少赌本。分散在各个摊子上的,除去几名庄家串通一气的职业赌棍衣冠都丽,剩下尽是平民百姓,面目黧黑,衣衫破烂,处于高度的兴奋中。

从人缝里送来一串扬扬得意的笑声,那妄自尊大、自以为是的味道溢出声外,异常熟悉,但又很难记起是在何处听到过。太史公不觉停下步子,迟疑了一下。

“爹不想去看看?”

“哦……”他踽踽前行,犹若断了线的风筝,眼看快要沉落,忽然又出人意料地腾上天空那样,不连贯的思想脉络又接上,他终于忆起,那是当今世上最大的赌家——刘彻的笑声。

他信步来到棚下,不免大失所望,尖声假笑的坐庄人其貌丑陋,大而无当的头,鼠眼,塌了山根而看不到鼻梁,胡子又黄又稀,外露的狡猾,谁看了都会厌恶。那赌棍装作虔诚的样儿,把盖着陶碗的碟子摇上几下,表情与刘某在泰山封禅时的做派异曲同工。钱串放在石上的声音,为坐庄的倾吐出人世间最悦耳的颂词。顿时,所有的赌客变成一个整体,如同一株大树的许多枝条,神经贯通,呼吸一致,伸出数不清的手,以不同的节奏和幅度,疯狂地弹着一架看不见的古琴，曲名可以称之为《贪婪赞》。在升降浮沉的指尖，指甲睁着死鱼般永不眨动一下的眼睛，牢牢盯着赌注和赌具。司马迁当郎中的年月，护从皇帝出猎上林苑，熊奔猿哭，兔倒狐呆，骏马错杂，弦鸣霹雳。皇帝射倒一只黄羊，它带箭奔突，还想逃命，狗监及时打开铜锁，大头扁脸、剑齿外突的辽东大狗，毛色枯红，尖端有两粒米那样长的一段雪白，奔跑起来，如同一团烈火闪动着银光，吠声凄厉，喜欢拖着长音，眼光都嗜血，与这些赌博者相似得令他震惊。

一位左手只剩下拇指的大汉，牵着一头牛，牛背上坐着掩面啼哭的青年妇人，嗓音嘶哑，肩头抽搐。那大汉嚷道："俺的赌注来了：牛和女人，输掉决不反悔，赢了就戒赌，下回再玩就剁掉这末后的一个指头！"那股邪劲简直是恶煞。赌徒们信奉的道德是扒下一切人的裤衩子。封建官吏可以从黑棚得到许多收入，就任这些脓疮泛滥成灾。

这场面使太史公目不忍睹，又无法改变，只好拉着女儿快步穿过人巷。一会儿，远远听到牛背上的女人尖声哭泣，她逃不出命运的血盆巨口。

稍前，又是一番景象，路南全是卖鸟儿的，各式各色的笼子花样百出，大显神通，从猎鹰、巨鹫、猫头鹰到八哥、画眉、黄莺、百灵……不下百种，笙簧协奏，也没有鸟儿们的和鸣动情，似乎是春的歌喉在技痒，不露一手决不罢休。也有编笼高手，当场献技，满足顾客要求，穿插在一堆堆的鸟当中。还有专卖养鸟用品的小贩，摆着小米、树种、碎莲子、薏米、糜子、禾子、稷子、糁子、水盂、鸟食杯，也有捕鸟用的网罟等等。

路北卖的全是菜种子，西域来的苜蓿块茎，和遭到绳索束缚，弄得自然形态全失的奇花异草，品类繁多，顾客寥寥。

"我若有大宗铜钱，将这些鸟儿全买来放掉，笼子堆起来烧光，把花花草草身上的绳索割断，让它们活得自在。可惜……"司马迁喟然而叹，"你爹是个不快活的人，又过了到任何地方都可以快快活活的年岁，你爷爷健在的日子，不像我活得这样费劲……"

没走多远，是卖野味的，獐、兔、鹿、雉，不下二三十种。书儿买下两只山鸡，打算带回去给爹下酒。

一阵阵锣鼓，此起彼伏，广场一边是些猴儿戏、杂技、百戏，比起往昔宫廷见到的表演都很粗糙，引不起太史公围观的兴趣。挤成里外三层的都是些小市民与半大孩子们，吵得沸反盈天，炸耳欲聋。

广场便是集市尽头，破破烂烂的帐篷上打满补丁，已然看不出原先的色彩，尽管简陋，里面飘出的乐声却非常真挚、动听。门口停着爷儿俩早晨搭乘过的马车，一匹大菊花青就着木槽，悠闲地嚼着谷秸。

爷儿俩走入帐中，地上铺着席子，有七八十位观众，坐北朝南，留下两丈来宽，一丈多深的空场，专供表演之用。坐于观众对面的是五位舞蹈者，他们背后有八位乐师，兼任帮腔。引子奏毕，满座寂然。

书儿被纯朴生动的乐曲所吸引，便轻声问父亲："这是哪里的歌舞？"

"邯郸、中山、常山一带的民谣，说的是济水(汉时在冀州另有济水，与山东济水同名异河)边上的商人，去洛阳谋生，辞别母亲的情形，看下去便知。"

头上顶着长巾扮作母亲的车夫看到了父女俩，扬起头巾向他们一笑致意。

合唱声雷鸣而起：

吾不见公姥(读母)！
公来姥，何为茂？
当思明日之土！

每句有许多助词，用以和声。

母亲用女声唱道：

去何为？

儿子唱道：

士当去，
城上羊，下食草，下食草！

母亲唱：

汝去三年吾亦老，吾涕下！

合唱：

昔结马，客来当行。
度四州，浴四海，
熇西马蹄香，
洛道五丈渡济水。

合唱时，母子起身，频频拭泪，难解难分。继之跑圆场，速度渐快，名曰“健步”，舞巾。

母亲悲歌：

谁当求儿？母何意零？
谁当求儿？母意何零……

巾舞进入高潮，逆风而行，长巾矫若游龙，后来飘起，凌空旋转。
母歌：何吾！（啊，吁！）意何零！
子歌：以邪！（咿，呀！）……
母歌：何吾！使君去时意何零……
子歌：以邪！使君去时，使（未）去时，
母歌：思君去时意何零！
子歌：以邪！思君去时，思吾未去时，

母歌：何何吾吾……[①]

原始歌舞体现的天伦之情，有别于司马迁在汨罗江畔所见到的娱神节目《九歌》。神话虽是泥土孕育出来的浪漫奇花，总不如凡人小事的哀痛持久。他想起早逝的母亲，心头火辣辣的，在酷刑中，他呼唤过慈亲，平时绝少忆及，梦中晤面不多，那耳际飞动的一绺灰发，鼻沟悲悯的线条，鱼尾纹里的风风雨雨，都日益淡化、遥远。于是，愧疚之情油然而生。

悲喜随着父亲的书儿抓出一把铜钱撒在席子上，扶着太史公走出帐篷。

"爹可饿?"

他摇摇头。

"找车回家吗?"

"走，捎带看看庄稼，也散散心。"

"陪伴爹走走也痛快。巾舞真有回味。"

"简朴浑厚。我……"女儿的关心增加了他对自己双亲的歉意。

肩挑负贩的人流还向市集奔涌。

在热闹中有点兴奋，似乎回到了某种久已向往的境地，虽然也说不清向往的是什么，也许只想给日子撒点香料变变花样的朦胧意象。络绎不绝的老老少少擦肩而过之后，他又觉得自身是局外人，兴奋逐渐被过客们携入闹市，接之而来的是枉掷精力的失落，远远不如看些书、写点文字，心里更踏实。

再走一点，他忍不住嘲弄自己太不知足。女儿没有穿透父亲意识的能力，还算惬意。鼻尖淌下细小的汗珠。

行人渐渐少，司马迁燥热地将笠儿掀到脊梁上背着，敞开领口，阵阵骀荡的春风，微凉的暖意轻拂人面，挺能提神。

---

①《公莫舞》亦名《公英巾舞》，见《乐府诗集》卷五十四。凡三百一十三字，语助词和声词过多，难通读。试摘成歌舞剧脚本。依据是杨公骥先生标点本(《中华文史论丛》1986年第一辑)。

迎面走来一位壮汉，大襟解开，犊鼻裤系在肚脐眼下边，胸口的黑毛，上接络腮胡子，下边连着肚皮。他牵着一匹个头矮小的瘦骡，乍看上去比普通的马驹子大得有限，骨骼精炼，不属于常见的川马型，但毛色褐中透灰，一如黄河激流的色调，又是罕见的品种。

它步履艰难，左前腿一走一瘸，全身松垮的皮也随之波动。

碰到司马迁与书儿，那牲口昂起头来。壮汉一看就拽缰绳，它纹丝不动。

那汉子退回一步，啪啪抽了两鞭。

它仍旧站在路边喷了个响鼻，张口朝着飞云一声长鸣，微哑中带点闷雷的尾声。

父女俩对骡子都没有在意，就走了过去。那汉子目光阴冷，用对司马迁蔑视的表情，咽下两口唾沫，鞭梢儿从司马迁头上呼啸而过，炸了个响炮，重重地落到骡子身上血迹斑斑。

那牲口可不驯服，眼中射出桀骜的寒光，平地一跳，猛地摆头咬住缰绳一挣，那壮汉往前一栽，几乎摔倒。它突然扬起双掌，一阵快步追过司马迁和书儿，横立在路当中，大口喘着气，左前腿悬空，离地约莫五寸，痛得乱甩。

司马迁定睛打量，它瘦得骨头差点要伸到皮外来，一根根肋骨清清楚楚，连连扇动。脊椎一根一根排列着，犹如一把缺口的刀。浑浊的瞳孔水汪汪的，右耳只剩下三分之一，直立在纷乱鬃毛中，左耳耷拉下去。全身长着癞疮，小片有巴掌大，湿漉漉地流着黄水和白脓。毛结成许多疙瘩，马蝇牛虻钻在里面乱拱，任它摆断秃尾，一点也不买账。也许是使劲过猛，它臀部向后一伸，拉出一串粪球，上面全是绿豆大的小虫，书儿下意识地用袖子掩住鼻孔。

“书儿，是咱们家的小黄骠！”

“是吗？”女儿有些狐疑。

司马迁顾不得它身有脓疮，伸出双手，它向前三步，一瘸一颤，其艰难不亚于跃过三座高墙。它伸出了温软的长舌，舔着旧日主人的指尖，舌头当中有三条很深的断裂纹，红苔、白苔、青苔交错在一起。

“爹，是它，这眼睛女儿还认得！”

“小黄骠！”父亲有点哽咽。

“爹，它有病，会不会对您不利？”

“它不势利，依旧是当初的情分……人能不如一匹骡子？”

那壮汉不由分说，抓住皮带就拖：“对不住，劳驾闪开，俺要赶牲口去宰！”

“去屠宰？”司马迁大觉意外。

“可它杀不出肉来呀！”书儿也愤然。

“不杀留着又有啥用场？俺也是打碾坊里买来的，老人家还想买回去喂吗？”壮汉用牲口贩子看马的目光，把父女俩从头端详到脚，再起脚打量到头，揣摩如何赚上一笔钱。

“你要多少铜钱？”司马迁问得恳切。

“是呀，您要多少？”书儿掐掐父亲腕子，示意他别上当。

“小本经营，千里离家只为财哟。先看看老人家可诚心买？”

“它病得好可怜，恻隐之心人皆有之，当然要买。”

“那——得八串大钱，少了不谈。”

“哎，一匹半死的骡子那么贵，又不能刮下金子来。爹，走吧！”

“这……”

“走！”书儿拉着父亲的袖子。

“走，吓唬谁？”那壮汉牵着病牲口，又是两记响鞭，伤疤错纵，涌出紫血珠。“瞎猫专逮死老鼠，这回吃定一嘴子！”

骡儿四蹄生根，岿然兀立，恋恋不舍地回过头来。

“书儿，买下它。”

“只给三串，其实给两串也准会卖的。咱们又不是大财主……”

“少一个铜钱也不成！俺将本求利，论堆卖，就这样的货色，又没遮盖，愿者成交，谁也不勉强谁。捆绑不成交易，您走阳关道，俺走独木桥。”

“书儿，人太精明就蠢，清楚不了糊涂了，给他吧。”

看到几年贫苦生涯给女儿个性带来的变化，司马迁忍不住抑郁。

“老先生，再不买俺得涨到十串。”

“哦？”司马迁有点愕然。

“这会儿就得八串半，少一根针也不成。”

“你做生意太不规矩！”书儿生气地说。

“这年月，规矩人不饿死也得蜕掉一层皮。八串六十！”壮汉像猎人欣赏中箭的鹰落在平川挣扎似的。

“怎么这样贵？”司马迁也大惑不解。

“骡子是平常，可它福大命大。左内史大人买回给少爷骑着玩，它摔断了腿，少爷差些没命，大人一气卖到碾坊。干活不肯卖力，停停走走，走走停停，个儿小，心眼儿大，撵起母马仨人也拉不住。老板想养点膘好卖钱，一气阉了它，马厩没人打扫，料是全免，草也不多，一下儿得了破皮风，过了十多天，跺蹄子、乱叫，喉咙喊哑，老板烦透了，就卖给了我。我在十天前就请庙祝老爹算了一卦，说是上巽下坤，是观卦第六十四爻：‘观中之光’，还算吉利，想不到这光要沾客官的，没有八串七成交，光在哪？”

“书儿，别再絮叨，给他八串！”

“那咱们爷儿俩吃什么？”

“天无绝人之路。好孩子，给他，我这里还剩点酒钱，也凑上。”

壮汉接过一把铜钱掂了两下，呵呵大笑：“这心里伸出一只小手来要九串，可嘴里说不出，到底不是当官的坯子。瞧您老人家是位大善人，我也得凭良心，不能把您锅里一点面粉都剔下来，您给八串半，多要是王八羔子！”

“书儿，加一串！”

“爹，你怎么啦？”

“客官，不，甭加！”

“你敢把贪心说出来，一两串钱买句真话够便宜。”太史公苦笑两声，习惯地摸摸下巴，代替捻须解颐。

“俺不做王八羔子，钱再好，不能骂老娘，俺狠狠心，只要八百二十钱，不能欺侮老实巴交的爷们儿。”他的模样挺滑稽。

书儿抿嘴一笑，把一捆钱朝他扔去。

壮汉把缰绳递给司马迁。司马迁摇摇头，将皮带绳子绕在骡脖颈上，拍拍他伤残的耳朵，大步朝家走去，它一瘸一颠，吃力地跟在父女俩后面。

马贩子瞪着眼看了一忽儿，猛然追过司马迁，平肩举起双手拦住去路："慢来！小子贩马三十年，头一回看到牲口跟生人走，这是天意，它命不该绝。这把大钱奉还给客官打酒不醉，买菜不撑，一丁点小意思。到手的财气是难舍，如刀割肉，还是狠狠心……"

"不必如此，这骡子的遭遇跟某些人何其相似乃尔！多谢！"司马迁敛眉苦笑，"你能回头追上来还钱，足以使我父女感动！"

"客官，俺的财气从马赚得。您不像吃马肉泡馍的人，谁肯买这么贵的假马肉？小子有眼无珠，说不清您老来龙去脉，总觉着行事说话与凡人不同，这厢有礼！钱算俺送给财神爷——这匹小骟骡治病的。您老跟姑娘多福多寿，多子多孙！"壮汉把几串钱递给司马迁，扬长而去。

司马迁皱起眉头，鼻梁上端的阴影像一只小小的蝙蝠，久久不动地看着壮汉的背影。

书儿用肩膀撞撞父亲的右臂："走。"

"像杜周那号人毕竟少！"

"一个就把长安的水搅浑了，多了还受用得起？"

司马迁抚摸着小黄骠身上青一条紫一块的疮面与鞭痕，说不上是故友重逢般的欢欣，还是为和自己同命的骡儿哀痛，心犹同一片雪谷，空旷无底，一部书稿和沦落的好牲口也难以填平……

"爹可累？"

"不累。"

"您走不动吧？"女儿看他的步子沉重。

"哪里，走到咸阳也不要紧！"他的脚步一加快，小黄骠也勉强跟上，刚才的兴奋把它残剩无多的体力耗尽，似乎是靠意志在举步。

"书儿，我带小黄骠回家，你上药铺买二两水银，打一大块生石灰捎回来熬药，等等，添乳香没药两味，都是一两，全碾成粉末。"

“爹又不是兽医……”

“读过药书，太史学医，如刀割鸡。这匹骡子会治好，不敢说日行千里，跑六百不难。”

“爹想送给太公骑吧？这些年没买着关东大黑驴，他老是抱怨。”

“不怪他。阿黑真出色，可惜死去了，小黄骠比不上它爹，吃苦耐劳还行，要的草料也有限。扯远了，快去。”

小黄骠走进院子，就在沙地上躺倒。

司马迁喝过一杯茶，便脱掉袍子，把靠西院墙的柴房腾出来做马厩，大劈柴架在厨房屋檐下面，细碎木块堆放进灶房。

“爹，让女儿来，您快歇着！”女儿进门放下药，就把他拉到树荫下坐定，看着小黄骠，自己去收拾房屋。

司马迁摸摸马的断耳，有些烫手，树下有不少嫩草，它一口也不咬。拍拍它的肋骨，声音清脆，按按脑门，没有肿胀的迹象，撩起病脚，才看到腋下尽是大红斑点，蹄缝里面正在拱脓，烂了个洞，发出腐恶的气味。他模糊地感到它身上的创伤，正是坎坷生涯写成的“列传”。那眸子里虽然乏神却亲切，充满着信赖。司马迁的肩头放了无形的重荷，怎忍心拂逆它的企望？同是零余的残生！

傍晚，书儿准备好酒食，到邻村去请绰号“马扁鹊”的著名兽医。看在太公金面，他总算来了，翻翻马下垂的眼皮，掰开嘴唇看过舌头，便建议送屠宰店。无论司马迁如何挽留，他还是负疚地辞去。送走兽医，书儿端出一大盆面汤，放在小黄骠面前，它的下巴垂在地上，显然没有食欲。

“起！”司马迁拉着笼头连声吆喝，它费了挺大劲头才用前膝跪着，身子却无法抬动。司马迁怕它受凉，用挑水扁担插在它的前腋下，叫书儿帮着一抬，它才摇摇晃晃地立起，全身骨骼几乎散了架儿。

马房里扫得很干净，没有霉烂味儿。地上铺着一层干草，有半尺多厚。它倒在草上，呼吸更窘迫，处于求生的挣扎中。

“请爹用饭！”

“别忙，弄停当再吃。全看这三两天的工夫，背水一战。你趁着天没黑透去弄些苦楝根皮，总得要三大碗，先打虫治疮。我从河伯庙回来吃剩下的七服药先用铁锅架劈柴煎上。”

女儿不敢怠慢，熬上药物，提着镢头竹篮子去刨苦楝树根。

司马迁在灶边支起风箱，架起炉子，点着炭火，熬炼水银，提取红粉。

掌灯之后，女儿满载而归，锅里的药已煎出汁水，滤在瓦盆之后，续煎第三汁。

司马迁从太公屋里找出铜漏斗，用井水洗干净，才和女儿匆匆用餐。因为忙，没有喝酒。

红粉炼成，兑上八成石灰，添入乳香没药，拌成桃红色粉末“九一丹”。

小黄骠的脖子枕在矮凳上，父女俩各自坐在一头，将凳子稳住，从梁头拖下一条粗绳，穿过它的牙缝拴住上唇，骡儿似乎知道在挽救它，听从摆布。当主人抱住它的脖子时，它又伸出舌头来舔舔他的手。

漏斗穿过棕绳插在骡嘴里，书儿右手提着铜壶灌上一口药，让骡儿自己吞咽，如果它不肯吞，左手一拉梁上的绳头，它的嘴被迫一张，绳子突然一松，它只好咽下药水，才能喘气。一壶解毒汤喂完，爷儿俩都一身是汗。

前些日子，爷儿俩当下手，看着太公替乡亲们治牲口，牛马都要先被绑在大树上才能喂药。老人分文不收，牲口主人送来一瓢鸡蛋要书儿炒给太公下酒，还不让他知道。今天小黄骠没有上绑就灌完药，一股灵气招人疼爱。

“爹，看它能活吗？”

“有八成把握，它真懂事。”抽去漏斗，他用盐汤洗着疮，揭去瘢壳，涂上麻油，再敷上药。

“爹，蹄子不洗吗？”

“蹄子有漏管，过几天用滚油一斤灌进伤口烫过，再敷上药让坏肉烂尽，重长上新肉才会好。要把它绑在树上才可以动手。”

“那该多疼！”

“没有别的办法可以弄好它。”

四更来天，马耳朵变凉，父女俩又烧成苦楝根皮浓汁，这玩意儿太苦。

它不像发烧的时候那样驯服，从嘴角漾出了四分之一。司马迁累极了，抱不住马脖子，书儿解下丝绦，将它颈子拴在矮凳上，虽然它比白天多点活气，还不能掀翻两头坐着人的木凳。

创造奇迹的诱惑力，是人类思维机器不可缺少的黄油。在小黄骠僵卧的三个昼夜，父女俩不知道哪来的一股信念，认定它能重新开始奔腾，一篮篮的豌豆苗，用筷子夹着，一根根地塞进它的牙缝，等到咽下去，花的时光比爷儿俩一顿饭的工夫还长。司马迁怕它不耐春寒，夜间还在屋里生上火。为了帮它发汗，将它埋在干草当中，又盖上他的袍子。

有时，骡儿喉间咕咕噜噜地响几下，父女俩屏气凝神地试着它的鼻息，唯恐它要咽气。可是憋了一阵子，又喘过来了。

有时，女儿怀疑喂豆苗的效力："爹，弄不巧小黄骠没治得站起来，反而把你累倒了。白天守着，夜里随它去，听天由命！"

"一天分成四段，也有小小的春夏秋冬，冬季就是黎明之前，病人在那时候死得多。牲口怕也一个样。"他继续张罗，毫无倦意。

有一天破晓，他走出马厩，到院子里伸伸腰和四肢，受到一种突然而来的意念启示，子长朝天一揖，虔诚地祷告说："昊昊[①]者天，沉沉者地：若拙著《太史公书》可以完稿传世，则小黄骠安然无恙；不能成书则治骡前功尽弃！"

第二天他忆起此事，觉得把它当作占卜的蓍草，有些荒唐。两全其美斯为上策，即使史书难望成篇，也愿骡子早日复壮。

"剥极必复，否极泰来。"[②]小黄骠的虫已打净，疮口愈合，重生的新毛，格外光洁，行走日益灵活，蹄漏是治好了，每次刚上官道还有点跛，走到五里开外就完全正常。它从太史公那里得到了书儿毫不嫉妒的父爱。书儿想它能给爹爹平平常常的日子添点亮色，连感恩都来不及呢。

---

①昊昊，音浩浩，浩茫明朗的天。

②《易经》剥、否（读音丕）皆凶卦，复、泰皆吉卦，祸福可以转化。

## 三

李夫人一躺下便是两个多月，几次挣扎着要起来，总是刚刚披上衣服，胸口就像捆上十道白绫，只好又倒在榻上喘息。

皇上几番差李福送来汤药，太监每次告辞把退了色的老调重弹一遍："娘娘越过越风光，真漂亮得无以复加……"

头几回，李夫人听罢，惨白的脸上绽出几条笑纹，一边摇头，一边在心里说："我本来就不会老，且等病好，还要和那些土妖精较量一番呢！"这回无效，心悸加上头涨，使她恢复了神智的清醒。

"多谢你一番美意！好心的谎话别再说。你不想得点赏赐吧？我把这支七宝凤头钗赏给你，要讲实话：我是老了！"大滴热泪从她刚刚现出的鱼尾浅纹中流到枕边，沁湿了一大片。

"娘娘说哪儿话来？比起二十多年前，您是见点儿老，可比起各地选来的丫头片子，您还是仙人下凡！只要贵恙一除，甭仨月调养，娘娘一声唱出来，万岁在半里之外也会听得心里痒痒，搔也搔不着。您千万保重，奴辈每天晚都焚香祷告上苍：情愿自己少活二十年，保佑娘娘长命百岁！"

"一样的话从你牙缝里冒出来比人家唱歌还好听！你呀，恭维人甭打草稿……"李夫人也抿着下唇笑了。

"万岁驾到！万岁驾到！"帘外，鹦鹉又在叫。

"李福，喂它一把蛋黄油炒小米吧，它跟我一样可怜……要是我'走'了，你把它给放掉，让鸟儿活个自在。"

"娘娘怎么尽说不吉利的话？一百岁是请邵伴仙花三天三夜查算出来的，没错儿。快别胡思乱想，加重病情可不是闹着玩的。"

"放！一定做，这就去放！笼子是一座大坟墓，一大堆活蹦乱跳的活泥俑，争风吃醋，斗宠比妍，都要殉葬……"

"娘娘快歇着，放只鸟儿早早晚晚都不迟，别说伤心话，墙有洞，壁有耳。传到万岁耳中对您和奴辈都不好哇……"

"哈哈！好又好到哪去？让我当皇后，你当中书令吗？皇上想做早就做了，谁也拦不住。肉挂臭了，猫吊瘦了，没劲！"

"奴辈还得侍候圣驾,告辞!"

"你心里只有皇上,没有别人!"

"苍天可鉴,当然还有娘娘呀!"

"有我?"

"你告诉我:新选入宫的尹家小娘子凭什么进为婕妤,邢家小丫头凭什么封蛭娥。她们真是绝代佳人吗?"

"哪里话?她们虽说封了女官,单看也不算丑,可见到娘娘就是烛碰上了月亮!"

"真的?"

"说半句假话烂舌根,告辞!"

"回来!"

"娘娘有何吩咐?"

"你说'告辞'的当儿眼睛一亮,鸟儿也忘了喂,可见早就想走,连三岁孩童也瞒不过。"

"好娘娘,满宫上下都说奴辈是娘娘心腹。娘娘不相信,奴辈只有剜出心肝来表白忠贞。李福一死不当紧,旁边人看着寒心,谁还能给娘娘办事?"老太监慌忙跪下,叩头不已。

"去吧,刚才言重了,是想留你说会儿话。我心里像座没门窗的房子,难受啊!"她指指门外,泪雨婆娑。李福机警地走到院中一看,干咳两声,没人搭理,又走了进来。

"娘娘这等模样,奴辈真恨不得分身俩人,一个走,一个留下……"宫门深似海,李福觉得孤单,连睡着之后也得竖起一只耳朵听万岁娘娘传唤,睁着一只眼在一锅翻花的辣椒汤里求生机,又向谁去倾诉?他一人所想的是真话,嘴角悄悄告诉心,心悄悄告诉嘴就一多半是真的,告诉别人的话都是假的。

"外边……"夫人很谨慎地望着他。

他摇头示意,没有偷听者。

"老叔,有件事求求您老人家!"夫人推开被子,跪在榻上。

“娘娘快躺下,这……折煞奴辈了!”

“您在咱们家十年,一根针放哪,您全知道。后来净身进宫,受天大委屈,全是为了照顾我……”她哽咽不止,“求您说明白,二哥延年和我的生父是谁?”

“当然是宠你母亲多年的左冯翊李老大人唠,人都过世三十载,还问他作……”他像赤着脊梁卧在一堆蚂蚁上。

“母亲临终前说我爹还活着,就在我身边。问她姓什么,她一个劲儿哭,到咽气也没再开口。我身边除了老叔还有谁?听她说您万贯家财,都花在母亲身上,一辈子为了咱们的家,比黄连还苦十分。您就是女儿的爹爹,弄清这事就安然去见母亲于九泉之下!爹爹,女儿不孝顺,老跟您撒娇挑刺找碴儿,也是心里太黑,求您宽恕……”

“娘娘您病了,奴辈……等您病好了再给您说清楚,老太太临走说两句胡话,可别介意。她看我孤身一人,想娘娘对奴辈好点,奴辈没偌大的造化……”

“病是好不了啦……”

“哪儿能?多则十天,准好无疑。明儿再来看望娘娘,眼下真有急事……”

“别忙走!您偌大年纪,悄悄认这丁点骨血,不伤害别人一根毫毛,还怕什么?就算皇上知道,还能拿您怎么着?”

“是就是,不是就不是。冒认国戚要砍头!老奴不想再妄生是非。娘娘让奴辈一条道儿走到底,平平安安终了天年就是福!”

“皇上赐您的东西,女儿送您猫儿眼、蚕豆大的珠子,没出十天,也到了母亲手上。试过八回,一次不误。这又为什么?”

“年轻时喜欢一个人,当奴仆受罪也高高兴兴,进宫更忘不了!”李福不等泪水流出睫毛,就迅速拭掉。

老太监退去,留下黄昏的静谧。

夫人连连翻身,没有找到舒服的姿势。

“娘娘,有事吗?”帘外莲莲在问。

夫人没有搭理,她慢慢地睡着了。

不知从什么时候开始,乐曲又在她耳边顽强地响起,音量逐渐扩大,俄而塞满空间。一群舞者在庭下排练,时光似在倒流。她撩起裙裾,鼓足余勇,闯进青少年舞俑们的中间,似乎腾空而飞,异常舒展,全身骨头可以扭弯,脚后跟并不费劲就踢到发髻顶端的凤头钗,肌肉血液失去了重量,随心所欲地旋转,没有阻力,一丁点儿也不累,无形的浪潮,也许是她厌恶的乐声托着她、推着她,像惊鸿,撒花雨。

“可惜这么盖世的舞蹈没让万岁看到,那些一步登天刚刚选进宫来的骚蹄子,能舞得这样圆捷俊逸么……”她痛憾地倾听着内心独白。

一会儿,李福慌慌张张地跑进来将她摇醒:“启奏娘娘,万岁派来凤辇,接您马上去甘泉宫!”

“啊哟,还没有梳妆呢!”她遽然坐起,挥退了乐师舞伴们。

“来不及,万岁病危,快走吧!”李福不由分说,就将她背上凤辇,她想挣扎也来不及,何况皇帝年事已高,万一有个三长两短,她不在场怎么行?就不再多口。

沿途的路比往日坎坷,幸喜的是病已痊愈,她扭动腰肢,非常轻捷,照旧明眸流辉,鸦髻堆云,羞煞莲瓣的双颐,就在十五年前也没有此种丽质。奇怪之余,连咬咬手指看看可在梦寐的勇气都没有。“这些年用的菱花镜有毛病,应当把这辇上的铜镜带回去……”

凤辇咣当一声停下,她翩如惊鸿地飞上庭阶,直入寝宫。

烛影摇着紫光,金红的大柱,白玉柱础,绣着黄龙的绛色帷幔都黯然无色。皇帝披着火狐裘,形容枯槁,眼神昏散。

看到李夫人,他轻轻地招手:“爱卿!”她不敢投入皇帝怀抱,怕压坏了他,只好坐在他身旁,将脸贴着他的胸口,肩膀一阵抽搐。

皇帝的胸腔发出迟缓的鼓声。

“万岁!”

“朕已降旨:将尹婕妤、邢蛭娥处死!册封爱卿为皇后,卫子夫废入冷宫。立刘髆为皇太子，将原太子刘据废为庶人。以爱卿之兄李广利为大将军，延年为丞相，霍光为御史大夫……”

“万岁，臣妾谢恩！”

“不用谢恩。爱卿，我想带你去见高皇帝……”

“陛下！”她的两耳响起仲夏的怒雷，殉葬不是美差！正想找李福，这个太知趣的奴才早出殿而去。

“爱卿目光犹疑，莫非是怕死，不愿陪朕住进白鹤馆？”

“不……臣妾是在想……”

“那你是说……”

“臣妾愚见，髆儿承位，丞相当选沉稳大度之人，妾兄延年乏德无才，强兵富国，非其所长。陛下江山为重，苍生为怀，还请圣虑！”

“哈哈哈哈！”武帝扬声狂笑。

“陛下，臣妾乃一孔之见……”

“爱卿想干政吗？”皇帝将她一推，脸上笑纹马上敛入怒容。

“陛下三令五申，臣妾何敢干政？若有谬误，陛下海涵！”

“谅你也不敢！爱卿用鸩酒还是罗巾？”皇帝一脸寒霜。

“这……”她畏惧地跪下了。

“哈哈哈哈！”皇帝笑得令人毛骨悚然，“爱卿不是说世代为夫妇吗？嗯？”

“臣妾是说陛下龙体甚健……”她嘴里犹如含着鸡蛋。

“好一个狡猾的爱卿……”

“娘娘……”莲莲轻轻推着她，她悠悠醒来，嘴角淌下涎水。

“您可醒来了，奴婢害怕啊！”

“你来！”李夫人伸出手将莲莲拉到身边一把抱住，想到梦境，她还在呜咽。

“娘娘，怎么啦？”莲莲为她拭泪。

“你比胖孩好，是个乖孩子……”

“您知道吗？后宫在闹笑话！”

“什么笑话？快讲！”

“还不是娘娘腻歪透了的那两个，奴婢可不敢称她们是‘骚蹄子’，只说姓尹的婕妤，自封为盖了帽儿的大美人儿，没见过碟子大的天，她成天跟万岁吵吵嚷嚷，闹着要跟姓邢的比脸蛋儿。皇上把她们当小孩子看待，也真吵得六神不安，就叫一名宫女穿上邢家妞儿的衣服来见姓尹的。此女举止慌张，姓尹的一眼识破是冒名顶替，以为邢家妞儿不敢来比，闹得更欢。邢娙娥只好穿着素净的衣裳来朝见万岁，姓尹的一比，一个劲儿流泪，她是自愧不如。邢娙娥告辞而去，两人从此不再见面。万岁是又烦又得意。哼！尹家妞儿别臭美，要是敢来跟娘娘比一比，那才是小兵见元帅，一丁点儿威风也没有了。”

“还比什么，快打发人叫胖孩把万岁请过来。呆莲莲，娘娘真不久于人世了！”李夫人轻轻捶着香榻。

“哎呀，娘娘……”

“不用惊慌，你侍奉我多年，等万岁来时我替你说话，决不用你殉葬或守坟，找个主儿嫁过去安安生生度日子，这宫墙之内可不是女孩儿待的地方……我死之后，把鹦鹉放掉，它会绕着我的坟飞，唱给我听。鸟儿不钩心斗角，不跟人比脸庞儿……我也没找卫皇后比过哟……”此刻，她连蝼蚁也不愿损伤。

莲莲从来不曾听过这样情真的话，只有饮泣不止。

二更天，莲莲把胖孩找来。

李夫人要小太监坐在床沿上，伏在他的肩头直喘气。

“你娘不行了，昌邑王远在异乡，你也不来看看！”

“……”胖孩双手比画着，然后抓起她发烫的双手，放在自己的眼睑下，泪水汩汩流出。

李夫人的心里感到一丝暖和与湿润。

胖孩将三床锦被叠放在床头，扶起李夫人，请她躺好，盖着一块狐皮，然后把一张方形矮凳放在地毯当中，他轻身一跳，在凳上倒立，一只手旋动全身,朝天蹬,几起几落,面不改色。除这点薄技,又能用什么方式表达他的情怀?

“别累坏了,胖儿!我的小胖胖!你这两手敌不过尹家邢家那一类骚蹄子,白淌一身汗水,来,坐下来歇会儿!孩子,你真俊俏啊!”

孩子脸上露出笑纹,感受到被人理解的欢愉。他不知道,这是在宫廷可以向往而极少获得的奢侈品。

次日,皇帝乘车来看李夫人。

大约在可以点完半支香的工夫之前,莲莲唤醒她,她原先想强自撑持起身梳妆,看到镜中自身模样儿之后,知道一切化妆品都对她无助,反而一点也不慌。喝完一小盏参汤,干脆蒙头而卧。

“夫人好些吗?”皇帝立在窗下,显然衰惫。

“陛下!”被子锦浪抖动,夫人一阵呜咽。

“芥癣小疾,何必伤感?稍事养息,定能回春,保重才是。”

“臣妾深负陛下大恩,未及回报于万一,即将痛割,愧疚不能自休。惟望陛下少操劳,慎起居,神仙虽不得而见,能寿过期颐,则臣妾夙愿得偿矣!”

“久不见夫人,还请转身与朕一见!”

“臣妾缠绵病榻过久,形貌已非昔比,怎可贸然见圣上?愿陛下念昔日枕畔添香之情,多多照拂臣妾之兄广利、延年,以爱臣妾之心爱髆儿,虽死何憾?”

念及定情之日起她宠擅专房,皇帝凄然落泪。死亡的河流横在他的面前,无法飞越。哀人就带自哀的成分,并不虚伪。

“爱卿,还是见朕一面吧,有事当面嘱咐更好?”

“古训说:妇人貌不修饰,不见君父。臣妾无力整妆,还是不见为佳。”

“夫人见朕一面,愿赐千金!兄弟加官爵,反手之间耳!”

“加官爵在皇恩浩荡,不在一见!”

“朕非见不可!”

夫人转脸向壁,一阵唏嘘,不再说话。

武帝忽然想到妇人都好妒，莫非是李夫人也和陈阿娇一样嫉妒尹、邢二位妃子？他有点不快，两条灰白的眉毛向鼻梁上边靠拢。

"陛下，髆儿从幼离开京都，读书不多，胸无大志，臣妾去后，望陛下严加管束……否则久恋声色，说不定触犯法典，失国受到刑戮，下场好惨！"

"朕也爱美女佳酿，从不为妇人醇酒左右。威震四海，西域臣服。只要善于用才，胸有文韬武略，玩点声色，怎会丧国辱身？髆儿调教失当，好比树已长弯，非大哲大贤，难以变直，使之成大有作为之君子，然德高而饱学之师难得！"

"司马迁堪称饱学之士，惜其人自命清流，又受腐刑，只怕不肯就范。况且……"

"司马迁会教书，只怕不会教人。朕决不让史官离开长安，以免摇笔鼓舌，蛊惑庸夫，妄议大政！此事非夫人所知……"

李夫人似同受到鞭笞一般，最后的幻想成了泡影，凡是自己得不到的稀有之物，宁让其粉碎，也不能让其安生，她还要试试自己的魅力。

"臣妾冒死启奏陛下：秦末群雄逐鹿中原，韩信投奔西楚霸王项羽时，亚父范曾说过：对韩信要用则重用之，不用则杀之。项王不听亚父之言，终败于韩信。司马迁虽不比韩信那样危险，也不是池里的小鱼，陛下用他千万慎重……"

"夫人，你想干政吗？"

"臣妾不敢！"

"对司马迁或杀或用，朕自有决断，不必多言。当年髆儿若真得司马迁为师，而今道德文章必皆可观。可惜那孩儿无此福分。司马迁事事直言，若在他手下势必劝阻他游猎宴乐，长则半载，短则十天，必定杀掉老师。世间除朕而外，无人能用司马迁。夫人与两位兄长都容不得那般人才。啊，不说了，不说……朕再叫御医来看看，等夫人病愈，同去甘泉宫静憩一月。"皇帝没有意识到这回谈话便是死别。

半个时辰之后，李福陪伴御医来探视，按脉之后，推说要请同僚来会诊，不肯开方，谢罪而去。

李福的心猛往下沉。

“莲莲，到前院叫几个宫女相帮，打开几口箱子，找出十年前画师为我写的真容，拿来交与李公公，插上中院门，不许任何人进来。”

“是，夫人您……”

“不用流泪，娘娘不是挺好吗？”她朝莲莲扬眉一笑，女孩轻步离去。

静了片刻，夫人轻喊了一声：“阿爹！”

“夫人！”李福不住摇手，就要跪倒。

“别这样，老人家！不叫您阿爹了。”

“夫人太倔强，皇上再三要见您一面，干吗蒙头不见？你大哥粗鲁贪功，二哥恃宠轻浮，得罪至尊，全家都玩儿完。”

“女儿惹不了乱子，眼下皇上越生气，往后流的泪越多。”

“为什么？”

“古代有位美人儿说过：‘以色事人者，色衰则爱亦弛。’皇上来探病，全为眷恋我昔日曼妙风华。如果见到我容貌已毁，必然记住今日病容，忘却当年绰约丰姿，以两兄相托乃痴人说梦。唯有拒绝相晤，他才念念不已！”

“夫人太聪明，真咂出这个大圈圈里的正经味儿！”

“我去之后，老人家告老去太庙或高帝陵寝养老，越早越好。这儿是非太多，再小心也要掉进陷坑。莲莲已然成年，往日我痰迷心窍，求皇上准许她为我殉葬或终身守灵，这两年独守空帷日子多，悟出要自个儿才二十，碰上这码事一辈子就完了。求老人家念她多年尽心，在万岁面前帮我求个情，让她嫁个读书明理的君子，比如像郭穰那样人物就合适。”

“记下了。”

“春天回家奔老太太丧，您知道涿郡太守刘屈牦娶广利大哥之女为儿媳，也来吊孝。他们风闻太子要废，想策动立髆儿承接大统。我做梦也想过儿子继位，到病危才算明白，此儿是酒色之徒，昏庸无能，当太子也是跟孝惠帝一样做傀儡，最末了死无葬身之地。老人家转告我深思熟虑所得，就此罢休，否则要灭族！传过遗言，与他们一刀两断，否则灾难不远。嫉妒咱们李家靠美色而享大贵的人太多，哥哥们不知收敛，让我死不得安……”

夫人哭得回肠荡气，久久不能自止。

李福立于床前，愣得似一块木头。

莲莲取来了画像，李福捧在手里，痛极迸出一句平常的话："我的孩子——莲莲！我的孩子……""莲莲"纯属外衣。一个渺小的嫖客，扭曲和深埋的父爱，不惜付出任何牺牲，其中自有不渺小的东西，尽管不能拔高老太监人格。

夫人意味深长地接着说："莲莲就是您的孙女儿，好孩子……"

"嗯，好孩子……"李福哽咽着。

"夫人！公公！"莲莲伏在地上，不敢哭出声来。

"奴辈请夫人保重！"李福的嗓音突然变得一冷二平，"夫人"二字咬得特别重。临去，莲莲皱眉咧嘴挤出一个失败的笑脸。

"既是母亲情人就算生父吧，比没有强些！"夫人放下久不释怀的哑谜睡去，再没醒来。

如她所料，皇帝闻讯，泪落衣襟。立即乘辇穿过建章宫和汉白玉砌的长堤，来到太液池中的小岛方壶。

水阁里挂着夫人画像，与真人等高，风裳水佩，传神阿堵，气韵横流。带着隔世归来的空虚、寥落，悔恨最后几年给予她的温存太少，有负造物的美意，一切都迟了！

他下意识地伸出手指，擦擦画面留白之处，一尘不染。便脱去厚靴，换上毡鞋，宽衣解带，坐于熊皮软榻上对画出神。

"唉！'宁不知倾城与倾国，佳人再难得！'"

"陛下一往情深，连日龙体稍见瘦损，如何了得？奴辈求万岁为天下生民珍惜，免得夫人在天之灵欠安！"

"烦！"皇帝跳下榻来徘徊着。

"邵伴仙说他能把夫人亡魂招来与陛下一见，不知是真是假。"

"不妨一试，不成也尽到心意。"

"没有月牙儿肚子，谅他不敢吃弯镰刀！"

"说得有趣！"皇帝破颜苦笑。

“夫人受圣德感召，对下人心眼忒好，她抛开尘世，宫女们哭得死去活来，都焚香祈求上天：保佑陛下长生，夫人早返瑶池！”李福嗓音哑了。

皇帝漫步回廊，百无聊赖。往昔，他常常和李夫人在芊芊碧草上留下足迹，夜鸟们也曾伫立树上窃听过他俩的海誓山盟。而今草也现出微黄，安放在草间的许多石鱼、石鳖，依旧活脱，使他增添了伤感的回忆。

他不能忘怀，还是昌邑王五岁的时候，他路过瀛洲，采得一束蘅芜，皇帝步行而来，太监宫女们都由李福招呼过，没有向李夫人通报。他轻启珠帘，直入内室，夫人手里拈着一支小花，躺在枕上小睡，碧绿的枕巾上绣着红荷花，夫人双腮漾出红晕，与莲瓣争辉，小小嘴唇半张着，仿佛满屋异香都是从她的酥胸中嘘发出来的，怎能不使君王沉醉呢！

皇帝将蘅芜悄悄放在她的腮边。他轻轻上了龙床，长跪在她身旁，双手按着锦被，俯下身去细细端详夫人的丽容，自己的呼吸特别轻。在他风驰电掣的一生中，只有在诸邑公主襁褓之年，作为父亲，俯在摇篮上欣赏过一次女儿的睡态。转眼过了二十年，今天，他那休眠已久的父爱猛然醒来，对着李夫人，没有一点男性玩赏之意，只是像倾听女儿的鼾声那样守着她，就像她会乘风飞去一样。

很久，她才醒来，看到了大汉天子，不觉一惊，正要起来施礼，肩头被他的大手按住，将她揽入怀中，她藏在乌亮的长须下面哧哧而笑，这时他才觉察到双腿麻木，大口热气喷到她的鬓边。

蘅芜枯萎后，夫人熏上名香，装好香囊，挂在颈项。夜间，皇帝摸到香袋的时候很受感动。

“将来臣妾年老色衰，愿陛下仍旧怜爱如今日，不要委弃于尘土碧波间。”皇帝就着闪动的烛光一看，夫人胸前的香囊上绣着一株蘅芜，枝叶乱动，便把它摘下，挂在自己的脖子上，说出一串串爱的呓语。

这是他俩的隐情，从来没有人知道。他在内心悄悄地说：“夫人，回来！这些年很少念及夫人，愿方士有灵，朕与夫人同吟楚歌，共求一醉……”

长期处于病态兴奋和悲戚中的神经突然松懈，武帝行走时感到腿肚子里空空，难以负荷全身的重量与思维活动，眼皮沉重地坠下来，眼角发干。他躺在龙榻上假寐片刻，还是得不到宁静。

晚餐时，他吩咐多放一副杯筷，一如夫人健在时。

武帝喝到半醉，乘着酒兴来到小岛的东方，殿堂里层层帷幕低垂，烛光幽暗，在远离祭案的尽头，挂着一层蝉翼轻纱，其色淡蓝，背后比较阴暗。

邵伴仙仗剑散发，踏着星斗的步位，一会儿下拜，一会儿乱舞，一会儿跳跃，一会儿嘴里叽里咕噜与看不见什么人争吵，好似在发癔症。

闹腾到三更，窗上月光灿烂，寒气钻入肌肤。

烛光一灭，邵伴仙不让再更换新灯火，纱帷幔一带更加黯然。

武帝有些倦了，正在合眼，忽而听见邵伴仙喷出一口法水的声音，武帝两眼乍睁，但见帷后面有个白衣白裙的人影，衣着打扮与李夫人无异，只是低头，眉目有点模糊。

"是你吗？不是你吗？为什么这么晚才来呢，广？"（武帝原辞："是耶，非耶？立而望之，偏何姗姗其来迟？"）武帝的嗓音有点颤抖、干涩，却饱含着感情。他双手一按小几，要向夫人影儿走去。

"陛下去不得！"邵伴仙跪在地上双手一拦，连连叩头说，"陛下秉乾坤阳刚之气，不可走近李夫人魂魄，倘若惊散，臣便无能为力！"武帝一迟疑，只好停步。

纱后的阴魂袅袅娜娜，一阵阵呜咽，如怨如慕，似断似续，将一个装着蘅芜的香囊，从纱帷上端抛到皇帝案前，她向皇帝侧身三拜，面部剪影与钗上颤巍巍的珠花，果然是李夫人。武帝不及说什么，帷幔一角被扯起，吹入一阵风，烛光全灭，那女魂盈盈吐不出话语。

武帝失神地叫了一声："啊呀！"当他躬身拾起香囊的时候，白衣的人影就消失了。

"还能再请夫人来一回吗？"

"夫人拜见过万岁就升天西去，天上的事小臣没有那么大的法力去管，不敢以虚词蒙蔽陛下！"

"嗯，卿是老实汉子，朕不当妄求。李福！"

“奴辈在！”老太监掀帘而入。

“吩咐内侍领他去用些早餐。朕就在此歇息。”

事有巧合，武帝真梦见了李夫人，边歌边舞，谈笑风生，还赠他一束蘅芜，应了谚语“昼有所思，夜有所梦”一说。醒来之后，一屋香气浓郁，令多情的武帝惊异不止，便打开文房四宝，先在墙上题了“遗芳梦室”四个大字，接着小饮几盅，写出真挚飘忽的短赋来痛悼夫人。赋被史家班固录入《汉书》，至今不朽。

创作的亢奋期一过，打睡片时，倦意还没有驱散，便让李福宣来郭穰。

“草诏为海西侯李广利增添食邑两千户，整顿兵马，自酒泉出击匈奴。朕寄望他边塞立功，勒铭文于天山，步武卫青、霍去病、李广，永绝边患，回朝另有迁赏！”

“是。”郭穰到殿侧磨墨挥毫。

李福将莲莲带到阶前。

礼拜一毕，皇帝问道：“夫人临终有何吩咐？”

“请万岁节哀，把她忘掉，深居简出，少受风霜劳顿……”

“万岁比亲爷爷还亲，甭怕！”李福鼓励着姑娘。

“说贰师将军少谋略，无大战功，延年大人太聪明，浮华欠持重。求万岁对他们多加教诲，免得恃宠骄纵，为祸惨烈。昌邑王无独当一面治好藩国之才，怕读书，爱恭维，万岁严加管束，触犯国法，后悔不及。她死后，李家将迅速衰微，她对陛下心如葵藿向日，感激不尽……”

武帝说：“夫人七窍玲珑，见识不差！”想到她的千姿百态，泪水滴在香囊上，于是又说：“郭穰写另一道旨意：夫人赐葬茂陵，百年之后与朕相守。”

“是。”郭穰在旁应声。

“还有何言？”

“请公公代奏。”

“胖孩残废，请陛下怜惜关照！莲莲伶俐解人意，多年贴身，终日辛苦，往年求陛下恩许莲莲守灵，不符万岁爱民如子素意。最好择德厚有才夫婿完婚。”

"是这样?"武帝注视莲莲和李福。

"嗯。"宫女低首抽泣。

"曾子说:'鸟之将死,其鸣也哀;人之将死,其言也善。'夫人近似之!但有德才年轻人多不相识……"

李福的拂尘悄悄一指郭穰。

"郭穰,古人说男人三十而娶,你已三十挂零,男大当婚,女大当嫁。"

"臣十二岁启蒙读书,缺少颖悟,多年夜间宿卫待写诏书,家无父母操办,故而蹉跎下来,已无意成家。"

"朕做主将莲莲赐你,为妻为妾为婢,由你处置。早生几名小郭穰,承接香烟!"

"臣自幼立下宏愿:不通五经为大师,终身不娶。请陛下收回成命,将莲莲另配年轻书香子弟……"郭穰嗫嚅着。

"郭大人前程无量,莲莲快叩谢圣驾!"老太监一撣拂子。

莲莲羞羞答答地叩头。

"万岁……"郭穰还想恳词。

"莲莲乃窈窕淑女,君子都该好逑,莫再费口舌!赐莲莲黄金十两,李福派车送她到郭穰家,有何难处,回来转奏!"

"是。郭大人,万岁倦了,快去传旨吧!"

武帝去了寝宫。

李福和莲莲走出方壶,在花园中碰到了邵伴仙。

"仙翁这回可是老祖坟都冒热气啦,恭贺恭贺!"

"老光棍,老光棍,四面靠帮衬。全仗公公铺路搭桥!"被蒙在鼓里的蠢货自认为"仙术"首次显灵,甩出两句江湖黑话,外恭内傲地朝李福挺挺将军肚子。

"抱了金娃娃,又该回山东老家祭师父墓吧?"李福拱手打着哈哈,意思是再找个钩弋夫人来吧,李夫人已然不在乎了。言外有所谴责。

"是啊,慎终追远,民德归厚矣!《论语》书里都是这么训诲咱们的!没有师父与公公,邵某是老牯牛掉下水井——有力没法儿使。"方士大笑辞去。

“此人对不住李娘娘!”

“甭说,刚才给了他一箭。”李福对前面的话做了注释,她才明了。

回到李福栖身的独门小院,他拿出十锭金子和一只大包袱说:“金子是万岁爷赏你的。衣服是娘娘的遗物,留下也没人穿,我拾出来送你,好闺女! 你扔这个小香袋给娘娘去了心事能安然升天,功劳不小!”

“不是公公施恩出力,莲莲死活都是陪葬的泥俑! 金子送与公公买个孩子替莲莲侍候您老人家,送老归山,也报不尽大德……”

“有你心意就够了,拿着它早晚有用处。”

“公公执意如此,婢子拿走一半,不再饶舌。”

“只见活人受罪,谁看到过死人坐轿? 勒死一千名宫女,派五百太监守灵,娘娘不能复生。你公公没后代,拉你一把比坑害一个人强。昨晚咱爷儿俩神不知鬼不觉尽了一份儿忠心,走漏半点风声,欺君是大不敬的灭族之罪!”

“婢子宁肯挨千刀万剐也不肯伤您一根眉毛丝儿。”

“累了一宿,提心吊胆,喝一小盅酒去歇一会儿。”老太监眼眯得挺慈厚。

“折煞婢子,不敢当……”

“看不起公公?”他的下巴耷拉下来。

“一回没喝过。”

“一小盅醉不了,西域名酒,进贡来的,有二十年开外,算公公一点贺喜的礼物!”

盛意难却,她吞下一盅,好像吃下一团火,伸出舌头,笑得像个孩子:“莲莲父母双亡,别无兄弟姐妹,公公就是最亲的老长辈!”

他的鼻腔酸溜溜的,仿佛咽下慢性毒酒的是亲生的李夫人,她俩侧影很像,讲话走路手势,勾起李福的哀思。他在暗中为自己宽解:“这样做是用铁锥子攮自家胸窝,没这一手怎么替皇家办事? 广利、延年经不起众人捣脊梁骨,都是兔子尾巴长不了,我怎能相信郭某和这丫头? 过了十天半月她去侍候我女儿,比守五十年坟快活得多。”他乱跳的眼皮又安然不动。

“走后常来看看公公,宫门口我会留话,没人挡你。”

“一准。”

## 四

郭穰栖身的小院子在大柳巷深处,占地两分多,土坯院墙五尺来高,薄薄地盖着两层瓦。邻人相告:它已过不惑之年,还没有散架儿趴下。墙外有棵老柳树,四人合抱,树心早空。贴墙的一边有尺多宽的裂口,顽皮的孩子们常常在里面玩藏老猫。树冠繁茂,张开一只永不收拢的绿网,等候着喜鹊们落进去又飞出来。

“这树早该锯掉,大人常在宫中过夜,留着太不谨慎。要爬进来个毛贼,不偷个精光才怪呢!”宣召郭穰的小谒者两回提醒过。

“寒舍没有偷儿看中的细软,怕什么?再说伐倒老树,巷子该改名,鸟儿们少个住处,孩子们失掉一大片阴凉,听不到半夜秋声,仿佛死掉一位老友,岂不索寞?”

“大人雅论,高,高!”

太阳偏西,两名内侍赶着一辆马车将莲莲送到门口。

“两位小公公,一点小意思!”莲莲不忸怩,送了几串钱给内侍。

“务必收下买些酒肴,不成敬意!”郭穰诚恳地凑趣。两名内侍道了谢,赶着空车回宫。

男女首次单独与陌生异性相处,拘束而羞怯。堆了几架竹筒与帛书手卷的两间客堂,不停地收缩着空间,增添了心理上的重压。女方盼他分享鸟儿出笼的欣悦,乐于做这个小小王国的“皇后”。不知他长年孤单,日子如何熬炼过来。

“大人……”这是同情的试探,“婢子替您烧点茶……”

“不,我自己来。”他给锅里添些水。

“不成,锅底锈了。”她将锅刷净,才让他点着草柴,再架上些树枝。

“平日在街口饭店用膳,月月付账。这些米面盐酱醋咸肉青菜是后半夜从宫里拿回来做饭用的。一向不爱甜食,否则买点糕饼就能疗饥。”

“大人太清苦……”她洗杯壶。

他找出茶叶，将床铺好："反正比你大得多，叫我穰兄吧，起十二岁就有人这样喊我。几年前她远嫁天边，再也听不到。"

"穰兄！"女孩眼窝上下发亮，显然喜欢他。

"真好听！再叫一声。"

"穰兄，你想家吗？"箫声一停，太史第后园的晴空送来两声孤雁的清唳。书儿伫立窗前，正给父亲纳着鞋底。

"也想也不想。"斜阳的残红挂在郭穰肩头，窗纸和他的颧骨四周泛出桃绯。

"怎么讲？"

"想家，家里没有亲骨肉。上次还乡给渔夫爷爷办后事，我是陌生的异乡人。说不想，喝过十二年汨罗江水，忘不了端午龙船，半夜渔火，黎明橹声，屈大夫庙里老庙祝送我的洞箫还在手上……"

"别讲了，曲子告诉了我，你在想念去世的亲人，以故土风物自慰反加炽了乡愁，说下去我都想哭！这儿不是你的家？"

"先生师母、师妹待我犹同骨肉，这是我家。但总有一天二老仙去，妹妹出嫁，我又没有家……"

"穰兄，干吗女孩儿家都得嫁出去？我偏不！我想……"

"想什么？"

"只想听穰兄吹箫！"

"这太容易，马上就再吹！"

"傻哥哥，我不是想听一会半会儿，我要……"

"你……"

"我要听到黑头发雪白，牙齿掉光，直到躺进高门原祖茔那片树林子还在听，听……"她抬起袖口遮着笑靥。

他的头故意夸张地朝窗内一伸。

窗门"砰"的一声紧闭，却关不住乐天的哧哧微笑。

他轻叩窗楹，没有回应。重奏箫管，四面八方全是"穰兄"的低唤，乱拧成一股声浪……

“穰兄!”昔岁的袅袅余响,被莲莲的呼喊惊碎。

他抬起头来,梁上吊着失去光泽的箫,音孔里灌满了焦干的泥土,顿时脸色一暗,五官里填着莲莲看不见却感觉到的泥沙。

“我要做好你的兄长,家里还存了少量俸钱兑换的金子,送你成家用。今晚还要进宫,明天托朋友为媒,让贤妹嫁个年轻的读书人。”

“穰兄!”莲莲带着动情的喊叫,或甜脆,或半哑,干湿轻重远近不同,和书儿的音容相纠缠,形成一个正在紧缩的口袋。他面壁呆立,双手扑在墙上,热泪盈眶。

“你真撵我走?”

“不,正大光明嫁妹妹!”

“大人,我明白了:您是做官的,宫女配不上老爷。可您也得有个丫鬟洗衣做饭,将来上了岁数,生灾害病谁抓药煎汤?”

郭穰凄然摇头。

“这些活计莲莲全会,留下婢子吧,大人日后另娶名门闺秀,莲莲把她当娘娘供着。婢子来了,就是不走。我怕嫁个性情不好的要挨打,行为不端的要受累！甘心做老姑娘侍奉大人一世……”她无助地跪在地上哭诉着委屈,“金银全不要,就要天天看得见穰兄!”

“莫说傻话！实不相瞒:他日中书令司马恩师过世,愚兄有志做一名史官,秉承先生学业。做这行差事随时会人头落地,拖累妻儿。有后顾之忧,经不起威逼利诱,将说出诛心的假话来欺世。可怜你白玉无瑕,怎知仕途险恶,愚兄心已碎,有苦难言……”

“穰兄,李夫人夸奖过小妹长得不丑。你这样好人,不贪美色,上哪再碰到第二个?”

“你我非一母同胞,留你不嫁会坏掉妹妹名声……”

“不要名声,宫女当小妾是福气,守一世活寡算家常便饭,一点不受屈……”

“二更将到,愚兄告辞入宫。”

“哥哥尽管去，就是别托媒人……”

这时从老柳树洞里钻出一条黑影，穿着玄色紧身衣裤，手持尖刀，跳上围墙大叫一声：“呔！郭穰小子听着：老子恨你卖师求荣，打算割掉你小子的狗蛋；可在树下听了一更多天，小子是柳下惠再世，老子想对你下拜。自个儿乱了套，没了主心骨，还是饶了你！”

“壮士是谁，这样疾恶如仇，请来喝一壶！”

“老子是刺客！不，是朋友，不，不认识。等弄明白，后会有期，酒会来喝个痛快！”黑影闪进一小巷，一晃就跑没影了。

郭穰哈哈大笑，用力拉不开门，找出菜刀，伸出门缝割断铜环上绳索。

“穰兄不能走，妹子怕呀，万一有……”

他忆起从恩师家出走的那晚，书儿喊的话与莲莲几乎一样。

“莫声张，这人是打抱不平的牛大眼，能听出来，就凭这场误会，我也佩服这条汉子！”

次日早朝退班，郭穰回家，只见桌上摆着六盘菜肴，莲莲盛妆吉服，头插绒花，笑容纯朴。

“敬穰兄一杯！酒温过八回了。”

一只杯子斟满热酒递到她手上：“愚兄回敬一杯！你半宿没睡好。”

“不忙，请听——”她唱起《北国有佳人》，本色原音，没有矫揉造作，把宫廷艺术还原为北方民谣，听不出异域情调。

“从来没听到这么动人的歌！我干三杯，你喝半杯，免得醉了。”

“你真好！有件事或许能帮穰兄升官，这不是向您讨好想求什么……是您有本领该当升。小妹迷迷糊糊一宿，娘娘‘走’前对公公说：老太太过世，她回家戴孝，无意间听到涿郡太守刘屈牦在邻近房间里说话。他爹就是中山靖王，娶下百位姨太太，生一百二十五个儿子，他是排行一百的那位。他儿子娶了李家姑娘，跟贰师将军是儿女亲家。他俩商议，让昌邑王刘髆当上太子，对两家好处太多。要买通万岁身边的人讲太子刘据坏话，不成的话，贰师将军出兵相助！娘娘一听吓坏了，把两亲家数落了一顿。哥把这事给皇上抖搂出来，李贰师人头难保，对不起娘娘；不说对不住万岁。这……请您拿个主张……”

“该奏明万岁，升官事小，阴谋废立事大。万岁亲自廷审，李福不是服毒自尽就是死不认账，没有证据，打草惊蛇……”

“妹子不怕死，敢跟公公对质，确实在门外无意听到夫人对他说的。”

“要仔细想想前因后果，不能想做就做！”

“好，您慢慢斟酌，咱俩暂不提这码事。穰兄，妹子还学点皮毛的西域舞，跳给您看，帮您散散心，快快活活大笑几声好吗？”

“有劳妹子！”

她脱去外披，内着紧身袄裤，哼着曲子，做出畋猎骑射各种英武动作，大概久久不练，半曲下来就气喘吁吁。

“歇着别跳了。”他制止她，她不肯停下来。

他那内在的冰山被融解掉一半，几杯入腹，心动加速，但见莲莲由一变二，二变四，旋成大朵红菊花，流溢出久被压制的活力。

舞到高潮，她突然停步，双手扶在柱子上，全身颤抖，口角漾出绛紫色的血……

“贤妹病了？”他将她扶上床，脱去鞋袜，盖好羊皮褥子。“我去请大夫。”

她左手拖住他的袖子，右手按着腹部，面色转青，头上大汗珠闪亮。

“心口疼，下腹痛？再耽误就来不及了！”

她做了个饮酒的动作。

他误认为是要喝水，连忙端来一杯。

她推开杯子，紧抱着他的颈项，全身逐渐变冷。

“醒醒！醒醒！你怕出嫁才服毒吗？”

她摇摇头，再次指指酒。

他端过一杯酒来，她抿下一半，将杯推到他脸前，猛睁变得浑浊的眼，牢牢盯着他。

他哭着说：“我害了你，妹妹！是毒药也陪你干掉！”说毕一饮而尽。

杯子落在地上摔碎。

她的眼睑缓缓合上。

# 宦　海

## 作者的梦

咚！咚！咚！

我认为敲的是对面邻家的门，没有理会。

咚！咚！咚！少顷，门又响了。

我伏案坐在灯下，笔从纸上画出沙沙声，急于记住飘然而来瞬息永逝的幻想。

门被推开，一位颀长清癯古丈夫阔步而入，坐在我案头的铁床上，儒冠丝带，衣履修洁，剑眉扬起，上眼泡微肿，目光庄重，胸前黑胡子飘飘，举止雍穆，有书卷气。

"先生何人？"我没有放下笔站起来和不速之客行礼。

"怎么连我都不认得，那你怎么写……"他很惶惑。

"您是谁？"

"你写的是什么书？"

"太史公《司马迁》。"

"不佞便是！"

"请问您老是哪位子长先生？"

"什么？"他几乎不掩饰自己的惊诧。

我提高嗓音重复问一次。

“哈哈哈！还有几个子长吗？”

“当然，《史记》有多少读者，就有多少个作者形象活在他们心中。这寒斋之内就至少有三位！”

“愿闻其详！”

“一位是在汉朝写出《太史公书》的大史学家、大文豪，中国甚至世界上开山的新旧闻记者，也许就是您老；一位是我从书本里读到的，尤其是十五岁那年看到开明书店出版李长之先生的力作《司马迁之人格与风格》以后，加上传闻想象凝聚成的太史公；还有一位正是我写在纸上的司马翁。后二者本应相同，可惜腹中墨水太少，难以战胜自身的偏见与顾虑，笔不从心，弄得深度与出版家赚钱的条件两败俱伤，十分惭愧！请问您老到底是哪位司马大人？”

“我……”写过无韵《离骚》的巨匠迟疑了一下说，“我也不很了然，不过，很想你把三位的长处都赋予不才！”

我忍不住捧腹。

“你……”他不禁愕然。

“若按先生指教去做，您得到的将只是三位子长公的缺点了。老实说令我失望，原来大学者也是未能免俗的凡人！”

“有那么严重？”

“合三人之长于一体，四先生在出世之前便已夭折！”我不免黯然。

“你很坦率，对首次来敲门的人一点不讲情面？”

“谁没有敲过命运之门？几人荣幸敲开过？更有几个得到过完满的答复？今天在这本书范围内，我可以决定您的命运。我从少年时代就爱过您，您没有爱过我，正如我没有爱过一万世纪后的公民们一样，我并不委屈。纵或对我公有所求，也无须卑躬屈膝，且况无所乞求，何必讲虚情假意的面子，丑化了您，又丑化晚生呢？”

“享受颂歌是快事，圣贤皇帝以至自封为救世主者在所难免。请将后门开个缝让老朽也进去过一下瘾！除三十年代郭沫若先生写过短篇《司马迁发愤》五千言，你是第一位撰写关于老朽长篇小说的作者。史料少，有点漏洞或‘三突出’‘高大全’残余，仅仅凭你对写意艺术观的迷恋，对东方戏曲、西方诗剧心灵独白的尊重，还大胆写出十二个人物不同的死亡方式，人们也会谅解。只要不见之于文字，口头批评我还能虚心接受。”

“当真?”

“大丈夫岂能出尔反尔?”

“恕晚生直言吧！您老受宫刑是光荣的事，以屈求伸维护了说真话的传统，理当自豪！见了一个无知无名无位的小子，不当义务导游带我去看看《史记》内外和您老内心广袤的世界，偏要化装戴上假胡须眉毛，太叫晚生意外！老实说晚生也留过一大把胡子，因为腹内空空，并不受人尊敬!”

两千年间无人抗衡的古典散文大师红着脸矍铄地跳起，扯去本来就沾得不牢的须眉，兴致勃勃地问道:“有酒吗?”

我惭愧地摇摇头:“大作家枉顾晚生毫无诗意的京华残梦中来，无酒无茶奉敬，大煞风景，不是悭吝，因为忙于涂鸦，懒得去买。自己非酒徒，只有半碗冷汗、一支秃笔、两克脑汁、三分聪明、四分愚蠢、五分过时、六成失望、七上八下、十足真诚而已……”

“你知道身在梦境?”

“白日做梦，全无自知之明的人，才会写这部书!”

“真人不说假话，我愿对你进三条忠告，聊代见面礼:一不要把我想象成反对皇帝的大思想家，我喜欢过汉武帝的雄才大略，富有文采，还能守法;也嘲弄过他的好大喜功，梦想成仙。再者把我的文体和当时记下的话语一对照，不难发现我写的是较为精练的口语体，不要因为你看不懂就怨我是老古董！第三是我有官瘾，对鬼神嘴上不说，还是信的，又爱出名，喜欢美女……总之毛病不少。不要把我按进神龛，加上铁锁，再虔诚下拜，特地事先申明不是神，免得拜过不灵又骂我是骗子……磨墨记下这些话吧!”

他想摸摸长髯，摸到的仅仅是马铃薯般的光下巴。

“抱歉！砚干了，水也冻了。”

“我有悲愤的泪泉，倘若不够，你和读者也会洒下同情之泪!”他悲怆地一笑。

“我不是作家，读者们修养，早已超过孟夫子说的‘不动心’水平。他们关心的不是您，而是更现实的一切。我哪有催他们泪下的本领？请纵览世界小说史，选择作家诗人史学家为主角的作品，无成功先例。这方面的成就反低于剧本，值得反思。此书未必出土，更不会传世。您会失望的……”

“希望别人理解，你就错了，因为你也不了解他人。失望从过头的希望里分泌出来。假如我不是本书的主人公，作为普通读者之一，你也可以谈谈对我的期待。”

“阴影可以增强画面的立体感。我想写人，写出人身上的神和鬼的搏斗。但对人只是抽象的追求，具体做法上不能摆脱造神的暗影，它渗到我的脑细胞中，如果我把小说中人物神化，不自觉地当了一回祭司，千万不要因为是和您有关而加以原谅。欢迎扯我的耳朵，拍案痛斥，醍醐灌顶，才能摸到真司马子长先生脉搏，到那时请将此书踢入垃圾箱，使它到造纸厂里去享受新生的轮回，我便赤诚地顶礼，乐于化为一点萤火，与父老姐妹一起赞美真实的朝暾！”

“我尊重你的意愿去做。然而，我也是一位汉朝作家，发表欲极强。好不容易抓住一个在梦中愿意倾听我回忆的对象，还是有点记录能力的糊涂虫，又怎肯满怀空载月明归？所以，请听不才司马迁如是说……”

公元前五十一年，汉宣帝为了纪念功臣，兴建了麒麟阁，悬挂十一位大功臣的画像，下面写着姓名、爵位、官职，其中有邴吉，最突出的人物是霍光，没有提到他的名字，只写着“大司马、大将军、姓霍氏”。虽然他的子孙已在两年前被斩尽杀绝。

史书讥为“不学无术”的霍光，平定内乱，恢复生产，派官员下乡发放粮食与种子，缓和了社会矛盾，派范明友领兵击退乌桓的骚扰，改楼兰为鄯善国，处理朝政，很见稳健。

他带着杨敞同来看望大病初愈的司马迁，有复杂的原因：霍光与李陵一向莫逆。太史公为泛泛之交的李陵一案，家破人亡，身败名辱，而他却加官晋爵，微微有点不安。其次，他自知出身微贱，父亲霍仲孺在青年时代还发生过一件和皇上扯上裙带关系的丑闻，如果被司马迁写入史书，那就很讨厌。

仲孺家住河东郡平阳县(今临汾县南)，在县衙当了一名小吏，常常被派到富贵人家去跑腿。有一回在大户人家看中了丫鬟卫少儿，小姑娘情窦已开，一场偷偷摸摸的罗曼史，生下了后来名垂史册的青年军事家霍去病。丫鬟没有人身自由，仲孺当完碎催子回衙，便和少儿音信断绝。几年后另娶妻室，生下了霍光。

霍光长到十几岁，日子过得平淡，读书也没有惊人成绩。

某日，骠骑大将军冠军侯领兵北征，路过平阳，郡县大小官员倾巢出郊恭迎。将军一到,郡守特地凑上去代为背着弓箭袋,在马前领路。

将军来到行辕,一下马便吩咐郡守县官,派人去寻找霍仲孺老先生。

平阳东西城门之间,鸡啼狗咬相闻,找个人可不难。

仲孺听说将军要见,吓得两腿乱抖,不知道有什么大祸从天而降,跟在郡守后面,见到将军,纳头便拜。

冠军侯连忙从虎皮坐毯上跳起,口称"父亲大人"扶起仲孺,将他按在上位,连拜四拜。

将军刚刚礼毕,仲孺生怕是认错了人,急忙又跪倒,匍匐在地,不敢抬头。

将军说明原委,想不到这位威震北漠的大人物便是仲孺和卫少儿一场相爱的结晶。少儿的妹妹卫子夫,后来以说不清的机缘竟做了当朝皇后,弟弟卫青是大将军,少儿后来的情人陈掌是丞相陈平曾孙,真是炙手可热。

霍去病给父亲买下一批土地和奴婢,盖了新房子,让他享福。伐匈奴归来时,又回家看望父亲,并把弟弟霍光带到长安当了郎官。哥哥病故之后,弟弟的官阶逐渐上升到奉车都尉,专管皇帝乘车事务,时时在深宫待命。

霍光不像杜周那样浅陋,向往权势,却不动声色,用恭谦掩饰着城府。在摸准了绝对安全的前提下,对于鸡毛蒜皮之类小事,也发一番颇为激烈的谈话,把皇帝衬托得非常虚心纳谏,所以比较器重他,封为光禄大夫,负责向皇帝提出建议。这是危险的美差,霍光干起来一点不吃力。

"爹爹!"杨敞很木讷地献上几小包人参,侍立一旁,有些拘束。

"子长兄,您有眼力啊! 杨敞临事不慌,不轻易说出可否,将来是廊庙大器,前程不可限量!"

"子孟兄,全仗您这样长辈指点,他还年轻,从前读书记性很好,比郭穰会背书,可惜悟性差,不能触类旁通,缺少见地。老兄严加管教,场面见多了,说不定也能学会变通,不写刻板的仿古字……"司马迁指指茶壶,书儿把客人迎进来之后,就回避到楼上去抄书。杨敞沏上茶,献给两位长者。

"您的学生就是我的学生。太史公,想我们像杨敞这么大的时候,懂的事未见得比他多呢！元鼎五年，咱们扈从皇上驾幸雍，在古秦德公卜居之地，祭过青、黄、赤、白、黑五帝。听到许多传说，最末了渡过祖厉河，才奉驾回京。您那会儿是英姿勃发，作赋舞剑，从来不知道什么是倦，什么是苦，什么是难。近来小弟特别怀念那段日子……”

“子孟兄一帆风顺，小弟一事无成，忆起少年意气，愧对故人！”

“子长兄不必感叹。前些日杜周上书，保荐兄为中书令，万岁说他不因人废才，不避前嫌，看来不用几日，便会下诏。以子长兄满腹经纶，当有用武之地！”

一阵沉默。

司马迁半闭着眼睛，连连呼出两口长气，克制地说：“子孟兄，杜大人盛意，小弟不能领情。刑余之人，去任中官，与宦官为伍，为贤者不齿。兄素知小弟性情顽愚，万一再触怒龙颜，杀身灭族，只怕连子孟兄与杜周大人都受株连！还请老友从中斡旋，打消此议。否则诏书一下，受职与否，令小弟进退维谷。拜托了！”司马迁揭开被子准备起床。

“子长兄还是静养为宜，等贵恙痊愈，小弟备点薄酒，请仁兄到寒舍叙叙旧情，不介意，也请杜周前来同醉。本来他要请你我去赴宴，小弟一想，兄台不会前往，还是改在舍下。一殿之臣，既往不咎，不知子长兄以为然否？”

“实在抱歉，小弟戒酒仨月了。”

“兄台可以茶代酒。”

“改日再定，子孟兄，多谢！”

“子长耿介，可敬可爱！”

“子孟兄，李少卿投降匈奴，铁错铸成，再论无益。但五千壮士，浴血奋战，慨然赴死，不能因一人有过，五千之众无功。待小弟康复，想请子孟兄与任少卿兄上书，为殉国者辨明功过是非，不知此举可妥否？”

“子长兄还是赤忱人。泾渭清浊不分，死者不安，生者有重责。然皇上对此大事不喜公卿议论，兄台与任少卿兄商议，小弟愿附骥尾。但等时机一到，一奏即成。时机未到，只怕后果不佳……”霍光沉吟着，推得体面，摆在桌面上也很真实。所以司马迁听不出隐蔽在同情背后的圆通。

“子孟兄是达人,见机行事。”

“子长,小弟不才,有了两名孙儿,听说您也快抱外孙,对老友也是个安慰。小姐该回城里去,这里小弟派下人来照料……”霍光岔开话题。

“不,爹爹还要师妹在此亲奉汤药,怎能接走……”杨敞憋红了脸,第一回与上峰看法相左。

“外孙满月该办喜宴,如花费不足,小弟未曾替侄女添箱,这回稍尽蚁力,酒喝在嘴里才香啊!”霍光拱手告辞。

司马迁准备相送,子孟按着他的肩膀:“不必拘礼,好好歇息。皇上的性子老兄知道,惹下大祸,不好收拾,孩子们也跟着苦!”

司马迁坐起,向霍光顿首:“敞儿代我送送世伯!”

“是。”杨敞恭顺,这是霍光喜欢他的原因。

登车之前,他留下两只木箱,里面装着朝服和袍子,交给杨敞说:“暂放耳房,不必告知你家泰山。万一诏书颁下,太史公可以穿上新朝服接旨。”

客人一去,杨敞径自走进厨房,搬出两个大树根,到院子里来劈,这是太公到山上去刨来当柴烧的。他将凿子插在斜丝的裂纹中,再用锤往下砸,没到烙熟一张饼的工夫,就脱掉衣服,汗流不止。

把父亲扶到阳光下的院子里,书儿下厨做饭去了。司马迁坐在一只大蒲团上,倚着一块大石条。仰看炊烟皋袅,皱着稀淡的眉,若有所思。

“家里没有人手,太公和师妹太苦,怕对爹爹照料不周。想买两个丫头来使唤,您看好吗?”

“敞儿,我这无官爵的老百姓,多一口人,往往会增加许多口舌。只想与亲人共享天伦之乐。太公常说:‘当小厮丫鬟的也是十月怀胎生下来的儿女!’你爷爷生前,曾经为太公买过一双童儿,太公纵游天下,不愿有家室之累,把孩子送还父母,连卖身契也烧了。”

“爹爹不必过于自苦,主贵奴贱,自古而然。咱们家不使唤,别人家买去也还是当奴才。太公不为绳墨所拘,非常人可及。再说诏书一下,爹爹要居高位,家里应门没有五尺之童,也欠体面啊!”

“体面？哈哈！中书令是太监班头，皇上家奴与公卿大夫不能交往。而小人求官求情上表的，会挤破门，吵吵闹闹，太烦人，怎能潜心治学?”

“中书令掌管机密文书，许多人求之不得。背后窃窃私议，权当春风过耳。这年头不做官能吃好住好穿好、出门有轻车肥马、能受人恭敬吗？满朝文武，自鸣得志，几个人能被皇上信任，为庶黎称颂？就说爹爹看不起的郭穰，只为草诏能接近皇上，李广利杜周见到他都客客气气，礼节周全。”杨敞一脸艳羡之色。

书儿捧来一盆热水，正在拧手巾为丈夫擦汗。听到这里，眼光一暗，手巾又扔回水里，把盆推到他面前，转身走到树荫，抱臂当胸，左眉扬起，右眉下垂，发出绝望的浩叹。

“书儿!”司马迁若被电击。

“嘿嘿!”女儿有所遮饰。

“爹爹，儿不该提郭某惹您老人家不快。”

“不提才对！当然，人非生而知之，我初任郎官，一心想做伊尹、比干、姜尚、周公、管仲，还兼孔夫子。后来方知自身不够为政材料。所谓上替国家办事，下为父老分忧，堂皇高论背后是一人之下，万人之上，黄金屋中珠宝堆山，童婢成群，妻贤妾娇，轻裘骏马，出门前后武士簇拥，名垂青史，著作等身，筑墓建祠……与百姓无干。分明周身媚骨待价而沽。可笑我枉读万卷书，绝少真知灼见。将来难免继续发昏。少量事清楚，许多事南辕北辙，牛刀割鸡，鸡上房梁。只因世上的糊涂事都被聪明人做完!”似乎是从创口流出来的语言，使书儿胸廓胀痛，杨敞仅能受到轻量级震动。

“爹爹，女儿只求您平安硬朗，少操心，享高寿，没有咽不下的钢针。”

“难！歌功颂德，不愿；勉强，颂不好；学铜人那样不开口，不会；讲实话，杀头。”

“爹爹总得敷衍几个月，再告病回老家，免得落个抗旨的大罪名。求您大事扛顺风旗，小事讲些不痒不痛的官话，没有把柄。想什么都莫向皇帝表露出来。您一定要做到!”

“好多事明知说也无用，还得自讨苦吃。改秉性不是几天可以奏效。

答应要做到,否则是骗子。莫逼爹爹做假!”

“您受罪太多,女儿不该强爹所难……错了……”

吃过无话可说的午饭,杨敞策马回城。

不多一会儿,诏车临门。

女儿再三劝请,司马迁才换上新袍子。

废话盖上国玺,跟乞丐穿上蟒袍一般摆出威势。李福念得头动尾巴摇,给诏书镀了金:

夫史不常见之功绩,必待史不常见之宏文传之万世。朕承先皇之大业,宵衣旰食,君临天下垂五十载,伐匈奴,通西域,抚越闽,定南粤,安犍为,天下臣服,百国来归。封禅泰山,塞河瓠子,灵芝呈异,白麟献瑞,何其盛也?朕为励精图治,奖掖贤才,特命儒臣司马迁为中书令,兼署太史令。为朕纪史绩,开言路,掌案牍,夙夜匪懈,毋负朕厚望焉!

幼年初见宫廷人物,厌恶而外,父亲被天子赏识,子长还闪过一丝高兴;稍长若非闻说此辈专爱替虎剔牙,更会悠然;此刻想到囚徒们、死囚们及受宫刑者庞大的人流,立即觉得自己下贱、健忘、可恨,折磨居然未汰尽奴性,耳根颈项发烫。但对诏书太监都不能申辩,只好木然。

书儿献茶,连给父亲使眼色,要他应酬。

幸而李福是冠绝六宫的处世闻人,寸巴套话说得如蜜灌耳,似乎他与子长有刎颈之交,一日不曾中断过。

送走太监们,太阳还有三丈来高,书儿没话找话:“爹爹穿上新袍,真精神得多!”

“我又落入巨网,被造化戏耍!”少时,他失口苦笑,“谁在网外,我几时出过网!”

闲搭几句,他要堵死仕途,便掩门奋笔疾书。女儿两次从门缝里偷觑,见他虽面色阴厉,却不像在草绝命书,书儿忡忡不能释怀。

趁着薄暮父亲出门闲步的空隙,她在枕边看到刚刚完稿的辞官疏文,列举七大理由，四种顽疾，用词温婉，骨子里极坚定，宁受制裁也不就职。她想收起来，虽重写很方便，还可以口代笔，但怎能阻止大祸临门？

她觉得腹中的胎儿动了一下，似在哀求母亲努力说服外公，不能固执。

书儿迎到大门口，他已兴致枯索而归。

“爹爹该相信：儿不愿您再入宫门！”

“嗯。”

“为何劝爹爹虚与委蛇数月？”

“避免僵局，安然告退。只是爹爹等不及了！”

“要是他不理睬您的上疏呢？”

“卧床不起。”

“派御医来看，让无忌带武士绳索来拽呢？”

“将来横死，不如眼下早死利索。”

“爹爹带走女儿，胜过苟活！”

“子孟赏识敞儿，知道这类盾牌难找，说不定日后让敞儿安享大贵，拿他挡着贤能当权，未必会殃及你。”

“身为公主，赐死的也不稀罕。儿死了敞兄另娶，不妨害做官。”

“唉！面面稳妥，寸步难移。”

“爹爹想好选定，儿听命无所悔。”

三更后，他钞父亲遗著《论六家要旨》，打算留赠予书儿的孩子。万籁寂然，偶有老鼠窜过楼梯间。忽然，他发现女儿在抽泣，即或用袖子或枕头堵住嘴，也瞒不过父亲的耳朵。

他放下笔，剔剔灯草，蹑手蹑脚地上了楼，房门关着，从门缝朝里一望，幽冷的月光从西窗射在地板上，女儿浑身缟素，头披麻球，捧着母亲剪赠的一绺头发，直挺挺地跪着，泪光莹然，不胜酸楚。

他碰到门环上的手反射地缩回。书儿眼神和上午拧手巾时近似，只是积攒的失落更多。鸡毛在子长喉咙里皴擦，一阵奇痒梗阻着声带，久久才轻咳一声。

屋里经过小小的忙乱，门被拉开，女儿用袖口擦出违心的笑容：“爹饿了吗？请进！"她身穿绣着绿花的皂色衣衫，孝服已藏进橱柜。

"不饿。"

"那……"

"睡不着，你快做娘了，爹无力制怒，忘了女儿母子安危，像是给儿造的灾苦还嫌不够，特来道歉！儿太委屈，无一不是爹爹酿造……想念娘就放声一哭，莫苦苦憋闷，伤了胎气。"他连连拱手。

"儿没有哭过。"

"泪水还在！爹爹意气用事，忘了爷爷训诫：忍辱负重，欲退姑进。"

"生命父母所赐，骂得打得，能受点委屈是福气，就怕想受连机会都失去了，何况儿不受屈。祈求娘保佑爹爹不蹈旧辙，长命百岁，只因您是好爹爹，一世太惨、太冤……"女儿的哭声使他得到许多无形的补偿。

只要田里有农夫，路上有行人，就存在父女天伦关系。女敬父慈，比比皆是，能达到精神默契的朋友高度者少如凤毛。深层的相知，语言都是多余，罕见长处得以发挥，习见之不足逐渐升华为能源。只要一方在大地上呼吸，另一方就过泥捏的日子也比黄金铸造的岁月有分量，犹如苦胆胜过蜜汁，不必抛开根器胆识差别去妄求对等。大小相容，因异成异，便是大美！

他从楼下取来疏文，扯成几段，扔在小几上。

"好爹爹，莫再变卦，连没出世的小孙孙都快乐！"

他凄然一笑，频频摇首："儿求阿娘保佑我是主，又有三分怨她不该许婚杨敞，病可治而俗无药可医。他心地不坏，短见、自私、仰慕权势，自幼未得过亲情，亦不解何谓心性情感。无能的人总是过于相信自己的生存策略，官场得不到的，在家里摆谱儿补偿。儿一身灵气，他看不见；对官府金银冷漠，他不解。无从珍惜！敞儿大部言行给你添刑罚，他视之为大丈夫本色。儿住石村侍奉爹爹是主，还在躲避无法躲开的敞儿，守候永难见面梦寐不忘的郭穰！等爹爹一去，你把孩子养大，不会眷恋这寡味人间！儿一盼一叹，一动一静，老父洞幽烛微，难剜肺腑肉，补儿破碎心！儿有话不愿说，怕伤爹爹、敞儿，一味隐忍。若郁结成绝症，伤害娘亡灵，爹爹病体。

还是多多倾诉!”

“您不该这样明白,儿还瞒什么? 大小块垒,慢慢化悟!”她从箱子里抽出一件背心披在父亲肩头时,衣褶里滚落一枚铜钱,她拾起之后,审视颇久。

“爹,听说从前人行军,每个小卒嘴里都衔着一枚铜钱,这是真的?”书儿忽然来了灵感。

“有之。”

“儿想洗净一枚铜钱,爹爹上朝,衔在舌下,也好免去一些是是非非……”

“大丈夫立志自当笃行,何必仰仗于铜臭?”

“儿看还是衔着好。”书儿说得一本正经。

“取笑了。”

“敞兄说皇帝新近要召见各郡太守,任安伯伯不日要从益州来京呢!”

得到任少卿的消息,给太史公带来莫大的愉快。在逝去的时光长河中,许多怀念和误会,只有风雨联床之夜,浊酒清茶,才能灌溉碧岛,融化黑礁。值得信赖的人太少,太公萍迹江湖,连自己也不能断定去向与归期。司马迁需要人帮他清理思维中的一堆乱麻。

早朝是一系列刻板的程式。记得他任郎中之初,未央宫的建筑已经陈旧,文帝尚俭,景帝在位时间只有十六载,没有将宫殿翻新,反而使颜色变得沉着,古趣盎然。几年不涉足宫苑,走进大红大绿的长扬宫,司马迁从心理到生理都厌恶这儿奢华伧俗的色调,一派暴发户的审美要求,大而空,长廊门头上的绘画,线条很僵硬,比起民间艺人的帛画漆画,有天渊之别。皇家的趣味总是如此。

他警告自己:听女儿的嘱咐,早些退朝归去,不与任何官场人物交往,减谗避讥。

入宫略早了些,天尚未明,殿侧厢房里,人声起伏,好不热闹。

司马迁刚到檐下,就听到窗帘背后一群公卿在议论自己:“……哈哈!什么太史公? 胡子、眉毛一掉,秃着下巴眉头,成了太史母,一副半老太监的丑相，没有半点官威，还当什么中书令？哈哈哈！”

“……可笑！昔日人谓司马迁下笔万言，而今文才看不到，想不到竟是个中官之材，斯文扫地尽矣……”

“……下官愚见，或许是司马谈干了缺德事，弄得儿子遭报应，只剩个丫头，连孙儿重孙全给耽误了，可叹哪！下官怀疑……”

“……人心不古，苟活偷生，未有如斯之极也。如司马迁丧尽廉耻，固无足论矣。束带立于朝，何以对人言？流风所被，能不忧哉？”

“列公所论醒聋发聩，使顽夫廉，懦夫立志。然不知圣君用心良苦，虽尧舜禹汤不可同日而语。伟哉伟哉，圣矣圣矣，仁至而义尽矣……”

这些声音在司马迁听来都像是发自杜周，但又何限于杜周？李广利、李延年，还有死去多年的公孙弘等儒生……沸沸而起，扬扬直入云霄，一个个以道德纲纪的化身自居，不知何谓欺世盗名，何谓耻辱，把愚昧、凶狠、混世、贪婪、自诩、自大、颟顸当成裁判智者、贤者、弱者、被践踏者、无辜者、无告者、无反击能力者的权力与资本。把兽行当作功德来自豪，使太史公羞与为伍，分不清是滑稽还是荒谬？

他的眼睛告知思维：“我拒绝见到宫廷与官场！只企盼怒火炸开地，岩浆烧尽大汉王朝一群敲骨吸髓的蠹虫蟊贼！只企盼看到尧天舜日、五谷丰登、六畜兴旺……”

他的耳朵附和眼睛：“我拒绝听到罪恶与谣言的合唱！只企盼闪电矫若游龙，十万雷霆挟着飙风，击毙附在天子身上的蚂蟥，恢复皇帝的良知，兢兢业业，政简刑轻，百姓康乐……”

鼻孔也不甘沉默：“我拒绝铜臭，淫巧的名香，酒的诱惑，肉的挑逗；我要田野禾苗的清新，果林的淡雅气息，农舍粗茶淡饭的热气，小园梅菊的天韵来恢复嗅觉……”

嘴也十分抱屈地诉说：“我拒绝和人的渣滓对语，我要喊出大地的积愤，不能让哀哀父母捆在刑床上，让那些公卿郡守县令、将军长史、酷吏骄兵、地方豪强，磨嘴成针，扎入父母的血管毛孔吮吸着热血！那刑床不正是大汉帝国的版图吗？我要呼唤上林苑中的大群猛兽，衔着这些两脚的恶魔，一齐冲上崂山，跳下大海……”

司马迁倒退了几十步，想立刻策马回家修表辞官，听候裁决。

他气得一拍腰带，猛然觉得两指之间有个硬邦邦的东西，低头一看，是离家之前女儿要放在他舌下的铜钱。顷刻之间，他被一场无形的冰雹浇醒了。

他向往盛世，正是历代父老们对盛世求之不得的反映。自黄帝到当今，好皇帝不到十分之一，古史是无法稽考的传闻。虽然大汉成功太容易，一群流氓玩命之徒，破落贵族子弟以阴谋权术威胁利诱而建成的天下，比暴秦是好些。

在宫廷官场，伦理成了西域贡来的杂要艺人一样，头朝下用手倒立着走路，僵直的脚象征着他们有限的创造力，睾丸象征着达官贵人们的视觉。他固然可悲，又何尝不值得自豪：没有同流合污！伦理在老百姓之间还是用脚走路，衣服虽然打满补丁，并没有裸体。以偏概全，把心收进笔管里，放在写书的帛里包严实，让躯壳出来周旋，应当惭愧的是坏人。何必自馁？想到仲子临终遗言，他大咳两声，在屋里一片静寂之后，昂首阔步而入，杜周并不在场。

使他悲哀的是屋里重新爆发出声浪，内容与刚才所听到的完全相反：

“中书令大人，几年不见，把老夫想坏了，您可是长安城内一支神笔，怪不得万岁这样重用，前程是鹰扬虎搏，一往无敌。大富大贵，大福大寿啊……”

“不图今日重晤太史公，皇天有眼，天道好还，刚才列位大人还在颂扬您是才华绝代，前无古人，后无来者……”

“子长兄，皇上圣恩浩荡，咱们躬逢盛世，当尽绵薄以报效圣主。您是大展宏图，造福桑梓，将来少不得还要兄台引荐……”

“中书令大人，能为圣主立言，荐相才治国，将才开边，吏才断狱，使天下豪杰有用武之地，大人是继往开来的首功……”

这些肉麻的谀辞淹死过多少天才！司马迁耐着性子向衮衮诸公拱拱手，强迫自己挤出一丝笑纹，打上几个难测深浅的哈哈。但是办不到，酸甜苦辣的作料都变成催泪剂，哭笑不得的表情最折磨人。

几位圆场的老派人物上来叙旧。太史公勉强敷衍几句，指间的小钱捏得更紧。这些人举止自然，表情亲切，语气恳挚。当初正是这些人为李陵欢呼，斥李陵失节，要杀司马迁，要改为宫刑，要毁《太史公书》，将来重演千次也会取得同样成功。作为这些人的包围对象，皇帝怎能听到半句真话？多少良才被肉墙挡在雪野，几多宏图尽为狐媚者所削弱、抵消。

无聊的戏剧继续演了煮熟一锅鸡蛋的工夫，一点也不冷场。没有数学家来估计，培养这类人才消耗的物力用于造福民众，会产生什么效果。

大太监李福掀帘而入，他立即变成新的包围中心，妙在没有人人冷落司马迁。“敬告列位大人、将军，圣上传下口谕：今日早朝免！中书令大人，万岁在五凤榭召见大人去草诏，千万可别耽误。宫门之外有马，请立即前往！”

一条条嫉妒的目光集中到司马迁身上。

小谒者把司马迁领入后苑一间侧室喝过水，擦了汗。早已危坐在屋里的杜周放下盖碗，咽下热茶，眉眼含春，主动招呼他：“子长兄，久违了！”此时杜周是位列三公的御史大夫，这样相称，显得谦虚持重。

“杜大夫！”司马迁还礼，不想多说一个字。

“万岁悲伤不已，急于见子长兄，兄当顺旨而行，朝见后再叙友情。”杜周拱拱手。

走过偏殿，穿过御花园，石子小路上头，有杉木架起葡萄，假山西面，种着西域名马爱吃的苜蓿，有异域风情。

楼梯口垂着绣帘，他停步伫立。

但听皇帝说：“中书令乃是近臣，皇儿不必回避。”

“遵旨！”回答的是女声，有点沙哑。

“近臣”一词传到司马迁耳中很是矛盾：有八成受辱感，也有两分欢喜。

小谒者掀帘通报，宣他觐见。

“司马迁，以后你要常常在朕身边，免去繁文缛礼。”太史公行过大礼，皇帝亲手扶起他。几年不见,天子老多了,褶皱斑点减弱了眼睛的威力,胡子白了五分之四,腰向前俯出。身旁,站着他的亲生女儿夷安公主,满脸泪痕。

皇帝缓慢地叙述了结,司马迁才弄清父女俩悲痛的原因。

御妹隆虑(县名,汉属河内郡,古音读“林闾”。高祖六年,封芒砀山同时起义的周灶为隆虑克侯)公主生下儿子昭平君,自小娇惯,不好好读书,仗着出身好,娶了夷安公主,蔑视国法,没有官员敢管,竟成了长安城内一霸。

隆虑公主病危,皇帝亲临御妹卧室诀别。她在回光返照时对哥哥说:“知子莫若母。昭平儿不知天高地厚,难免有朝一日要犯国法。我特地把黄金千两,预交国库,准备为昭平儿赎死罪,请求陛下恩准,小妹在九泉之下也瞑目。”

皇帝很重骨肉之情,便说:“御妹安心静养,昭平儿的事,请放心,万一犯了法,可以赦免!”

“谢皇兄隆恩,昭平儿交给陛下……”御妹溘然长逝。

皇帝唏嘘多回,数月寡欢。

昭平从此更无所忌惮,交上一帮纨绔子弟,成天玩弄狗马,荒淫无度。就在司马迁受诏为中书令的那天中午,他带着侍从官、家丁、童儿,牵着三十六条猎狗,架着十八只恶鹰,出了清明门,跑到灞陵酒家去狂欢了一个时辰,老板对于驸马爷拼命巴结,叫了几名娼女来轮流把盏、奏乐、献歌,灌到下楼出门,已是酩酊大醉。他跨上大宛枣红马,几鞭一抽,马儿发了野性,无论昭平怎么拉嚼口,它还是朝田野中奔去,手下这批豪奴恶仆,大队狗马跟着就要闯进老百姓们辛勤种植的青苗。

突然人丛中有一位青年侍从官,拼命地跑了四百步光景,平举双臂,拦住昭平君马头,一跃抓住马笼头不放。

大红马被这突如其来的阻拦激怒,喷了个响鼻,昂起长脸,前蹄腾空,侍从官的双脚离地三尺,仍是牢扣皮带。

昭平差点被摔下马来,怒目圆睁,大喝一声:“牛小卿,你吃了熊心豹胆,敢挡驸马爷的马,想让老子摔死吗?”

“驸马爷,老百姓的庄稼不能踩,请您回官道上走。”牛小卿神态凛然。

“踩了怎么样,不松手老子要宰掉你!”

啪的一声,皮鞭抽在侍从官的头上,顿时现出紫红伤痕,嘴唇打破,血涌在衣襟和领口上。

“庄稼不能踩!”小牛也够犟,拖住马往回拽。

“白吃老子的饭,呸!”昭平性起,一剑从喉头刺过去,小卿不及闪躲,倒在地上,他用最后的力气,抱住了枣红马的前蹄,那牲口一脚踩在他的胸膛,小侍从官双腿一挺,松开手死去。

剑从昭平君的手上落到尘埃,他也慌了:“这小子真不经扎呀……”留下两名家丁看守尸体,打马回府,吩咐侍从买了棺木,将小卿成殓,放在马车上,绕城大半周,送到了偏僻的康济里牛大眼家的院子内。

两位侍从把门叫开,牛大眼正在屋里喝闷酒,已有八成醉意。

一位家丁把十两黄金的小包袱放在炕上,说明原委。

这是晴天霹雳,大眼无法相信铁的事实。他把杯盏推到地上,一言不发,直着两眼,夺门而出,跑到马车跟前,双手将棺材盖一推,里面躺着的正是他的独子,他掀掉盖在脸上一方血迹斑斑的白绫,抱住儿子的头,全身抽搐,久久无声。

突然,他触电似的放下尸体,走到路当中,朝地上一跪。

“大叔,您行这样大礼,小卿可受不起!”兔死狐悲,物伤其类,一位侍从来扶起大眼。

大眼双臂将侍从推得倒退几步,双手直打自己的耳光,然后一边叩头,一边大喊:“老天爷您真有眼,这样惩罚我,我有罪:割掉了文曲星司马子长大人的蛋!您要我改弦更张,才把我这聪明漂亮的儿子收去!老天爷,可是他们逼我割的呀……”

“大叔!”侍从们哭了,架住大眼,百般劝慰。

“我的儿子不值那么多金子,还给驸马爷,我要儿子!可怜他三岁死了娘,拉扯大不容易,牛家就这么一条根哪!活的回来,有饭有菜;死的回来,不许进家！”大眼双睛发赤，酒也醒了。他用底层人物所罕有的固执，走回屋里，把金子提出来，扔在棺材旁边，夺过鞭杆，跳上御者座，抓住缰绳一抖：“驾！”鞭花连响，马儿扬起蹄子，直朝廷尉衙门奔去，跟着车跑的是家奴、杠夫们和小卿的两位同僚。

大眼犯了牛劲，谁也无法制止。车子穿过人流，扬起尘土，轮儿尖声叫着，吐出一阵哽咽。

大眼虽然是个操贱业的小人物，这几年一反常态，时时事事与人方便，使他获得不少朋友，逐渐形成了受人尊敬的好名声。为此，他感到向善的欢欣。

棺木被闻声来的后辈们卸到了验尸棚下，大眼走着胖人当中不常见的碎步，急速直入大堂，皂隶们请出廷尉右监邴吉，他一就座，向鸣冤人要诉状。

“小人告的这一家，找不到敢写状的读书人！”大眼口诉了案情。

邴吉验过尸体，向驸马手下的人核对事实，便将牛大眼带进后院书房，斥退公差家丁，开诚布公地说：“昭平君是皇上至亲，不为去世的隆虑公主着想，也要想到夷平公主。下官之意大事化小，莫再计较。因为这状难告准！”

“小人今年四十岁，只此一子。大人若有难处，不便审理此案，小人宁肯闯午门去告御状，生死置之度外。”大眼放声大哭。

“牛大眼，你胆量可嘉，见皇上不会许你口诉，还要有状，方才你也讲过，谁敢给你写？”

“这……”大眼犯难为地抽了口凉气。

“闯午门击鼓，十人九死。小卿横死是不幸，何必你又赔上一大摊热血……我舍不得一条硬汉不明不白地送了残生。”

“依大人之见？”

“使公主送的金银，比卖掉儿子还伤心。往后缺花的找我，总能关照一下。衣服新的好，人还是熟的好。”

“大人，钱买不回儿的命，眼下我没挨饿，想烦司马子长大人写一张状，不然对不起孩子……”

“受过极刑的人胆子不会那么大,你要三思！他若不是铁汉,早已死在狱里。退一步讲:昭平君是该死,皇帝会赦免。他的心也是肉做的,你疼儿子,他能不爱女儿和外甥？大眼别犯糊涂啊!”

“不,活得也太乏,杀头碗大疤!”

廷尉吴尊回到山东老家葬母了,邴吉便求见杜周。

杜周不敢怠慢,特地将邴吉请到密室。

“少卿兄能告知苦主不再纠缠才好,闹到这里,老夫进退两难……”

“杜大人,邴吉说以利害,私下愿送苦主一年薪俸,无奈血仇难忘,苦主不识字,见识有限。能够私休,岂敢惊动大人?”

“设若昭平君是老丞相之子,下官敢执法如山,这也是名垂史册的千载良机。可是陛下喜怒难测……少卿兄秉公来舍下,理所当然,不会见怪。请莫介意!”杜周突然一转,表示亲近,来淡化前面的失言。邴吉在他心目中是七成听话,还有三成揣摩不透。像颈脖后面的痣,看不见,摸得着,说不清。

“卑职上靠圣上恩典,也靠大人栽培。休戚相关,不会忘记雅教!”

“请少卿先奏明案情,下官夜受风寒,连日泄泻,进宫有所不便。陛下有何旨谕,请随时到舍下相告。”他怕邴吉看出自己的滑头,便故作诡秘地说:“皇家事,我等为臣者当敬而远之,不要卷入漩涡,前程要紧,还有身家性命财物!”

“大人美意,卑职心领!”

“依旨而行,千万当心!”

“请大人保重!”邴吉做得恳切,并不过火。

皇帝听到邴吉所奏,离座而起:“果然如御妹所料,小忤逆竟然做出这等不法之事,如何收场?”

邴吉揣测皇帝的意思,皇帝望着他毫无表情的长脸,沉吟良久。

“卿家先点御林军百人,将驸马官邸围住,把这个谬种拿下狱!”

“臣遵旨,陛下……”

“有话但讲无妨!”

“昭平君倚仗是金枝玉叶,万一拒捕伤害御林军,谁敢还手?那样罪恶昭彰,必死无疑!”

“他敢蔑视朝廷王法?”

“兴师动众,路人皆知。日后陛下有意赦免,也难启齿……”

“嗯,你带几名衙役,不许独自去冒险。”

“臣受国恩,死而无怨。”

“以环代旨,卿家速去!”皇帝解下腰带上的玉佩,交给邴吉。

“遵旨!”邴吉一见所奏获准,便看出皇帝没有拿定主意执法灭亲。他希望为大眼申冤雪恨,如果皇上要一意从宽,他也不会执拗地依律而断。他理会在皇帝面前表现聪明与愚蠢都遭难。只有少打交道,避过刀锋,做些点滴好事,利己利人。

家丁通报,公主只好推开丈夫到客厅去见邴吉。

邴吉不等公主落座,便交出玉佩说明来意。

公主吞吞吐吐,不知所云。

“邴吉启禀公主:圣上天威,四海畏服。驸马随臣入狱,表示悔恨,公主方能启齿去请赦诏。如果闪闪躲躲,万岁勃然大怒,驸马一命难保。”狱官言之成理,昭平君只好走出屏风,束手就擒,被邴吉送入诏狱。

在司马迁朝见之前,杜周请求皇帝指示如何结案。

皇帝心情烦躁,不时流泪。外甥犯法,舅舅有责任。回忆起妹妹遗嘱,歉悚之情油然而生。

见到司马迁大变后的面容,就像一位雕塑家鉴赏自己的杰作一样:二十年前,司马迁英姿翩翩,举动矫捷。与眼前这位秃项、须落眉稀,眼光中冷却的悲痛,取代了往昔燃烧的浪漫情调。下巴和脑门前伸,眼窝大了,颧骨高了,腰僵腿硬,未老先衰,他联想到自己求仙巡游,在佞臣队里流失了中年岁月,怜悯自己文采萎凋,玩美女也力不从心。这种惆怅缱绻的意绪,也有百分之几落到太史公的身上。而另一面,刚愎自用的天子自豪感,又在玩赏被扭曲的形象,眼睛有些狡黠地自我赞美:就算你有几块骨头,还是被我这封禅射蛟的英雄所折服，还有谁能把他变成这等模样？

皇帝一挥袖，夷平公主含泪走到屏风背后，他向司马迁征询对杀人案的看法。

司马迁沉思很久才说："当年苏建三从大将军卫青出征匈奴有功封平陵侯。尔后全军在沙漠迷途，他单骑归来，按律失军当斩，陛下免侯爵赎罪，废为庶人，后来封为代郡太守，颇有政声。飞将军李广大战匈奴，身负重伤，单于素来畏惧李广，悬重赏令士卒生擒李广，必得而后甘心。李广睡在两匹马当中绳索攀成的网上装死走了十多里，恰好有个擅长射箭的胡儿骑着良马走过李广身边，他一跳到了胡儿背后，抱紧胡儿的腰，夺得了箭与坐骑，鞭马转头南行，追上汉军领进长城，匈奴兵穷追者被他射杀很多。回到长安，论律该斩，万岁隆恩，下诏夺去将军职，赎罪免死为庶人，过了几年，建下奇功。博望侯张骞在元封六年和李广同道北征，为匈奴左贤王所围。广子李敢冲入敌军，如虎进狼群，无人可挡。李广用黄色大角弩连伤敌将，转危为安。博望侯军队迟到贻误军机当斩，陛下赦死罪，夺爵废为庶人，后来通西域建大功。当初陛下若斩苏建、李广、张骞，合律合情，而他们后来就失去立功机会，为小失大。臣是史官，据史论事，供圣主考鉴。昭平君一案，上有御史大夫、廷尉，臣不习刑律，未敢妄议。"

皇帝本来就不想杀昭平，听到司马迁所奏，与杜周不谋而合，心里稍稍轻松。他知道这两个人冰炭不相容。

司马迁出了五凤榭，杜周还待在偏殿，手里捧着一大堆奏章，交给中书令后，匆匆出宫。

这些奏章请求皇帝赦免驸马，甚至荒唐到甘心替昭平受一刀之苦使子长恶心。当年他受腐刑之前，没有一个人出来说句求情的话，官儿们靠势利才爬到了高位。

他把这些违心的话综合成几条，交给小谒者转呈皇帝，出宫，乘马车回家。

烦闷使归途变得极长，走过柿树林，来到他站在树后目击女儿送丧而陨涕的地方，特地让小谒者停车，独自到林荫漫步了吃两杯茶的工夫。乡亲们的忧戚，女儿的啼哭，自身的晕倒，一一涌上心来。对死者与未死者，包括太公、邴吉、大眼、牧童、父亲等等惨痛的记忆不胜恋恋。

马车继续前行，继亡妻、老父、仲子而后，他忽而联想到驸马剑下的枉死者。那些奏简上未写侍从官的名字，虽不知苦主是牛大眼，但能想到伏尸一恸的亲人们，承受着重量级的哀伤。他嘲笑这些献媚者，自以为比他们有正义感，然而转念到自身为迎合皇帝而说的违心之论，便是为恶张目。比那些马屁大员，又高明多少？一层油汗粘住背脊后的内衣，两颊火辣辣地不安。他鄙夷自己灵魂。骗人容易，自骗太难。修史虽是堂而皇之的偷生理由，其实也是一块为自私遮羞的面具。灾难和良心几时能两全？

大门打开，迎接他的是书儿和两眼哭得像桃子一样红的牛大眼。据女儿禀告，客人已经久候多时。

“中书令大老爷！”身材敦硕的牛大眼看到太史公进院子，没跑到他身边就屈膝跪倒。他拦阻不及，只好立刻下拜还礼。

“老爷，罪过罪过哟！”他呜呜地哭着，书儿帮他说清了原委。

“请到书房里，商定怎么办！”仿佛大眼变成一块石头，压在司马迁的头项，把他身上的暗影全部榨出，呈放在阳光之下。

“老爷很为难吧？”看到主人沉吟，大眼越发的不安，他后悔没听邴吉的话。

“不！”司马迁用手抹去额头上的汗水，心跳也变快了。

“爹，您请皇上替牛大叔申冤的时候，说话要温婉，别再惹出事儿来，大叔就更加不好受。”

“不怕！”司马迁把请求替死的咄咄怪事讲述了一遍。

“老爷，天快下雨了，大眼告辞！小卿一死，我只管自个儿，弄得挺糊涂。老爷活到今儿也怪不易，不该再来搅和。就是驸马爷砍了脑袋，儿子也活不过来，您别跟皇上再提起，免得节外生枝。人有难，天降灾，谁叫我吃了这碗该受罚的饭呢？”

“请坐在炕上，停会儿给你写完上皇帝书，多陪你喝几盅。”

“不，不敢再害老爷给自个儿遭罪！”大眼连连叩头，真挚、坚定，“马上我去找邴吉大人，不告状，不告了。儿子留下一匹大宛马，看了真伤心，马在人亡，人不如马，多年轻多俊的小子！这是一匹天赐的宝马，忽然被拴在咱家门环上，除了神，没有人愿意这样做。请求老爷收下它，我喂不起它，也怕见到它。算抵小人当年冒犯之罪吧……”

“我坐车，有小谒者来接，这儿有一匹骡子，马还是兄弟留下骑，孩子是我学生，伸正气义不容辞！往日之事，与老弟无关，你还救过我，不然死在路上连女儿太公都见不到。这锭金子，是我与书儿一点小心意，千万莫见外，推推搡搡，忸忸怩怩，不是老弟的脾性儿。”

“说谢谢吧见生分，不谢过意不去。金锭收下，这样我不花驸马一个钱，干净，心里踏实。只怕结草衔环也报不了大德！”邴吉放在书儿竹篮里的那锭金子到了大眼手上。

无论父女俩怎么挽留，大眼还是留下马要走。行前叮咛十多遍，不要司马迁仗义执言。

书儿把太公的蓑衣披在大眼身上。司马迁把马牵到大门外说：“大雨将来，早些回家，莫过于伤心！”

天色由黄而变得灰暗、沉抑。大风怒号，太阳失色，这么大的沙子雨，大眼是头回见到，他上马而去。

爷儿俩立在大门檐下，看着大眼的马出了村街，消失在风沙的黄流之中，才走回院子。

小黄骠一声长鸣，带着闷雷般的胸音，冲出马厩，来迎接主人，它称得起膘肥体健，皮毛油光水滑，大腿和后臀，一块块发达的肌肉鼓着小包，只要天晴日朗，在它们颤动的时刻，毛尖上流闪着飘忽不定的光焰，反射着太阳的淡霞。

这几天陷入升官的烦恼，使得主人和它疏远，他不无歉疚地伸手抚理它的长鬃，它习惯地舔着太史公的左手。

“小黄骠，别闹腾！爹有事，我喂你。”书儿跟它谈话，似乎它能解语。

“不，中午这一顿还是我来，舒展一下筋骨也好。”他拍拍小黄骠的前胸，用手一指马厩，它很服帖地走了进去。

他脱去袍服，搭在竹竿上，紧紧腰带，用筐子装上一寸三刀的碎草，那是前天夜里，女儿续草，他亲手所铡。浸在大缸里一淘，又黄又亮，放在槽中，加倍添上香料，四角拌匀，小黄骠将嘴朝拐角一插，正要扭头把草撅到一边，司马迁威严地哼了一声："嗯——"它不敢造次，老老实实地吃着，几口之后，头动尾巴摇，那股欢快劲儿也感染了主人，他轻轻抚弄着它的断耳，悲苦的心弦松弛不了。

"爹，你要老是高兴，准能活大年纪；如果光一个劲儿忧郁，身子硬朗不起来。"

太史公拍拍骡头，凄然一笑，大声朗吟道："司马子长与夫小黄骠皆神骏也，困顿于风雪崎岖小道，颠沛呻吟于长鞭之下，残病余生，吾养乎尔身，尔养乎吾心，于是司马太史公以司马为乐，彼此相怜者皆自怜不得尽其才也，悲夫！"

"爹在给《小黄骠列传》写赞，有意思！"

"人与骡对语，能不寂寞？谁肯为它作传呢？"

"将门虎女不才便是！儿做《列传》，爹写赞论，说说大话开开心也好，您笑得太少啊！"她渴望分享父亲的欢欣，但那是荒漠甘泉！

"駃騠比精神残缺的人可爱，摇尾乞食，不自命清高；奔走不为功名，只是报效水草食料；它嘶鸣以振奋自身，不为罗织罪名以陷害同类。求索无多，旅途无限，其德其才足以为吾人典范者夥颐！"

"爹是愈赞愈奇！"

"全是大实话。"

"清晨爹去上朝，儿骑它到后村找铁匠挂了一副马掌子，去时慢悠悠，回来一溜烟，又稳又快。老铁匠说，他一向只打马掌，卖给挂马掌的去赚钱。小黄骠一天管走五百里，两头见太阳，为它出力挺高兴，多年没见这么好的牲口，称得起万不挑一！"

"骡子还瘦弱，不必骑它！"

"怕什么，个把人驮在身上，它才不在乎哪！不信您试试，溜上一圈回来吃女儿做的香酥鸡。"

"不,爹要给你牛大叔写申冤状。早上李福说皇上午后要召见你任伯伯,停会儿他会到,一起吃。"他披上袍子到书房去了。

小半个时辰之后,任安来到了司马迁家,他一向心急,天又酝酿着一场暴雨,为了赶在雨前到京,人和马都浑身是汗。书儿见到伯伯,接过缰绳牵到马厩去添水草,笑逐颜开地说:"爹听说伯父要来,高兴极了。他在书房,瞧,出来接您啦!"

"好孩子,长成大姑娘了,真像你阿娘……"

"伯父……您胡子白多半了。"

"叫你们这些孩子赶的——哈哈哈!"

"请! 马我会喂。"

"少卿兄,听到马蹄声,果然故人到。请先到厨房小坐,酒菜早已备好,吃完再到书房长谈。"

"子长,不忙吃酒,午后见到圣驾,即刻回益州。告俺的土财主赃官一大串,没空逗留。头几天蜀郡汉中一带传闻很多,都说你要当什么太监头——中书令。你我弟兄通心连胆二十余年,对这类谰言,无法相信。昨晚有人相告,差点儿要打他一顿。俺决不许小人中伤你! 还有那个杜周,早晚我漆上一身癞子也要刺掉他,以报对你腐刑之辱! 你快讲讲是真是假。"

"少卿兄……"

"讲呀,咱们之间还有什么要遮遮盖盖?"

"皇帝下过诏书!"

"当中书令?"

"是。"

"你没有去以死固辞?"

"没有辞掉,托霍子孟转奏过。"

"哦! 我倒蒙在鼓里,原来传闻是真,你居然接受这种奇耻大辱?"

"……"司马迁仰天闭目。

狂风骤起,摇晃着大树,声若虎啸狼嗥,灰土横飞,旋舞成柱,被抛到两丈来高,又坠落下来,使人难以睁眼。"想不到你司马子长竟是个贪生怕死的怯弱懦夫。呸！连祖宗亲戚朋友的人都丢尽！你这么死乞白赖地活着因为什么？”

“……”司马迁用双手捂着眼泡。

“伯伯先坐下喝一盅，尝尝侄女做的菜，侄女去后边关好门窗，再来给伯伯添酒。”

“好孩子，去吧。”任安把手在空中一划，像切断什么痛苦似的。

书儿走开了。

“少卿，几年不见，我慢慢相告。”

“告什么？去当这尊宠的宦官，难道是为了推贤进士？果真这样，以屈求伸，提携才人后进，受些委屈，也还情有可原。”

“对真人不说假话，推贤进才的事连想也没想过。少卿兄气也好，骂也好，打几拳更好，子长不骗人，你肯抱怨子长，是真朋友，恨铁不成钢！我是有些苦衷，但决不会混淆是非。少卿兄，世间像人的人不多，你是个好汉，可是危险得很。杀一个杜周何用？谁赏识此人？千万不要为弟去冒灭族之灾！”

“那就白白受下来，咽下去？”

“当然受哇！实不相瞒，这顶乌纱帽也是杜周所推荐！”

“你不知道这是公然作践人，把你看作奴才？呸！甘心受辱就为做官？”

“不，为著书传世！”

“呸！一个利欲熏心的人也配侈谈把史书写好吗？你是打着修史的幌子，升官发财，真亏你想得出、做得到！任少卿如梦方醒，骂你，脏了舌头；打你，污了拳头；杀你，给你偿命不值得。你把许多书读到脚肚里去了？”

“少卿，发完了吗？何必？下雨了，进去吧。请！你发再大的火，小弟都理会，多多体谅老朋友的难处吧……”

“哈哈哈！你把朋友两字儿糟蹋到了什么份儿上？从前跟你人头能换，从今天起，俺看清了你卑鄙的面目，一刀两断！”任安拉出袍襟，抽剑一割，切下一幅朝司马迁脸上一扔，再掷剑于地。“你要还有点血性，自己去死掉拉倒！那样身上还有人味，倒愿意送棺木，也算朋友一场。俺知道你不敢，软骨头！”

“少卿兄，我地位虽变，处境恶劣，随时可因片言只语族诛，而贪禄小人将要层层软逼，求官不成，谗言四起。明捧暗打，瞬息成仇。我岂不知朝中无刚直栋梁，无治国安边良策。但刀锯虎口余生，惊弓之鸟，朝不虑夕。我荐贤才，皇帝疑为结党营私，不肯重用，反而害了贤士。你疾恶如仇，小弟佩服，可想到过这些吗？”

“哈哈哈！畏首畏尾，总能找到理皮儿。这些障眼的戏法任某一看就穿。你丧节保身，是非贤愚莫辨，看你能做到多大的官儿，呸！你对不起令尊大人老太史公一世苦心！”任安朝门口走了几步，突然站住，略一寻思，急忙走到后院，大叫道：“书儿，书儿！”

“伯父，您……”姑娘见他满面怒容，大惑不解。

“书儿，不幸的好孩子，太公回来说任大伯托你问安，恭祝他老人家活到二百岁！往后俺不会再来你家。自恨有眼无珠，认错了朋友，又愧又悔。此时此情，你要到三四十年后才能理会，一辈子不懂得，或许更有福气。人知道得越多，苦根越深，上一辈的污水不能泼进下辈心中。伯伯还和你小时候一样，喜欢你胜过自己的儿子道远，真想多看你一眼！”他将一包银子放在窗台上，难忍的泪花夺眶而出，“这点小意思给太公买点人参鹿茸，也为你自个儿做几件衣服，见衣如见伯父，咱爷儿俩——从此别矣！”

“伯伯怎么啦？”

“你爹爹会说清楚。”

“是他得罪您啦？您千万别计较……”书儿急得找不到合适的字眼。

“得罪区区任安，何足道哉，就怕他得罪的是父母亲友、天地良心，是他八尺之躯。伯伯对他未尽朋友之义，他竟然如此堕落，太出人意料！”任安走到马厩，解下马缰绳，也不等它吃完草料，拉出院外，飞身横跨雕鞍，仓促离去。

“少卿兄！”司马迁一阵小跑追到村街叫道，“少卿兄，还有仲子将军留下的遗言……”

“爹，别嚷嚷！”女儿拉着父亲的后襟。

蹄声清脆急促，算是回答。

“爹，伯伯去远了。”

“唔……”他像梦游病人一样，失神地回到院子里。

书儿去热菜饭，她已饥肠辘辘。

他抓起长剑，唰的一声抽出，将鲨皮剑鞘扔在石上。这是古代巨匠铸造出来的稀世之宝，柄上镶嵌着三圈珠花，珠子发黄，失去了往昔的亮泽，似乎还残留着老友铁手的余温。那蓝莹莹的剑脊前部，七颗金星被磨得锃亮，两锷银光四射，寒气森森。它本身就是一条热汗、壮怀、幻想的小河，由无数瑰丽神秘的浪花编织而成。在入狱之前，剑与笔都是他寄托素志的知己。每当深宵，芸窗月落，万物入眠，他在院中舞剑一回，倦意全消，回到灯前，抓起笔来用杆子轻轻击节哼上一段《楚辞》。于是，神驰天外，心接万象，那呼吸是何等的酣畅啊！

剑是三棱形，人面一照，剑脊上方的半边脸是正常的，刃上的另外一半拉得很长，又被扭曲，太史公阅人多矣，面对这陌生的自我先是觉得滑稽可笑，继而觉得是形神分裂人鬼同体的写照，是西汉大帝国士人命运的缩影。残忍的真实使他全身冒出冷痱子。

剑引起的浮想五光十色，寒雨缤纷：

——剑哪，古烈士的英魂！　你的主人胸有奇谋，一身是胆。当年随大将军卫青北征绝塞大漠，流涕成冰。你襄助主人搴旗斩将，黑盔、黑甲、黑袍、黑马，旋成一片乌云，呼啸着腥风黑潮。只有你舞成千匹白练，一道冬泉，在匈奴大军中奔突而出，如入无人之境。大将军再次升官晋爵，你的主人落拓如故！

——剑哪，你是狭长的神镜，能照出人的骨骼品德。霍去病少年得志，受到皇帝宠爱；卫青旧部，改换门庭，纷纷改投到霍氏帐下，靠胁肩谄笑，说两句违心假话，唱几句古诗，便可以分享新贵的权势。出入长安，四面都是羡慕的嫉妒之眼。你的主人眷恋旧枝，决不见异思迁。对官位黄金，不屑一顾，安于贫苦，落拓如故！

——剑哪，你还代替秤主持过公道：二十年前，皇上带领将军、校尉、郎官们打猎，熊獐兔鹿黄羊堆积如山。皇上欣欣然据鞍而笑，命令你的主人把猎物分给三百多人，就靠你砍削剁挑，快如旋风，公平合理，大家欢呼，声震丛林。更令人惊奇的是相处不过两日，他能喊出每个人名字，一眼便看出哪几个人缺席。那风华照人的年月，谁不佩服他的智慧，以为他前程阔大。谁知偏守一隅，立功未成，两鬓空斑，落拓如故！

——剑哪，你没有机会诛酷吏，斩佞臣，歼敌酋，镇雄关，灭强暴不法之徒，怎能想到竟然要杀天地难容屈辱受尽形销骨立的司马迁？一个多么可笑、可怜、可羞、可恨、也还值得钦其坚韧哀其才智的秃下巴细脖子，值得你一砍吗？谢谢你，朋友！你的冷眼照见我这丑陋的头颅了：那额头耸之似山岳，棱角如悬崖，宝藏一何丰饶；卑之若土块，皱纹如狱中所见的蛛网，把大汉的法网、文网、偏见秩序嘲讽之网、权势之网，用血、汗、泪、沸腾的铁水印在上面。我这眼窝上，粗亮长眉也曾斜插双剑，已被罪恶磨光，岁月冲洗净尽。这下面一双痛苦拌着洞察力的眼睛，砍头之后与人无异，能转动的时候不与人同。一事一物当前，能看到它的正面，马上一生二、二生四、四生八、八八六十四股，分散到它的上下四周，从反面侧面看出深层的内涵来。书稿未成，眼怎有关上灵门的权利？难道真为了贪看黄金大印、美女高楼而迷途不返，成了鼠目一对，泥丸一双？……

当他痴痴地举起长剑，放到自己喉头比画着，倾听内心独白的时候，可把女儿吓坏了，她不敢喊叫，又怕迟延，疾步无声地走近父亲，抓住他握剑的手。

“爹，您不能扔下女儿一个人走啊！”

“哈哈哈！”父亲摇头苦笑，插剑入鞘说，“要做的事太多，我哪敢死？”

“女儿怎能放心？”

“应该放心，知父莫若女呀！”

“任伯伯是好人，可是太苛严。爹爹是什么人物，自己明细。太公刻了一方爷爷的石像，平时怕您伤心，不叫您看，这会儿来吧！”她推开太公的房门，掀去盖在石块上的草荐，挥袖掸去浮草。司马迁搭上凉棚，虎虎有生气的画面展示在他的面前。老太史公的前额夸张地刻成方形，眼睛慈和而又峻厉，从不同的角度，会看到不同的成分。颇像一位预言家，气度轩昂，差点儿人要从石块上走下来。儿子被父亲的话语所吸引，云涛翻滚似的羊群虽白，但不抓人的视线。

热浪从胸口直顶天灵盖，在全身扩展开来。他后退几步，深深三拜。

“爹，您要儿写的书还没有全部竣稿啊！”他扑在石头上，脸贴刀痕，浑身颤抖。

屋外，蚕豆大的雨点横扫过田野，树木扬开散发，踉跄而舞。

“爹，女儿怕哟！”

“怕什么？”

“怕您出事儿！”

“我司马子长要无愧先人，笑对来者，绝无死意。能死的机会何时没有？慢说是你，十个壮汉日夜厮守也会有失误。莫再操心！这把宝剑请你收到楼上去，只将剑鞘挂在我的榻前，让我不忘故友，激励生之勇气，汲取自豪！”

“爹爹！”书儿破颜一笑，热泪滴落在衣领上。

“小心看守门户，爹要进宫面君，为你大眼老叔申冤！”

“午后闯宫，爹爹进不去！”

“中书令就有这点方便，武士太监不会拦阻，谁都怕贻误国事，落得身首异处。”

“大雨来临，明天再去不迟。”

“朝会人多，难以畅所欲言，更怕赦书颁发，木已成舟。”

“爹爹会淋病的！”

“不去会急出病！糊涂的孩儿放开我。”

“儿伴随爹爹去。”

“宫门你进不了。”

“情愿宫门外守候爹爹!”

“莫给爹爹添后顾之忧！取笠儿来。”

“爹爹执意不许儿去,儿与爹爹备马。”

“小骡子怕受风寒,还是你爹爹几根老骨头淋不散架。”

“它跑得快!”女儿给小黄骠草草套上笼头,取出一块毡子,铺在马背上,再摘下柔软的油布窗帘披在父亲背后。

“爹心头灰尘不少,大雨冲浇,反而干净得多!”

“别跟皇上顶嘴,有了结果快些回来,女儿心都挂在树上。”

“皇上能纳忠言,你爹初鼓便归。如若恼羞成怒,只怕今日生离又是死别,儿要好好奉待太公,不必过于哀痛,买口薄棺,与你阿娘合葬,莫发讣告,莫告亲朋。敞儿胆小怕事,如若视你为罪臣之女,坏他前程,将你休弃,你千万忍辱活下去,莫寻短见,否则就是最不孝的女儿！分手在即,不忍以假话劝慰我儿。比起死罪,风雨微不足道,松开笼头,爹要赶路。”

“爹爹不去吧!”

“不去爹要愧恨到死。是福不是祸,是祸躲不过,宽心守候!”

书儿怕父亲分心,进宫失言,忍住泪水,送爹上路。

在初任太史令前后,他不止一次在雨中驰马。路上车辆行人断绝,雷电为他加鞭,长风为他开道,天地宽阔,行来好不敞快。他对这壮美的空间契阔已久。

极目骋怀,雨丝牵来许多回忆,仿佛断了线的风筝又飞回来一样不可思议,尤其是在这么匆忙的行程之中。

那是十岁前后,他还没有到长安拜孔安国为师。父亲带着他,同骑一匹马到夏阳县城打过尖,继续去黄河之西观看魏长城。这里地属少梁邑,与秦国交界。

“爹,咱们夏阳县是什么时候才有的?”

“秦惠王所置。周代是韩侯国,古城尚在,所以又叫韩城。”

西行二十余里，往南一折，长城绵亘如龙，三人高，五人宽，墙项高耸着烽火台。几百年过去，有些地方开始颓败，上面的一层倒坍不久，石碾压过的痕迹一如龙鳞，片片重叠，整整齐齐。父亲饶有兴味地讲着秦魏之间的几次战争，小子长听得很出神。

忽然，沉雷隐隐，一场瓢泼大雨扑面而来，父亲脱下袍子，套在儿子身上，儿子抗拒着，不肯让父亲淋雨，父亲不许他分辩，要他坐在自己胸前，猛催几鞭，一气跑了十多里，才有客店投宿。店家取来火盆，为爷儿俩烤衣服。他的脊背是干的，父亲全身湿透，上牙下齿直打哆嗦，笑得很甜，他却哇的一声哭了……

小黄骠一上官道，筋脉舒张，腿便不瘸，它没有放蹄迅跑，只是稳步疾行，主人骑骡如坐车。风在他耳边呼啸，衣衫一潮，飞扬的襟袖便贴在身上，清爽的快感逐渐消除，随之而来的是由皮肤袭人心脾的寒意。只因胸廓填满着烈火熊熊，没有空隙安放这些念头。

皇帝听到谒者通报，要司马迁立即登楼。

天未断黑，神明楼上，北面点了两排人臂那样粗的大烛，南头是几只铜灯，造型有独角犀、耕牛、飞鱼、大象、伏虎、麒麟，吐出青焰，煞是好看。两侧绣幔低垂，一片静穆。

大厅左侧，挂着隆虑公主遗像，三只铜鼎供着祭品。

皇帝束发免冠，穿着没有绣花的橘色便服，面对妹妹的遗容，泪光莹然，背手兀立。

迷离的光从不同的距离射过来，在皇帝的脸孔身上浮动，他的内心与司马迁的命运一样幽渺难测。

“臣启万岁……”司马迁想开门见山。

“哦，全潮透了，会生大病，天大事跟李福去换过衣服再说不迟。”在悲痛中的皇帝比平时说话缓慢，死去几十年的同情心有百分之几的复活，方能为司马迁的狼狈相动容。

“臣……”

“不听，去更衣。”皇帝一摆手，李福就把司马迁拉到了楼下一间侧室，找出两套衣服供他更换。

“万岁是软心肠，不听话要吃亏的，大人！”李福前一句话是陪衬，后面一句是真髓。

换过干衣，司马迁身上暖烘烘的，添了些活气。见到皇帝，原先在路上想的谈话腹稿全部烟消云散。

“雨很大，赶进宫有何要事？”

“臣为请罪而来。”

“请罪？”皇帝眼珠一转。

“陛下不弃，重用小臣，参与机要。早晨垂询，臣出于自私，怕犯龙颜，又出于报德，恐陛下高年遭到骨肉受戮之痛，回话支吾，深负陛下诚意。回到家中自责不已。故而冒雨入宫，为陛下披肝沥胆：昔年高皇帝入关中，与咸阳父老《约法三章》：杀人者死，伤人及盗抵罪。除秦苛政，民皆感德，遂有天下。为大臣者不进忠言，将使陛下以儿女之私而背先王之法，千秋之后，成为圣德之累。臣刑余之人，微若草芥，陛下采纳愚臣千虑之一得，则庶黎幸甚。”

“司马迁，你胆子还在啊！”

“文臣进谏，武将沙场杀敌，死得其所。陛下权衡轻重，为后世立极，伏请三思！”司马迁匍匐不起。

“朕喜欢男儿风骨，请起来！从卿所奏看来，庆幸选人不差，杜周荐才有功！”皇帝表彰杜周，在司马迁听来未免刺耳。

“午前转呈几位大臣上书，有劝万岁莫忘昔日赦过昭平君死罪，不欲陷君父于大哀痛中，虽乏卓见，但未必尽是谄辞。其中若干利欲熏心小人，以为陛下不会大义灭亲，用万无一失的方式进媚语邀宠，请求为驸马替死，如若照办，杀人者逍遥法外，未杀人者斩首暴尸，天下鼎沸。凡逞一己之私，陷陛下于不义不慈之地者，皆非社稷直臣。”

“大度之君，兼容并蓄，何畏谗言？故君明则臣易事，君不明则臣难为。奸佞行似刚洁，人皆爱之。朕一览无余，或怜其愚，或观其变，不曾说破而已。卿与汲黯李广皆是君子。公孙弘之流，名满天下，实则沽名钓誉小人。若杜周、李广利，在圣朝可以为君子，在乱世必为小人。全在人主驾驭得法，故立功边域，执法当朝，无往而非朕苦心诱导使然。史官不可不察！”

皇帝是聪明的笨伯。司马迁对前后两段话在智力上的天差地别十分惊叹，但在此老身上非常统一。他恳切地说：“臣愿为君子而君子难为，畏做小人而小人易做。来请罪即仰慕君子高风不能自已，陛下再思！”

“说的是肺腑之言，朕当助卿为君子，不应逼卿为小人。人人皆可为尧舜，人主英明，小人化君子，人主好大喜功，刚愎犹疑，朝是夕非，贪欲无限，侈谈仁义，夺民衣食，则君子被逼为小人，天下危矣！昭平一案，皇妹托孤，前有许诺，朕忙于日理万机，教诲无方，不得推辞责任！然失信于死者，亦是失言于天下。朕正在权衡。为江山，儿女之爱轻如一团柳絮！”

“陛下为隆虑公主一诺不可更改，《约法三章》尽是戏言矣！”

“哦，这……容朕思之。”

李福估计到一场风暴来临，吓得汗如雨流，绸巾都擦湿了。恰好这时皇帝看了他一眼，他像受到主人暗示的老狗一样退下楼去。

对话停顿，双方都在沉思。公主在画像上睁着怨恨的两眼，狠狠盯着太史公，他下意识地扭过头去。

皇帝起身徘徊，右手抚着额头，用食指和中指轻轻敲弹着卸顶后残剩的茸毛。

“司马迁！”

“臣在。”

“你很幸运，遇到朕一向爱才、怜才、识才，有度量！若在古代任何君王手下为臣，像你迂介成性，未必能活到今天！你身为史官，不要忘记皇帝都爱杀说真话的人，唯有朕例外。今天听你忠言：你说举朝缺少经天纬地大才，普天之下，不居高位者，名声欠佳者，只要有才，任你引荐！”

“陛下圣聪，臣敢不直剖胸臆？当今才人，可谓十步之内，必有芳草。臣多年闭门不出，读书自娱，无缘结识英才。臣故交之中，益州郡守任安，可以提桴鼓，立军门，决奇谋，陷敌阵，将士乐于效命。论勇及善射不若李广，风云际会机遇不若霍去病，大名远播不逮张骞，其才便是当今上乘之选。”

“卿荐任安，他对你如何？”

“臣愚陋空疏，已被任安唾弃而绝交！”

“适才任安来朝见，也言及此事。不以私废大公，卿有古风！”

皇帝连连点头。

“丞相长史田仁，先帝三年，立鲁王于山东，鲁王相田叔乃仁之父，病故之后，鲁王遣使送赙仪百金，田仁以为不当以黄金致伤先父清名，拒辞不受，朝野称为奇士。此人刚毅谦虚，不治私产，善辨是非，所到之处，百姓乐于亲近。用此人清理吏治，激励廉风，使之政简刑轻，豪强大户，不敢胡作非为。此二人才高于臣甚多。若是虚言溢美，臣甘受重罚。”

“你自身也是才，为什么不自荐，避嫌疑吗？”皇帝盯着司马迁的眉宇。

“臣为文不隐恶、不虚美，以气摄情，缘情用语而不碍于理。但不能受大权柄，做圣主股肱，不值一荐。”

“良史之材，古今寥寥，好自为之！所举任安、田仁皆有才，又都不肯听话！”

“听话者几人有大才？唯唯诺诺，不如直言谔谔！”

“朕岂不知贼心可诛，多少英主坏在鼠辈之手！”

“陛下明察。”

“起草诏书：朕不能循女弟之求坏先帝成法。昭平抵命，否则朕有何面目入高庙呢？所荐二人，任安为护北军使者，免去益州郡守；田仁免三河郡守，任京辅都尉。”

“万岁！万万岁！”

“还有什么请求全说出来。”

“自孔子作《春秋》，前两千年后五百载无正史。臣想杜门修史，中书令一职，陛下另觅高贤，则臣与先父亡灵皆感圣德！”

“谁能代你呢？”

“陛下圣断。”

“郭穰能行吗?”皇帝问得太突兀。

“这……”司马迁思虑未周,一时不知如何回答才好。想到杜周荐自己当中书令,自己何尝不能荐郭穰?没有替身,怎能脱缰?便侃侃而谈:“陛下以为胜任,当能尽职!”

“你不恨他吗?”

“荐才无恩怨!”

“等等再说,修史为主,大胆去做,中书令还由你兼任。”

“臣……”

“不必再奏,朕要斩昭平,悲痛之至。李福何在?”

“奴辈在!”老太监从屏风后走出来。

“派谒者口谕邴吉:将驸马昭平放出诏狱,随夷平公主进宫,与联同席用晚餐,共叙天伦。二更之后,送他们回府安歇,门外多派兵将防守,以免逃脱。明日早朝,朕自有妥善处置。此事务须周密,若有疏忽差错,腰斩不赦!”

“遵旨!”李福连连哈腰。

“司马迁留在宫中晚宴,朕以熊掌报答卿家直言。”

“陛下重法,天下感戴。今晚与驸马公主商计家事,臣在末座恐有不适,请准告退!”

“卿家是害怕难于记载触目惊心场景吗?”

“臣不归去,臣女坐不安席!”

“朕允卿所奏。”

“臣拜辞陛下!”

“回来!”皇帝的脸色猛地一沉,一扫温和之色,狡黠隐忍的冷光迸出眸子,“朕要杀昭平君乃既定之决策,与你进谏无关。所见偶同,只是巧合。此事不许声张,不得记入史册,违旨……哼!”

“臣铭记心腹。”

“从今以后,早朝可到可不到,有要事入宫启奏。重大诏书,朕派内侍宣召,也可在家办妥。暑往寒来,潜心著书。大器必成,唯卿自勉!”

“谢主隆恩!”

“朕一向敢为,不畏人言。而凡俗小人,求全苛责,窃窃私议。作史要大胆直书,无所顾忌,对朕亦当如此!朕远非完人。但莫含沙射影,无事生非!”

“遵旨!”

“古今人事每每雷同,不必害怕指为影射而回避失真,矫枉过正,噤若寒蝉,非朕本意。昏暗之主,狂谬必多,偏以长才硕德自命,务求粉饰,遗讥万古,反成笑柄。只要朕不追问,群臣议论,不必尽听。”皇帝越来越清醒,对他往日背德行为,司马迁不胜惋惜。

“臣尽微力,但愿不负国恩!”

“婢仆房宇,人所共需。朕想在长安城内为卿另辟太史第,以减少往返之劳,另赏童仆数人,晨昏照应,卿意如何?”

“臣在郊外借居父执旧屋,可避风雨,女儿照看门户,不劳朝廷厚赏。当今举国岁入无多,连年兵费,多至亿万。虽将煮盐、铸铁、铸钱、造酒收归官办,商人盗贩盐铁牟取暴利,私铸之钱不足分量,私酿之酒,逃避税收,豪富大贾,不顾陛下禁令,兼并土地,迫使小农破产等案不胜枚举。臣得温饱,别无所求。”

“闹市纷扰,不利著书。静读生慧,知足养廉。诸事皆依所奏。石渠天禄两阁藏有图书之多,海内无匹。朕命郭穰逐月送至卿家,物尽其用。”

“不劳陛下吩咐,需用图书,臣自去借取,万岁保重龙体!”

“后辈不贤,焉得不烦?”此刻长叹一声的皇帝,像个市井老者开始闲步。

司马迁退出大厅,在门口转身的时候,扭过脸一看,大厅变得空荡荡,皇帝瘦缩得细小、孤独、无亲,步态失去了架势,不似平时那样带有习以为常的做戏风味,活得很费劲。

隆虑公主的眼睛,使太史公觉得似曾相识,并不是画师特别传神,而是他刚才从皇帝脸上看到过类似的光焰。即使是合理的以下犯上,为了国法江山,他对公主也有世世代代人身依附所造成的不安,以致脚步变得沉缓。他下了七层扶梯，皇帝突然用急步走近屏风，他想：老头儿又追上来，莫非又要反悔而赦免女婿？屏风上的剪影越来越大，活像一只威严的大猩猩，阴森、凶残、丑恶。他的心猛然一拎，“猩猩”意外地止步，接着是扑通一声，皇帝面朝御妹的画像跪下了。

他也停了步，不过鼻孔喘出三息的工夫，未敢久留，只得又下两层，悬在天空的心总算落下来。更下两级，传来皇帝公牛般的哭声，枯涩、烦躁、嘶哑，震撼着宽广的空间，连楼梯都似在晃动。哭声迅速被强项的个性所遏止，只能从喉管一角悠悠吐出愤懑、真实，无法掩饰普通人的情味。

这哭声，皇帝一生有过几回？谁也无法回答。

怀着后辈的怜悯之情，他闪过回去劝慰皇帝的意念。

然而神坛的高位已把老人锁闭在狭小的囚笼之中。物质上富有四海，情感上贫无立锥。得到的是千人一面的褒颂，万能的权力能不腐朽？

熟人眼底无英雄！因袭的神话，遥远的距离，嗡嗡哄哄的无聊吹捧，加上无知，涂抹在假神身上的油漆，大块大块地剥落。在方士面前的蠢态，已然刻画在《封禅书》内。皇帝意识中的善显露一线微明，忍痛割爱执法带来的崇敬，冻结在蚕室刑床上的仇恨暂时有些回阳返暖。诗人们的弱点是太容易感动，在找不到感动自己的人和事时，为了喂养诗魂，甚至不惜放大人类的善和美，作为生之动力，有时丢了脑袋都来不及悔恨！太史公千劫不死的局部童心一领唱，跟着自动投入和声的是人人都会老去的共鸣，死亡迫近时宿怨的淡化，对罪恶的洗涤，扭成一股同情的旋风。在这时如果有人侵犯皇帝一根汗毛，他也会誓死去捍卫。如果皇帝能改恶从善，做替死鬼也不会拒绝。虽然他不能忘掉皇帝集真假善恶于一体的庞大暗影。

太史公怕小黄骠饿了，牵着它走出皇宫。他矛盾地想过要不要回去请求皇帝赦去昭平君死罪？为了伸张正气不计毁誉的闯宫行为中，有没有为己扬名的成分？他同情屈死的牛小卿，孤苦的牛大眼。但对晚年得子又断了香烟的隆虑公主，正在妙龄初享人生的夷平公主，还有皇帝是否也有些过于严酷？挥金如土的昭平君本来过着人间天上的日子，是贵族教育不良的标本，饮刑而亡的结局也会令他惋惜，假如生在缺衣少食的贫贱之家，也许是另一个人。

如何使双方都不悲惨?

怎样结案才使自己愉快?

司马迁无法说出两全的生活法则。

小时候阿娘对他说过:“解得开的是纽扣,解不开的是死结。”

死,便是没有终结的终结。那么能否这样引申一下:能够选择,便非痛苦;可以改变,不是命运!

一场轩然大波使太史公进入成熟的境地。人生、史学、文学都是复杂的,单一音符构不成高级的艺术。

罢朝之后,杨敞驰马来看望老师,把皇帝挥泪斩国戚的经过讲述一遍。

皇帝英才伟略的一面从半休眠状态中苏醒,他戴着白色天平冠,穿上白底绣着银花的团龙袍,白靴白带,登上素车,坐四匹白马车来到太庙,向先帝们酹酒献祭。他的嗓音有些沙哑,更加能表现情感:“朕君临天下垂五十年,上赖列祖列宗圣德,下依官民兢兢业业,开拓国土。本应克勤克俭,振我大汉天声。朕有违祖训,对勋戚子弟教诲无方,驸马昭平君仗势杀人,朕虽不知,亦不能辞其咎! 谨向祖宗昭穆请罪,罢畋猎宴乐,斋戒半载,远佞亲贤,纳谏思过。悠悠此心,天地同鉴!”

他八拜起身,向西北隆虑公主墓地遥遥三拜道:“朕训导不当,昭平儿犯律,为遵高皇帝《约法三章》遗训,愧对御妹托孤之情,枉为手足,难逃自责。特告御妹在天之灵,恕朕昔日赦令无效。御妹贤淑,当能忍痛维系先王之法!”

皇帝这番作为出于诚意,虽有些戏剧性,毫不矫饰。

四名金钺武士把昭平君推到他的面前,他涕泣失声,不能仰面:“皇儿,你知律犯科,国法难容。父皇未能严加管束,行刑在即,皇儿宽恕!”皇帝向女婿深深一揖。

昭平君面如土色,连忙跪倒:“儿臣罪大当诛,未尽孝道,父皇恕罪!”

死囚一哭,引得许多文武大员一齐跪倒,替驸马求情。

“众卿对驸马有恻隐之心，朕岂无痛甥爱婿之情？然杀人可赦，则天下何罪不可赦？置刑律于何地？以情代法则国不昌；以言为法则国必乱；用刑畸轻畸重则民不安。则朕获罪于天更为深重！愿卿等对子女加以管束，莫使重蹈昭平旧辙。朕一片苦心当能见谅于天下后世。若一味姑息，良莠不分，朕何以面对百姓？若众卿再次求情，唯有自饮鸩酒以谢诸位先皇！”皇帝侃侃而言，声音凄恻苍老，却能送到很远的地方，句句钻入人们的耳鼓。他双手抱起鸩酒壶，举过肩头，目光朝阶下人海一扫，英气勃勃，俨然又返回射熊杀虎年华，一霎时爆发了雷鸣般的呼声：

“万岁——！万岁——！”这声音回翔于白云衰草之间，撞击着石柱、石阶、红墙、碧瓦、翠柏、苍松、远处的华表、石兽……

有人忍不住失声痛哭，接着是低沉的参差不齐的唏嘘。老百姓太善良，只要皇帝做个姿态，好像他的倒行逆施都是别人做的一般。人们用理想的神光，抛掷到他的头上、身上、宝座上、神案上、庙墙上、玉阶上，他在顷刻间被神化成一座仙山，浮于忠厚加奴性的大海之上，顿时淡忘了几十年间积淀起来的罪恶脓血。

就像杰出的演员以其卓越表演感动得观众们声泪俱下那样，声与泪反过来又把艺术家推向更高峰。这欢呼，这饮泣，这哀鸣，使皇帝惊叹于自己点铜成金的英明，能拎起千千万万颗臣民的心，便足以感天动地，似乎他生来便是神圣的哲人。被罪恶挤得又干又瘪又小的善良人性，奇迹般地爆炸开了，扩散成花的大野、花的危崖。他以原野为衣，崇山为冠。善的感召、抚慰，给他带来空前的巨大满足，把他膨胀得腰带挂星河，双肩担日月。当然不用多久，神冕仙衣仍旧会被帝王属性的沙漠所掩埋。他暗暗咬牙，全身发颤，一半清楚，一半被不由自主的力量驱动，决计把姿态性的过场，激升为凌越千秋的绝调，去感受真挚与残忍的大欢欣，不做枉负机缘虎头蛇尾的二流角色，双手提着头发借情绪化的旋风飘上不朽的云头，取得空前的陶醉。

昭平君一抬头，高贵慈祥而又凛然不可犯的皇帝还在无恨地升高，自己收缩得不如一只幼鼠。他真诚地说：“恳求父皇保重，儿臣罪有应得，甘心受死而无怨！叩谢父皇全尸之恩！”他面如死灰，泪水已干，狭窄的颧骨周围乌云惨重。

杜周的表情在沉痛与怜悯之间。他庄重地走到皇帝身旁，躬身接过鸩酒壶，递与杀气腾腾的武士。

皇帝被太监们扶到虎皮毯上坐下，他用双袖半掩着脸，露出一只死鱼般绝望的眼睛，牢牢地盯着死囚。接着，似乎一缕克制着哀痛的老人嗓音，由玉阶底下徐徐喷出，冷若冰霜，向四面滚动：“行——刑——！”

两名武士架起长跪的驸马。

皇帝的头向前一栽，眼睛在袖底闭上了。

在广场最边缘地带，那黑压压的一大片臣民当中，有人尖声狂叫了一句：“请求万岁刀下留人——！”

杜周全身一动。

皇帝垂下左袖，重新睁开一只眼，头脑似乎马上就会胀裂。

呼喊者被无数的视线压得他跪缩成一点黑墨。附近围观宏大场面的人们怕有灾难降临，纷纷向后退去。杜周这才看清那孤零零的人是苦主牛大眼。近来杜周对邴吉总是不放心，今天早晨劝他莫把苦主带到太庙，就不知安的什么心。万一皇帝要问话原告不在，岂不是要出杜周的丑？小小的狱卒敢鸡猫喊叫自找死路吗？何况老夫还亲自安抚过牛大眼呢。而今看来，还是邴吉看得准，此人有眼光，要提防他夺自己的官儿。出于职业上的敏感和习惯动作，他伸出右掌做了个砍杀的手势，武士们会意而去。

“慢！带过来。”皇帝的声音平板，不解居心若何。

牛大眼两股战栗，跪在阶下拘谨而又动情地说：“微臣乃死者牛小卿之父，失去爱子，日不想吃，夜不想睡，成天只见亡儿满脸血痕站在面前哀哀痛哭。微臣亲历失子之痛，转念陛下年高，怎经得失去甥婿之悲？再者人死不能复生，纵然将驸马行刑，于微臣何益？不如留他一命，革去官爵，免得为非作歹，青菜豆腐保平安，也不伤隆虑、夷平两位公主娘娘的心！”

“朕贵为天子，有子女多人，失一骨肉尚知悲痛，念你仅生一子，横遭杀戮，老景凄苦，无处可诉说。杜卿，赐苦主黄金十两，聊为养老之用。派武士用车护送回家，不要惊吓朕的好百姓！”

“臣遵旨！”杜周将牛大眼领到一旁。

“叩谢陛下！”牛大眼遥遥拜毕，小谒者把金锭放进他的围裙，扶起他右手挽住。

“行刑——！”武帝更威严了。

“大人，小人不要金子，情愿买口好棺木赠予驸马……”

“下去！”杜周嫌大眼絮叨，不等他说完就将袖一拂，急不可耐地回到皇帝身旁去了。

牛大眼像梦游病人机械地下了石级，双目微微凸出，走向人群。突然，他停下脚右手下垂，金锭落到石板上叮当有声，四面投来惊诧的神色，他木然无所动，又走了十多步，受到氛围的点拨，转过体躯，觉得千言万语无法吐出，他本能地双膝一软跪在尘埃上，紧闭两眼，伸直脖子，仰面朝天大喊道：“万岁！ 万岁！ 万万岁！”那歇斯底里划动的双手和拼命向后弯曲的背脊，还有努力靠近地面的发髻，起到神妙的催眠作用，人们都疯狂地跟着他欢呼，浪潮滚滚，把皇帝朝云头上推送。

一股热力冲向皇帝的眼眶，浑浊的老泪汩汩流过雪白的长须，溅在白袍上。他全身发冷，这种地震般的心灵享受使他目眩头晕。但他是个强汉，必须挺住，决不能倒下来！

此刻，旌旗飘动的方向由正东转为向南，呛人的北风卷来大量黄沙，锥形的队伍前小后大，迅速布满灰白的天空，所有的云彩都染成褐黄色，如同有一支巨笔蘸满颜色，在昊天猛涂几下。太阳默默地变成了蓝色圆圈，像一只硕大无双的车轮。

“臣启万岁，景星现，庆云出，圣主当朝，才有此瑞吉之兆！”邵伴仙及时献上甜丝丝的谄词。

皇帝两眼一亮，略略颔首，显然以受骗为乐。对于民谚“人黄有病，天黄有灾”之类示警说法也就置之脑后。他向杜周做了个挥手的动作。

“行刑！”杜周急促地吩咐武士们。

“父皇……”不等昭平君喊完，嘴就被武士们捂住，将他推向阶下，两位武士用白绫盖住他的头，鸩酒壶嘴非常准确地塞进驸马口中，人在抽搐，白绫在抖动……

皇帝登上龙车，起驾回建章宫的蓬莱岛上歇息。

号角呜呜地吹动，车轮流过大道，跪在两旁的文武大员不敢仰视。

欢呼并没有减弱，皇帝像木乃伊一样，寂然半闭老眼，他太累了。

护驾的郎官们有条不紊地跟在后面。

听完叙述，宏伟的画面固然使司马迁感到莫大欣慰，但是怎样去安慰皇帝与公主呢？他默然站起，走到院子里一望上天，飞沙走石，日色幽蓝无光。作为原是巫觋医卜之流的史官，他相信天有良知良能与独立意志，在赫然大怒；作为文学家，他在历史人物（尤其是项羽和韩信等人）身上，看不到天的公正，不免怀疑。古今中外无数思想巨人，在忠于时代和超越时代的两极之间疲于奔命。没有前者便脱离了群体而成为“神”，不能存在；后者则注定其历史地位，否则便与泛泛众生无异。一个人的思维中，可以有属于过去当代和未来的几条大河，或平行，或交叉，或重叠，司马迁也不能例外。他的心头有一片隐隐的忧火，烧不大也灭不了。能为志士选择的路便是在燃烧中熄止，在熄止过程中燃烧。上升与干扰的力量，永远在他身上搏斗。

晚间，他独处室中，从腰里摸出女儿赠给的那枚铜钱，反复摩挲把玩，觉得其中包含着非言词可以表达的至理。

“书儿，送一根线来。”

“衣服破了吗？让女儿来补。”书儿拿着针线筐走进书房。

“把钱拴上，吊在我的案前，我要用这小小的铜镜，时刻照着自己良心。要是只顾自身安危，牛大眼的冤就伸不了！”

“爹还要多管朝中的事吗？”女儿有点惶惑，眼珠兀然不动。

“爹又不是只死过一回的人，怕什么？真要有事，不挂它也活不成！”为了减少女儿的不安，他笑得很恬淡。

“女儿哪能拗过爹的脾性儿？”说不清是欣赏还是失望，她把钱贴近明灯挂在窗前,它虽不能发亮,还在反射着光影。

司马迁指着钱和任安的剑鞘说:"寒家以友情良心为宝!"

"爹,万一大将军什么的来这儿看到怎么说呢?不如挂在心上妥帖!"

司马迁连连摇头。

"爹早歇着!"书儿吹灭灯头,上楼去了。

月色清幽,司马迁躺在席上,铜钱的剪影更加沉重、清晰。

"人活着便想欢乐,听从理性的吩咐,欢乐便不辞而别,代之而来的是贫困、劳累、坐牢、杀头、族诛等等,推不出门的不速之客。会不会有朝一日,良心欢乐由参商二星结为形影不离的双生姐妹?看来不会。但为了大同的信念永生,我只能相信将来可以办到,否则永远在暗夜中挣扎,灵与肉仅有一种得到满足,只是畸形的苦难。"皇帝、驸马、公主、牛小卿父子,用不同的哭声来打断司马迁梦里的自我审判,每次惊觉都流下一身虚汗。

清晨,书儿送来净面漱口的热水时,她吊在窗前的铜钱不见了。司马迁正在振臂疾书。

"爹一夜没合眼?"

"睡得挺香,今儿起来早些,没出去遛弯儿。想到你爷爷一番话,先记下来再说。"他没有搁笔。

"吃过早饭再写也不迟。"

"这就好了。"

"爹,这钱……"

"不在这儿吗?"他举起手中的笔,钱拴在笔杆上端。

"这是……"

"人的一生太短,该管的事太多,没法管好。我只想管书里写的人和事。将钱拴在笔杆上,时时告诫自己:心明如镜,事事实录。别的不再多问,免得儿挂牵。"

女儿满意地浅笑。

同一个晚上,李福含泪向天子进谗言,斥责司马迁是粪坑里的石头——又臭又硬:"拼死活要除掉驸马,是不是要报宫刑之仇?圣上一味仁厚,不可不防小人。事事依他,他眼里还有朝廷吗?”

“驸马正法与司马迁何干?朕平生广听群臣议论,不与己见相同者绝不采纳。小小中书令怎能左右朕躬?念你忠心耿耿,不得再进忌才之言!孝文先帝早有明训:严禁妇人内侍干政,下不为例!”

“奴辈不敢,死罪死罪!”

“少见多怪!朕若听谄词,毫无度量,贤臣隐退,小人乘虚作乱,天下危矣!快去将胖孩唤进殿来!”

“奴辈遵旨!”李福如释重负的样子,使皇帝觉得这条老狗很可怜。其实,这类训斥只是受到信赖的另一种表现形式,大太监心中有数。

胖孩自从李夫人死后,日见瘦损,已经胖得有名无实。久无宣召,有些闷闷不乐。李福来唤他之后,积郁全消,他一到殿外就倒行而入,用手行走到万岁身边,翻过一串筋斗,然后长跪请安。

皇帝撩袍起立,亲手将他拉起,一同信步来到太液池畔的小亭中。

“胖孩,不用翻滚摔打,那样太累!”皇帝坐在巨大的石龟上。

胖孩摇摇手,又倒行了几步。

“你也坐下。”皇帝口气亲切、威严。

胖孩连忙跪下叩了三个响头。

“娘娘对你好吗?”皇帝对孩子的表演早已腻味。

胖孩不住点头,眼角泪光莹莹。

“娘娘生前最放心不下的是司马迁,此人文韬武略,独步一时。对他不用可惜,用又怕出差错。你虽口不能言,心里特别聪明。朕只相信你一个人是忠心耿耿的好孩子,有意让你过些日子去侍奉司马迁,你能多长个心眼,听听他说什么,看看他干什么吗?”

胖孩再三点头,他为自己受到信任而两腮现出红潮。

“好!此事只能细心去做,千万不能让他人知道。除了你找不到合适的孩子。”

胖孩伸出右手,用食指指天地和自己的心,皇帝对他的理解力很赏识,叮咛一番之后,特地从腰上解下一块玉佩,拴在孩子颈项。上面刻有两个人做“角抵”戏，须发衣衫，飘飘欲动。

胖孩拱手下拜，表达他的谢忱。接着，一气翻了几个筋斗，做了个鬼脸，笑得又蠢又可爱。

次日退朝，李福看到偏殿里只有杜周一人，便凑上去寻求同情者：“太史公忘了万岁不斩之恩，小题大做，连刑不上大夫的古训也置之耳后。可叹人心薄于春冰！”

杜周到底比太监有心胸，他懂得说直话、真话、聪明话的人，皇帝不会重用，早晚会遭灾。便很恭谦地向李福一揖：“老公公见不得不平之事，好在抬头三尺有青天，人不报天会报。公公责任重大，多多保重，下官才能放心。正因公公事多，对‘刑不上大夫’一说有些误记，左丘明著《左传》《国语》，所记杀戮大夫之事数十起。刑指肉刑，不是死刑。《尚书大传》云：‘夏后氏不杀、不刑，死罪罚两千馔。’杀与刑非一事，不妥之处，公公指教！”话很得体，又显示了才学。

“大夫博学，是记错了。”李福失去了兴趣。他腹笥空空，杜周同病相怜。不谈，彼此都很体面。

邴吉对此案的反响是一切如常，不加评议。每天还是踩着重步子巡查牢房，对杜周彬彬有礼，无可指责。

通过市民们、小吏们、差役们口舌的接力，茶余酒后的加油添酱，消息流布全国。提起把他们颈上捆着层层绳索，折磨得苦不堪言的万岁爷，都竖起拇指，衷心崇拜，比自己开出一片金矿还要得意。

对此案反应最强烈的人，无疑首推牛大眼。太史公在幕后的作用，他虽然不尽知，也能充分估计。在他的心目中，自然成了半圣人。小卿之死而加重了他对天命天星的畏惧。

他葬过独子，滴酒未饮也像酩酊大醉。几天一过，人们对此案淡得像井里搁下一勺糖，不大再提起。自我谴责的无形钢锉还在挫伤他的神经。

他提着口袋去买米，到了粮行才发现忘记带铜钱，回家取来钱，称过小米，才知口袋丢在家中。一找钥匙就急得团团转，诏狱找到家，就是没影儿，气得仰面往床上一躺，钥匙恰好硌痛屁股，原来一直拴在裤带上。做饭光顾添柴火，小米熬煳了，还是呆看着火苗，不知撤柴棒儿。气得他直扭自己的耳朵，耳朵扭青了，第二天还是照旧。

他思念亡儿，特别爱抱左邻右舍的小男孩，常常买些果品糕饼，殷勤招待小客人们。也许是职业积习养成的病态心理，就在邻儿们吃得挺开心的当儿，他总是情不自禁地拎起孩子一只小腿，摸摸黄豆大的睾丸，反复比画着什么。孩子家长见到这一举动脸上便堆满阴霾，客气些的挤出一丝干笑，说声“谢谢”就把小子抱开；不客气的还会厉声说：“他大爷可别割蛋上了瘾，想把俺儿也阉掉吗？要手痒还是把自己阉了吧！”果子被夺去往地上一扔，不管孩子怎样哭闹，少不得在屁股上拍几巴掌，然后抱起来就跑，仿佛慢走几步就真会吃一刀似的。

一次一次，那远去的哭声对他似乎是在启迪着什么，后来逐渐变成一种召唤。那乱抓的小手，他曾经见过、摸过、吻过、吮吸过、舔过，是小卿儿时有过的，洗白之后似葱管，弄脏的时候像泥捏的，多么熟悉而又遥远，那日日夜夜掏着父亲心肝的小手啊！

只要大眼把活儿忙清，在那儿一坐，闭上眼，就听到铁链在响，后来无须合眼皮，不仅仅在狱中，在家里也能听到。他终于分辨出，那是司马迁在蚕室里的锁链声。稍后，脚步声、叹息声、哀痛的狂叫声、神经质的大笑声，层层包围着他。在梦中，他拼命要逃跑；可惜无论走上荒峰、秃岭、沙岛、岩洞里、海底下，此身在车、在舟、在浪尖、在月宫、在闹市、在苇荡、在寒林、在田野、在诏狱……那些声音重叠、回旋、强化着、变异着、等候着他。他身上忽冷忽热，发癔症，说呓语，再也难以安宁。逢人便说：“唉，早知太史公老爷是个大善人，又是天上文曲星谪落凡尘，我为什么要动刀阉他？儿子死了，我也活不成，天要罚我啊……”

诏狱里的伙伴，不胖的公差也曾劝他：“大眼哥，你不干这行世上也得有别人干！有的人出娘胎就是天阉，想要那玩意儿就是长不出来，有的人身上就多了两个骚球，害苦了许多娘儿们，可这些畜生有钱有势，阉不得，只好把不该阉的阉了。总得吃饭啊！”

“吃饭门路多，大行三十六，中行七十二，打杂行当三百六，谁让我学上这一手!”

“大眼哥,您手艺高,割了之后那根管子别人就插不了。干这行叫犯人小太监少受罪,不也是积德吗?行行有高人,大诏狱里没你哪儿成?”

“所以我才教你,教会你我改行,饿死也不吃这碗昧心食了。”

后面两句是藏在心里的话,差点连锅端出来。

他来到了司马迁的家,马被书儿牵到厩里与小黄骠同槽而食。

他走进书房,躬腰站着。

“请坐,大眼兄弟!”

“哎哟,那怎敢,过去小人聋子不怕雷。而今知道您是大忠良,又冒犯过您——说漏了嘴又淌出大粪,该死!——哪有小人座位?”他打了自己重重一耳光。

“老弟说话太见外。”太史公拉住他的手,“恩公,我们是兄弟,千万坐下。”

“坐下!坐!坐!”他被主人搀到炕上,机械地重复着。眼中射出惶恐与凄厉的光,老是直勾勾地盯在一点上,半沙哑地说:“太史公老爷,小人告坐!”

“哎——!兄弟,到我这来不用讲究官场俗礼,一切随便,不许自称小人,也莫称我大人,这点不改,我就不理老弟。叫我名字最好,司马迁就是给人叫的。老是这样拘礼,我能舒心吗?”

“是,大人!不,子长先生!我想……想……”

“有话请说无妨。”

“小人我……”

“慢来,不许说小人。”

“是,太史公先生!小人称惯了,改过来挺拗口。小卿儿的事差点让你丢脑袋,帮他申了冤,他没娶媳妇,我请老木匠雕了个木头美人胚子,放在棺材里,也对得起他。这事本想麻烦太公,可他老人家云游天下,找不着啊。”大眼搔着耳根说:“我这辈子遇到的人也上千,您最好,我最服您!往后还得活上一阵子,我不想死,许多坏种活得挺有精气神,我干吗要死?可怎么活？不能不想想。”

“你说呢，兄弟？”

“不想吃那把小刀子的饭，想干别的。”

“我能助一臂之力吗？”

“我想到您府上来看门守院，做饭赶车。您事儿忙，身子骨也不算多硬邦，老担心您会累病。再说太公，岁数太大，不能老是四海漂流，回来得有人照应。我来府上或许比别人更合适点儿。您看呢？”

“谢谢兄弟一片美意！太公与我家四代交往，两代受恩未报，理应奉养。他最近托人捎来口信，很快要回家。这儿房子够住，你想离开诏狱，可以住到这里，有福同享，有罪同受。兄弟才四十岁，依我之见，请太公做主，给兄弟娶一位娘子，生下一男二女，也好继承香烟！”

“先生，大眼是一心一意要侍候您和太公来赎罪，没有罪，小卿儿会死吗？说到娶亲，我不配，您这么好的人都……”

“都做了绝户头是吧？说下去，既为兄弟，无妨。眼下的官场特别浑浊，公卿之间有权有势，不亲也是亲；利害冲突，同胞兄弟不如路人，争夺江山财帛，互相残杀，古今皆有之，绝无真诚可言。贤弟一片赤诚，为兄劫后残生，能不珍惜？你变了，变得正直善良，令我引为莫大欣慰！”

“我善良？能变得善良？”大眼呜呜大哭，“我本心不坏，后来学刁恶了……”

“兄弟有善种子埋在心底，已然萌发出来，这是大喜事！”

“先生，还是那句话：我来给您当牛马、做家奴，跟您姓司马，姓牛的死掉了。要嫌‘司马大眼’不好听，当年邴少卿大人怕我爱打犯人，给我取的大名，就叫作‘司马无鞭’好吗？”

“不好，什么牛马家奴，那样对待朋友兄弟，招天下人讪笑！‘大眼’广为人知。异姓兄弟，感情一样，何必更名改姓呢？来就安心过活。粗活敞儿要送两名丫鬟来使唤，用不着你动手。只要奉养好太公，让他老人家多活几年，就是我们的福气！”

“先生，我不讨女人了。”

“嫌娶亲麻烦吗？我给你买个人照应你吧，将来老了，我死了，你也该有人问。书儿是女孩儿家……”太史公忍不住泫然长叹。

“不用想到那么多，您走了，我也跟您去，活一千年也要走黄泉路……”

“不要胡思乱想，自寻烦恼，你太可怜！”

“可怜？”大眼的鼻腔又发酸，“四十年来，除去父母，只有您明白啊，先生！谁可怜我司马无鞭——牛大眼？先生，准我改姓吧，不管您可乐意，我都听心的吩咐！”

“兄弟，不用改，子长有家你就有家！”

“是，先生！”牛大眼挺直身子频频顿首。

太史公还礼，他感受到善的力量。作为史学家，他将用自己的书去推动人们攀缘善的高峰。三五年后的现实不可逆料，只要书写得好，万年成为一瞬，精神可以跨过时间。

被书儿送出门口，牛大眼跨上雕鞍信马由缰走回家，心里还踏实。可是一回诏狱，这种踏实感又飞到九霄云外，恼人的声音又一丝丝从四壁和地下冒出，扭在一起，织成一条大包袱，把他挟裹在中间，片刻不宁。他又受不住那追逼与煎熬，实在无处可躲，很快消瘦下去，不到十天，双目下陷，又出现几茎白胡须。

他的辞职要求，廷尉吴尊没有准许，因为要施宫刑的人超过二十，还要判下去。

做完这些公务，四面八方更强大的声音在训斥他、鞭笞他，神经完全错乱，发着高烧，说着胡话，他想到死，便把绳子挂到梁头，自己站在小几上，正要将头伸进去，忽然一个奇异的念头使他豁然开朗：这皮囊折磨他四十年，不能让它这样痛快地死去，要报复的奇想在他心中一发而不可收地膨胀，以至达于无限。他跳下小几，坐到床上，摸出刚刚磨快的小刀，放在窗台上，呆呆地看了半晌，然后跪倒，虔诚地拜了三拜，只有小刀才能为他收割到安宁。

来看他的是学他手艺的公差。

“大眼哥，您病了吧？”

“谁说的？壮实着呢，我要到中书令司马大老爷府上去当差，改日请你喝一盅。兄弟来到寒家有什么吩咐？”

“想借哥哥的马回山西老家看看老娘，她老人家八十八岁，老惦记着我！沿途包管水草料样样不缺，还哥哥的时候不少一根马尾毛。”

“一句话，牵出去骑上就走。赶明儿搬了家，这匹宝马得让中书令大老爷骑，那才威风！”

“大眼哥气色不好，印堂灰暗，可要我找位大夫搭搭脉？”

“不用操心，去吧，一路平安！”

公差借走宝马。

织满纵横血网的眼睛圆溜溜地瞪着小刀，久久也不眨动一下，他呼吸窘迫，嘴里如同衔着一块炭火，喘息很久，猛地冷笑一声，傻乎乎冷冰冰地说：“小刀爷爷，二十多年来一家三口，连着那没过几年舒坦日子的小卿他娘，都靠你这位衣食父母赏碗粗茶淡饭，咱们粗人也不配吃什么山珍海味，这就够意思！咱先得谢谢您，不然您会责备俺司马无鞭是忘恩负义的人渣滓！”

“古语说得好，一升一斗米养个恩人，十担百担米养个仇人。俺没吃黄牙，可又怎能不仇恨你——刀爷爷！二十多年前那个乐呵呵的牛某成天爱打抱不平，喜欢和漂亮女人操几句废话，想不到手就老喝闷酒，有一回真有那么一位笑盈盈地闯进俺家，俺吓得尿一裤子，被俺推到门外，叫她扇了两耳光——多甜多苦的耳光，那个挺有人情味的小伙子牛大眼呀，你到哪里去了？这会儿俺全明白啦：割一对人蛋，犯人身上少掉一两，俺身上的人情味就少掉一斤，那个可爱的小伙子就离俺远一丈。俺变得阴沉、气不忿、爱发火，蛋割了百十斤，原先的俺也就那么重，傻瓜，哪能还剩一星半丁点？俺舍不得的老牛哥，晕晕乎乎地变成喝犯人血的大浑虫一条！他瞪着牛眼恶笑，看着人哭、人叫、人跳、人挨鞭子、人坐牢、人受非刑、杀头、割蛋、腰斩，天底下再没有叫俺难过的事，赚不到酒钱回家就捶老婆，喜欢的时候又抱又亲，骂起来没完没了。一个生过胖乎乎小儿子的好媳妇，成了俺出气筒儿。小刀儿爷，全是你教坏的！

"司马无鞭大梦醒来,看到手上的血洗不尽,越洗越红,饭碗里全是血拌的人蛋,不放下你,扔开你,这日子还过个屁!……"

想到亡妻和儿子,他越哭越伤心。

他打开箱子,找出她出嫁时穿来的一套衣裙,那女人也真会过日子,临死还吩咐留给儿子讨媳妇再用,不许给她穿进棺材。衣是大半新的,可人呢?他急于要见见她,急于要入梦,躺在床上从一数到一万、二万、三万,油灯快灭了,衣服上女人的气味淡得几乎嗅不出,他还是不能入睡,便索性坐起,将被子枕头卷成一条圆筒,再套上她的衣,系上她的裙,然后抱在怀里,一个劲儿抽泣,他亲着没有知觉的被子,直到天大亮,他才看清床上的一切。匆匆地把衣裙收入箱底,走进院子,到井边去梳洗。

又一个新意图产生了,他想看看可恶的牛大眼到底变成什么模样,伏在井圈朝下看,井太深,一个大黑洞,不见人影。记得儿子的床头常常放着一面小铜镜,年轻人俊秀,谁不爱看自己一眼?他找到床头,不见铜镜,原来掉到地上,长了一层铜绿,要磨也太嫌麻烦,便轻轻扔在窗台。可也怪,他走动的时候,镜中也有个模糊的黑影在闪动,便是他寻找的浑虫。一股怒气点着他脑瓜里的无名火,涨得后脑勺与耳朵眼子里嗡嗡叫。

牛大眼指着镜子破口大骂:"……刽子手!畜生!你一身横肉从哪儿来的?你在犯人面前的八面威风是哪来的?是良心送进当铺抵押来的!"他拍拍头皮接着怒斥道:"从前里面的血干干净净,而今全是驴尿,连那么上进的儿子也因为你缺德而死于非命。横看过来,竖看过去,你哪点儿还像个人?你这招万人恨的邪神!本想把脖子抹上一刀,抵你的大罪,让良心不再吵俺,犯人不再咒骂俺,邻居亲友不再斜着眼看俺。可舍不得死,中书令大人和太公还要我去照看送老,俺割蛋代替割头,向皇天再借半条狗命多活几年,等该办的事办了,俺随后就死给你看,司马无鞭大爷不含糊!"

他抓过镜子随手扔到门外,虚掩上大门,从锅里找出一块牛肉啃了几口,又喝下一大瓶酒。屋里的柱子,头上一排瓦椽子,都有点晃动。

他脱掉裤子,露出一双毛茸茸的大腿,找出他想宰割的那活儿,两手忍不住发抖。粉红色幻想,似是亡妻,又像是邻居当中一个漂亮的少妇,他从来没有跟她说过一句话，在入睡之前，醒来之后，这几年老是钻到他思绪中来。一个虚构的女人，随着这一刀也将永别！

"这样对自己太狠吧？太史公也没叫俺阉自己啊！"怜悯自我，留恋那虚无的男人之梦，他把小刀放在小几上，又连连下拜："小刀儿爷：跟你往日无冤，近日无仇，饶了俺吧！"小手，胖乎乎的指头指着他的脸，那小手一变二、二变四、四变八，成倍地翻番，从四面八方向他伸过来，抽他筋脉，扯他毛发、撕他心肺。从胖胖的手指缝里，流出了锁链声、叹息声、哀泣声、咒骂声、鞭打声、狂笑声、碰杯声、盖棺声、磨刀声……监狱里一切刺耳的声音，由弱而强，其中最响亮的仍然是太史公的镣链声，哗啦，哗啦，哗哗啦啦，哗啦……落在他的心上，顿时烙得他皮发生烟。

他徒然地从一间屋到另一间房，从门里跑到门外，从门外逃进门里。小手和声音狂追不舍。极度兴奋、极端疲惫，凡是他巴掌碰到的门窗锅盖、酒壶被褥，无一不烫伤他的细胞，在死的召唤面前，他瘫痪、喑哑，变成一堆丧失知觉的肉。也不知过了多久，绝望中响起他青年时期的回声，铿锵、圆润、壮阔："滚开！窝囊废牛大眼，无耻懦夫！睁开眼看看司马无鞭大爷如何阉掉你……"

小刀银光一闪，一股热血从腿裆里喷出。他咬着牙，忍着泪，强瞪着眼，很镇定地插入通尿的小管子，敷上药，把刀扔出窗外，倒在炕上，几声惨叫，就人事不知。

严酷的良心呀，当人性苏醒的时刻，你的凛冽神威焕发出来。让这个渺小的人来背起从皇帝到亭长狱卒旋转不休的搅肉机，似乎荒诞，然而，此种异举也有正义的火星涌溅出来。被填在机中的每一块肉，在强者面前是奴隶，不敢大声咳嗽；在弱者面前又是一个小皇帝以至小小的袖珍皇帝，对无力还击的弱者拼命蹂躏，作为"报复"，找出活下去甚至于自我感觉良好的"理由"。忏悔贵族是舶来品。毁掉他人，响应皇权号召自我毁灭，都终生不悔，就靠这点虚幻的"平衡"，明摆着都跳不出被粉碎的归宿的伙伴们，谁也不肯主动去安慰搀扶同类。神奇而又贫乏，花样翻新而万变不离其宗的封建亡灵呀！

抹桌布再脏,皱襞里也折射进太阳的光。一名小人物破格的忏悔,挺身承担罪责,也比空白好些。

太公倦游归来,和太史公杯酒畅叙他去辽东省看郭翁伯儿孙的经过时,公差闯入厨房,他自老家山西兼程回京,去还马给大眼,发现了垂危的自宫者,特地来送个信。

司马迁赏了公差几串酒钱,慌忙骑着小黄骠去接牛大眼。

“是发疯还是中了邪?”太公很奇怪,“咱们就是他的至亲,无论病到什么程度也要养他到死!”

司马迁连续反躬自省:是不是拒绝他做守门人的话遭到误解,怕男女有别,不便与书儿相处而出此下策?子长的心在怦怦然跳动。

# 壮　歌

## 续题词

**肉体:**我比老兄幸运,看到的世界与人们心理的活动,都是单一颜色画出来的,远远没有画家眼中的流溢交错,变化万千。

**灵魂:**不见得。把复杂看成简单,倘如没有哲人的概括,大画家高级民间艺人化繁为简、为平淡的特殊筛选力,就是候补白痴。

**肉体:**然而我很平静。

**灵魂:**坟地最平静。无奈物质和意识都不单一,你没有能力去识别,反而得意。这不是阿Q精神作怪?

**肉体:**从道理上说阿Q早该消灭,事实阿Q又是弱者延续生命的三级救世主,他给的东西不比受人讴歌为救世主的大人物少。你干吗老皱着眉,谁借你美酒还给了井水?

**灵魂:**我和众人一样,身上有百分之九十九点九的东西被速朽掉是大好事,但有千分之一能长成巨人的种子也因我的无能(能源、能力、能折腾)而为速朽部分殉葬。这太不公正!

**肉体:**公正几个铜子一斤?咱们全身都掉在平庸的井里,割下一只耳朵扔到井圈儿外边,能救咱们整个人吗?

**灵魂:**所以才为美丽的耳朵叹息!不是所有的井下公民都有顺风耳,

而鄙人的耳朵能听到汉武帝吹牛、李夫人唱歌、太史公的呻吟……我爱将来潜能全面发展的男男女女，可以欣赏到历史的独白，活得充实快乐。

**肉体**：那跟你有什么关系？

**灵魂**：有点微小发现，总期待人分享，仅仅只为自己又何苦活着！

**肉体**：大言不惭！你真曾经活着过？

**灵魂**：（悚然）这……

**肉体**：你一向把我看成行尸走肉，自视过高！你就是比我高一两张纸一匹篾的厚度，放到大时空中仍旧是一个层面上的尘埃。凭什么把一部小说当作真正的列传和给人类的遗嘱去写？忘了自个儿是谁？几个人听你絮叨？我过去雇你当向导，是想做你的引路者！

**灵魂**：（语塞）这……

**肉体**：这太出乎意料吧？咱们留下的篇幅都有限，放下妄图不朽的自我折磨，跟我一样去迎接被遗忘的幸运！

**灵魂**：（不服气，又无良策）太不甘心！

**肉体**：（大笑）哈哈哈！

**灵魂**：然而……

## 一

汉武帝劣迹甚多。山东及三辅要地不断有人仿效陈胜、吴广揭竿，仅因老百姓们对几代汉天子的猜忌认识不透，似乎在“德”的遗产上比嬴政略厚，才未蹈亡秦旧辙。

杜周提出所谓“沉命法”实即没命法、要命法：对“盗贼”未能及时杀绝者，两千石以下直到小吏皆连坐死罪。法虽无效，杜周、无忌等却因此固宠发财。皇帝还怕酷吏不酷，命江充、范昆、王贺、暴胜之四人持虎符着锈衣为直指使者，以致诬人在心里咒骂皇帝也可以“腹诽”罪砍头，连杀数万人，怨声四起。仅王贺执法宽慈、赦人万余。暴胜之接受名士隽不疑劝告，由滥杀而戒杀，外省矛盾方趋缓和。

征和元年（公元前九二年）旱灾持续四载，草根树皮被饥民吃尽，遍地饿殍。皇帝四次东巡，神仙未遇，求雨不灵，躁怒无常。冬天闲住建章宫，有天晚间，他自称见到一名持剑壮夫闪过殿下，便喝令武士捉拿刺客。搜索几日几夜没有影儿。他说防范疏忽，斩门吏数名，调集郎官带领骑兵严查上林，令右内史关闭长安各大城门，逐户寻找十余天，仍无所得。人至老境，久恋酒色，心情阴暗，偶有幻视幻听，不足为怪。他无视常理，终朝疑忌，于是权贵之家纷纷聘得男女巫觋，通过各种渠道引入宫廷。大内几处设坛焚香，跳神祭鬼，好不邪乎。

任安授职护北军使者，上任后但见军纪松懈，极少练兵，甚为诧异，便召集昔年在卫青门下同过事的老将们了解，方知官兵欠发饷银五个月，儿郎们累月吃不上一顿肉，问及原因，都支支吾吾。任安命小吏清查账目，一拖四十天，含含糊糊，没有下文，他甚为纳闷。恰好皇帝召见，他来到建章宫便殿。

“朕下诏捉一刺客，二十余日未能破案，卿有何计？”

“陛下若不能释疑，接着搜求，必使众臣手足无措。以臣愚见再加武士警戒，暂时不再提刺客，让郎官等暗中留心，有了眉目，再了此案不迟。”接着，任安将北军近况上奏。

“卿家何不亲自核查账目？”

“这……”

“有何疑虑？”

“万一查出贪赃违纪者乃金枝玉叶之人，臣得罪不起……”

“任安，往岁冲锋陷阵，勇冠三军，大将军甚是称许。当前国库欠充裕，卿连捉拿几只肥老鼠都畏首畏尾，上负皇恩，下违众望。况北军系朝廷柱石，若养痈成大患，岂同儿戏？”皇帝一扫昏聩神色，“只管去查，王子犯法，与庶民同罪，朕对昭平君执法有先例。如不思重振纲纪，莫怪朕不姑息！”

“谢万岁！十日不能查明，愿下诏狱待死！”

“嗯，快人快语！内侍，将四川官绅上告任安奏章取出让任卿一观。朕用人不疑，好自为之。”

李福把任安引到密室，三排紫檀架上尽是帛书。

“少卿将军请看：告贪污卖法渎职的，强娶民女为妾的，霸占负郭良田[①]的，纵容官兵杀人放火的，私放死囚的……嘀！有十八个脑瓜子都砍掉，也抵不了滔天之罪！瞧，这是司马迁大人上书给万岁，说你是清官循吏，执法如山，他以性命担保这些是劣绅刁恶讼师诬告，请求派直臣去核实。皇上派郭穰微服入蜀。据说往年您还打掉过此公俩牙齿，司马大人痛斥他是背德小人，对面不说话，可对您都竖大拇指，陛下才深信您是大大忠臣，在益

①古时城外再筑一城，名郭。负郭良田，指城之外，郭之内肥沃土地。

州几十县放了一万多名犯人，做得有理。幸而有正派人撑腰啊！”

任安背脊直冒冷汗，愧恨交加。

七天之后，任安又进长乐宫。

“抓到大老鼠了吗？”

“臣……”

“哈哈哈！没抓到？”

“臣怕咬手，原想告老去骊山之阳躬耕自食。若匈奴胆敢入寇，臣即应诏领兵去边关捍我大汉疆土。见到陛下，臣自恨怯弱，必待整饬好北军再辞朝务农。此案无人敢上告，涉及之人权势甚大！”

“如此说来，是虎狼？没有强弓利箭，任其横行？”

“臣愿为射手，若伤陛下肤发……”

“决不徇情枉法！”

“丞相之子公孙敬声用北军饷银一千九百余万钱，在潼关附近建有行馆，奢华不亚大内殿宇，养健仆歌女数百。陛下亲女阳石公主常去那里通宵宴乐，敬声扬言所费之金皆为公主，将士不敢怒不敢言。妻儿啼饥号寒，不能为朝廷作战。此等颓风不止，必酿心腹巨患！臣请到四名老将，晓以圣意，敢出庭作证。臣愚钝之至，在圣体违和之后上告公主，恨不能剖心明志……”任安伏地哑然哽咽。

皇帝霍然起立，他震惊，意外被迫直面腐烂到筋肉的痛苦。

“前几日诸邑公主与卫伉进宫问安，对她妹妹只字未提。此二人若与敬声等狼狈为奸，卿但念大将军生前之情，有意回护，亦是不忠，定责不赦！”

“臣不敢！”

皇帝另有逻辑：两公主不争气，母亲虽是卫子夫，但无论多可恨仍是亲女儿。任安捅了蜂窝，逼他演大义灭亲的角色，比公主们更可恨，有机会必置之死地。忠心拗不过意气！“卿告知杜周依律断狱！”

“是，结案后臣乞归村野，让后辈小将护军更妥。”

“十年后再说。”

“臣……”

皇帝不悦而退。

当夜,无忌抓走了公孙敬声。

公孙贺当惯牌位,遇事上推下卸,从无主见,这回乱了手脚。江充带来了胡人巫师檀何,便向客人求教。

江充一揖,把胡巫往前推。

“只有先破家为公子还账,再上表请求逮捕游侠朱安世,为令郎减刑,别无妙策。”

“朱安世闯荡江湖,多次杀人,哪里去捉?”

“丞相把此事交给杜周门下无忌,七日捉不到将无忌斩首,他自有办法。”

“唉,家门不幸,有此逆子。老夫失教,悔之已晚!”

“让檀何仙师替丞相查宅驱邪,作法禳解灾难,逢凶化吉如何?”江充乘虚而入。

公孙贺点头称善。

檀何念经施法,唱唱跳跳,闹一通宵,举剑往树上一砍,血水如注。公孙贺大惊,把此人推荐入宫。

五天后,被无忌所擒的朱安世在牢房上书,揭露敬声与阳石公主通奸;公孙贺纵子不法,在甘泉宫驰道两侧埋下木偶诅咒皇帝。诸邑公主与卫伉有相同罪行。经江充去实地挖掘,回禀说:所告不诬。

皇帝大怒,亲审此案。江充找来檀何,反戈一击有功,公孙贺全家及两公主一齐被捕。

杜周日夜审理,有了眉目,亲自起草三份报告:甲式从宽,敬声判徒刑十年,卫伉公孙贺削职为庶民,两公主交宗正训斥,各责十杖;乙式为公孙贺灭族,卫伉斩首,两公主诏令自尽,财产全没收国库;丙式折中:男犯各判徒刑,两公主废为庶人。

杜周躬身立于阶下,但见皇帝硕大的黑影在大殿左右大窗上频频出现,连连大声咳嗽、顿足,便决计按乙式呈报。

“御史大夫敢报诛皇亲国戚，不愧位列三公！”皇帝在诏书天头写了个“准”字。杜周“宝”押中了，心里一块石头落地。

皇后得知两公主下狱，惊惧交加，便让太监通知刘据入宫求情。

“据儿来此何事？”皇帝还在踯躅。

“叩问父皇金安。”太子语气畏缩。

“朕身尚安，儿昨日去母后那里整整一天，有此空闲，多多读书才是。”他听了小黄门常融的谗言，说“太子得知父皇卧病，面带欢容”，很是光火。

“是。”

“赐儿宫女两百名。”

“这……留下侍候父皇。”

“食色，性也，男女之大欲存焉。圣人立教不能废此。儿见大忘小，垂拱而治天下。夏桀宠妹喜，商纣宠妲己，周幽王宠褒姒，若任用贤能，何至于灭国亡身？大丈夫自有主见，禁止妇人干政，不必害怕。你父皇后宫佳丽如云，安然日理万机。”皇帝说得坦率。

太子忐忑不安，显然有人捏造他在母亲那里沉湎妖姬美女。

“告辞！”谈了一会儿，太子要回东宫。

“儿君临大国，莫忘父皇厚望！”皇帝面上出现霁朗之色。

太子走到门口，停步片刻，又转过身来下拜。

“儿不会为赐一批宫女叩头，必为诸邑阳石两妹求生。”皇帝两眉头紧紧拧在一起。

“同父共母，一体之情，父皇年高，不能受此重击。儿恳乞开恩饶两妹一死，废为庶民，各输百万钱入国库赎命。若她们不够，儿与母后助以半数。”

“儿重骨肉，为父岂无天伦之爱？然逆女们咒父早死，天理国法，断难宽恕！”

“爹爹！”太子膝行几步，紧抱皇帝双膝。

“儿不可无刚，当心落入悍妇贼臣之手，令父皇担忧！”他将太子头颅揽到腹前，首次看到刘据清瘦的下巴上出现白色胡须，鬓角微灰，前顶初谢，不禁长叹。儿子似乎不像皇门郎苏文常融所报那样贪色，要玩女孩儿何必到母后那里去找？但一想到自己超人的判断力，苏文等岂敢妄言？又认为太子是酒色伤身，未老先衰。他替儿子拭去泪水。

“父皇……”儿子很受感动，“两妹妹不孝，您老人家千万保重，免得儿和百姓不安！儿无才，唯盼父皇长寿，天下大幸！”

“还想说什么？”皇帝恢复了安详。

太子自信无过失，不想申辩什么，起身辞出。

“慢，宣小黄门常融。”

侍立门外的李福一声传呼，常融惶恐地上殿叩拜。

“常融，朕对你不差，你说太子闻知朕卧病，面带喜色，今日来见，泪流满面，可见你出言无稽，间离父子情，谁要你进谗，从实招来？”

常融本系市井小人，心想供出江充、苏文，势将同归于尽，留下他们还有活路。便顿首请罪：“小臣一时失察，罪该万死！陛下宽恕，来生变犬马报答天恩！”

“李福，命武士带交杜周审问。”

“臣自知罪重，陛下……”

李福有一把膂力，像提小猫一样拎起常融走出殿门掷于阶下。

“请公公为我讲情，容当厚报！”常融被武士押到廷尉衙门。

“朕决不让小人挑拨得逞！”

“小人邀宠，赶出长安，莫气伤龙体。”

“皇儿为奸佞开脱，是非混淆，何以立威治天下？人主过于忠厚，行妇人之仁，江山难保！创业艰辛，儿莫自误！”

“儿臣久负父皇期许，请在诸位弟弟中另选英才当国，儿甘于读书享闲。”

“儿何来自危自扰之念？尔虽非开基雄才，乃谦和贤达，守成之主。诸弟不知民间疾苦，骄奢不纳忠言。父皇素来无另立储君之想，此话莫再提起。”

“儿想来此侍奉汤药，略尽人子孝道。”

"儿有此心足矣,晨昏汤药自有内侍御医,不必记挂。"

父子皆未料到,此别竟成永诀。

江充闻知常融被逮,急忙乘车来会杜周,在地下密室里谈到子时才去。

无忌为杜周送来夜宵。

"江充要我夜斩常融灭口,明日陛下要人……"

"大人不能全听江充的,上朝时就说已交门下问斩。万岁点头,下朝斩之不晚。要再审问,推说门下尚在核对口供,未及行刑,有活口。"

皇帝有位堂兄中山靖王刘胜,纳妾百名,生子一百二十余人。涿州太守刘屈牦排行百数,也是庶出。武帝怕相权过重,公孙贺处决后分为左右丞相,恢复文帝初年旧体制。屈牦是著名的糊涂虫,拜为左丞相,封为澎侯。右丞相暂缺,后来田千秋、杨敞、邴吉等还是一人相国,始终不曾补全。

皇帝本想重审常融,查出奸党,谁知太子走后便觉气短心悸,四肢困乏。过头的自信,使他丧失对江充、苏文等一群宵小的剖析能力,让小人们借蛊惑一条肆意株连,斩杀异己,卖友求荣,闹得乌烟瘴气。两女及被江充处决的五万多人都咒他早死,他确实想不通。孤独、感伤,犹如一位白发苍苍的水手,独驾一艘大船夜行于诸多恶礁之间,随时要沉沦。

五更天,他梦见几百名小木人,手持兵器冲上前来围攻,他挥剑砍倒一批,另一队木偶又到,累得咻咻大喘,汗透枕衾。

"万岁醒醒!"李福跪在床前摇摇他,他好久才睁开倦眼。

"好暗哪!"

"添烛十支!"李福招呼小太监增加照明,轻轻拭去他额上黄豆大的汗珠,向外低唤:"侍候更衣!"

小谒者们抬来木桶热水、火盆、被褥枕头,内衣换过,连同擦身按摩,吃半碗饭的时光就完成。

"邵伴仙回京了吗?"

"昨夜派人去问他的徒弟们,都说为陛下采血灵芝去了昆明郡,没有信回来。"

"宣江充、檀何来解梦。"

"遵旨!"

一会儿,江充、檀何跪在榻前。

"臣启奏万岁,京师隐伏有蛊气为灾,虽经江大人查获万起,宫内尚未清除。御医们就是扁鹊、仓公[①]再世,药石无灵!"檀何遵从江充定的调子开腔,皇帝迅速又被愚弄。

"尔等可持虎符去诸宫巡查!"

"臣敢赴汤蹈火! 只是皇后太子所住朝阳院与东宫,不便前往。"

"持朕玉佩前去,阻挠者交御史大夫治罪!"

"领旨!"江充的身材像突然高了半尺,点齐五百武士,由他与檀何领队开赴东宫挖地三尺,苏文率健儿四百,开掘皇后的椒房。街上行人断迹,大小店闭门,长安迅即变为一座死城。

刘据愤愤然立在前楼,眼看院子被挖得放张床的地方也找不到,五脏堵塞。少时内侍来禀,朝阳院同样惨不忍睹,那些小木人皆是江充、苏文带来胡乱填进泥巴,再翻弄出来,还有咒骂皇帝的帛书,即将拿到金殿作为太子企图抢位的证据。刘据自信没有越轨言行,也觉无计应变。

少傅石德是一位忠于皇帝的腐儒,自命有韬略,又怕太子处境不利受牵连,便问刘据:"殿下有何对策?"

"不想束手待毙,打算去甘泉宫举报贼臣作乱,以精诚感应父皇除奸!"

"圣驾若能视事,奸贼们怎敢比指鹿为马的赵高还嚣张?"

"先生以为父皇病已垂危?"

"正是。老臣之意,先扑杀江充、檀何,否则要重演秦朝杀害太子扶苏故事,另立胡亥那样亡国傀儡,江山付之烟云!"

太子的办法虽然冒险,却不致引出激变。他听了石德之计,矛盾急转直下。

"江充携有父皇玉佩代诏,贸然收捕,如何塞谤?"

---

①扁鹊,姓秦名越人,战国初年名医,治过晋相赵简子、虢国世子昏迷等奇症,又预见齐桓公五日内必死,为传奇人物。仓公即淳于意,汉文帝时名医,司马迁写了两人合传。本书《历险》《宫刑》中出场的方正迂之师。

“火已燃眉，不容面面俱到。无论如何演变，父子终是骨肉，多虑不决要做砧板之上利刀之下的肉！”

太子不再犹疑，打算调集东宫武士们。

“殿下，老臣已令壮士埋伏客厅两侧密室，只要老臣把两贼诱离郎官和御林军，便可瓮中捉鳖。”

“少傅年高，怎忍先生去与贼党周旋？”

“老臣幼读经典，长受国恩，紧急关头龟缩惧死，枉为人也。况且有这一大把雪白的须髯，贼子不会多疑。即为殿下献身，年过七十，不算夭亡。”

“谢谢先生！”刘据牵着石德衣袖，抖抖索索地一拜。

一会儿，江充、檀何挺胸凸肚大咧咧地走进客厅。石德击掌为号，力士们从两厢拥出，把两人绑得结结实实。

“江某是皇上派来的，尔等敢造反吗？”

太子走出屏风，戟指着江充斥道：“你把赵国毁了，还不快意，又想挑拨我父子不和，狼子野心，昭然若揭。死到临头还有何话讲？”

“哈哈哈！殿下圣明，哪会与小臣计较？小人秉圣意，公事公办，能把您怎么样？放了小人吧，日后殿下登位，总少不了刀把子。小臣别无所长，在杀人上能为殿下立功。”江充跪下了。

檀何抖成一摊泥，舌头都硬了：“全是江充主谋，小人只图混碗饭吃，太子饶命！”

“江充推出斩首！你是胡人，有法术就使出来救命，送到上林烧死。”

刘据、石德都是书生，没有记下两人口供，草草处死。武士们本来恨江充，不肯救助，一哄而散。早有小卒报知苏文，苏文不敢怠慢，快马疾驰到甘泉宫，见到皇帝，伏地大哭道：“太子造反了！”

皇帝回想前几日父子会晤场景，无异常之处，不免生疑，便命苏文召太子来回话。

苏文怕杀，不敢见刘据，在长安转悠一天，回甘泉宫再次上奏太子谋反，拒绝召见。

刘屈牦听说太子矫诏赦免狱中刑徒充军，吓个半死，连夜携带细软出逃，连印绶都丢了。正在张皇失措，恰好苏文送来皇帝诏书，命他抽集三辅近县将士讨伐太子，顿时大喜，立刻下达命令，围攻东宫。四天三夜的大战，双方军队及百姓死伤数万，血流成河。

满朝文武对这场战争茫然不解，太子的檄文说皇帝病危，奸臣作乱，起兵志在清君侧，绝非造反。丞相一方的口号是奉诏讨逆，各执一词。城内城外，混乱不堪。

太子兵源不足，又乏武器。听到皇帝已自甘泉宫返回建章宫，逃散者更多。石德在石阙下战死。太子忽而想到舅父卫青部将任安拥有兵权，就乘车到辕门外召见任安。

"任将军，现有父皇赤书在此，交与将军，借兵数千讨贼。误会甚多，百口莫辩，幸毋见拒！"

"殿下保重，任安未见诏书，不敢发一卒，请求恕罪！"

"将军，你……"太子很失望，眼看孤掌难鸣，前景不妙。任少卿享有义士之名，今天如此势利！他不解任安因公孙贺父子一案得罪大批权贵，随时会做阶下囚。他长叹一声，将赤节掷给任少卿，垂下车帘，直奔城南复盎门。

任安手上像捧着一团火，回到军营，闭门不出。太子被同情者开城放行，逃亡至湖县泉鸠里。

丞相控制了首都。

任安因为接受了赤节，下诏狱待判罪。

皇帝不承认自己是祸根，色厉而内荏。战争结束，悲剧仍在深化……

## 二

江充为了卖直升官，杀人上瘾，生前曾把李广利的妻儿都横扫进蛊惑大案的漩涡。杜周觉得贰师将军手握重兵，与刘屈牦丞相亲如一家。抓与不抓，皇帝的底牌未曾翻出，心中无数，生怕棋子下错，会断自己前路。

他亲去甘泉宫两次做出暗示，皇帝心不在焉，只得另待机会。

他坐着斧车快到石村时，碰上太子的一支人马冲出长安往西奔窜。杜周自知树敌过多，这批人当中的许多刑徒，大抵是受冤屈的贫苦农夫和市民。若在太子得胜或混战中和此辈狭路相逢,即被碎尸万段。

他在大道边下车,扬言要去石村查案,令几名亲兵原道折回甘泉宫待命。

进入小村,花些小钱买了洁净的旧衣小帽,穿好到塘边一照清水,不觉哑然一笑:很像教蒙童的塾师,只嫌一双三角眼杀气太重,便时而眯成一线,缓步而行。

走了两里地,城内亮起一阵火光,他十分庆幸自己逃脱了这把烈焰。第一回羡慕卧在山墙西边晒着斜阳倒沫的老牛。

门环叩响,久久没有反应。他正要重叩,一个高而细的嗓音没好气地问道:“还有别人吗?”

“就草民一人来看望太史公。”

“自个儿推开。”

杜周开了门,但见一条敦敦实实的汉子双手举着磨得银亮的戈,门闩是用兵器挑开的,关门下闩的动作好生麻利。

“兵荒马乱的,杀人像掐死个蚂蚱,毛贼杀绿了狼眼,得提防着点。谁相信司马大人几把银子都接济了受旱灾的老乡亲? 您不是老廷尉大人吗?”牛大眼对杜周高升为御史大夫一事还没装进脑子。

“壮士是……”大眼比专做宫刑的年月瘦掉三股之一,眉目温厚,加上变声,杜周竟不曾认出来。

“大老爷贵人多忘事,太始二年(公元前九十五年)在太庙门前您当着皇上的面照砍头的模样一比画,不是万岁一摆手,饶命还赐几排元宝,俺这吃饭的家什早烂成泥巴啰!”

“是牛大眼! 太始三年,你向邴吉大人告长假,杜某三次慰留,还长了工钱……”

“给座金山也不再做那营生,报应够惨哪! 哎呀,不算老账,请待会儿,我去问问。”

“好,说杜长孺专程登门问安!”

“您干吗没带卫士们?”大眼直奔马厩。

“叙话方便。”

司马迁身穿短夹袄走出草房，拍打着身上的碎草与灰土。

“子长兄太俭省，早该骑上乘好马，倘不见外，长孺改日送上一匹。再说喂牲口之类琐事，何不找个替手？”。

“骡子骑惯了，路熟，坐在背上打着盹儿，它都知道往宫里走。换新的调教费工夫，小黄骠往哪送？卖去宰肉，于心不忍！再说重活都是大眼兄弟做，子长只打个下手，活活筋骨。”

宾主走入书房落座，大眼为司马迁披上袍子说：“大眼告退，烧茶去。”

“请便！”杜周和蔼地挥袖。大眼去后，他向子长说明来意。

“寒庐简陋，未雇家丁守护，大人久享富贵，避居此地，过于委屈。平时大人与子长大异其趣，所治之学亦不相类。既是非常之秋，对子长如此信赖，只身相投，愿生死与共！”司马迁摆好酒盅，斟满高粱酒说：“昔年恩怨，尽在杯中，请！”

杜周有些不安：“恩，谈不上，担保亦是同朝兄弟之谊；怨，兄受大委屈，长孺执法，救助无力，怨也该当！”

“再干几杯压惊洗尘！”

“子长兄不念旧恶，长孺贤愚不分，愧疚难言。”

“往者不可追！若万岁再定宫刑，早些让囚犯家人备好赎金，莫再延宕时日，措手不及。受刑者身心交痛，无处立身，见斥于亲友，祖宗香烟断绝，成了千古罪人，百死莫能挽赎。此中况味，大人知否？若说固宠邀赏，万岁言听计从，恩礼已达人臣之极，还有何得，损人而不利己？”

“自古聪明人未必忠厚，宽厚者未必聪颖，子长兄兼二美。当今罕匹，长孺敬佩！兄之对弟事事处处了然，倾吐精诚，弟不该再文过自诩。日后再有徇私枉法，只看人主好恶从事，天厌地弃！”杜周热泪滚滚，似乎有记忆以来未曾这样被触动过隐私。

大眼端来热茶，放上熟肴，对杜周的表情感到鄙夷、可疑，眼珠牢牢盯着太史公。

“大眼兄弟，当年冒犯，还祈恕罪！”

"山不转路转,大人小人都是老娘十月怀胎,一口口奶水喂大的,谁都没从妈肚里带颗金印来。衙门好积德,只要刀口抬高三寸,不伤善良百姓,官升上天也没人红眼睛。有点作威作福像好小米里的稗子沙子,划不破喉咙管都能咽。小人太放肆,知道自个儿喝过昧心酒,把蛋都割了,小命不比蚂蚁珍贵,啥报复都不在乎。就是中书令大人心宽得没边没沿儿,真怕他再出杈枝儿……"

"不会了,来喝几杯!"司马迁缓和着气氛。

"大人,大眼昨晚睡在马槽里,一嘴马粪,请别见怪!一人说话一人当,莫把账记到司马先生名下,告辞。臭嘴该挨几下就踏实了!"大眼抽了左右腮两耳光,自怨自艾地做饭去了。

"大眼快人快语,大人海涵!"

"此人是烈性汉子,圣上赐的重金都扔到路上,多有气派!长孺曾想为昭平君减罪,是佞臣行径。今日连几句实话都听不进,枉活到花甲之年。"

"大人,万一有乱军前来骚扰,就请自称子长堂兄司马子舆,舆和尊字长孺之孺同音,免生差错。"

"是,记下了。"

"司马子舆。"

"在。"

"好!"

"热汤烧好,请大人去洗洗,大盆在厨房东边矮屋里,全放停当了。"

"这……"

"听兄弟安排,去吧,内衣先换杨敞的,衣服都是女儿洗。"

"恭敬不如从命!"杜周自去沐浴。

"此人河里洗手毒死鱼,您还没吃够他的苦头?让俺把他做了,替十万八万冤鬼报了仇,抵命也高兴!"大眼压低嗓音说。

"他不仁,我弟兄不可不义!他在门外挨千刀,咱们管不着;进了门,有子长命在,他就死不了。"

"您真是个怪人!俺……"

“不许胡来，他要在咱们家有三长两短，子长立即悬梁自尽，说到做到！”

“哼，太便宜了老小子……”大眼悻悻地抓过一块小石头，用大锤砸碎了。

夜里有五六十人，手执火把刀枪乱哄哄地叩门，其中有几名汉子狂叫：“杜周老贼在此吗？”

“怎么办？”杜周面如土色。

“下地道静待着。”

“一齐走吧。”

“不，救你要紧！快来，不能拖延。”

司马迁掀起楼梯下席子和石板，杜周匆匆跳了下去，一股霉味使他恶心，差点连酒菜都呕了出来。

“大眼去开门。”

“是。”

人流拥进院子，为首的好汉说：“小人是太子赦免的刑徒，在大路上认出杜周坐的斧车和武士，车里没有老贼，抓住车夫，狠打一顿才供出来石村私访。村里老人说这儿是太史公大人的家，大人是大忠臣，小的们尊敬，绝不侵犯您一针一线。但咱们的父辈都被老贼所杀，趁着这几天机会正好报仇雪恨！”

“杜周把咱们关进大牢！”

“杜周杀了我两位兄长！”

“……”

“先生！”大眼直咬牙齿。

“兄弟，让大伙儿说，不要乱嚷嚷。”司马迁面色峻厉。

刑徒们大呼小叫地诉说着杜周劣行。

“哈哈哈！”司马迁捧腹狂笑说，“列位都吃过杜周的苦头，怎么能相信他的话，谁知他逃到哪儿去了？我司马子长身受极刑，不是他扣压诏书几十天，亲友们也来得及凑齐五十万钱赎罪，何至于绝子绝孙，我能庇护仇人吗？除非疯了……”

院子里一片沉寂。杜周伏在石板下，心几乎跳出口腔。那极微量的良知被惊觉，看到自己双手血淋淋地站在受难众人面前，数不清的枪尖朝他猛扎，从头到脚，全是伤口，腑脏被掏出，落在地上，被刀砍成肉泥。奇怪的是鼻仍仍有呼吸。用指甲抠抠双颐，尚知疼痛。他暗暗骂道：“杜长孺，你这恶贼该千刀万剐，受你坑害的何止十万？只要上天保佑躲过眼下一关，真该改弦更张，力修善德，不是司马子长，你活得成吗……”他听不清地面上乱糟糟地叫嚷什么，仅知石板并未揭开，才能像死蛇一般蛰伏在坑道里，不时还会爬行几步，以便离死亡远些、更远些……

“司马子长落到身为中官，与不男不女的太监为伍，才有机会看到诏书原稿，上面写的日期明确无误，是杜周弄的鬼。”

“老阉狗！你们官官相护，谁听你放的什么屁？搜！”一名年轻的刑徒举矛直扎司马迁的喉咙。

子长一扭身，矛尖从肩头滑过。

在一旁久不吭声的牛大眼忽而怪叫一声：“混蛋！”他飞起左脚将长矛踢飞到两丈开外，右手狠狠扇了年轻人一耳光。连司马迁在内，在场的人全怔住了。

“老子当年鬼迷心窍，糊里糊涂阉了司马先生、俺家大人，悔恨不过，把自己也阉掉了，下巴半根毛也长不出来。你这乳臭小儿胆敢骂人，俺老牛咽不下这口恶气，不相信大人的话，可以搜，搜出来咱一个哈哈两个笑，自刎人头给你臭小子提回家当夜壶使；搜不出来别再来啰唆。你们仗着人多势众，俺老牛不怕，就一个人顶着。大人有病，谁动他老人家一根头发丝儿，先杀了俺再动手。三脚猫的拳棒，俺也习练过几天，是汉子一个对一个走上两回合，不能一哄而上，鸡猫子喊叫，丢了江湖好汉宁断不弯的金字招牌！”大眼的正气把刑徒们镇住了。

“咱们走。”为首者挥刀叫道。

“不成，不搜不能走。”大眼双手把首领一拦。

“大眼哥，够义气，您的事咱们在监狱听说过，不信好人信杜周吗？”

“还是不成，兄弟看上一眼，免得有人疑心生暗鬼，又来找后账就涨利息了！”大眼像太上皇一般威严，“人马一掐两股，转一圈儿，巴掌大地方除掉蚂蚁看不着，一只猫也藏不住。快，不然俺老牛还不放心呢！”

几个年轻人去到厨房马棚楼上转悠了一阵。

人群中走出一个矮个儿，揭去罩脸布掷到地上，扑上前来抱住大眼：“大哥，我是老三，往年两肩被太史大人踢伤过……”

“是你呀……”大眼愕然。

“没脸认大哥，不认准后悔到死！咱们这拨人刑期都满了，杜周吩咐，留在监中打杂，不放回家。回家也待不安生。这场乱子十天半月过去还得抓人，弟兄们打算逃过了辽河，到深山老林去开荒，行前只想杀杜长孺解解气……”

说到此处，几名搜查者回到大树底下，都说没见人影儿。

“老三，你哥还有一锭银子，带着路上买口吃的，也不枉昔日共事一场。那时候俺老牛多浑哪，可恨！”他左手递银子，右手拍拍后脑勺。

“大哥，您三弟拿着，永世见不着了……”老三哭了。

“逃命去吧！”大眼嘴角扭动着。

“慢，楼上小柜抽屉里有黄金二两，是子长的俸银，我和大眼吃穿之外都没儿孙，送与列位换成川资，路上不要犯法，以免再落入酷吏之手。兄弟去取来，稍壮行色，表我弟兄两人寸心！”

“那……”大眼犹疑一下。

“去。”司马迁的神色不容商量。

大眼飞步而去。

“谢谢大人教诲，老三往年当衙役也是恶棍！后来算明白点儿，不是大人和牛大哥指点，白活一世！”老三下拜了。

刑徒们交换一下目光，全部掷戈跪倒。

“折煞子长！”司马迁行答拜礼。

大眼把金锭交给了老三，老三送到首领背囊里。他们静悄悄地鱼贯而去。

“大人、大哥珍重！”传来老三反带上门的声音。

大眼一跳老高，跌坐在地上饮泣。

“兄弟怎么了？舍不得那点金子？”

“那算个屁！这儿想不通！您为啥担偌大风险，值吗？”大眼拍拍肚皮。

“值！就算杜某变不好，总不会更坏到哪儿去。辜负落难者的信赖，你我仰头敢望上苍，俯首敢看后土吗？”

“不，还得做掉他！这根臭鱼刺横在咽喉里憋死俺！”

“那兄弟是逼我死！”

“先生，您是圣人还是胸窝里一盆面糊的怪物呢？俺替你活得太亏了……”大眼泪流满腮。

“算怪物吧！”司马迁的脸被笑痕扭歪，一点星火在泪花里流闪。“不知道为啥要这样做，为利？没有；为名？挂不上边；还账？本来他欠我的；为了装大度量？命比这些都紧要；要当一回宽恕仇敌的圣者？有点像，也不全像。没想过缘由就听良心的吩咐做过了，又有些后怕……”

司马迁让大眼锁上楼门，黑灯瞎火，围着被子与杜周抵足而坐，谈了一宿。

“子长兄放心躺会儿吧，任少卿是我朝忠良大将，强过一百个李广利。他没做过愧对陛下的事，长孺只要介入此案，定以全家性命保他去守边城。至于车夫供出长孺来石村，是刀剑勒逼下的失言，绝不计较。听兄劝告，给此人安个小官做做，比韩信对淮阴恶少年只好不坏，往后他会感恩而尽职尽心。”

“坦诚说，兄台做到这两条，同僚都会刮目相看，将来子孙也有人提携，获百利而无一害。勉之勉之！”

次日，子长怕大眼一时不能自控而杀了杜周，特地派他入城到杨敞家小住几日，帮助支派工匠修缮房屋。约定五天后如城内外十分平安，接书儿来石村。杨敞和她生下一子，被司马迁取名杨恽，已三岁有余，长得方面大耳，唇红齿白，直鼻方口，伶俐可爱。书儿知道父亲写作事繁，怕孩子吵闹，打断外公思绪，每月只许杨恽到石村住上数日，或者接父亲到城中过上几天。孩子会说会唱,爱蹦蹦跳跳做鬼脸,提些可笑的问题,给早进晚年的太史公带来天伦乐趣。

“恽儿他年胜过外祖多矣,他聪颖得让人忧心……”司马迁逗着外孙,眉开眼笑,不快之事都抛到九霄云外。

“外公,我爷爷呢? 没见过呀!”

“外公就是爷爷。”书儿替父亲回答。

“隔壁的狗儿有外公还有爷爷呀……”

“爷爷回老家去了,你喊外公爷爷也成。”

“外公,您是爷爷?”

“是呀,恽儿!”

“不对,外公是娘爹爹,爷爷是爹爹的爹爹嘛。”

“哈哈哈! 你说得对。”

“那我怎么喊您爷爷?”

“长大就知道了。”母亲给他一块糖糕。

“不吃,这会儿就要知道。”

“嗬,爷爷也真不好当!”司马迁在快乐中隐隐觉得遗憾,孩子只是杨家后代,自己永远没有孙子……

经历了刑徒们有惊无险的追踪,杜周格外怕死,白天蛰伏地道,夜间过了二更才进书房和衣而卧,有风吹草动,便于逃遁。

太史公早上热干粮,中午晚上做些菜肴与杜周同喝几杯酒。在席间说了一大堆勉励为善的话,司马迁不全当真,对方偶有受到感动的时刻,他将杜周的双手紧紧握住,赞美善在长孺心上萌发幼芽,所有戒备都解除。

五天过去,皇帝返驾建章宫,大街上有店开门,路上出现旅客,长安初步恢复秩序。

东方朴跨着黑驴回到石村。司马迁笑逐颜开,先给老人煮了一大碗面,端上狗肉和大眼酿成的葡萄酒,味道芳醇。

“子长来喝呀!”

“我和大眼兄弟喝了一坛子,这一坛子专留给太公的!”

“什么你的我的，下肚是真的！”

“不，子长刚刚用过午餐，夜里再陪您老干几杯。”他把关东大驴牵到马厩，拌好草料，让它和小黄骠分槽而食。

老侠端着面条跟在子长身边。

“太公这半年待在哪儿？”

“在仲子的徒弟韩小仲那里歇着，是一名在边关打造兵器的铁匠，教了他几手。”

“您身子骨挺好。杜周在地道里。”

“这么紧要的所在，怎能让他知道？”东方朴怫然不悦，“子长，你是往眼里揉沙，牵老虎进屋！”

司马迁把近日的事细说一遍。

老人一个劲摇头：“刑徒们杀他是罪有应得。为善过头，就是纵容恶人。这地方住不安宁，为一只狼搬家，多冤！”

“后辈错了！”

“造孽！我是光身一人，他害不着。你还在老龙牙缝里掏俸禄呀！这等人老朽不见，喂过牲口立即走人！”

“太公，这是您的家，不住家里上哪儿？”

“住到大眼屋里去，平生见不得刽子手！不怕给你添乱子这就除了他！”

“太公！”司马迁频频拱手赔不是，一时无计稳住东方朴。

“我是房主，可以撵他走。不能含含糊糊共顶着一根房梁棒。”

“行，子长请他走，您得留下来。”

正在议论着，无忌带着几名军士出现在门廊里。

“启禀中书令大人：万岁召见杜大人，还请您同车去建章宫，有大量文书要大人去挑给皇上龙目御览。李老公公说：高寝郎[①]田千秋等的上书特别重要，除了大人没有人敢拿主意。”

①管理汉高祖刘邦陵寝事务的小官，地位较低。

“杜大人的獬豸冠和朝服……”

“在车上,卑职与儿郎们路旁恭候!”无忌言毕走出院门。

“好,瘟神要回城了!”

“哦!”老人坐到树荫大蒲团上,双掌抱头,似有所思。

“太公没在家,石壶天天洗,子长和大眼使它泡茶除渴。”

“哦!”石匠兀然无所动。

“杜大人,无忌车到,接你我进宫。”

司马迁揭过石板先喊出杜周。

等杜周走到阳光下拂尘整衣,太史公已将干净杯子和一壶热茶提到老翁面前。

“这是子长先祖父及先父生前至交东方老太公。”司马迁又把杜周介绍给老人,“御史大夫杜大人。”

“小辈杜长孺叩见长者!”杜周恢复了活气与官威,纳头下拜。

“不敢当,啊哟……”老人伸手要扶杜周,忽然两眼一花,仆倒在大石条上,额角撞破,渗出两行血珠。

“太公怎么啦?”

“晕……”

“太公,您累坏了。”

“子长兄先去铺床,好扶老人家过去歇会儿。”

“没事,不用,眼又看到东西了,刚才无福消受大人一拜啊!”老石匠的右掌轻轻落到杜周后背贴近心脏的部位,将他推开。

“杜大人独自入宫去吧,子长要留下照顾太公!”

“你只管走,瞧!”东方朴来回走了十多步,“误了朝廷的大事还了得?”

杨敞家的车夫赶着马车把书儿送了回来,她招呼过三位长辈说:“牛大叔正在那边忙乎,这儿没人做饭,他放心不下,先让女儿回来侍候。”

“正好照顾太爷爷!”司马迁与杜周登车进宫。

书儿赏过车夫两吊铜钱,让他空车回城。

“爹也是什么人都要帮,为杜周的事儿把牛叔气坏了!”

“老朽也气得大火烧肝，刚才使了一条小计，点了杜周心肺的穴位，让他慢慢受罪，一时死不掉也活不好，五百天以内入土无疑。这叫报应！”

“这太痛快了！太公真是活神仙！”

“平平常常老手艺人。这事对谁也别说，让你爹知道说不定还求我去给恶鬼调治呢。”

“他会那么做，书儿听太爷爷话。”

“老朽看你爹爹久久抑郁伤了肝脾，身子骨一时壮实不起来，有什么心事？”

“任安大伯下天牢了！爹爹上了三封奏疏，皇帝按下不报。牛叔叔说，爹救杜周和这事有关，两人谈到四更天，爹爹两次下跪求姓杜的，心里多难受啊！”书儿落下大滴泪水。

“任安的妻子过世多年，得子太迟，小道远才十几岁。他还在长安？”

“杨敞和牛叔都去老房子里看过，送了些钱去，吃饭还不犯愁。”

“你们太缺心眼儿，你爹和大眼也一盆糨子！杜周一问案，任安父子难逃腰斩，今晚就得送小道远走出京城。让老朽试试运气。”

“太爷爷先洗把脸，揩掉血迹。”书儿从锅里打来温水。

老人净过面，牵出大驴，奔长安而去。

## 三

听到宣召，司马迁随小谒者自未央宫跨越飞阁，直上神明台井干楼，沿途遥瞰渐台、蓬莱、方丈、壶梁等迎接神仙的亭台洲榭，说不尽的靡丽崇闳，不知耗费了多少民膏。稍西还有东凤阙、西虎圈，倒映在太液池碧波中。匠师们根据方士的信口开河造出如此奇景，更令他惊异。传闻里的阿房宫也不过如此。

楼中正轩，在厚席上铺着虎皮，外间只有李福一人在逡巡，内侍宫女皆在侧楼肃立。

皇帝披着宽松的大袍子，三角大襟从腋下围到后腰，束着锦带，立在窗前阳光中。红云衬托着珠帘白发，上身向前微俯，显得比以往矮下一截，满脸茶色锈斑，眼袋青灰，正在不悦。

昨日，宗正刘长、执金吾刘敢去朝阳院收了卫子夫的玺绶。不到二更时分，皇后投缳自尽。此事本在皇帝意料之中，甚至盼望她早这样结果残生。但李福传来消息后，他素信鬼神，又未免发怵。在说不尽的憎恶中忆及早年的欢爱，引来矛盾的梦魇：不是白发稀疏眼窝鼓胀的老皇后跪在凄冷的幽宫内哀啼，便是青丝闪亮的歌姬在平阳公主后院彩帷中朝他媚笑，舌头随着笑声拉长，末了拖到肚脐上，紫血珠横溅……老妪少艾交替，折腾到五更头才打了半个时辰瞌睡。

皇帝醒后头上似围着铁箍，腰膝酸胀乏力。大臣们模棱两可的酸腐议论使他腻味，仅召司马迁登楼选读奏章。

“至关重大者为壶关三老[①]令狐茂及高寝郎田千秋上书，已在六日前递呈陛下，其余皆泛泛空谈，请陛下速对两书做出明断，交重臣遵行。”

若在李陵案以前，司马迁早已进言请赦太子，阻止丞相出兵，他甚至会面见刘据沟通隔膜，为此献身，在所不惜。认清皇帝的刻薄使他默然，只能用他人的说法来试探。

令狐茂的全文是：

臣闻父犹天，母者犹地，子犹万物也。故天平地安，物乃茂盛；父慈母爱，子乃孝顺。今入宫为汉嫡嗣，承万世之业，体祖宗之重，亲则皇帝之宗子也。江充布衣，闾阎之隶臣耳，陛下显而用之，衔至尊之命，以迫蹙入宫，造饰奸诈，群邪错谬。太子进则不得上见，退则困于乱臣。独冤结而无告，不忍愤愤之心，起而杀充，恐惧逋逃。子盗父兵，以救难自免耳。臣窃以为无邪心。往者江充谗杀赵太子，天下莫不闻。今又挑衅青宫，激怒陛下，陛下不察，即举大兵而求之。三公自将，智者不敢言，辩士不敢说，臣窃痛之！愿陛下宽心慰意，少察所亲，毋患太子之非，亟罢甲兵，勿令太子久亡，致堕奸人狡计。臣不胜惓惓[②]，谨待罪建章阙，昧死上闻！

---

①汉因秦制：十里为亭，设亭长；十亭为乡，有三老，掌教化。汉改为县三老。

②惓惓，形容恳切貌。

此书早上几日,武帝宿怨未除,尚有抵触,“父慈”二字似指责他不慈,虽有孝子用重药救父母的苦心,却未获嘉奖。田千秋上书在后,内容相近,怕负责任,故意托言梦见白头翁教诲他说:“子弄父兵,罪不过笞,皇子过误杀人,更有何罪?”

经反复思忖,武帝说:“父子责善,局外者难言是非,今得田千秋为据儿鸣冤,想是高皇帝显灵差他上书,降旨封为大鸿胪,示朝廷诚意,以开言路。小人可恼,江充灭族,苏文缚于横桥石柱上烧死。”

千秋措辞迎合了武帝,后被封富民侯,做了十二年太平宰相。他体弱行路离不开车,又称“车丞相”“车千秋”。论政绩战功一无可述,地位高于李广、苏武,实为皇帝推行与民休息的务实政策,表示不认错的认错,所需的转折人物,朝野及外邦为此惊诧,不足为奇。

“百姓思安怕乱,陛下先下诏赦太子,天下归心。若失良机,必生枝节,后患接踵而至!”

“卿荐令狐茂及田千秋奏议,自有深意,该受重用。”

“臣无沧海之量以汇纳百川,澄浊为清。为言官缺秉刚直陈、口若悬河之勇。徘徊观望,陛下不加严责已无地自存。不望以刑余畸零残年肩承大任而贻笑天下,勉力做好史官可矣!”

“垂老君臣,贵在心通,相惜而已。官位俸禄对卿何足道?九任丞相皆无作为以保位,无人闻过则喜,故言路不畅。卿为朕拾遗补阙,即得其用。快草诏书。”皇帝以中指轻叩几案叫李福进来推拿。他轻轻哼着,下巴放松似同脱臼,腰脊伸展,太阳穴清凉得如有微风吸入。当年李福床头金尽,靠这套绝活能在广利母亲裙下吃碗闲饭,而今皇帝也离不开李福。

司马迁在静坐、骑马、乘车、卧床时,想过种种措辞保持皇帝尊严,减少阻力。等墨浓展帛,赦诏一挥而就。田千秋的任命更是随手成篇。

刚刚放笔,小谒者送来急件:新安令李寿奏章,照例由中书令先阅。

“陛下,赦书及迁升诏请审定。”

“大鸿胪一诏由霍光去宣读,兼主交接诸事。赦诏少时朕要细阅。”

司马迁将迁升诏交与小谒者去加玺付与霍光,在拆李寿奏疏时,想起此人在迎司马谈去茂陵及为大侠郭解送羊时见过面，印象中是自大无能的瘦小滑吏，三十多年来爬得不高，仍在顽强邀功。

“先念急件。”皇帝挥挥手。

“臣……”司马迁应声起立，张口结舌，久不出声。案头笔被袖口扫动，落在青色瓷砖上，当的一响。

“怎么不开口，难道有人反了？”皇帝推开李福，跳起来抓过帛书一看，顷刻间四肢发颤，双目凸出似知了，两臂下垂，往后一倒，幸而李福手快，一把扶稳。他慢慢坐下，涕泪和白吐沫子一起往外流。

李福向帛书上瞄了一眼，陪着皇帝唏嘘。

刘据携带两个儿子逃到湖县泉鸠里[①]被一户农民收留，全靠日夜织麻鞋卖点铜钱，勉强让父子三人吃些粗粮。若干日苦熬下来，刘据不安，写了一封信，雇人持到湖县向一位殷实的故交求援，不料迅速惊动官府，李寿领兵围住小村，太子被迫用长巾自缢，俩皇孙帮助主人拒捕，尽为士卒所杀。李寿按昔日悬赏的诏令报功。

皇帝活到六十七岁高龄（征和二年，公元前九十一年）出现了他最怕看到的事实，找不到一个对话者。无告、自怜、自伤、自惜，愧疚得肩压磐石，两掌发麻，脚踵扭筋，心肺抽搐，哗笑的声浪从四面八方一层层往他两耳冲袭：

——你这伪善寡恩逼死妻子儿孙的暴君！

——你自诩五十年来一贯正确的依据何存？

——你还凭什么站在云头指斥天下人？

——你能找出一个朋友？独夫！

——后宫佳丽一万八千名，谁跟你这淫棍恩恩爱爱？

——你杀害了多少人的后代？人家不悲痛吗？报应到你头上了！

——……

从澄空降下一条白练，障住他的泪目，缠住他的咽喉，鼻孔也遭堵塞，他如同一堆乱纱，瘫倒在虎皮毯上。

---

①在潼关以东阌县境内。

司马迁首次见到皇帝如此猥琐的形象，忘了感谢这是历史的厚赐。旧有怨恨付于金风，只企盼他平安度过灾难。

过了漫长的顷刻，龙袍在微微抖动，像有一只老鼠在底下奔窜。不久就变为黄鼠狼、猫、猎犬，逐步胀大，终如一头猛狮，披散白发，一跃而起，天平冠被甩落到一旁，眼神射出想跨越死亡与疯狂的绿焰，迷茫、自哀，受不可思议的盲动力主宰，血沸如岩浆，寻觅火山的突破口。他依然是皇帝，又不全是……

才华与野心结合的强者，地位愈高，抗击痛楚的能力愈弱。

他的视线落到王冠上，想到六个儿子：齐王闳儿夭折，善恶一片混沌，流年淡化了父爱，悲痛和孩子的尸体都拌进了泥土。元狩元年（公元前一一六年）在宗庙为燕王旦儿、广陵王胥儿授册，一个刁钻乖戾，打断少傅胳膊，害怕读书；一个游猎无度，成为弄臣手上的玩偶。两个都爱拍马吹牛者，自视过高，垂涎美色美食。丑闻虽多，照样觊觎国玺。昌邑王儿跟两位兄长同样不争气，爱表现小聪明，糊涂颟顸，一味养鸟斗虫，犬马成群，不用儒生；弗陵儿虽英明大度，才四岁，能否成器，全赖诤臣辅佐；据儿去了，朗朗世界，交与谁手？……

他背倚红漆木柱，举着天平冠，左拳重重捶着锁子骨，爆发出久久的积郁：

“朕主宰神州，燮理阴阳，托起月亮和旭日，为什么不能主宰自己的命运、孩儿的生死？泰岱崆峒瘦成磨剑石，黄河长江细成条条游丝，十年豪雨，百载悲风，千秋海啸，万年烈火，不能减弱天宇之下一个孤零零老父亲的裂肝之痛，向谁去倾诉？我的儿子！四十年心血灌成的大殿倒塌了，从二十九岁以来缠绕我无限幻想的金梭摔碎了，长出彩虹的宝树凋零了，此后岁月尽是为悲悼惋惜而活着，为惩罚不可原谅的愚蠢而瞪着老眼苦待雄鸡三唱，星降斗沉，比几十天来每日只草草一餐，罢除乐歌还要内疚。这是什么样的惩罚啊！

“皇冠，皇冠，皇冠哪！

“你是珠光宝气铸成的冰峰，诱发过多少波诡云谲的毒汁，装饰过多少兔狡狐骚的丑容，砸断过多少荡气回肠的亲情挚爱，压碎过多少打个喷嚏便是狂飙的头颅！

“皇冠啊！你的处境跟朕何其相似乃尔？一呼百诺，一无所有！金砖砌牢房，玉玺是大锁，犹豫刷以厚漆冒充多谋，为咱们套上手铐；虚荣镀着雄才大略的诱惑，替咱俩钉上脚镣。妖姬艳歌，侏儒谄词，证明耳眼的度量不妨行舟；异邦名酒加上海味山珍，麻痹了味觉，反说三寸不烂之舌，日夜反刍着决堤千里蝗旱频年；替枕戈老卒品尝大漠朔风，代茅棚寡妇回味丈夫儿子为一寸不毛之地尸骨不归的辛酸。好不荒唐！

“皇冠哪！

“你不如灾年救活一个孩子的半斗小麦！

“你不如只身穿越冰川时煨热一颗心的半张兽皮！

“你不如船在怒海沉没时抓在手里的一块跳板！

“你不如在悬崖上和匪徒们格斗的一把利剑！

“你不如三伏骄日下风箱边铁匠手上的一杯清泉！

“你不是能召回逝者与我们欢聚片刻的灵符……

“你枉称神器瑰宝，是召集不祥的鬼杯。你在无欲者面前竟是一钱不值的大俗物、大怪魔！

“据儿干干净净的手再也摸不上你势利的狗眼，受不到玷污。我要把你碎尸万段！哈哈！痛快！从来没有人敢摔你，只有我叫你死无葬身之地……哈哈哈！”残酷的笑声使人胆落魂飞。

李福想拦阻，又不敢伸手。

司马迁愁容黯淡：“陛下丧子，请为五千万儿女安危节哀。只要圣体康宁，亡羊补牢，回天未晚！”

皇帝恐怖的笑声骤停，宫殿犹如被顶天的猛士拎着横梁拔离沃土，悬空晃荡。一时天坼裂，地塌陷，时间与三个人的呼吸忽而都被猛士的大手截断。熊掌狙击倒的猿猴，即将撞折笼子铁柱的河马，兀立在昆仑之巅的死鹰，吊在绞架上的强盗……让太史公把他们的“眼语”加上皇帝的视野，打乱重新编码，叠印掺和，把切片放大如宫灯，令他同时感受到陌生、神圣、丑陋、邪恶、公平、慈惠、自厌、自怜、怪诞、阴森、冰凉、炽烈，皮肤生出冷痱子，比他上回亲赴刑场还要觉得窒闷。

“为五千万儿女保重吗？他们当中几人认识我？我活着真能为他们添几张笑口？不幸了，病倒了，死了，成为彷徨雪原上的老乞丐；独步在冷月下喃喃自语，影儿拖成几丈长的老疯子；被惊涛抛掷到沙滩上回不到盐海怀抱里的蚌壳在苟延残喘，奔波于紫红烙铁板上逃不掉一锅煮的呆鹅。谁为我长出一条皱纹，为我由衷发一声喟然长叹，谁……”

他有目无所见，有耳无所闻，有脑无所思。陷进半被催眠半歇斯底里状态，靠下意识在信口雌黄，不连贯，超逻辑。可惜《史记》的增补者未曾找到《今上本纪》，胡乱抄了一通《封禅书》凑数，又荣幸被研究者发现为司马迁有意这样做，来讽戏盖世无双的汉武帝。损失难以想象，否则仅仅记下这浩瀚场面，就肯定是一篇骇世的妙文！

他昏昏沉沉地见到了司马迁，就像子长是刚刚进入井干楼似的。迟疑了一刹那，颤颤巍巍地拾起了破烂不堪又未全部失去分量的皇冠，一闪一跳地抱住太史公长号一声，像是星月无光的冬夜，骤然送来病狼中箭后凄切的冷嗥：“据儿，皇子呀，爹爹知道你不会面也不见，就长往天涯海角，让皇父想碎肠、想断魂……哪个瘟官烧掉儿清清秀秀的胡须？那两个无辜的皇孙怎么不敢入宫，怕什么？怕爷爷还是怕小小门吏？江山还跟咱们姓刘，你戴上这顶千千万万人争不到的帽子，把许多烦恼用辇装回未央宫，整整齐齐堆在窗外。皇父只图耳目清净，带两名孙儿去五柞宫种药养鱼，像三家村老农那般厮守几年……”

“臣不是太子，是史官司马迁。”太史公对皇冠是逃避、厌恶，他摘下来递给了李福，估计老太监见到自己戴那劳什子的模样挺滑稽。

“儿是吓破了胆不敢认父皇，还是委屈未消装作不愿相认出出气呢？父皇一世对先帝与你祖母赔过不是，请求过恕罪。这回对儿跪下了！多可怕的字眼儿：宽恕！儿能恕父皇，父皇能饶恕自己吗？”他像老妇人一样抽抽咽咽地哭了。

司马迁几乎是抱住他的双腿，举起皇帝不至于跪倒，连声喊道：“陛下不可！折煞微臣了！”

“万岁爷，他是大汉忠良司马迁，中书令大人。”李福架着皇帝右臂，朝他耳边叫着。

“哈哈！”他抽了司马迁一耳光，打得他腮上发青，鼻血从唇角滴到袍襟。“你这恶鬼，想自称司马迁，躲掉天地祖宗应给的惩罚吗？分明是杀子灭孙的刽子手刘彻。不可一世的天子，那身威严藏到哪儿去了？你是先帝们的叛逆！蟠在太庙大梁上的妖蛇，被方士们骗过百回沉溺不醒的庸夫，弄虚作假自欺欺人的丑类。什么大将军霍去病，跟韩嫣、李延年一样给你睡过的男宠罢了。汲黯一代国士，李广才气无双；一个投闲置散不用，一个逼得自刎人头。九名宰相，除了裙带亲便是酒囊饭袋，何等阴险，还侈谈仁义，实乃集明君昏君暴君于一体的凶龙！宫室美女之多古今无与伦比。一个司马迁也妒忌，想用那支笔又唯恐李夫人等尤物看中他，杜周仅仅是你一个指头。明明摧毁国手天才，厚颜无耻，反说一手造就了他，是非羞恶恻隐之心沦丧殆尽，你……”他那走神的眼仁，不眨不转，睫毛上围着小而又密的泪珠，像被一股电波卡住，流不下来。

“大人去请御医，否则……”李福朝太史公使了个眼色。

“朕要为据儿在此守灵，不许用诡计让朕走出灵堂一步……”

他再次晕倒。

御医们很镇定，只是有意表演着惊忙的姿态。皇帝是受了内伤、但不会致命。

等皇帝睡稳，李福将司马迁送下高楼，花园里碧树高耸，短而密的翠草比地毯柔软，像褥子一般洁净。凉风拂面，两人身心爽快得多。

“司马先生，您是奴辈一世敬重的学问家。您下油锅，我怕沾腥气，没抽几根劈柴，还添过一把碎草去讨好卖乖，实在有愧！想送您一句话，不说补过，算给自个儿宽宽心。万岁只肯让人见到风虎云龙，恨天无柄拉不下，恨地无环拎不起的大场面。今儿高皇帝显灵也罢，痰迷心肺也好，出了点乱子，你我见到就当没见，家里人外人露出一个字儿，传到万岁耳目里就有灭族大祸！他老人家可容不得见过他出格模样的人，就比太子对他还尽忠也白搭。”老太监一扫矜持世故，显出警惕和人情味，跟街头巷尾下棋遛鸟的老头儿没有多大差别。

“公公与先父有交往，乃子长前辈。良言苦口，心领不说谢谢，全记在此处。”子长手抚前心，向李福连连欠身，感情很复杂：首先人不是透亮的水晶雕成的，对钟爱的传主要找到原有的阴影；其次是刑余之人沦到貌似“尊宠任职”（《汉书·司马迁传》《盐铁论》中亦有类似暗指）实和阴气弥衍的宦竖为伍；再次，好友贾嘉（谊之孙）、东方朔、挚峻、倪宽，父执唐都、董仲舒、孔安国、冯遂、樊佗广、苏建（武之父）一一谢世，任安下狱。多年来落荒避世，几乎没有友朋之欢。他是那样敏感，又渴求理解，视滴水为涌泉。对比平日善良的李福，虽未放弃全部警觉，也近乎了很多。细细端详他的面孔，才看出李夫人病逝之后，他老得好快啊！

## 四

普通人遭到意外，大多痛定思痛。

皇帝则与众不同，痛定必迁怒，一逞为快。

他高踞在金殿上，两目圆溜溜瞪着，嘴却不听话地连连打着呵欠，依旧是饥猫亟待捕得小鸡，老虎在寻找鹿的神色。大哀被冷冻在心灵边疆的孤岛上。

父子交兵之后，这次朝会很隆重，事先丞相府长史遍告公卿，缺席又未告假者要执行纪律。人们都在期待老形式里有点新花色。

司马迁出列拱手：“臣司马迁请罪！”

“卿有何过失？”

“请看为李寿所下诏书草稿。”

“不看，依昨日杜周所奏，满门抄斩！”

“臣通宵未眠，前后揣摩，与杜大人所见相反。当年商鞅在城南放一段木头，告示咸阳庶民：‘有人扛往城北者赏五十金。’这木头能值几何？竟然悬此重赏，都不信文告所说是真。仅有一人照办，赏金分文不少。以五十金取信于民，是为上策。臣不取商君权术，然民气为宝，政无信不立。政出多变，非百姓之福，故请万岁审定愚见！”

皇帝肃然："是学东方朔吧？念。"

诏书被皇帝接过，递与李福，太监念道："新安令李寿搜捕太子皇孙，酿朕失子丧孙之痛，哀悼不已。然前诏谓搜得太子者赏千金，今从前诏，失信于天下，非朕所愿也。"

"司马迁，你真是个可爱得令人痛恨的硬汉。拿卿哭笑不得！加玺颁诏，朕从善如流！"

"谢陛下！"

"大丈夫该有几根钢骨板，不是这种材料不能当中书令！"皇帝不露声色，懂得臣是水，他是船，水涨船高。至于水可载舟，亦可覆舟的道理，要唐太宗李世民方能说出。

大殿里嗡嗡一阵细语。

"请丞相宣旨！"皇帝把诏书推到案头。

刘屈牦摆动肥硕的体躯，提起嗓音得意地高诵：

储君立而天下安。朕观幼子弗陵睿智英武，谦和敬恕，堪承大业，可施德于民，特册封为太子。其母钩弋夫人教子有方，诸宫懿范，特立为皇后。择吉日告天祭祖，大赦刑徒，普天同庆。

大殿上下一片山呼。

只有皇帝目光悱恻，是在怀旧还是别有所思呢？停了一会儿，他才走笔写了几行字，看了一眼，立即卷好，压上铜虎。连司马迁在内，没有人注意。

李福报告："皇后、太子上殿谢恩！"

"免。入宫拜蔡义为少傅，封蔡义为阳午侯，即驻东宫。朕日理万机，卿多方善诱。若太子不肯上进，无妨严责，否则姑息误事！"

蔡义已七十多岁，扶杖叩头谢恩。武帝去世，蔡义已升御史大夫。八十多岁后又继杨敞为丞相，也是百事不问的好好先生，一点不碍霍光手脚。

早有郎官太监扶蔡义出宫，即携太子弗陵登车去东宫读书。

这孩子早熟寡言，甚明大义，用人一专到底，霍光才能独辅大政，百姓日子不断好转。

“朕年事渐高，拜原奉车都尉光禄大夫霍光为大司马大将军，与丞相共襄军政机密、百官升降；和司马迁同阅奏疏，两千石大吏以下进言者可以审定，朕不再一一过目。”

“臣无经天纬地之才，求陛下另选高贤，如车骑将军金日磾勇武明察，胜驽臣多矣！”霍光跪在阶前，对任命似感意外。

“臣乃下邦之人，若登高位，岂不让百国笑我大汉无人？”金日磾叩头辞谢霍光的推介。

“由卿襄助霍光，携手运筹，莫再过谦。”

“臣愧对隆恩！”霍光还要申述，被皇帝摆手打断，只得默然受高位。大臣们都佩服武帝的决策。

“丞相请宣诏厂。”

“领旨！……”刘屈牦捧起帛书一看，顿时愣住。

“宣！”

“臣……”丞相两腿乱颤。

“领过千军万马，为何如此胆怯？”武帝不耐烦地盯着刘屈牦。

刘屈牦用极快的速度平板地读道：“皇后立即赐死冷宫，所有请求赦免者皆交廷尉论斩不饶。钦此。”

公卿们惊诧得如同面对日从西升。

“丞相再宣一遍！”

刘屈牦照办。

小谒者马上把诏书内容传到朝阳院，钩弋夫人刚刚下车，还未坐稳，闻言大惊，顾不得整妆更衣，立即登车到殿外，哀求朝见天子，请饶一命。

武帝阴沉无言，上齿咬牢下唇，两滴泪花夺眶而出。

“陛下开恩！太子年幼……”霍光撩袍下拜。

百官无声地跪下。

“霍光，你以抗旨报答朝廷恩德吗？皇后公主皆可处死，尔等比皇后如何？起来！”

文武大员面面相对，交换一下眼神，悄悄起立。

“皇后无罪啊！”宗正刘长是武帝堂叔，年已八十。

皇帝起立，下位扶起刘长说：“皇叔大胆执言，不计生死，国家大幸！朕非不知夫妇五伦之一，宫闱亦有连理之爱。所以一意孤行乃万不得已！吕后专权，诸吕乱朝纲，幸陈平丞相，绛侯周勃，朱虚侯刘章调来北军，锄平逆臣，迎孝文皇帝入长乐宫接玺，汉室转危为安。史实如镜，后事之师。今太子才五龄，钩弋后春秋二十有六，子幼母壮，必有后患。朕甘为无情义之忍人，遭天下人咒骂，亦当心如铁石，五十年中断绝宗室、女祸、宦官、权臣、悍将坏我金瓯。宁一人蒙冤，胜过祸延子孙百姓！自据儿亡后，朕知浮名导入歧途，即或司马迁将杀妻灭子暴行写入《今上本纪》，亦在所不惜。众卿求朕免刑，朕痛尔等不知朕割爱深意，又庆幸直言者无时无地不有，此即祖宗基业不堕之铁证，朕多谢列卿！执金吾刘敢率武士将新后缢死！”这是武帝残酷的明智末次亮相，富于高级英雄喜剧的色彩，让史论家又佩服，又憎恨。他不是常理可以捆住手脚的浪漫人物，做事每想与平庸绝缘，无论是大愚大智，都要造极。

武帝想站起，腿麻了，有些费劲，李福将他搀住，根据惯例，老太监喊了一声：“退班！”

“司马迁写好霍光加封诏书再去。”

“是。”司马迁走到西墙之下，小太监为他张罗着文具。

殿上仅剩杜周，别人匆匆下了丹墀。

“臣启陛下：廷尉已将任安一案审明，曾受太子兵符属实，但未出一兵。”

多日寻找的迁怒对象由杜周送人了虎口。

“腰斩不贷！”

“遵旨！”杜周拱手欲退。

武帝手拈胡须沉吟片刻说：“卿且缓退，另有他事商议。”

“是。”

“陛下！”司马迁闻声疾行而来，“臣与任安相交近三十年，知其赤诚天日可鉴，绝无背叛之心。陛下网开一面，臣没齿不忘圣德！”

“任安老吏，心怀叵测。见兵事起，欲坐观成败，太子败则助朕，太子胜必助太子。故太子衔冤，而任安不冤。蜀中官绅上书告他甚多，皆卿曾批阅。犯下死罪不止一两回，都是朕饶恕，这回饶不了。且北军乃朝廷柱石，不能落到怀二心的任安之手！”

“任安昔年尚有战功，今日边塞少良将，其忠勇智谋高出赵破奴、公孙敖等辈，亦不弱于贰师将军。能与之相提并论者，仅率兵御羌人的赵充国！万军易得，一将难求，若匈奴挑衅，任安可用！”司马迁伏地叩头，额上流血。

“任安将兵，放虎归山，谁能把他擒回来？”

“任安在益州独当一面，有天险及兵马粮草尚未谋反，回长安孤掌难鸣，岂会玩火自焚？”

“卿一介书生，不知权变。念你连月劳瘁，莫再絮叨。起驾回宫，朕已累了。”

“任安……”

杜周随武帝从屏风右侧出了金殿。

司马迁似受雷轰，两腿软瘫，挪步吃力。

“太史公！”李福有些蹒跚地走过来，“回家歇着去，姑娘等得急啦！”

“任安是社稷重臣！”

“这谁都知道，顶啥用？当初定大人死罪，是因为您无能还是对朝廷三心二意？这档子事别问为好！”

“那，人要朋友做什么？”

“帮自己呗！不能相帮的朋友算交到头啦。”

“都想朋友帮，谁再帮朋友？”

“你这想法是陈年的旧历书，不管用！”

“子长不明白！”

“那就稀里糊涂过下去，啥也莫想！”

“办不到，掉头也该为朋友！”

"就怕丢了人头对朋友啥用没有!"

"这……"

"你们老哥儿俩都没有邪门歪心,谁家高门大宅也不去送礼讨好。这些年你们豆腐渣贴竹简——两不沾,才过几天太平日子。"

"官场没有什么朋友兄弟、父子夫妻,就那么回事。"

"子长心中片刻也未和少卿绝交!"

"可长安大街上都那么传言。你哥儿俩从中得的好处大着哪!"

"哦! 此话费解……"

"真是书呆子! 你们背靠背,上边才不防范;要抱成团,两颗头都割下来啦! 你的笔能搅浑多大一条河,他的长矛能扎死多少大兵,上边都有一本账,算得比您清楚! 你们骑上一匹马,有笔和长矛做主心骨,能让弟兄俩都活着大喘粗气? 哟,说多了,失言了,过头了,罪过罪过! 对不住,明儿见!"李福右腿关节不太利索,走上几十步又顺当了。

和任少卿有关的往事,涌到太史公的心间:

上林苑儿回随驾出猎……

校场比武,司马迁家后院的较量……

汨罗江畔,弯弯山路,马蹄萧萧……

诏狱喜会,大碗对饮……

邴吉送来了砒霜,他在雨窗后怀念少卿……

割袍断义时,睚眦俱裂的任安……

灯火昏昏,忧愤满怀,给少卿回信……

在生命的长夜里,韩仲子是很快消失的大彗星,任安是时圆时缺似月亮。这种人一生只能碰到一两个。李福的交友哲学是庸俗的实用主义。人们需要的是同生死共呼吸的稀世真情。李陵不算至交,为他能搭上性命,为少卿必须付出更多。

他的眼睛落在台阶之下左侧登闻院的红墙上,登闻鼓安放在金柱碧瓦的小亭中,直径近九尺[1],圆心画着墨色变淡的八卦。只有紧急军情或突然

①约两米。

事变时，才允许敲击。自他任郎官至今，从来没有谁敢来擂响它，早已是皇上关心民瘼、允许大臣龙廷辩诉的装饰品。他对自己说：“子长，你若竖着进宫，被横着拖出去，就算天汉二年(公元前九十九年)被斩，这几年是多活的，是从泉下回来看看女儿和朋辈的活鬼魂，死可以无怨！

“爹爹曾教诲你，孔子之道的精髓就是‘仁恕’二字。少卿乃受屈君子，与之同死是仁者！怯弱独活不去回天是耻辱。去吧，子长！

“书儿，不要怨恨爹爹撇下你和恽儿，多面求全，一事无成……”

他下了三十六层金阶转入登闻院，小吏们不敢阻拦。他跪到鼓架之下，抓过长柄挝[①]，高高举起，即将落下之前的瞬间，双腿发颤了，不觉倒吸一口凉气，恋生的本能让他后退两步。抬头一看，金殿高插云霄，大大小小的金龙，或绣在锦屏，或绕在红柱，或蟠在梁头，或雕在檐下、窗框、门楣、帘边，每条都雄浑飞动，张着大口在嘲笑他的微小。这是他人听不到的恶笑，昭示着凶残、狭隘、势利、昏庸、灵瑞和杀气等等。似乎想用笑声震坍大汉王朝权力的象征，将他葬在黄金与玛瑙的废墟里。将近正午时，太阳的光虽强，比刚刚出海或正要落山时瘦小，照得自己影子不到两尺长，因挤缩而失去人的轮廓，宛如一摊泼在地上的墨汁。

“我是司马子长吗？还能活一万年？还能升到大将军、丞相？有什么舍不得抛掉？简直是个小人，哪有一丝英姿正气？壮起胆昂着头，拿命做一回赌注去跟自己开个玩笑，体现两分读书人的风流！”

于是，他自以为赶走了朝服下边怕人见到的“小儿”[②]，从皇帝到太监都爱藏着它。一阵心跳脸赤，又一阵儿轻松。

是迷信或心理需要待填补，又说不出名目，被惯性驱使，他无师自通地朝鼓与大挝分别躬腰一揖，口里念念有词：“命交给二位了，若化凶呈祥，再来拜祭！”

先慢后快，整整敲了二十四下。然后出院稳步重上天阶，伏在龙案两

---

①擂鼓的长柄槌。音抓，引申为击打。

②鲁迅《一件小事》里提到“长袍下的‘小儿’”。儿，语助词，非顽童。读来如北方方言儿化韵中的“儿”字，不读全字，是前一字的语尾。

丈开外不动。

李福、八名持钺武士围着武帝急匆匆走到龙案后面。武帝没有落座，尽量显示长者的大度，暗中恼怒太史公不识时务。

“司马迁，你要找死？”

“万岁饶了任安吧……”子长泪水涔涔而下。

“李寿一诏，依卿所谏，前后一致。一到任安身上，又要朕朝令夕改，何以自圆其说？”

“臣语无伦次，区区之心，万岁圣察！”

“知卿为国，朕不计较，回家静养几日。”

“前年任安自益州回京，万岁命他去管北军之前，臣竭力荐举。愿以身家性命保其不死，哪怕监禁几年，否则宁一同受刑无怨！”

“朕从不株连无辜！”武帝自鸣得意，忘了司马迁为株连付出的代价。只蛊惑一案死人十万！

“自愿替死，不是株连。”

“你想替死？”

“出于至诚。”

武帝皱眉而笑，给太监写了一张便条，大声叫道：“取鸩酒来。”

“太史公三思，万岁仁厚，还不谢恩回府！”李福尖声提示。

司马迁伏在地上看不见武帝做了些什么，李福的半女人腔尤其伤害他的尊严，便摇头不语。

“汉子，朕成全你做名义士！有你这样的朋友，任安太有福气，不像好些居高位者只有人献媚，从无友情……”

李福上殿，打断了武帝的半独白：“陛下，该没错吧？杯子也带来了。”

“司马迁平身。”

司马迁称谢起立。

“倒酒。”

“是。”李福举起绿陶罐。

“太多，一半足够。”武帝倒了些酒回罐，“喝下去就迟了！”

司马迁心目中是一片空的空间，只有鸩杯越涨越大，皇帝、大殿、御林武士、太监，全被它遮没。在最后时刻，他没想到自己能视死如归，由霎时的自我赞美，跳跃地联想到才无所遇，临终身旁没有亲人，有些凄凉。为了完成自我抉择，女儿、外孙、尚待润色删订的书稿、先人坟冢，与他业已无关。但千万年后长安大街上还有不相识的行人，昆明城外的险峰上仍有壮士在射白鹿，只是自己永远消失……不公又无奈。

杯子与肚脐等高，红柱、龙影在血色的酒中一齐为他发抖或狂舞，无法分辨。但他自豪，至死未失去鉴赏的高雅趣味与置身处境之外史诗诗人烛照一切的目力！

杯子平胸，龙与柱子仍是扭曲的，但已推到背景，画面中心是人，昂头在金殿与皇帝之上的巨人！“子长，你欠谁的吗？”“欠父母的，妻女恽儿的。还有音书杳然又不敢打听的白凤，也是一户大债主。那刚健婀娜的倩影与滇池月色，洱海沧波一样永恒，至于她的存亡祸福并不重要！杯中的自我干瘦、冷漠、丑陋，皱纹纵横似核桃，面泛死亡的锈色，下陷的腮部，无须的尖嘴，使鼻子升高，额头畸形地闪亮，眼神哀痛，又有点讥讽感。讥讽谁？不知道，也许只能是自己……一切都将付与无有之乡！”

杯子平着上唇。多漂亮的雕刻作品！底座是簸箕砚，体积小，气魄宏伟，起落开阔，大而不粗。杯身是三寸长的笔锋，扎在砚上，角度稍稍倾斜，酒在杯之腹，如笔蘸满血。而今天已找不到用这支笔写出长江大河式文章的巨匠，连他司马迁也不配用它！它没有笔杆，谁也逮不着把柄，它压根也没想让人用。质地白得流出淡碧，一似中秋夜的长空。酒浓于胭脂，披上绿纱，益发神秘，替死亡展示出诱惑力，那是十七岁女巫美丽而神经质的媚眼！据说博望侯老张骞从西域带回过西秦大食美女，肤色白皙如杏花，头发金黄若篱菊，能在桌上跳舞。他怕人斥为奸佞之臣，未敢送入后宫，又让西域使臣携回楼兰西北上千里的雪原。停会我和张骞、李广爷，还有老父亲都要见面。见就见，无愧就无畏！他看得慢，喝得快。没有绞肠剧痛，天旋地转的大风暴，只觉胸口的火苗，从脊梁直蹿后脑，钻进血脉，使眼皮比铅还重，无论用多大的意志，斥令它们坚持睁开，偏是不听指挥，让紫黑色的帷幕徐徐垂落。

“好硬的钢脖颈，响当当，亮光光！司马谈何幸乃有此儿，哈哈哈！聪明的呆子，朕若许替死，是纵容叛逆，枉杀无辜义臣，如何对天下后世交代？国法条条，不是写赋作诗，突出奇兵制胜。治国如弹琴，弦多乱不得。你是仁者、勇者、文豪，论为政又太幼稚可笑，朕再敬你一杯！”

李福为司马迁再斟上一杯酒。

武帝从案下取出犀角杯斟满举起，喝下之后，行走自如地下了高台，径往后宫。

司马迁喝下第二杯，被小太监用车送回家，朦胧间他看到任少卿躺在大铡刀之下挣扎着，酒都化为热泪洒在车垫上……

武帝一觉睡到一更天，用膳之后，听李福说杜周还在宫里，就找他来对弈。

杜周晓得如何吊高主上胃口，第一局就大获全胜，使武帝被动。第二盘打个平手。三四两局，武帝赢得很艰难，果然劲头十足。双方精力饱满，转折进退迅猛，子摆得快，表面都轻松，杜周内衣都汗湿了。

就在歇手品尝茶点的时光，武帝讲到了司马迁：“人品好，就是迂阔不听调教，牛性子一上来，让牧人草料鞭子都降服不了他！”

“臣以为牧人对牛太宽厚、太纵容，会让牛觉得自己是麒麟！”

“牧人有牧人的苦处，他那样非常的牛找不着第二头，要非常的牧人来使唤，抚它以恩德，感化为上，鞭刑次之，用刀未免太无本领。”

“然牛并不感德，请陛下听听牛在发狠呢？”杜周背诵了以下几段话：

太上不辱先，其次不辱身，其次不辱理色，其次不辱辞令，其次躯体受辱，其次易服受辱，其次关木索，被箠楚受辱，其次剃毛发，婴金铁受辱，其次毁肌肤、断肢体受辱，最下腐刑极矣……

祸莫惨于欲利，悲莫痛于伤心，行莫丑于辱先，而诟莫大于宫刑。刑余之人，无所比数，非一世也，所从来远矣！……夫中材之人，事有关于宦竖，莫不伤气，况慷慨之士乎？……

若仆大质已亏缺矣，虽才怀随和，行若由夷，终不可以为荣，适足以发笑而自点耳……

向者，仆亦尝厕下大夫之列，陪外廷末议，不以此时引维纲，尽思虑，今已亏形为扫除之隶，在阘茸之中，乃欲昂首伸眉，论列是非，不亦轻朝廷，羞当世之士耶？……

古者富贵而名磨灭不可胜记，唯倜傥非常之人称焉。盖文王拘而演《周易》，仲尼厄而作《春秋》；屈原放逐，乃赋《离骚》；左丘失明，厥有《国语》；孙子膑脚，《兵法》修列，不韦迁蜀，世传《吕览》；韩非囚秦，《说难·孤愤》；《诗》三百篇，大抵圣贤发愤之所为作也。此人皆意有所郁结，不得通其道，故述往事，思来者。及如左丘无目，孙子断足，终不可用，退论书策以舒其愤，思垂空文以自见。……

接下去是一些诛心的分析，竭力挑起武帝震怒，检讨了昔日保此人的盲目，音容悲惋……

“这些话哪来的？”

“臣在他家避难时从旧帛书卷中找到的，像是撕碎的残稿。”

“还有吗？”

“没有了，不全。也够恶毒！”

“司马迁有千军万马吗？”问得和颜悦色。

“唔……那支笔可扫千军……”

“甘心为朋友而赴死的人没有长反骨，造不了反。笔，不怕。谁是风流倜傥之人？”

“陛下！”

“别的？”

“眼下是没有了。”

“还有一个。”

“唔……”

“受宫刑很快乐吗?”

“这……”

“如果你受了宫刑,断了儿孙,能高高兴兴一点牢骚都没有?说实话。”

“臣……做不到。”

“还有一个风流倜傥之人,不在他写出的项羽、信陵君、李广乃至屈原之下的是司马迁!你记着,任何大贤都招人骂,牢骚发得悲壮,就是地叹天惊、至大至刚的血性文字。把你倒挂在树上三天三夜,也写不出这几句残稿!后人超过他要费尽吃奶的力气,外添七牛二虎!朕杀人数十万,背后多个文豪骂一骂无伤大雅,还显得有大气度,管他作甚?骂你杜周的人比骂司马迁的人要多一万倍。朕让你位列三公,有人难为过你吗?没有,没有就好。你说司马迁这不是,那不是,无非要借朕手杀他,也就杀掉了什么《酷吏列传》。这是小人所为,君子害羞,贤哲冷齿!”

“臣如圣上教诲,所见浅而微,担心千秋之后,对陛下不实之词为圣德之累!”

“逼得妻儿上吊还侈谈圣德?司马迁的话,没有不实之处,连他的不实之词、某种文学夸张同样不朽!如果朕想让他不朽的话!”皇帝随手从案头小碟里取出一条小丝巾,为杜周拭去额上汗水。

“臣,不敢当!”他慌忙接过丝巾放在左袖内,用手一擦天庭。

“留它做甚?”

“君父之德,要留给犬子延年供奉,提醒臣父子至死不忘国恩。”

“延年颖悟,该拜司马迁为师,比郭穰、杨敞都有见识。他若是司马迁之子,能做十五年好丞相,可惜呀!”

明知皇帝说的“可惜”是指他学识不足、教导无方,却装憨卖傻地岔开:“可惜司马迁不收!”

“时机一到,朕玉成延年。”

“谢主隆恩!”

“为的是大汉江山,莫谢。杜卿,司马迁何以受宫刑?”

“李陵一案。”

“不对，是你压下诏书四十一天半，否则以他三朋四友，不至于为五十万钱毁身！不要发抖，朕不会以卿对司马迁之道对你杜周。几年来不肯说破，是要用你这把刀。什么腹诽之罪？无非生出一千倍腹诽。什么沉命法？能消除饥民啸聚走险？都是蛇足。只为当时要消除朝廷异己之徒，用过该停，以德为教化，刑为辅佐而已。尔所做所言，皆在朕耳目之下。”

杜周大惊，脸色似蓝靛染过的牛肝，急忙卸下獬豸冠放到案上，叩头请死。

“司马迁大才，除朕谁能用他？杀之如拔一小草，那样做才叫圣德之累，受尽唾骂，反帮司马迁扬名。这世上有个人跟司马迁为难，让他进退不安，吃不香，睡不甜，必置之死地，但非朕与杜卿！你在危难之际，避乱到司马迁家，他推诚相留，恩怨两忘。你找到几句残稿，罗织罪名，朕为此追究，下狱杀人，一个恩将仇报，一个听信谗言，开以文字治罪先例，臭名昭彰，何以自处？”

“臣稻麦不分……”

“卿一向何所据而定谳？”

“全靠实证。”

“怕卿刀下冤鬼不少！”武帝忽来奇思，要展现博学与断狱的准确。

“臣愚阎无知……”

“可怜卿读书太少！卿所举司马迁罪证只能欺蒙嗜杀成性的暴君昏君，稍有见识之人都要治你诬告之罪！”

“臣异常惶恐。”。

“司马迁父子为何授职？”

“皆有史才为陛下所识。”

“史官著文当知史实，怎会差误连出？”

“这……”

“《易》为文王何时何地所演？史册无记载。朕阅司马迁所写《十二诸侯年表序》论及《春秋》，谓‘嗅弟子人人异端，各安其意，失其真。故因孔子史记，具论其语成《左氏春秋》’，则左氏《国语》与《春秋左氏传》原为一书，旨在阐明孔子褒贬史料,不关忧愤;屈原遭楚怀王疏远,乃赋《离骚》。等到放逐,已是顷襄王七年。罪证和《屈原贾生列传》抵牾。又据《吕不韦列传》:'是时诸侯多辩士,如荀卿之徒著书布天下,吕不韦乃使其客人人著所闻集论为八览六论十二纪',不韦何曾迁蜀?《老庄韩非列传》内言:'人或传韩非其书至秦,秦王见《孤愤》《五蠹》之书',韩非未到咸阳即已成文。朕十余次抽阅《太史公书》,能知纲要。修史一个司马迁,撰文发牢骚的又是一个司马迁,彼此矛盾,谁是谁非?这对一代高才过于荒唐草率了!"杜周不敢支吾,垂首低眉。

"臣顿开茅塞!往日臣只知愚忠报国,失察之处罪不容诛……"

"哈哈哈!史官杀不得。再说长安无太史公文章,天地亦会寂寞!今晚倾心而谈,当知世无完人。把冠戴正,好好执法,知过必改,御史大夫还要卿当到老迈。若有外心,死期不远!"

"臣口服心服!"他正在推测,谁向皇帝揭了他的老底。

"为逮狐兔,允许鹰犬吃些肉,只要吃得不那么凶,猎物抓得不算少,主人就不计较。没有光抓狐兔不吃肉的鹰,即或有一两只,也有野心,该杀。许多人因美德丧身,有的人因恶德而一帆风顺。连蝼蚁都怕伤害的软骨头何以执法。"

"陛下英明!"

"哦,心照不宣,往后不提此事。"

"是。"

"怎么不动子?下棋呀。是猜谁进宫告你?怕人知道就莫做!"

"臣是在想谁与司马迁为敌?"

"慢慢去悟得,不可说破。这局只许赢,不许输!"

"臣勉为其难。"

棋很快进入决战,武帝拿起一粒白子直绕圈圈,眼盯棋盘,冷场好久,把棋子又扔回瓷罐里。

杜周受到暗示,试探地问道:"臣受隆恩,无能报陛下。平时与任安素无私交,斗胆进一言:匈奴反复无常。贰师将军久无战功。臣保任安不死,改为宫刑，交与可靠主将帐下，可用可不用。如有怨恨，再杀如何？”

“容朕思之。”

## 五

看到小几上的酒罐子和菜盒，任安晓得末日已降临，一点不觉意外。

邴吉穿着古铜色旧袍子，在闪跳的灯光下脸色抑郁，眉眼挤到一块儿，语声低哑不安，有爱莫能助的惋惜：“诏书已下，邴吉给少卿兄弟送行！”他敬慕地跪下叩头。

任安扶起昔年的酒友，平静地说：“七日之前仁兄破例为任安上书，请求从宽发落，边塞立功。朝廷不报，任安感恩不尽，可惜无从答谢！不能像子长受刑前夜那般痛饮了！”

“万岁年高，杜周不死，诏狱无宁日。齐鲁一带农人频频起事，治国无调和鼎鼐的大才，边城少足智多谋勇将，搜粟都尉桑弘羊横征暴敛，正直小臣忧虑满怀。”

“仁兄有心人，为国为民，劳神焦思。任安一死了之，空负八尺之躯，惭愧不已！在益州之日，亲见吏治腐恶，鱼肉百姓，冤案万计。知仁兄所虑乃有的放矢，就说堂堂北军，多年少操演，不堪一击。”

“不能回天者不忧天，来饮几杯！”

“任安喝了一世迷魂酒，多承子长贤弟劝告，戒了杯中之物。而今死在眼前，倒想做个明白鬼。仁兄盛意，饮茶一盏代之，就回牢房去也。”任少卿给自己斟茶一瓯牛饮而尽，掉头就走。

邴吉独自抱起酒罐，狂饮几口，走到门口叫道：“任少卿大人，邴少卿恭送兄台！”

他再次跪倒。

任安回头一望，邴吉已将酒罐在墙上摔碎，酒花四溅。

“哈哈哈！兄弟多多保重！”

邴吉以袖掩面，伏地不起。

“任大人，咱们家大人从来没这样难过！”押送任安的老狱卒说。

“嘿！”任安鼻孔一酸，却流不出泪水。

回到了司马迁受宫刑前后住过的院子(这也是邴吉的安排),书儿已在门口跪接。老狱卒锁门而去。

“任大伯!”

“好孩子,没想到你来送伯伯!你爹爹呢?真兄弟死也断不了交哇!”爷儿俩在席上落座。

“爹醉瘫了!”

“他没戒酒?”

书儿把小谒者送父亲回家时听到的一切都做了转告。

“哦!真是人中朱雀,除了兄弟,谁为你大伯告御状喝毒酒,虽说酒是假的,也鬼哭神惊!陛下不会饶过我!状告赢了,老命丢了,这些日子才弄清。给你爹写信的时候还蒙在鼓里。人们怕死,伯伯也一样。要你爹荐贤才是借口,想他救命是真。向你一吐为快,免得错把俺当视死如归的硬汉!”

“爹爹的回信是黄连水里泡过的,苦畦!他只能那么说……”

“提起那篇洋洋雄文,就是念给石头听也会下泪,何况伯伯是血肉之躯?信念了几百遍,背得滚瓜烂熟,才忍痛烧掉。烧过之后,一天还背十多遍,是怕落到无忌之流手中给你爹再招灾呀!刚到这儿,邴少卿就打过招呼,可惜本该传诵万年的杰作,没得到老天爷的呵护……”

“没事儿,侄女能倒背如流,才让牛大叔送来,他在这里人熟,不会受到搜查。”

“一背信就揍自己的脑门子,大伯原想死得重如泰山,偏偏落得轻如鸿毛,不甘心,又奈何?!早知如此下场,一个推车出身的穷汉,由小吏当到太守将军,二十年前随卫青大将军打匈奴,真该在燕然山之北为国捐躯!”

一阵长长的沉默。

“你爹的书……”

“除了《自序》,还有些表缺东西。《自序》内容跟给大伯的信差不多,爹写过片断,夹在手卷里,兵荒马乱,又找不到了。全书草稿,是八九不离十。书太大,要校正、改订、润饰文句。若他老人家能多活些年,辞官在家,还有文章住书里添。”

“这样大伯就高高兴兴去死！他不是贪活命做官，拿著书做盾牌骗自己。伯伯一了都了，只有对你爹这份心了不了……万一他再碰上倒霉的事吓破了胆，把书没保住，或者把其中若干篇改坏改假了，求好侄女替死去的伯伯用十四马的力气把他拽回到正道上。长别之前，当面拜托！”任安倒下铁山突然再拜。

“折煞孩儿，父不拜儿女，您老人家没女孩儿，也是书儿的爹爹呀！”

“大伯拜的不光是你，还有你爹手中的笔，笔下的书，书里的钢骨铁筋！刚说的话记下了？”

“到八九十岁也记得！”

“写书是子长的事，书是天下人的书。孩子，知道这，不管碰到月牙儿打西从南出来的咄咄怪事，都莫慌神。千辛万苦一口吞，什么委屈，小菜一碟。”

“是。”书儿倒上一杯酒，跪敬任安。

任安接过来慷慨地说：“伯伯要走，死人没有难处，就活人不时遇到磕磕碰碰。任少卿有你爹这样的朋友，有你这样的女儿，一辈子知足。敬儿一杯，话多，说不出来，都装在心里。”

书儿爽爽快快地干掉，再为任安满上。

“爹爹、娘，你儿少卿就要来拜见二老。从此往后，不能扫墓祭祖，不孝儿告罪！”他将酒酹在地上。

“大伯！”

“伯伯答应过你爹戒酒，至死不渝！”

“为侄女喝一盅。”

任安想了一想，摇摇头说：“不破戒，女儿知道来生祭，道远那小子没影儿……”

“伯伯，东方太爷爷把他救到谁也找不到的地方去了。听说前后脚只差片刻，无忌去抓人扑了空。伯伯可以放宽心！”

“哦，谢天谢地，他日见到东方太爷爷，替大伯多敬好酒，多叩响头！”

“是。”

“还有一事不可等闲视之，书稿要多抄几份，分放在几处，万一杜周辈要鸡蛋里找钉子，有副稿流传，不会散失，儿要多长几个心眼儿。杨敞做不了大事，千斤重担在儿一肩……”

三更天，司马迁从昏醉中惊觉，手按铺板想要坐起，但觉天旋地动，又摔倒了。挣扎很久，披衣起立，剔亮油灯，肠胃阵阵骚动，几口干呕，吐不出东西，因为未曾进食。酒又走遍筋脉，只觉四肢发软。幸而小黄骠善解主人心意，他锁上院门，将它拉到村街上，跨上鞍子。它走得稳捷，没多一会儿就抵达刑场。

无忌坐堂监斩，见到司马迁起身相迎。

应酬几句，太史公向囚车走去。

“把任大人放下来。”无忌吩咐一毕，告辞归位。

狱卒砸开囚车，任安跳到广场上。

“少卿大哥！”司马迁一把抱住五花大绑的任安。

“兄弟，愚兄就知道下刀子兄弟也会来这儿一别。见面挺难得，哭个啥劲儿？又不是老娘们儿。凭这副模样儿白凤公主也看不上呀。哈哈哈！”笑声飞出任安的大嗓门，把场边老榆树杈上的老鸦吓得乱叫连声，往天上飞去。

“大哥，子长请罪来了。原指望推荐兄进入北军能施展抱负，不料事与愿违，百口莫赎……”

“知道尿炕一夜都不眨眼珠子！愚兄草草一世，唯一不放心的就是贤弟你瘦成一副骨头架子，西北风能撂倒，平平安安都活不了几年，要再哭闹怄气，跟自个儿老过不去——至少有一半为了愚兄，哥在泉下见了老太史公世伯有何脸面？流过的泪收不回眼眶，新泪水莫再淌，哪怕刀架颈脖塌下天，替愚兄和书儿保重，求求兄弟！”任安跪下右膝，目光如小灯，上翘的唇髭，短而蓬乱的钢髯刺猬似的张开，灰得发黑的印堂和绛色腮帮反差极大。

“提到咱们年轻的时候像昨日一般，没活出什么滋味就成了老头儿，还有些恋世。提到亲友生离死别，人世风霜，如同活过千儿八百年。迟早要死，死何足惜？莫久待在这儿，回吧，兄弟，愚兄撵你快些离开杀人场！”

“小弟要收殓过兄长再走。停会儿杨敞送来的棺材是那年替子长预备的，哥睡着走。将来葬在郭解大侠与仲子将军一块儿，逢年过节后辈祭扫方便。”

“到这节骨眼儿上，任安更信友情贵于细软和官印，只悔恨这些年误会阻隔，好些话来不及讲就……”

“兄台一生好酒，今夜送行，为大哥破戒！”

司马迁从鞍边取出一只葫芦，高约九寸，漆成紫红色，亮得可见人影。他打开顶盖，香气飘溢。

“十年前闻到美酒，喉管里会伸出一只小手来抓葫芦，而今无此豪情。任安不是推车打仗、问案子练大兵的少卿了！”

“子长一身肉早让忧患撕去下了酒，能回到当郎官那年月半日也好啊！”他倒满瓷杯，将葫芦放到地上，擎酒过头，跪敬长兄。

“干了兄弟的酒，糊涂人兴许做个明白鬼！要有啥子来世，俺在阴曹等你三四十年，一道投个双胞胎，种地念书，不入朝房官衙，免得再各自东西。这盟约天地都听到，月光星星都见着，莫忘了！”

“哪会有三十年？或周年二载，或三五年，万事茫茫，没有人算得准。请干此杯！”

任安低下发髻，舌头一顶门牙，上唇浸入杯里，将酒吸干，随即把杯口咬烂，嘴里留下一片瓷，嚼得粉碎，再喷出来，仰天长笑，泪雨横飞。

司马迁不敢仰视，眼更不愿离开少卿。

“子长，脚下步步有暗钉，把几根老骨头带回高门原去守墓吧，祖宗会高兴！受了宫刑脖子就是铜铸的？”

“上过书，没准。”

“再上，到准告病为止。”

“是。”

“长别了——好兄弟!”任安话没落音,直奔席棚下面大喊:“无忌小辈听着,看在老天爷爷老地奶奶分儿上,叫四条大汉把司马子长从法场架上骡子一赶劲送回家。腰斩可不是百戏,更不是西域小丑变戏法,一点儿不好看。要是血光飞起,把咱兄弟吓疯弄病,你一千个臭脑袋也赔不上一个太史公——大汉朝独一无二能在太阳月亮上洒一团墨的大手笔!做慢了俺变厉鬼也饶不了你!”

“任大人,临走这点吩咐晚辈办不到就太不够味!”这名杀人狂宛若丧家的狗一样,冲着任安哈腰。

“要得!要得!龟儿子这句话硬是要得!”

任安,大将雄威,国士正气,震慑着荷戟的武士、刽子手们,使这些人恐惧莫名,大开眼界:

他不肯穿红色罪衣,没有人敢强制,由他穿着雨过天青色便服上囚车;

他不肯喝断头酒,插上亡魂旗,只好照办。

无忌是御史大夫衙门炙手可热的当家长史,谁见过死囚对监斩官下命令,被斥责者服服帖帖?

“兄弟听愚兄一言,扬起脑瓜子好好活着,堂堂正正,清清白白!谁伤你一根手指头,任少卿要登门抓他的魂!就怕你自己伤害自己,要养得精气十足,做成该做的大活儿,才不是白挨一刀的傻子,没咽气往坟里钻是虫豸。走开!”

“中书令大人请上尊骑,无忌少礼,接受任大人将令就这一回,敬求宽恕!”

“老大人请!”四名武士放下长戈侍立。

“慢,”司马迁脱下长袍铺在铡刀旁边的沙场地,“少卿兄,小弟要恭送最后一程,亲手包好兄长……”

“再不走愚兄要踢你几脚,干吗在这儿挡手绊脚,碍着人家把活儿做得拖泥带水?”

“请!”无忌向太史公行屈膝大礼,再一抖长袖,武士们把司马迁半推半抬上了小黄骠,他几番挣扎,气力太亏,倒在鞍桥上。他圆睁星眼,但见大铡刀柄上的红绸，在夜风中哗啦啦飘闪，宛若血的瀑布，淹没了空间，顿时天昏地旋，被武士们护送上路。

“好！哈哈哈！”任安不住地点头，“弟兄们，麻利点儿！”他左脚踏在铡刀上，目送司马迁。

“擂鼓！”无忌整冠升座。

一通鼓响，杨敞和牛大眼策动白马素车，含泪蹭行。

二通鼓响，任安眉宇黯然，嘴唇微微发颤，一股怨气化作长长的无声浩叹，仿佛身后浓灰色云块都从他口中喷出，争先恐后地落在地平线上，对着他罗拜。鼓手像三天三夜没睡过觉，双臂乏力，鼓点衰疲如垂危者的心音……

三通鼓刚响，杜周飞马而来，远远大呼：“刀下留人！”

无忌吩咐：“停鼓。”离座相迎。

“任安大人，恭喜恭喜！万岁听下官保本，免去腰斩，改为宫刑之后，去酒泉练兵，盼大人早立新功，回朝另有迁赏，毋负皇上厚望！待长孺亲自松绑，长史取压惊酒来。”

“是。”无忌一抬下巴，命狱卒跑去取酒。

“少卿大人将才，前程无量！”杜周正要动手解绳。

“慢来，罪臣此生此世不能报答天恩，望阙叩谢，陛下明察！”少卿站起，厉声呵斥：“杜长孺，往年私自扣压诏书四十余天，将一代巨笔司马子长造成一名太监。今日你驰马传诏，卖乖买名，妄想欺蒙圣主，再造一名宦竖。少卿宁肯认罪一死，也不让你阴谋得逞！无忌！今天真痛快！来，请再擂一通鼓送任某登程！”

“万岁正在早朝，无忌速请邴吉大人入宫奏请陛下定夺。任将军朝廷重臣，两千石高位大吏，朝野佩服。万岁爱将心切，长孺不惜全家生命再保任大人。”杜周伸手揉着后背，又酸又疼。

“不，无忌，听任某的，不必惊扰邴少卿，找大太监李福转奏，俺才做不成太监，哈哈哈！”

“杜大人！”无忌进退维谷。

"照少卿大人吩咐的办!"杜周和颜悦色。

"是。"无忌跨上武士牵来的官马,登鞍迅驰而去。

狱卒斟满酒杯,递给杜周,杜周泼酒于地,亲手另倒一杯敬任安。

"谁不知俺任少卿贪杯?今日刀下候旨,只喝自家兄弟的酒,不领杜大老爷的情。"

任安走到司马迁放在地上的酒葫芦跟前,双膝下跪,咬定葫芦嘴,挺身立起,沉着地走近铡刀,每行两步,便一仰脖子,咕嘟咕嘟吞下一口酒。当他躺倒在铡刀下的时候,葫芦也没有松口,澄碧的酒泉从他乌紫的唇边汩汩涌出……

**附记:**《报任少卿书》作于公元前九十三年(太始四年),司马迁年四十三岁。信中所说:"书辞宜答,会东从上来",指该年春天护驾登泰山,"仆又薄从上上雍",指十二月随武帝行幸雍一事。清楚可考。"今少卿抱不测之罪,涉旬月,迫冬季,恐卒然不可为讳。"与任安为戾太子一案腰斩是公元前九十一年(征和二年)对不上号。据褚少孙补的田仁、任安两人传略(附《史记·田叔列传》后面)武帝曾说:"安有当死之罪甚众,吾常活之,今怀诈,有不忠之心!"做了太子一案的无辜牺牲者。同死的有田仁,小说中把他略去,以便集中写任安之死,与韩仲子、方正迂两人之死遥遥鼎峙,想比较出个性。汉去战国百余年,义士们轻生重诺言的品质,尚有残晖照映在现实生活中。友情三重唱,是大胆的尝试。从司马迁回信后三秋,安获死罪被放出,任北军要职,再判死刑,虽是小说好材料(如司马迁怎样为安平反,查清益州官绅诬告等,皆有文章可做),但对完成本书主题意义不大,只好毅然痛割。司马迁做这些事,不能高过本章之内的行动。作者自知笔力有限,故不写前次死刑,把回信时间推到腰斩之前,让情节单纯化。但这样一来,任安从被捕到死为时甚短,未必有兴致去侈谈荐贤,复信仅勉强对题,但亦无大的纰漏。杜周死于太始二年,他在小说中比历史上的杜周多活了几年,人尽其用,形象较完整,免得又要介绍另外两位与司马迁无关的御史大夫暴胜之与商丘成。他在子长宅偷去打小报告的内容不可能取自皇帝父子交兵时期。为补救缺陷，让他说成得自撕去的残稿，书儿又对任安说《自序》有残稿找不到了，即是此意。好在《自序》与回信中有重复之处，这样处理不算矛盾。

## 六

石村蝗虫大旱轮番侵害，百姓生计危苦，乌背斜日一掉到山谷，家家闭门，灯光稀少，人没有兴趣串门子，村街上一片阴寂荒败迹象。

十多位郎官领着一队荷戈御林军突然入村，巡查之后，撒下了岗哨。过了一刻，一辆普普通通的诏车停在东方朴宅子门口。李福先下车，再搀下武帝。武帝一摆手，诏车退回村口石桥畔。

微风送来一阵药的气味，原来司马迁真的病倒。李福伸指叩门，被武帝用目光止住。他来回走了几步，月色温柔，树冠如画，远近的村舍剪影，勾起他自称平阳侯刘大碰上老石匠的一段模糊的回忆。几个月的风云突变，使他为数三分之一的黑胡须变得白里透黄，和人一样憔悴少润泽。前些日揽镜自照，比当年的石匠老得多。他轻轻拍拍铜环。

"谁?"书儿发问。

"平阳侯刘某求见中书令司马迁先生。"他朝身后一挥手，李福等人都退开数丈。

门闩抽开，书儿一手端药碗，一手从地上拿起烛台说:"君侯是独自前来的?"

"是，这样简便。"他插上大门。

"爹爹，有位平阳伯伯要见您老人家。"

"哦，待我迎接。"司马迁头上裹着父亲留下的宽腰带，身穿短夹袄，系着厚围腰匆匆赶出，一见是武帝就跪倒:"陛下光临寒舍，臣万万不曾想到。衣冠不整，接驾不恭，请求恕罪!"

书儿放下药碗烛台随父下拜。

"平身! 卿家卧病，不必更衣。"武帝迈开大步昂然直入书房。

"万岁请上座，书儿奉茶。"

“卿家莫拘俗礼，一旁坐下。”

落座之后，武帝问过病情，谈话直入正题。

“有鼠肚鸡肠之辈抄来卿家几段文字，或系残稿，想罗织大不敬等大罪。”

“臣一时短见，说了狂言，陛下宽恕！”

“遭小人之忌是卿刚毅妩媚之处。瞧，把你女儿都吓坏了，你父女放心，听信谗言的无道昏君会今夜亲访石村吗？卿家所写的是我大汉朝立国以来首屈一指的大文章，好风骨，好气概！朕未能免俗，若在二十年前看到难免人头落地，株连亲友。就在两月之前初读之后，火气不比卿家写作时小。多读下去，竟然忘了九五之尊，为卿赤忱无由表白之幽愤而老泪纵横！司马相如在世有此才无此健逸，朝廷还是有大手笔！朕对进谗言者说：‘莫告司马迁，司马迁就一个，为朕所用，你将残文拿回家去读上三天，能写出来吗？’只为抑止告密邪风，朕故意说此文用史料失误比比皆是，岂会出自史官之手？”

“是臣所写，直禀陛下，生而无恨。”

“知道别人写不成，告密者升官受赏，人人自危，弄臣如草得春雨，天下必危。为君者当有三分糊涂，天下自安。读文章要有眼力，若从末节去读书，天下好文字全被此辈灭绝！此文列举前贤事迹多不符史实，如孙子膑足之前已修兵法；不韦先请门客著《吕氏春秋》在前，贬蜀在多年之后，非郁结发愤之作；《诗》，尤其郑风卫风，未必出于圣贤手笔，大抵是民谣，与李延年手下人搜集作品一样，只是四言五言说话习气不同……然行文贵一气领先，气遒则纵横万里，沉雄酣厚，不用傍倚，泡沫是小疵，波澜为大淳，非章句之徒所解！”武帝论到独得之秘，对自己十分崇拜，俨然反过来又深化言词，这是他半个浪漫主义的本我，神采飞扬，春风吹嫩柳，生意无极。另一半是严谨苛刻的现实主义者，非常妒忌，面色愈安详暗中更仇视，“现在我还能登泰山，出崆峒，等到大归之期迫近，必须置司马迁于死地而后瞑目”。今夜前者稍胖，后者略瘦。偶有消涨，永为一山两河，在源头喷泻出同等的真诚。和他的野心、谋略、愚蠢、自信一致。气息比秦始皇帝大而自然，何尝不是人性史上的绝品！

书儿捧着茶瓯呆呆地听入了迷，敬服、诧异，身在梦外，心在梦里，真极反像假。等宏论暂停，才献上香茶。

“陛下云头着眼，俯视万类，山惊河骇，何止三家村腐儒瞠目无从解索！惜臣驽劣，与雄主殷殷期待相去十万八千，勉之过誉，愧赧不安。寸心耿耿，感佩惟天地察之！”司马迁听得心痒难搔，同时又困惑：皇帝微服造访仅为论文章？其中有何机关？揣摩再三，无迹可寻……

“卿视朕是何等人主？”武帝的目光忽而变得年轻，凌厉不失含蓄。

“吾主气吞山河。当年若重用汲黯、李广等人，尧舜大禹之后，无人并肩！”

“说得好！古者富贵而名磨灭，不可胜记，唯倜傥非常之人称焉。你我皆倜傥之人，遇到一朝一地，如今夜快谈就属非常。当然，才调卓识异常可贵，某些人具有这些，欠缺磨洗终无成就。朕若用庸才，重赋税，多兵徭，严刑法，好大喜功，纵然开疆万里，乃伤国之财力而苦百姓。卿若仅草诏书，无大著作存世，你我君臣逃不脱常人结局。朕是有所为而来，直说朕甚敬汲长孺何以不拜为丞相？”

“陛下昔日向以非常之君自许，用直言君子，彼辈处处不让陛下随心所欲，出兵、求仙、封禅、用酷吏，无不受阻，苦不堪言。小人言听计从，闻一知二，投主所好，用之其乐无穷。陛下深知古之君王重用小人而君子不能安于位，唯陛下用小人不为小人所惑，近而江充、苏文、檀何，远而公孙弘、张汤、赵禹、义纵、王温舒，直至公孙贺诸相国，或奸诈，或庸陋，无才治国，有志营私。为祸之烈，使陛下多少宏图落空。臣在诏狱自省，以为吾主不爱听真话。后来方知错了，真话可以听，错了可以悄悄改，但不喜说真话之人，不爱认错而已。但愿臣一错而再错，陛下与大禹相似，闻善言则拜。九五之尊只拜天地列祖，出征拜帅，对臣下纳言即可，拜似近于做作……”

书儿早已告退，在楼梯转弯处倾听，父亲用评历史人物的口气来面折君王过失，吓得她冷汗浃背，又不便制止，急中生智，跑上楼把熟睡的杨恽摇醒，在孩子大腿上狠拧一把，小东西哇哇大哭，顿时把外公的话头打断。

后代要活命的提示，使太史公凉水浇头，随即匍匐席上说：“臣罪该万死！”

“卿家无罪，汲黯一死，无人如此直言！”皇帝伸手将其扶起。

“臣告罪！”司马迁走到楼梯口叫道，“书儿，把恽儿抱到前屋去，快哄哄，莫吵万岁……”

“卿家，叫女儿把外孙子抱来，朕要一见。”

“不，顽童无知，吵闹陛下，臣……”

“谁非顽童长大？朕亦爱幼子弗陵，夜间院中风大，抱出会受寒气……”

“万岁要看看恽儿！”

“臣妾遵旨！”书儿把孩子抱到楼下，哭声骤止，黑白分明的大眼睛在灯光下滴溜溜转动几下，直奔武帝身边不慌地说：“太爷爷有长长胡须，外公没有，爹爹有小小小小胡须。”

“恽儿，你呢？”

孩子摇晃脑袋，甩动小辫子说：“恽儿也有长长长长胡子，跟娘一样，在头上。”

“哈哈哈！”武帝笑得双手捧腹。

司马迁想起宫刑前的美须还在枕下，陪皇帝干笑两声，鼻腔像灌进一匙陈醋。

“长大干什么，恽儿？”

“跟外公一样，写多多多多的字。”

“你会写字吗？”

“会。娘，恽儿要写字字。”

“别闹，上楼去写。”

“让他在这里写。铺上一小块帛，砚里有墨，写吧。”武帝把孩子放到几案旁边。

孩子将帛放在席子上，抓过笔蘸点墨，很神气地写了四个人字，口中念念有词：“一个人人，太爷爷；二个人人，外公；三个人人，娘；四个人人，恽儿。”那笔画如同蚯蚓在毫尖流出，笔上锃亮的铜钱随着摇摇摆摆。

“好了好了，上楼吃糕糕去。”司马迁向女儿一努嘴。

“好，写得好！”武帝夸奖着，孩子的字越写越小，把第一个“人”字写得最大，让武帝得到满足。

书儿抱起孩子，夺笔的时候朝父亲晃晃铜钱才插上笔架，辞别万岁，把孩子抱到磨坊去了。

“笔上拴钱是卿父所传练字秘诀吗？”

“不是。臣将小小铜钱磨亮成镜拴在笔头，时时自照：一言下笔，可有诬枉失真，辜负国恩之处？若有曲笔，就会汗颜，非重写不可。”

“卿有君子之风！”

“苏文未诛之日，臣五次起草上书，皆畏祸焚去，羞闻‘君子’二字！”

“君子亦有过，能改为大善。朕想拜田千秋为右丞相，卿以为然否？”

“吾主识人，社稷大幸，吾民生养将息有望矣！然膨侯才器两乏，素无政声，事事退让。新风难开，民气易散。有实政溉民，方可持久。此中关节，陛下权衡。”

“朕当晓谕刘屈牦饮酒骑马，观山打猎，诸事不问。对田千秋愈推重，愈有贤名。但千秋未任太守，县令、司农、廷尉，卿可荐才，与之共辅大政。屈牦孤行，可以废去。”

“金日磾之德，霍光之稳健干练，张安世严谨，赵过慈和，可共承大任。”

“凡稍有作为人主，殚思竭虑，不能面面明达，留下许多疮痍。强弓硬弩，拉满再拉，弓折弦断。朕为子孙操劳五十年，伤孙折子，乃上天示警，要朕以残年与民同休。故而托孤只择平稳守成大臣，不用大才人，以免大起大落伤国家元气。田千秋相貌堂堂，自知无能老朽，不会与霍光等锋芒相对而政出多门。同是尸位素餐丞相，朕昔受此害数十载，今必得一利。任安忠勇，与卿皆是大才，朕岂无君臣之义？然霍光为大司马大将军，金日磾为车骑将军，皆未曾带过一天兵；任安无造反之心，但不听调遣，足使霍光难堪。卫国守边有赵充国等，资望有限，不敢抗命，天下方能长治久安。与卿说明，可以释然。为臣焉知为君苦，提倡善德，反多让伪善狡猾者得高位;知人性恶,用重典以防范,法严民怨,酷吏卖法、玩法而致富享名。不信重臣直臣,谗言不止;过于相信,或迂阔误事,或为贪直名而专找麻烦……”

“陛下老而益明,史册先例少。”

“朕来石村要卿草诏,君臣共做倜傥非常之人。”

“陛下允诺让臣专心治史,草诏之事臣已荐郭穰……”

“此诏卿家必写无疑,乃是罪己诏,向天下父老谢罪!”

“万岁!万万岁!臣……”司马迁扯去犊鼻裙及头上长带,伏地连连叩头。把百姓过好日子的希望寄托在武帝身上,士人弱点固然可悲,当时舍此有什么上策?

“桑弘羊上书说轮台之东有地四五千顷,可设都尉招募移民垦荒,筑城凿池,以防西域东侵。”

“万岁圣意?”

“朕自即位以来所为狂悖,使天下愁苦,不胜追悔,自今事有伤百姓、靡费天下者,悉罢之!遣散方士,不再出兵!”

下面是著名的轮台一诏大意:

> 前有司奏,欲益民赋三十助边用,是重困老弱孤独也。而今又遣卒田轮台;轮台在车师千余里,前击车师,虽降其王,以辽远乏食,道死者尚数千人,况益西乎?!乃者贰师败没,军士死亡离散,悲痛常在朕心。今又请远田轮台,欲起亭障,扰劳天下,非所以忧民也,朕不忍闻!当今务在禁苛暴,止擅赋,力本农,修马复[①]。令以补缺,毋乏武备而已。

“未加浮词铺张,晓畅剀切,甚得朕心!”

“此诏一下,举国弹冠相庆,皆为吾主追踪尧舜文王等圣明而雀跃!求陛下为庶民珍惜玉体,造福绵绵,莫再夤夜屈尊纡贵驾幸野村,臣与百官皆悚怵无状。”

“依卿所奏,下不为例。”武帝起立,环顾四壁,健步走到院子里说:“此

①恢复早年政策:养马者可免徭役。

地雅静，过于清苦，若有难处当面请求，朕会依从。”

“臣小婿杨敞庸庸碌碌，谨小慎微，蒙大将军提携，已尽其才，不应升迁。臣几年来多种顽症交加，将不久于人世。求陛下另委高贤任中书令太史令二职，放臣还乡，以余年守先人墓葬读书为乐，感恩无尽！”太史公拱手躬身立于道旁。

“这……”武帝怃然兴叹，脑海掠过闪电提示自己：“他为何思故土？难道看破身在朕巨网之内？还是动之以情，稳住这管笔再讲。”同时命令自己“要情、情、情”！这部特殊机器内控能力，不因平时言行无所顾忌而降效，“朕改弦更张，无为以息民养富，而为臣者仍重功利，自售其能。害国扰民之处，积重难返。太子幼龄，大臣少威望学术以服天下。检点失误，非卿莫属。长安良医云集，不乏良药，比穷乡僻壤利于治病。日后重大奏章尽交霍光先阅，择要上奏。赐卿宅第一所，静而不大，靠近宫禁。再派几名宫女，照料晨昏琐务。卿可潜心修润书稿。老臣日稀，朕长卿二十二岁，待朕身后，再归林下未晚。如此书儿可住夫家，常来侍奉，以尽孝思。否则杨敞不悦，则卿心未安；女儿离去，小夫妻不忍。儿童绕膝，吵嚷过久，不利文思。偶享天伦之乐，方是尘世神仙。不知此说可妥当?”武帝眼角湿了，漫天繁星在其中闪烁。他为自己达到的诚挚而陶醉，对后果尤为乐观。

“谢圣上垂爱。此村多年住惯，邻里和睦，赐宅请免去。孤身一人，来些妇人，只添纷繁，不如宁静为宜。杨敞几番要买童仆，皆为臣坚拒。只想回高门原，族侄辈奉养，亦能尽心。陛下允求之必得，仅此一求……”

“莫说了，告病不准。冷落一代文豪，刻薄寡恩，人言可畏!”

“臣……”

“平生刚强，从不认输。夜访卿家，乃破例向史册低头，休得写入本纪。世上有大是非！然父子君臣之间有说不清的恩恩怨怨。豁达之人哪——哈哈哈!”

李福推门进院，请驾回宫。

武帝笑得让太史令糊涂，也让他更聪明。

“恭送陛下!”书儿把儿子哄睡了，下楼来随父亲行礼。

“书儿，你爹爹替你挑的好女婿，办不成大事，也坏不了事，如同药中甘草。让种种药材和衷共济，决不可缺。儿子将比杨敞聪明，事父教子，够你操持！”武帝点点头。

“谢陛下赐教！”

“任安还有后人吗？”

“有一子道远甚勤于学业。”

“能任何职？”

“新安令李寿被无忌查出贪赃枉法当斩，道远可以继任。但不知道远身在何处？”

“就依卿所奏，命有司写好文书，交卿派人寻访，早日到任。”

“遵旨！”

四名郎官打着灯笼来接武帝，路上传来几声马嘶。

## 七

征和三年(公元前九〇年)，匈奴骑兵南下骚扰边境。

武帝下诏命李广利麾兵七万自五原出塞阻击，在夫羊句山两兵相遇，敌骑不过五千，右大都督率部溃逃。广利乘胜追到旧日边将之妻范氏出资所筑的范夫人城。战报入朝，武帝反应平平。百官接受了李陵事件教训，祝贺按例行事，没有热烈的赞语，都怕转小胜为大败而陷入难堪。

清明节这天下午，司马迁回到高门原祭祖去了，书儿有些腰痛，未曾同往。忽然有人叩门："请问司马大人在家吗？"

书儿开门，铁匠拉着仲子将军留下来的宝马进入院子。

“俺是您仲子伯伯的义儿韩小仲，以往跟他老人家一块儿来拜望过老太公，刚去给师傅扫过墓，来看看大人与贤妹。”

“太公跟爹爹提起过韩大哥，这匹宝马小妹见过多回，厨房里泡有豆子，先喂上它。它很有一把岁数啦，还挺精神！”宝马上了槽，书儿献茶，坐在大树下叙话。“太公和道远兄弟好吗？”

“都好，任公子跟俺学打铁，跟老爷爷习武，也练石匠手艺。他肯下劲，有出息。”

“牛叔叔说，老人家把他救走的当晚，无忌就带兵去逮人。也是老天爷有眼，任大伯该留下一支香烟。不知他几时回京小住几日，好去任县令。”

“道远小弟回不了长安，老太公把尊大人派牛大叔送去的文书撕碎，不许兄弟进衙门。”

“太公高见，自有至理。”

“俺这番求见令尊有紧要事儿。起恩师过世，俺砍断左手小指，对天发誓：十年为期，必报大仇。李广利驻兵五原，不时有将士来找俺打造兵器，偏将小吏路过小店，花些酒菜，送点碎银子，慢慢有了人情来往。广利有个家丁李庆，狗仗人势，霸占边吏之妻，买肉沽酒，分文不给，举手打人，非常可恨。俺是别有所图，跟他打得火热，不时喂这个无底洞。他奉了主子之命进京送密信给丞相刘屈牦，共谋立昌邑王刘髆为太子继承大位。俺中午请几位有头有脸的人物相陪，摆宴送行，让他当众上了阳关大道，晚上骑着宝马追上此贼，抓进树林，问明白缘由，捆得结结实实，蒙上眼送到俺丈母娘后院枯井下边地窖里，藏下活口，原信带来。俺打算告御状，除国贼，报师仇。但不知路该怎么走？”

“告御状会让杜周手下人抓走，十个人闯宫门死十个，状子也到不了皇帝之手。可惜爹爹病了，起任大伯一去至今衰弱无力，去祭祖坟也是勉强支撑……”

“给妹夫杨敞，让大将军霍光大人上奏如何？”

“敞兄未必敢碰丞相，李广利手下重兵七万有余，万一激起变乱，霍子孟叔叔不敢承担后果……”

“听太公说，邴吉为官清正，与令尊是旧交……”

“他见不到陛下，上书得经爹爹之手，要是绕到杜周那里会捅娄子……”

“天子脚下也难办事！”铁匠犯愁了。

“有了，交给郭穰，先从大内文书里找出李广利的笔迹，核对之后，皇帝相信。再说他不想巴结权贵升官，无家室之累，有胆子通天。”

“此人卖师求荣，名声欠好……”

“不能为一时一事把人看死，只要说太公要他做的，不会犹豫泡汤。”

“杀头坐监俺都想通了,不会连累他。”

“干吗要掉头下诏狱？他可以推说下朝回家,屋里留下密信,找到周围几条街巷,不见送信人。无名无姓,查找几天,不了了之。再说丞相胆小如鼠,皇上一审,吓个半死,马上会招供,想不起来要活口查核。大案一结,李庆的狗命由哥去除掉。快找郭先生,他住在宫墙西边,大柳巷中只有一株空心老柳树,紧靠他家小院,牛叔叔去过,没错儿,见面详细谈,小妹算啥也没讲。”

“将门出虎女,你哥佩服!”

“我爹是豆瓣酱,没带过兵马。除非用笔,才是大将。”

次日,郭穰又从江充遗存的案卷中找出有人控告丞相夫人请女巫祭神,诅咒皇帝。他抽出此状和广利原笺一并奏呈,武帝勃然大怒道:“郭穰,诬告大臣要犯死罪！若想升官,理当直说,不能损人利己!”

“臣唯知陛下安危,社稷存亡。草木之身,生死荣辱,从不萦怀。”

“宣刘屈牦!”

丞相上殿,武帝把信状都掷到龙案之下斥道:“朕与你父一祖兄弟,广利亦是国戚,皆位极人臣,还想升官揽权,再往哪里升官？要揽多大权柄？尚谋不轨,叫朕太痛心!”

“屈牦罪不容诛。前番李广利出征,臣送至渭水桥,他说:‘君侯能早请昌邑王为太子,定可永享富贵而无后忧!’臣一时昏聩,未加驳斥。然迄今尚未奏呈陛下。祈求削职为民,了此余年!”

“郭穰草诏:刘屈牦缚置厨车,东市腰斩;妻子押赴华阳街枭首示众;李广利妻儿绞决!”

侍立门外的李福一招拂尘,四名武士将瘫软在地的丞相拖了出去。

“陛下,李广利尚在战场,若将其妻处死,倘生大变,不利于朝廷。不如暂时系狱,日后再由万岁酌情处置。”

“郭穰,你真不愧为司马迁弟子,就不怕受宫刑?”

“有罪,杀也无怨;无罪,万岁不会施刑。”

“哈哈哈!”武帝笑得很复杂。

广利在军中得知丞相已死，妻儿遭囚，自己寻思：只有直捣匈奴巢穴，妻儿方得赦免死罪，若单骑回家请罪，只会同时受戮。便重整人马，誓师北上，先后打败左贤王，斩了左大将。仍要孤军猛进，遭到部将反对，其中有长史串联广利左右，要将他缚送阙下。不料为广利亲信所闻，长史被斩。广利不敢恋战，下令班师，以防哗变。大军行至燕然山南麓，疲惫不堪，扎营埋锅造饭一毕，刚刚睡定，匈奴兵突然夜袭，营房四周掘有许多陷坑，汉军伤亡惨重，胡兵三面火攻，广利无路可走，下马请见狐鹿姑单于求降。

狐鹿姑大喜，待为上宾。

边吏将广利降敌一事报到汉宫时，武帝愤愤然斩了他的妻儿。株连而死的有公孙敖、赵破奴等老将。

狐鹿姑为安抚广利，将亲女嫁与他为妻，军队大酺数日，异常热闹。

一年后单于重病，老降臣卫律妒忌广利，乘机进谗言说："广利几次北伐，得罪了单于祖宗，只有杀他祭祀，单于便能痊愈而长寿。"

广利做了祭品，刑前大叫："我死匈奴必灭！"事后连日大雪，牲畜冻死过半，百姓也感染瘟疫。单于病情时有反复，害怕广利作祟，下令为他立祠。

太史公在《史记》中的纪事至广利降胡截止。迟于这一年的纪事为褚少孙所补。

另一降将李陵的后半生也在这里略费余墨，摇曳几笔：

霍光拥帝，权倾当朝，派霍、李两人的故友任立政出使匈奴，进行策反。

单于设席款待，李陵出席作陪，苦于没有单独接触良机。立政连使眼色，多次手抚刀环，又摸摸靴尖，这是当时民谣中的双关语，"环"与"还"同音，暗示可以还汉朝。

几日后李陵回拜汉使，降将卫律又是寸步不离。任立政大声说："汉朝已大赦天下，中原安乐，霍子孟大将军主持政事，十分想念故人啊！"李陵默然久之，摸着头发说："我已改过装束多年了！"

一会儿卫律退出，立政说："子孟要我致意，请将军回长安同享荣华。"

"回去容易，就怕再受辱！"

不想卫律去而复返，正在门外偷听，又被李陵觉察，只得大声说："李少卿是能干的大才，不止在一国立下功劳！范蠡离开越国游遍天下，自号陶朱公，十分富足。由余自戎人秦也曾立功身显。说什么话这样亲热呢？"

散席后立政再问："少卿有没有意思呢？"

李陵说："大丈夫不能再受辱。"

霍光、任立政的谋划落了空。

李陵好友苏武，字子卿，持节出使匈奴，被狐鹿姑所扣，屡劝不改节，送到北海（贝加尔湖）滨去牧羊。后来狐鹿姑歿，子壶衍鞮继位，封李陵右校王，派他去北海说降。苏武说："宁死席前，不负汉室。"李陵告知说："伯母病故，您兄长苏嘉犯大不敬罪自杀，您大弟被小黄门推下河溺死，您小弟奉旨捉拿凶手，凶手远逃，无法复旨，服毒丧身。夫人改嫁，何不先纳一胡女续嗣？"

苏武乃权从李陵意，后生一子。

汉昭帝时，两国修和，苏武还朝，饱受风霜十九年，离开匈奴时，李陵在宴上作歌相送，泪下数行：

径万里兮度沙漠，
为君将兮奋匈奴。
路穷绝行矢刃摧，
士众灭兮名已隤。
老母已死，
虽报恩，将安归？

苏武回国，儿子苏元相迎，朝野尊尚。昭帝仅封苏武为典属国。不久苏元受上官桀谋反事连累被诛，苏武遭免职。这时苏武所纳胡女已生一子，得到李陵照应，取名通国，苏武驰书迎子归长安，并劝李陵同行。李陵终未南归。那时宣帝即位十六载，太史公已销声匿迹十几年。

# 璧 沉

时　间：司马迁辞世前一刻

地　点：天地大舞台

对话者：司马迁、看客、票友

看　客：（坐在舞台中央）戏剧到尾声了，司马迁，你怎么还不哭？不哭一阵儿怎么跳黄河？

司马迁：（立在悬崖上打呵欠）我累了！眼泪忘在家，锁进夫人保险柜里，哭不出来！

看　客：我是花钱买了票的，不卖力气我退票！

司马迁：（再打呵欠）我在卖力气！

看　客：你在卖力气地打呵欠！浑身四两劲儿也掏不出来！

司马迁：我只来了百分之四十，哪能钉得住那么重头的表演？

看　客：还有六成呢？

司马迁：那……

看　客：说呀！

司马迁：说出来对您不太体面！

看　客：我是无私的铁面，但讲无妨！

司马迁：一半在那儿（指指侧幕）！

看　客：（找到侧幕，见票友在呼呼大睡，踢踢他）醒醒！醒醒！

票　友：什么？散戏了吗？给我包银！我要钱钱钱！真不容易熬到这下半夜……一宿吃头猪，不如一觉呼！

看　客：你来干什么的？

票　友：马勺上蝇子——混饭吃的。您呢？

看　客：大爷正儿八经来听戏的。快上！

票　友：导演没分配角色，就他该演独角戏！

看　客：导演没来，我花了钱，买了主宰权，分配你笑哇！

票　友：笑吗？张不开嘴呀！凭啥要笑？

看　客：不哭不笑，不恋爱不打不闹，拿什么卖钱？你能白拿包银？

票　友：该死的戏还不散，困坏了！（坐地）没理由就笑不成了精神病？（又打呵欠）

看　客：他来了，你怎么还不来神？

司马迁：加他才七成数，怎么来神？

看　客：还有三成呢？

司马迁：<br>票　友：对不起，您便是！

看　客：胡说！导演没给我剧本，找他去！

票　友：甭找，他……

看　客：他怎么啦？

票　友：他死了！

看　客：我干什么？演什么？

司马迁：我演什么？

票　友：前台加后台，没一个人知道自个儿在演谁，该咋表演？

看　客：那不乱了套？

司马迁：什么"套"儿？一丁点乱不得！

看　客：剧本呢？

票　友：装订颠倒，导演拿回家重新核对页码，订好重排！

看　客：他死了，怎么排？

司马迁:咱们自力更生吧!

票　友:也好。

看　客:不然得退票呀!

司马迁:我是司马迁吗? 也许只是一匹非驴非马的骗骡子,那匹小黄骠才是太史公!

票　友:也成。谁演骡子?

看　客:总不能让我来钻锅大反串吧?

票　友:敢情是不才的活儿啰! 这戏干吗还不散?

司马迁:我还活着,散不了!

票　友:你躺下不就散了! 咱们举行扯呼友谊赛!

司马迁:那不太好! 不如请二位勒死我,就算执行皇帝的圣旨!

看　客:(捂上司马迁鼻子)这比较省事。

票　友:怎么我也憋得慌?

看　客:我也受不了(松手)。

司马迁:哎哟,哎哟! 原来咱们是一个人!

〔三人抱成一体,剧终〕

## 一

大海时有短暂休眠，静若无风的碧野，寸草不摇。在死的预演中孕育新狂飙。

武帝驻跸龙廷，草诏由郭穰候旨，司马迁大抵得以谢客撰稿。武帝巡狩，仍须违心地陪着颠簸。

面对专制淫威，悟得一人能主宰的余地过小，他擎着书稿与自己的首级随时抛给厄运，却未曾听到这位不速之客迫近门楣的狞笑。

残暑消退，蚊虻匿迹，他的写作进入金秋。路畔梧桐坠下首批黄叶，书儿请父亲暂住太公屋内，她和大眼将书房里的橱柜几案、图卷表册、帛书简牍，一一搬到楼梯间，大眼给四壁抹过搀着碎麻的黄泥，再刷石灰。地面垫着几层秫秸编的草荐，又铺上莞蒲席子，免得席地久坐的太史公着凉。

北方人的中年来得早，去得迟，三十六七到五十出头，脸上变动不大，不似南方人那样中年短暂，老得早而突然。

繁重的劳作，不祥的预感在梦与醒时交替挫击神经，老在死亡线上跳绳，前额因早衰脱发而隆起一座黄土高峰，出格地阔亮，棱角盘错，皱纹密集，犹如板斧砍出来的。锡色疏鬓给脑后顶上仍旧乌黑的小发髻撒上两片残雪，插着紫黑色的木簪，行走中不断地摇晃。双耳薄成黄中泛白的象牙色，当他伸着小指塞进耳孔里搔痒时，书儿竟然从耳后看到一条灰蓝色的暗影，躲在厨房里流过好多泪水。两腮瘪陷衬高了鼻梁，让它独自吃力地顶起那么多的思想。监禁岁月没有心境去洗漱,什么皓齿也过早地退役,使下巴丑陋地翘出,向鼻子表达爱莫能助的愧疚。跟着来的是胃大而松,脾脏吸收力锐退,腑脏内分泌一一失调,构成综合性的坐牢职业病,并且是“终身总统”。靠眉棱骨上一条隐隐的长纹,让人们记起他曾有过黑密细长的剑眉。血丝纵横的眼笼着黄雾,偶露即藏的幽默感,悲悯的热情,过来人明哲保身的冷漠,交织着冬天里的春天,厌弃又不能忘怀的官瘾,连连被出卖又欠亲人很多的心理失衡……各种形色的光,纠缠、消长、裂变、渗透,汇成复杂的目语。

圣哲与寂寞大都历练过憎惧、逃避、被迫相安、互相发现美感,进而寻求、玩赏、享受的漫漫长途。最后以大寂寞战胜寂寞。躺在大彻悟的安乐椅上,垫平静、枕安详,盖上小我之情死而大我之爱生的被子,解析万花筒般的内外两界,蒸馏出智慧。

司马迁对寂寞颇似叶公好龙,相聚稍久,入世热肠内在的骚动欲抑还扬,余波何曾止息?

他想买一位能歌善舞的小妾,纵无床第[①]之欢,享些温存与补偿又何伤?太监都想异性,男人潜在的希冀阉割不掉。他的地位、财力允许这样做。舆论上“合理合法”。阻止他实施的原因:一怕书儿表面赞同内心反感,公然抗议她不敢(那样做也无用);二怕对不住上官清,出丧惨状还历历在眼;三怕朋友背后捣着脊梁窃窃私议;四不忍妙龄美人守活寡,同时志气、精力、时光皆受鲸吞蚕食,成为另一种“囚徒”。结果,佳人情未得,女儿与安宁两败俱伤。

书儿只吸收冬阳的温和,极少领略夏日的灼伤力,对父亲别的思潮涌退一向不在意。

自搬进司马迁寓所的门边耳房,牛大眼变得举止滞缓,少露笑容,行走听不到声息,见人就让路,身子瘦去四分之一。无论父女俩怎么劝请,他只喝三小杯酒,多一滴不沾唇。他手不识闲,碎石块被堆到墙角,菜苗被浇得油碧乌青,大树下挖成环形沟,埋些粪干豆饼,长得枝繁叶茂,鹅卵石铺的

① 第:音子,竹席子。

路上，拾掇得寸草不留，小黄骠喂得敦敦实实，腰似石碴，跑起来毛上流闪着光波，不到个把时辰就送司马迁到西山凭吊郭解与仲子墓，旁边还是牛小卿埋骨之所。听司马迁在尘土高扬的行程中讲述了两位壮士生平，大眼敬若天神。

“先生，为啥俺给儿子上坟不再哭哭啼啼？他能给两位爷爷当个守门童儿是好造化，全亏先生的谋划。将来先生百年之后，俺也要在旮旯犄角里占块地，做鬼也侍奉先生。”

“大人”“老爷”“子长兄”，这些称呼遭到两人拒用，“先生”比较缓冲，双方都接受。

“兄弟想这些事太早，你还有得活！”

“活得大半辈子不高兴，死后埋得称心，总算丢掉一头猪，拾到一头羊呗！”

有时，传主的奇节卓行使司马迁挥泪行文，对卷唏嘘，笔杆上的小钱顽悍地睁开只眼，似在激励他：“一时赏罚在权，千秋是非在笔。你写得情理声色并茂，不会孤独，父老后世与你同识！”偶用两句曲笔，力乏气浮，铜钱口角扭斜咧出鄙夷的冷齿抨击他：“尔深负亲人至托，对不起耳边刀在打瞌睡时与砧板之间极短的安稳韶光，是患得患失畏首畏尾的宵小鼠辈！”于是耳根背脊发烫，将废稿投入火盆，挑灯摊开素绢，重新运腕，达意方休。

一稿杀青，或丝里藏针，或四两拨千斤，或恶人俊扮，或双峰对峙，详略互映，穿插错综而层次井然，或头绪纷繁，经年累月，难题扭成榆木疙瘩，闷坐连日，一字不得，忽而天外闪电飞来，顿悟带来飞跃，一气呵成，文不加点。或正话反说，在赞词里把蒙在正文窗户上的绢帛戳个小洞。他愈读愈狂奋，寝食皆忘，把不是知音的书儿、大眼拔高十丈，当作对话者、批评者，边解说边起舞，弄得女儿点头晃脑，何尝了了，大眼鼾声雷动。他哑然失笑，下次情潮扑来，还是故我依然。可爱，可悯，可悲！

听太史公哼着山民牧唱，大眼知道先生很自得，便扫净树荫，铺陈竹席；两荤三素，一碟野味，浑润的村醪盈壶，饮到中夜，老哥儿俩俱已半醺。书儿知趣，抱来焦桐古琴，父亲正襟长啸，冰弦叮咚，于是逸客屹立山巅，抚松醉云，漱雪吟月，志士踞鞍横戈，率领铁骑飞越大漠……书稿未了之文，记忆中坎坷遭际，笔外不尽之意，都在挥手之间，托寒指急调，挎在流星肩头，驰入沧溟，与万有合一。几番宣泄，散藻漓华，开凿血糊里的小孔，吸入微风，从肺腑抽出长虹，掷于无可奈何之乡。半解的闺女频频斟酒，不解的大眼抱膝侧身呆坐，想钻入琴中一探无涯丘壑，看看为何吐出奇韵雄声？最后，三人六行泪，感动的缘故、程度不同，真诚则无异。

为排遣幽思，子长专程访过霍光。子孟已不似昔年，礼法的纱幕遮住矜持和畏缩，佳肴名酒，映出宦海利害的微妙。在一天兵没带过的大将军眼中，一次入狱就不愁第二次，打交道有传染上政治瘟疫的可能性，对宫刑更具潜在敌意与蔑视。

有两回摆上棋子，大将军执黑，步步精到，一局未终，兴味索然。在归途中反而悔不该去做客。但凡人总有弱点，独处上两个月，又叫大眼套车去造访，等到小黄骠行至大将军官邸、他便说："兄弟，回！"

"先生，这不是……"

"哈哈哈！人老了就可笑。本来想请大将军讲讲乃兄景桓侯霍去病的往事，刚到门口又想起几条，何必麻烦人家……"内心的独白是，"受宫刑者想交接高位者是自取其辱。"

这夜，司马迁来到大眼屋里，揭去覆盖在画像石上的旧衣衫，父亲遗容，童年趣事，一一浮上心来。

"太公这番出游辽东又是一年，高龄远行无人照料，令我不安。家里财帛足供养老人家衣食无虞。可惜问遍云烟，也无下落。会不会……"想到死，他心里一动，便改口说，"会不会病倒在什么地方？"

"先生，看您身子骨挺硬朗，让咱去辽东韩孺子的孙子那里走一回，找着就接回来，见不到人能问个信儿回来，好让先生安心。家中柴已劈完，够烧一冬，有姑娘料理，不会出啥岔子……"

"老弟待在家纳闷，早该去散散心。我让书儿给预备盘缠，就骑小黄骠去，你少挨累，让太公看了也欢喜。"

"不，留给先生上朝出去方便，我骑姑爷的菊花青上路。"

"几个月没上朝了!"

"说不定明儿万岁要宣先生进宫。"

次日一早,书儿做好汤面,让大眼饱餐一顿。她从楼上拿出任安的剑,来到书房对父亲说:"大叔出门,带着防身,免得遇到坏人措手不及。"

"好!"司马迁抽出凛凛青锋,脱去长衣,在旭日下舞出几段剑花,不禁气喘吁吁,只得自嘲地一笑,把剑纳入鞘中,亲手系到大眼肩背上。

"敞儿要给兄弟找个挂名差事,我不肯,要安早就安在太史令手下。你让人管了几十年,这回该自个管自身。出门遛多久,花多少钱,不用多想,反正会够,对肚子莫俭省,人一世不吃喝也成不了财主,身子骨要紧。将来我走了,书儿的孩子还要你照顾,算你半个孙儿……"

"叔叔天不晚住干净店上房,太阳二丈高再上路,夹袄衣匾里缝着一根金条,半两,穷客人,富盘缠。有没有结果快回家。"

大眼结巴得厉害:"谢谢……先生姑娘保重! 都别太累着,大眼去啦!"

司马迁拉着缰绳,把大眼送到门口,拍拍菊花青的颈子说:"兄弟交给你,好好跑啊!"

大眼接过丝缰,在马上一躬腰,抽上两鞭,蹄声清脆,直奔大道。他想着:等到自己和太公双骑并辔归来之日,先生的身子骨会硬朗起来,书也写毕,可以逗逗外孙,享享闲福了。

大眼在家之日从不进书房,司马迁不找他交谈,他一个劲儿干活,努力不去打扰父女俩原来的习惯。今日走了,两人都有些怅然若失,三个人的喜忧已是浑然无间。

心态既安,一日便长如三日。

太史公身穿着深褐色袍子,长襟大袖,举止舒展,和往常一样席地跽坐,面前放着一包绸帕,解开外边蓝紫色两层,里面一方是乳白色,蚕丝的颜色已经微黄,银线绣着的一只构图甚简的凤凰,比画像砖刻更活脱。等到凤帕徐徐打开,藏着黑亮的胡须,用一束白丝线捆得整整齐齐,犹如长颖盈尺的笔头。宫刑之后,美髯开始脱落。不仅仅是曾夫子"父母之体肤发不敢毁伤”的古训在起作用，还有对冤狱的怨愤、刑前平常日子的留恋、伟岸丈夫形象逝去的惋惜，多种说不清楚的余情，寄托在他异常珍视的旧物上。所以掉下一根就收起一茎。而今下巴光光，宛如一块鹅卵石。每当写完一篇列传，大声朗读到神来意满之处，右手还会下意识地接触到颔下，忍不住痛自心来，掷卷长叹，抱臂跳起，在屋里徘徊，强迫余愠平息。

有一回，他又对着凤帕中的胡须发怔，突然一阵清风拂进窗槛，吹乱了须髯。残阳光线不足。视力凝聚在一点上过久，便产生胡须们起立向他躬身施礼的幻觉，一个陌生而又熟悉的声音压得很低地问道："先生，我们相处十余年，昔日是尊体的一部分，而今陆续被谪落下来，变得独立于尘世间，先生有什么玄言妙理祝福我们？"

"你们活得干干净净，依旧受到我的亲近和抚慰，比我幸运得多，不用在生前再改变本色就享得宁静，没有忧患的熬煎，死后不经过腐臭的熏蒸、蛆虫们的欺凌，直接化为沃土。而我要从漫长的相反途径，不停地失去本色，满怀愁思，活得并不干净、不安宁，更得不到爱抚。我将带诸位入墓穴，百余年后，结成一体，被锄耙碰碎，或遇雨水又由分而合。今年农人用犁尖从东搬到西，明年被犁铧再运回东边，循环往复不已……"他叨念一阵，幻觉消失，才弄清胡须们的"代言者"是炉边一只善于歌唱的蟋蟀，被自己用第X意识胡乱破译出的"语言"。起初是淡然一笑，过了一会儿，他觉得有一阵恐惧的阴风钻进周身，每个毛孔都是一张小嘴巴，固执地提出质疑："先生会疯吗？"

"我将学屈原先师那样，在疯狂的边缘建树精神，挥笔为剑，杀退疯狂的意绪，把他人未曾说出过的体验，告知世世代代子孙，一如泥末的分分合合，以至于无穷期！"回答不失风采，平常心并不信策士嘴的高论。

每天，他在枕上都可以看到几根头发，大抵是黑多白少。

有时候，头发们提出疑问："子长先生，您老了吗？"

一声闷雷，余响犹如铁轮滚过长空。

"胡说，未到半百，怎么算老？晚上还梦见过与白凤公主拜堂，还想生俩儿子呢！看，她送的凤帕还在！"

“哈哈！哈哈！”顶上的残发一齐狂舞，门缝、窗枢、碗底、砚中、书卷两头、枕头背面，都传来恶狠狠的笑声，“哈哈！哈哈！你受了宫刑，用什么生孩子？哈哈！哈哈……”

“我不老，我还要写好书，那就是孩子！”他右掌重重地拍在席上，四面本来幽静，掌声扩散开之后更加岑寂。对话只是在他心头或耳孔里隐秘地进行。回答还保持了书儿出世前后他独具一格的气概。但对内在的叫嚷没有自信，写字速度猛减，每到午夜，下半身浸在冰水里，上床摩挲良久，直到一觉醒来，骨头里还往外放冷风。他觉察到自身怀归情愫日趋浓烈，有时连夜梦见双亲。和女儿讲起童年往事口若悬河。这征兆像秋菊吐蕾，预告进入生的初冬。他打了个寒战，在唇齿之间用听不到的小声忠告自己：“往后不再跟孩子翻旧事。”

昨晚二更，书儿怕他写作过劳，就把他拉到院子南头的锅屋外间，捧出一碟他爱吃的狗肉，还有一小碗青菜汤，要他品味，然后故意找些话题岔开父亲的思路。

和女儿唠久了，耳边响起了自己的心声：“我能吃能喝，一点不老。再说述往事与老不老何关，不必作茧自缚。真到老境记事不太清楚，说不明白。”

他找出一卷长帛铺在地上，嘴里喃喃地念着腹稿片断，怡然地研着墨。

“爹爹！”书儿提着一只酒葫芦喜滋滋地走进来：“敞兄（她这样称呼丈夫，已成积习）从大将军家讨来放过十年的西域美酒，今儿您写完书稿，就可以开酒戒，痛痛快快地一醉。”

“不见得能写完，这篇《太史公自序》很长，要把《太史公书》一百三十篇文字的由来，跟咱们家的世代先人，一一记载下来，附在全书之末。爹不想写那么快，免得头疼两三天，下牙床朝上颚齿前面伸，脑后和耳孔里装着成群的知了嗡嗡乱叫，真不好受。总算要放下这副重担！”

“知道爹累，可这活儿别人插不上手。儿劝您通融一下，不管《自序》能否竣稿，今儿提前开戒，多香！”女儿扭开盖儿，将葫芦细长的脖子递到他的鼻端。

仿佛初夏的清晨走过雨后的田野，优雅高贵的香味沁透他的灵与肉，不惟来自酒，整个的空间，给了他遇到什么小喜事般的振奋。

“不，我拒绝酒的引诱，说什么也忘不了你少卿伯伯临刑，要我戒酒于成书之前的遗嘱。快把葫芦收起来，书稿告成，爹要设祭告知祖先和亲友们的在天之灵！”

老父眼神里的哀思，使书儿敛容，将葫芦送到楼上。

突然，小路上响起了马蹄和车轮声。

司马迁认为是过路的官员，并不在意。想到好友任安，喉头一阵哽塞。他濡笔蘸墨，用小篆在卷首写完“太史公自序”五个大字，得意地放下毛锥，朝未干的墨迹上习惯性地吹着气。

但嘈杂声分明进了自家院子，从窗口一望，一辆大马车排闼而入，四名戎装佩剑的郎官，八名太监跳下车来，为首的是穿着朝服腰横锦带的郭穰。此人眼泡有点浮肿，清朗的脸上没有长胡子，看上去细眉挺拔目光澄郁，其实已过而立之年，沉着的步态和书卷气，给中等身材添加了分量与威棱。眉心疏细的长纹，印堂苍暗，似有隐忧。

司马迁鄙夷地啐了一口，将刚刚写好引首的帛卷团起，扔到了橱顶。二十天前的一次日全食，大地昏暗，石走沙飞，他用一块灰绸挡着目光谛视彤云翻滚的苍穹，太阳失去了光焰，影儿模糊，十日后河东地震，南岳天柱山原始森林被雷电焚烧，七昼夜不止。他暗暗盘算：莫非七十岁的武帝要归天，还是天要降下更大的灾祸？史家世代相传敬畏天命的神权意识，使得他惶恐、焦灼。果然，不祥的九头怪鸟朝自己俯冲下来，又是人亡家破书毁。怎能过几天安生日子？他想站起，两腿猛的一软，不听话。这场面百十回出现在想象中，不陌生。意外，虽不欢迎它，又天天在躁动中等候着。

郭穰撩起袍子，进书房就恭恭敬敬地长跪不起：“拜请老师金安！”

司马迁合拢眼睑，胸口的起伏加快。

“先生，弟子不能侍奉晨昏，罪莫大焉！”仍是没有声息。

老师痛苦地摇摇头，右拳连连捶打着锁子骨。

“先生珍爱玉体……”郭穰连连作揖，泪水滴在袍襟上。

“你来做什么？我不敢高攀，从来没有教过你这样的弟子——中谒者令大人！”未老先衰的太史公矫健地兀然起立，转过身面壁而立，宽袖一抖，笔直地垂到膝部。书儿闻声匆匆赶下楼，立在郭穰背后，来不及判断眼前场面的内容，不觉脱口叫出一声：“穰兄——”

中谒者令肩头反射地一动，用手拭去泪痕，没有回头。

“说，你要做什么？”司马迁纹丝不动。

“万岁以玉佩代旨，先生请看！”郭穰将一方血红的玉牌双手擎过头顶。

“又要押我入诏狱？”直面至高无上皇权，压低嗓音是形式上的让步，而语气的坚定、轻蔑、冷峻，是自我在较量中压倒恐惧的自豪。

“不……”

“说……”

“先生……”

“快讲，不要折磨爹爹！”

“……”郭穰俊靓的脸扭曲了。

“重新罗织我的罪名？”

“要有罪，我替爹爹去领刑，死而无怨！”

“先生无罪，万岁也没有降罪，师妹更无从领罪，但此事比下诏狱还伤害先生。陛下要来取书稿，交他御览，并请几位大臣参阅，不知主何吉凶？”

“啊？又要抄家搜我的书稿？”司马迁咬着牙关蓦然回首，声音变得嘶哑、干燥，是问传旨者，问皇帝，问时间，还是问上苍？

“圣旨？”书儿一阵头晕，不是手扶着楼梯就跌倒在地，“天！”她痛心疾首地尖叫半声，想到父亲又戛然而止。

“先生，弟子回天无力，愧对您老人家再造之恩……”

“我错了，错完了。难道我把渔船上一个饥寒交迫的孤儿收养下来，变成一个缺心少肝的官儿，不是大错特错吗？抄吧，搜吧，就这一回，别错过献功机会！哈哈！哈哈哈！一个太不自量力的凡夫俗子要修什么史书？白白耗费掉两代人的心血，好！该罚，受宫刑，太轻；该杀，该千刀处死。还写什么，写什么？”神经质的惨笑使亲人毛骨悚然，比哭还可怕。

“爹爹！”书儿吓得忘了哀伤。

“老师！”郭穰伏在地上抽泣。

司马迁一脚踢开砚台，墨水洒了一地，笔扔出窗外，再把堆在几案上的书稿哗啦啦一下推倒在地。

郭穰再次高举起红玉，司马迁双目一闭，平板地说：“臣司马迁接旨！”

书儿皱着眉峰看看郭穰，又去搀父亲。

“在天的爹爹，儿太不孝了……”一声长号，仿佛箭穿过胸窝，他全身发抖，不能立起。

“中谒者令大人！”大太监早已等得不耐烦，见郭穰没有动静，就将手一挥，郎官们冲进书房，将书稿往车上搬送。

一名太监跑得太急，捧的竹简太多，其中两篇流落到地上，郎官的皮靴从竹简上踩过去，连搬书的人也没有大声吆喝，空气沉重如铅，司马迁将脸埋进臂弯，一言不发。书儿与郭穰的呼吸同样吃力。

“学生拜辞，先生保重！”

“爹甭难受，女儿……”书儿正想说什么，郭穰猛地挺直上身，发亮的眼睛迸射出铁水一样热、冰一般冷的光芒，和书儿的视线恰好相遇。她只能轻轻摇动父亲的臂膀，重重地掐着他的手心说：“爹，您要有三长两短，儿活什么？看在小外孙恽儿份儿上莫跟自己较劲儿呀……”她忍不住大放悲声。

“郭大人！”大太监催促着郭穰回城，因书已经搬完。

郭穰讷讷地站起，脸庞上泪与汗交流在一起，宛如涂上一层薄薄的油漆。

“中书令大人，咱家和孩儿们皇命在身，不能由己，多多冒犯，还请海涵！”大太监无法料到司马迁的前程怎样升降浮沉，客客气气地为自己留条后路。

“公公，老夫重病，不能款待，书儿看茶！”司马迁顿时像老了十岁。

“好说好说，大人太见外啦！”大太监对于官场应对并不计较，拱拱手后，向部下使了个眼色。

辕马刚把缰绳拉直正要奋蹄，杨敞骑着快马闯进院来。

“敞弟！”郭穰拭过眼角，牵辕马上前招呼，“老师全仗您和师妹奉待！”

“老公公！”杨敞急忙拴住马，向大太监行礼，周旋了几句空话。

“咱们随郭大人来这儿是例行公务。”太监对迁升有望的官员总是很和气。

“又是你！”杨敞把词锋指向昔年的同窗。

郭穰咽下一口唾沫，点头无语。

“你太不讲天理？”杨敞举起拳头。

师兄嗫嚅着，痛苦地跪倒。

“敞兄！”书儿连忙抓住丈夫的腕子。

“师妹不必拦阻，打死倒好！”郭穰毫无闪躲之意。

杨敞瞳孔中冒出妒火，回过头看着书儿，拳头在空中颤动。

司马迁的唇齿无声地翕动几下，倒在地上。

“爹爹！”书儿松开手跑去扶住太史公。

“爹！”杨敞的胳膊落下来，吐出一口气，把岳父搀到屋里。

“先生，皇天不会辜负您的苦心！”郭穰一顿右脚追到门口。

“还有脸说人话，呸！”杨敞将唾沫吐向师兄背影。

“回宫。”大太监不想延宕，一声令下，马车启动了。他在车窗无心地翻动帛卷，从司马谈的遗稿里见到一张黄绢符篆，上写“如意大吉”四个红字，被风吹出落到路边。

郭穰对符未加注视，上马追车而去。

开敞的门被风摇曳了好几下。

司马迁坐在炕上，书儿轻轻捶着父亲的背脊。杨敞从牛形壶里倒出温水，递给岳父。

“爹……”

“孩子别说话，让我静会儿。”司马迁喝过水，摊手示意小两口儿都坐下。

阳光射进窗户，照在炕对面一块三寸多厚的石板上，由东方朴刻着司马谈的遗像，垂着双髫的司马迁恭听父亲在谈着什么，背景是线刻的羊群，简拙有趣。

每当外孙恽儿来到石村，司马迁总要把他抱到石刻像面前，拿画中的自己和外孙做些比较，发现越长越像。

几天前书儿教孩子唱歌，正像他当年教书儿，四十多年前牧童们教自己一样。四岁，正是生命的萌芽时期。

完全忘了老人热衷于封禅而成了先知形象。

他更加怀念父亲，老先生似乎预见到这一天。

符被吹到房门口，司马迁斜过眼一望，四个字对他来说成了莫大的讥讽。想起方士们的闹剧，不免厌恶。

二

即序幕《焚史》。

三

曾历沧海的太史公对悲愤仍未能免疫，不过隐藏在意识底层，强制自己像局外人一样僵漠。

连续几夜睡不着，便埋头读书，愈读思绪愈紊乱。甚至于在念完《左传》之后这样地轻喃："这是什么书？怎么不似出自左丘明之手？"

"爹看那么多书白伤精气神！"

"精气神不能攒下来给你和恽儿用，没有别的事做，老习惯，看不看一样，谁知道书中说啥？"他咧着嘴自嘲。

曙光给落了叶的树梢罩上退了色的火苗，令他忆起飞将军铁盔上退成橘黄的红缨。护城河水面，银圈套铁圈，乍灭还生，吐出幽飔。远处，一株空心大柳树身后似有跟踪者在窥探，他已懒得去查看谁在偷觑。当死神的双腿夹住颈项，每时在收缩，比枷锁更令他窒息，恐怖、哀痛，连同快乐全部失重，焉得不木然？

云雀们横飞一圈，竖绕半圈，每回憋足劲冲向苍穹，突破总有限，还有每况愈下的逆行插曲，它们一日或许相当于人的一月时光，自以为晨光丽日的降临都是这一家族歌唱旋舞的硕果，全然不看也不解夕阳之后黑暗又将复辟，丝毫未降低颂扬朝晖的炽烈。可惜太史公感应不到这类精诚。

西边山墙一倒，河伯庙的梁塌下一头，将腐朽的门仅剩下半个头的神像的下肢，埋在断石碎砖和瓦片里，半只眼睛盯住和它处境差不离，还得先行一步的故友。

河伯有灵，也将无尽依依。八年来听他朗诵过屈原的全部辞赋，看着他三天两头提来一小袋粮食撒在河边、浪里、庙门口，喂长不大的小野雀，和觅食艰难的昏鸦。宛如喂饱了自己灵魂的一部分。尽管整个灵魂总是饥饿……

“我又多活了一天，朋友！明天未必能再会，今朝就权当末日来拜辞！”他为无话可说、也不用说假话的河伯所处荒凉景象感到酸楚而又庆幸。

“后悔往日没有修过你的小庙，一切都太迟……”

乌鸦们纷纷飞来啄食，哇哇地叫着，好似代表精灵们用魔幻的语言提示他：“您的路快到尽头，别尽想着河神和咱们，多想想自己！”

河边一条若有似无的小路半埋在荒烟蔓草里。

他对自己和周围的一切说：

“美德之山，腰缠流云，我心灵的归宿，永难跨越的巨大铜鼎！你们为什么切断我还算年轻的路？

“忧患，我的导师！您让我牢牢关注着民间疮痛，扶正了我的笔和写出的每句话，衷心地在这儿稽首！

“导师，我不能指责您是骗子！如果我叛离了您，走到杨朱门下，为了自己的私欲，百无禁忌，貌似潇洒，其实抛开了使命感，不负任何责任，与禽兽何异？

“导师，您是我的财富与刑具，指路明灯，一座慢慢吐出苗焰的火山！让大鼎日夜煮沸人们的热血。也许您太善良而蒙住我一只眼。要世世代代的读书人，千万倍放大自己，以天下为己任，担起兴亡与道义，勇猛前驱！然而百姓从我、从他、从您真多得了一碗小米、一块砖、一片瓦、一丝一缕、一个铜钱、一部书？没有。谁委托这拨书生累个精疲力竭为他们做些什么？还不是替皇帝效忠，挣得官俸、权力、享受与美名？您让千千万万默默无闻的凡夫活得飘飘然，自命为栋梁，其实是让他们一分分一寸寸提前割尽瘦骨棱棱上干巴巴的一点点肉，舒舒服服地自杀，帮了皇帝的大忙，起到张汤杜周之流无法起到的作用，这是怎么回事？

"圣哲们教诲庶民几千年，造了监狱、刑罚、刀剑，人并没有变好；舍弃三千年积得的东西，一无所有。

"成汤，武王周公，利用虚幻的诱饵煽动人的自私以夺天下；得江山后又满口道德说教逼人放弃利益。于是一代比一代虚伪。仇恨积累到一定时候，被陈胜项羽刘邦煽动起来，一回回重复，百姓贫困有加，国君们挥霍荒淫如故。我侈谈天人之际，因为我不懂这劳什子，只想用它来限制皇权，安知皇帝们不转手接过去愚弄父老姐妹，跪在地上犹如四蹄捆在一起的羊，剪毛、锯角、阉割、宰杀、剥皮。死前高高兴兴，做了祭品，稀里糊涂。也有少量揭竿的抗争者，成为王，败为寇，怎么个个都想当新朝代的帝王，对百姓仍是瞒、骗、杀……

"'五百年必有圣者出。'我这样宣告。在洋洋自得的醉后，是夫子自道，而不醉的时候把自身放到古今人物行列中一比，知道我非圣者，皇帝更不是。破碎的神，浑浊的水，遭人诅咒的孝鸟乌鸦，躯体甚小歌声送得很远的云雀，能不能告诉我：谁是圣者？哪位圣者夺下过剑铸为锄犁，让泥巴里只生粮草花树，不再滋长罪恶，不再吞下血之江，泪之河！

"子长兄，你是谁？为啥站在这破庙门前的是你而不是别人？这儿的风物都为你而活泼欢噪，你也为他们而存在吗？你行将匆匆朽去，他们对你而言已然死去，其实仍在索寞地迎送日月，活生生的人无论圣者凡夫，多么有德有才，一朝消失得无影无踪，无知的沙石子可比你长久，这公正吗？

"我想痛饮人情的温泉，求之不得，未失良知，于人无益也无害。我捧着心刻成的巨杯囊括长安，装满爱之焰，为什么没有谁想呷一口？我的手又烧焦！朋友，你在哪里？

"我的一世是自己写出来的文章。一段如轻帆顺水，一段似荆棘挡路，步步艰危，不全通畅，又是前无古人后稀来者的绝唱！尽管我拿着笔，皇帝拿着我的腕子，历史抓着他的胳膊，因袭的力量抱着历史的腿，一生当中归我所有，清淡无扰的日子有几天？只有身外的势力打盹了，我脱下世俗的长袍，回到婴孩的皎洁，运用花言巧语，旁敲侧击，裹住雷电，把大人先生们的本质，人类的弱点勾画出来。我爱项羽的英雄气，不忘他的刚愎自用，拒纳忠言，用才不当，杀人过多；我看刘邦仁厚其外，贪杯好色，装仁装义，说尽大话，同时又怕死的流氓态，才是灵魂。对这群逝者了如指掌，为什么看不到身外半步的悬崖，恶人心头的陷阱？……

“停止思索，从疯狂国的城门口回来吧……”

“子长兄，刚去过府上，令爱说您在此。这《离骚》早被你背得烂熟，怎么还躲到这儿来念给河伯听？”霍光独自从小路上走过来，面色阴悒，勉强赔笑。

“读书百遍得味，千遍得神，万遍得气。一息尚存，不敢稍懈。刑余之人，只有每天把嗓音喊哑。”寒暄之后，司马迁坦然地说，“绝不许喉咙吐出不男不女的腔调！”

“兄台太自苦！唉……”子孟把郭穰下狱的经过热少冷多地描述一通。

像是冰山上见到白莲，三伏天遇上梅花，即或是真，也假得难以置信。

“好，好，好！子长就此了，了，了！”

“小弟为大汉朝惜才，然而陛下……”

“咎由自取！”

“那天你为李少卿执言，小弟曾推波助澜，今兄台大归之日迫近，弟谬受万岁顾命托孤，无力相助，能不歉然？”子孟眼角湿润，“这几年提携令婿，正是补过于无形，将来若遇良机，还当全力荐他位冠九卿。区区微意，兄台与神灵同察！”

“多谢子孟兄！敞儿无才治国，位高必危！”

“他人位高必危，唯有令婿愈高愈安。兄台淹通经史，当知弟言不诬。”

“庸人多福！”

“反过来说，才大福薄，谁庸谁不庸，很难辨明。小弟比令婿又高在何处？看得太清楚，于人于己都难堪！”此刻，司马迁细数霍光脸上五官齐全，但总觉少了什么零件似的。

“皇上神睿未减，有累大将军为小弟担待几日，除去让陛下龙颜大悦，子长插翅难飞……”

“小弟素来崇尚兄台品类高洁，焉能无缘无故狐疑君子之交?”

“想去诏狱向郭穰贤契请罪，以免余憾留在世上。”。

“奉陪！前面有车，请!”

“谢谢厚谊!”他折下一根鸡蛋粗的荆条，择尽细茬儿，掂掂分量，拄在手中而行。

小路比他来背诵晨课时延长了十倍。步子像踏在沙丘上，软软地往下沉，拔出来挺费劲。上了官道，他忍不住回过头来，对曾与自己身心高度契合的景物投以留恋的瞠视，仿佛堆在废墟上的不是庙的残骸、秋的遗韵，而是自己的哀愁。

“朋友，不会再来了，你们保重啊!”他在心里躬身揖别。

艳阳钻出云窝窝，平平常常的河边小景突然一亮，线条异常简朴有力，尤其是指着蓝天的枯枝硬如铁条，使太史公像在新婚夜与表妹久别重逢一样，熟悉的一切全然陌生。多让诗人惊怖的距离美啊!

车有些颠动，哀愁分明又在他的胸腔里歌唱。他心不在焉地为霍光解说了《周公负扆[①]图》，即皇帝要子孟像周公辅佐成王那样，帮弗陵治理好天下。

## 四

霍光把司马迁送进诏狱。

“中书令大人的高足用了刑，这是谒者来转达的圣意。职务在身，请向郭大人道歉!”

“少卿兄!”司马迁恭敬地一揖，不想当大将军的面表示情感。

“中午由令婿来接兄台回府，告辞!”

邴吉招呼一名老狱卒，陪伴太史公同去，然后送大将军上车，霍光临行

---

①扆，音移，屏风。

做了交代。

"卑职按钧旨办事，请大将军放心！"邴吉说着冰凉的套话。

"免送！"霍光的车登程了。

邴吉的脚步和他的情绪同样持重。

四年牢几乎等于坐了一世，比入狱前的三十八年还长。重返家园官场的无奈岁月，如追月流火那样迅疾凋谢。嘈哄哄的人声协奏着镣链的冷弦，狭长昏黑的甬道，充塞着尸臭血腥，狱神依然狰狞，长明灯碧火幢幢，仿佛提审后回到牢房，沿途熟悉得略感恶心。

响过七回大铁锁，闭过七次栏栅门，司马迁进入自己受宫刑的蚕室。地上铺着麦秸，钦犯比一般囚徒有所优待。

中书令是高官，狱卒为他在墙洞里点上两盏灯，还燃上一支烛火，似在夜间。

"两位大人，失陪了！"狱卒们锁门而去。

"恩师——"郭穰跪步爬行，扑向房门口。"您又来了？"

"比来坐牢更惨，结局在眼前，停会儿细说。穰儿，你应是子长老师！老夫向您请罪来了！"司马迁双手托着树枝跪在碎草上，"无论打断多少荆条，也无法抵消不贤子长给儿带来的灾！先闪躲着穰儿，继而觅借口一回回当众责难羞辱你！多想把丢失的流光找回……逝者如斯，无可讳言的死迫在眉睫，遗憾不尽如大河东去，儿得的关爱太少，对不起渔丈人与你双亲！对不住你，铁错已成，其奈天何……"

"恩师，苍天有眼，让爷儿俩于此时此地见面，嫌隙、误会、是非、得失、成败……用不着一句解释，全明明白白，生死了无滞碍。一个渔童，活到百岁也是先生弟子，何况韶光短迫，以时刻计，生死追随，弟子未做懵懂鬼，十分知足。既然活不成，就死得悠然自在，不折磨自己，不连累别人。弟子速朽融于先生大不朽，按本来面目，各行其道是大快乐，更复何求？"

"穰儿，朝闻道夕死可矣。你说的话即是大道啊！死前多谢宽恕！"

"先生言重了！弟子鲁钝，有一得之愚也是先生厚赐，何敢忘本？"

"儿受大刑了？"

“邴大人上承圣旨，中秉良心。差役打得弟子皮破血流，筋骨一点未伤，胜杜周、无忌等多矣。”

“万岁不能放心者只我一人，儿或许会被召回宫草诏。我有一难事，不好启齿……”

“老师但讲无妨。”

“我因进直言家破人亡，怎忍心让儿重蹈我的旧辙……”

“老师要弟子重写信史？”

司马迁再次下拜：“孔子以来无信史，秦汉两朝无专史。儿若幸存，隐于深山，成我未竟之业，以防再遭焚稿灭身之灾！”

“弟子才识不及夫子百千之一，量窄气躁，非良史人选。即无刀斧相加也难当大任。所幸者先生大著虽被焚于九龙宝鼎，尽可以放心而去。”他转作耳语，“弟子已将副稿陆续抄出，借回乡祭祖之机藏之名山。先生所草诏书，师妹也有抄件，藏埋于地道之内。”

“哦?!”司马迁两眼骤然一亮，哽咽得久久说不出话来。

“先生，先生!”郭穰拍着老师后背，两人抱头饮泣。

“穰儿，我的大恩公！为师惭愧!”他推开学生，连连顿首。

“折煞弟子!”

“谁让你胆大泼天，敢顶风开夜船？”

“先生教诲，还有您笔下的哲人杰士们的卓绝之行，给了后辈力气。在先生是种瓜得瓜，弟子被点铁成铜，将来也不成赤金。”

“书儿存的东西除报任大伯等几封书信，小赋两则，留示后人。其他违心官文，留下一字是不孝，书儿将依嘱而行。杨敞能为官，不能做学问。外孙杨恽，聪明刚烈，他年恃才傲上，说不定下场与我相同。穰儿多多向他双亲提示，时加照应，除此无忧!”

“弟子解得老师苦心，照吩咐去做!”

“书儿明大义，可惜是女流。当初师母短见，以至今日常住在家，似与杨敞相敬如宾，实则对坐无言，大异其趣。我一人祸延三代，连累你已过三旬未娶。当年我有意让你与书儿成婚，悔之何及……”

“大将军几番进言，保全先生至今日，敞弟有功。当时师母病重，急需医治，为结这门亲事，弟子曾向师妹进言，皆不得已而为之……”

门锁打开，邴吉走进栅门与师徒二人见礼。

“少卿叔父当年救过我一命，日后代老夫报答厚德！”司马迁简略地说了杜周男宠一节。

“叔父对弟子照拂备至，在此叩谢！”

“可惜今日对子长兄爱莫能助！”邴吉扶起郭穰，“贤师徒皆是高士，少卿敬佩。方才小谒者重来传万岁口谕：郭贤侄赦罪复官，回宫候旨。倘非子长兄处在危厄，要为贤侄贺喜！”

“复官事何足道，保全性命，应当贺喜！”

“子长，彼此心契，恕小弟直率，杜长孺发背疽临死之前上书万岁，要抄焚《太史公书》，再次置兄死地，无非怕《酷吏列传》遗臭万年。往昔以全家性命相保，也为这一己之私。兄的大笔厉害！小人畏如奔雷地火，可惜不得流传……”

“实不相瞒，《太史公书》有副稿存世，杜周等辈难逃公论！”

“好！好！兄台为我堂堂大汉做成一件伟业，可安然去矣！小弟恭喜！”邴吉屈膝。

师生慌忙答拜。

“陛下命穰儿入宫，怕要安排身后重大举措，尚难料想！少卿兄，永别矣！”司马迁与邴吉执手长吁，泪雨滔滔。

郭穰扑在墙上抽搐。

过了半个时辰，杨敞神色沮丧地来到蚕室小院。

“敞弟！”郭穰主动拱手。

“穰兄，听说你得赦了！”师兄弟对拜，相依而哭。“小弟无知，一时义愤，打骂过穰兄！”

“可惜四十天前这一拳没打下来，为兄三日间不思茶饭，兄弟呀，你在官场学会世故！今朝当老师面直话实讲，要打个鼻青脸肿，像我们任大伯伯那样才不愧大丈夫！”

"好,穰儿的见面礼万金难买！你们从今往后,与昔年一样亲如同胞!"

"爹爹,叔父,穰兄……"

"长史有心事?"邴吉目光炯炯。

"没有什么……"杨敞垂头长叹。

"说！自家人不用吞吞吐吐。"司马迁急了。

"刚才大将军听到邵伴仙等向万岁奏言,长安城有天子气,就在诏狱,请求陛下把数万名囚犯斩尽杀绝,江山方能固若金汤。万岁要大将军调集御林军和郎官等行刑。大将军不忍滥杀无辜,无计可施。"

"上天有好生之德,杀人数万,上干天怒,下遭民怨,后果危矣……"司马迁急促地徘徊。

"穰侄复职可会与此事有关?"邴吉浓眉下垂,面色铁灰。

"或许有关联！少卿兄耿介男儿,岂可见死不救?"

"子长,小弟方寸已乱,请兄想一上策。诏狱中还有陛下亲曾孙病已,已故太子之孙,不到五岁。"

"立即送出诏狱,请忠厚百姓家抚养。用钱多少,小弟尚可尽微力。此事透露,必遭不测。其他囚人定死罪者甚少,皆是陛下子民……"

"两位年轻人也帮太史公想想……"

商议很久,种种对策都有漏洞。

"朗朗昊天,若能吉祥如意,邴某赴死无恨!"

"吉祥如意,死而无怨……"司马迁沉吟着,频频搔着短发。

"救人,决不惜死,何况七八万……"

"万全之法,没有。下策可以一试:先让敞儿劝说大将军延缓到新君登位,大赦天下,一了百了。若万岁一再催促,只得借两件东西来打动皇上回心转意!"

"哪两件?"

"一件是邵伴仙的符篆'如意大吉',杨敞立即回石村去取来。另一件不好借啊!"

"救人急如燃眉,什么稀世珍物不可以借呢?"

“少卿，休怨子长恩将仇报，要借之物便是兄的人头……”

久久的无声。

“人头可以拿去，小弟自己动手！”邴吉慷慨捋开短须，凛然抽出佩剑。

“兄弟有此决断，或许苍天赏路。现在不能动刀剑，敢死是为求得活下来，且要死得其所。小弟之意是如此这般……”接着是一串耳语。

“此计甚好。纵然不成，死而无愧！要立于不败之地，必须得到万岁身边一位小人锦上添花，惜乎无门可入……”邴吉纳剑入鞘，不住搔着鬓毛。

“叔父说的是李福吗？”郭穰一语中的。

“爹，送财帛如何？”杨敞此时未跻身于九卿，颇想表现自己，在心理上好与郭穰对等。

“此人不贪财，什么珠宝他没见过？据说李夫人生前赏赐不少，他都送给了李家。抄贰师将军家时查出多件，广利之妻说是母亲遗物。杜周列于清单呈送御览，和大内有关李夫人生前记载相符。所以难……邵伴仙成天愚弄他，实则瞒不过此公耳目，被他愚弄，一起再愚弄陛下。”邴吉从特殊角度剖视李福。

“此人玩弄权术，只想固宠全身，一副势利眼，没有大野心。想打动他，只有从他人身性命和李夫人那边去想……”司马迁双袖蒙着脸，面壁枯坐。往昔行文遇到不畅之处才这样做。郭穰看着很痛惜。

“太史公高见！”邴吉点头称是。

“让敞弟去见大将军，保李福在万岁百年之后不去殉葬守陵，拨给婢仆，到一通都大邑颐养天年。而今他战战兢兢，非常怕死，万岁的性子他太明白……敞弟去劝他不伤筋骨助成大善举。一计不成，数万人头不保，先生叔父固然不免，弟子也献上区区人头。叔父敞弟，尤其顾命托孤大臣大司马大将军对他利害关系重大，要他三思。”

“穰兄去与之面谈，比小弟去更能奏效。”杨敞为师兄的信任所感动，四人之中，唯独自己风不打头，雨不扫脸。

“愚兄哪及敞弟背后有大人先生？审时度势，掂斤簸两，猜测人与人之间微妙之处，乃他们平生修炼所得，不可小视。”

“还要加上一件礼物:《佞幸列传》《外戚世家》文稿尚在,原想藏在京师之外八里,他若玉成善举情愿交他焚去。”

“那会给爹爹带来节外枝杈……”

“必死之人,多一条罪,何足道哉?他本人隐情甚多,不会自找烦恼。”

“那是恩师心血,真拿去付之一炬?”

“回家立即抄成副稿,敞儿带去。事实俱在,焚稿焉能改变?别人骗子长一世,何妨骗老太监一回?哈哈哈!”很多天来,太史公没有这样朗朗阔笑过。

## 五

卯时尾,辰时头,郭穰在诏狱门外广场上勒马高声呼喊:“圣旨下,邴吉大人接诏书!”

邴吉在小城楼上露出冷冰冰的脸说:“请中谒者令大人回宫上奏:陛下不可以随意杀人!唯积大德者江山永固,风调雨顺,皇族昌盛,百姓乐享太平!”言毕窗门牢闭。

郭穰镇静。带着八名武士、两名小谒者,隔个把时辰绕大狱一周。不想呼至第三遍,邴吉竟然下令扯起吊桥,铁门下锁,再也没有回答。

“郭大人,这个邴大人是老寿星吃砒霜——活得不耐烦。真像受髡刑的囚人一样剃光秃瓢,一个劲儿朝刺棵里扎,拿豆腐砸石头。咱们回宫上奏!”小谒者絮絮不休。

郭穰高深莫测地一笑,决不开口。他觉得武帝思路有条不紊,说话中气稍欠,音量未弱。以昨日在五柞宫进见为例:

“朕命邴吉责打你三十棍,服是不服?”

“臣死有余辜,口服心服。”

“会说话,风雨不漏。能挨上这几下子也是你上辈积的善行,自己的造化。打一棍加俸米十石[①],共加三百石。要小心翼翼,放胆报国,不负朕苦心!若口是心非,含恨在怀,朕有觉察,腰斩不饶!”

①古制三十斤一斛,四斛一石。

“臣谨尽绵薄之力报答圣教国恩!”

“你师司马迁是大才,若在秦始皇帝或西楚霸王项羽那里,不出三月,必遭斩首灭门。朕知上天生才世间造才不易,对他这个不听话的好人是三分讨厌,三分欢喜,三分不放心,留下一分不说,还没想准是什么。对你既不讨厌,也不喜欢,十分放心。你没有大魄力,惹不出大乱子,也是一种好材料,好比一匹马,打不打、套不套笼头嚼口,每日能走三百里,快不了也慢不下来。有长劲!”

“陛下栽培!”

“是司马迁栽培的,别说好听的蒙大汉天子! 哈哈哈!”

郭穰心里直打鼓,令他奇怪的是这位武帝不该受蒙混,怎么一见方士和酷吏就满天云翳?

“臣师司马迁……”

“他还是中书令太史令,活着,能吃能读能写,挺自在,还为他祈求什么? 草诏书给邴吉……”

“臣师比小臣……”

“比你高明百倍,甭学老太太一般唠叨。朕要找司马迁下棋谈文章。杜周一死就数他能看三步半棋,只是这几年来胆子小一点,可不想他这样……”

郭穰从武帝语调里听出纠缠老师的事,势将危及诏狱和茂陵几万刑徒,何况武帝面色霁朗,也许……

天快大亮,郭穰一行绕着诏狱跑过十几圈,狱卒们像热锅上的蚂蚁,都知道邴吉面临的是什么。

邴吉把二百多人叫到楼下,依旧面如秋霜地问道:“少卿平日执法如何?”

“秉公无私。”老狱卒侃侃而答。

“对列位兄弟如何?”

“无亲疏厚薄,援例关照备至。受赏者无愧,受罚者无怨。”老狱吏评价人一如断案干脆,符合众人所想。

“圣贤有过失，我辈愚夫，有心无心，好事坏事都做过，否则活不到而今，不应求全。人，大抵皆有憎恶向善之志，即或有的兄弟喝过囚人的血，并不想要他们的命，且自知理亏，见不得日光月光。愿兄弟们从此改正，免犯刑律。邴少卿平时有愧对之处，莫积宿怨；有点小惠，更请忘怀。今去面圣驾请罪，十去十死。家中尚有九十祖母、七十母亲在堂，两代俱是寡居，历尽煎熬。两儿年幼，拙妻虽能安贫教子，总有妇道人家难处，拜托列位兄弟加以照料。邴某纵在九泉，感恩不尽！”言罢屈膝跪下。

全场寂然，只有寒风吹着被霜花打湿冻成铁片似的旌旗啪啪作响。

恶人在灵堂剧场流泪，和他们杀人不眨眼并不矛盾。无论是受人格感召或环境传染，三五人悄悄饮泣，顷刻间便蔓延到整体，包括阳奉阴违很不善良的禁子牢头，全都跪倒。

血冲上邴吉紫黑脸膛，乌溜溜的双目和蔼如春阳。

“大人，忠良无下梢……”老狱卒扶起热泪纵横的邴吉，说出一番体验。

“列位袍泽诤言，感我肺腑。为众多人命，不计一家荣枯！此去五柞宫，这里有天大事由我一人承担，全推到我一人身上，等我回来再办，除非皇上另任贤者来接替。留下令箭为凭，以免他人受累。还有宝剑一把，烦老师爷做主代少卿行事：擅开城门者斩！”

“遵令！”老狱卒双手接过，放在案头。

“大人……”老狱卒抱着邴吉的腿。

“列位弟兄，少卿赴死，请莫做女儿态消我气概。闪开！”

“大人义无反顾，小人为您老人家开门放行！”老狱卒频频下拜。

邴吉泫然咬着下唇，嘴角滚下血丝：“不能开门，牢牢顶上，违令者莫怪少卿无情义！”

“大人怎么走？”老狱卒递上一竹筒酒。

“命都不要了，还怕走不了吗？”他接过竹筒喝了几口，挂在腰带上，推开部下，擦干眼角，直上城墙，往城河里一跳，半寸厚的冰被砸碎，他双手捶推着冰块，游上岸去。

“送大人！”老狱卒大喊。

"送大人!"城墙上一片啼哭声。

邴吉受到莫大安慰与鞭策,在紧要关头,一些他不喜欢的下属,品格比他预料的好。这种人哭过之后打起囚犯,勒索金钱时不会手软。变不成牛大眼。

郭穰初闻到哭声,便带着部下接着兜圈子,避开见面。

邴吉上牙下齿直打哆嗦,过了壕沟便跑,外衣结了冰,几口淡酒不具备暖遍周身的火力。前行二百步,路边柏树上拴着一匹马。杨敞胆小,见到他浑身滴着水跑过来,脱下皮袄搭在鞍桥上,悄悄地溜走。

邴吉看到他的背影,脱下袍子,拴在马后,披上皮袄,把酒喝光,扔掉竹筒,扬鞭催马,奔上官道。

## 六

孱弱的春气悄悄来到宫苑,躲在树根和墙角落里攒聚力量,好彻底打败残冬。武帝的器脏受到一丝鼓舞,死神的镰刀砍缺了刃,找地方去添钢淬火。武帝可苟延残喘到柳眼睁开,再把玉玺交给弗陵。昨晚,他听了小谒者的禀报,先是勃然大怒,我还健在,邴吉居然抗旨,这还了得!但继而一想,邴吉十五年未曾加官晋爵,从无怨语,连爱挑剔的杜周至死也没说过这人不是,用来继任廷尉或御史大夫,略嫌跳级过多,近于突然,但他总算称职。现在只好打消此念,任命由搜粟都尉升为大司农的桑弘羊接替杜周。此君为人苛猛,搞了几年盐铁专卖,喂肥了国库,庶民未得到好处,他跟霍光、金日磾思路不一,有利于互相牵制。一辆车南北皆拴上辕马,赶起路来不会利索。他向跪在榻前的邴吉说明了原先的构想。

邴少卿默然,黑溜溜的眼睛灰暗起来。他不是为失去一顶獬豸帽和当丞相的最佳桥梁而悔恨,不安的是想到寡居六十年的祖母、四十载的母亲,再也不能尽孝了!同时司马迁教他的台词中,有些近乎肉麻的谄媚语太难启齿,简直是莫大的折磨。他忆起同僚们的哭声,老狱卒带哭腔的惜别之词:"人又不是大人要杀的,卖命为什么?大人若遭腰斩,诏狱来一名贪官酷吏,不做坏事的人待不住,十几年清廉风气败坏无遗,大人忠在哪里,孝在何处?"

“邴吉，身为执法之臣，说说汝所作所为该判何罪？”

邴吉背上热得犹如铁烙，刚才的翻悔是私心作祟，对不起蚕室里壁画的太史公师生与大批刑徒。克制着厌恶，把奉承话讲成由衷的心声：“臣自知抗命违旨属大不敬之罪，轻则腰斩，重则灭族。臣专为请罪领死而来，只想再见陛下一面，且喜龙体转健，臣将引颈受戮，无所萦怀。”

武帝银眉一抖：“满朝文武皆知尔事祖母、母亲至孝，还想见过两位长者吗？”

“非常想见。拜谢陛下法外施恩，臣还是直赴法场，无颜去见！”

“咦！所为何来？”

“诏狱及茂陵聚集八万囚人，彼等谁无亲人？纵有重刑犯，皆是陛下百姓。其父母教养不严，从此亲者生死殊途，似觉过重。臣为陛下断狱，不当杀者受诛，臣已违《约法三章》及孝文皇帝废株连等大汉刑律，上负陛下圣恩与祖母、母亲家教，有何面目侈言‘忠孝’二字？陛下一代雄主，改元十一次，表彰六经，尊儒术，兴太学，改正朔，定历数，协音律，拓土扬威，四邻拜伏，史册罕见。臣一向少流泪，然读陛下轮台一诏百余次，叹为千年间所未曾有，虽不欲垂涕而涕泪汩汩而出，其感臣至深者，乃是圣德而非文字。故臣斗胆疑郭穰所传旨意，非陛下本心。病中有智者千虑之一失，臣死如天地间少一草芥，陛下千秋万代而后，因臣不据律力争而蒙异议，臣乃千古罪人，百死莫赎！陛下待方士过于慈厚，彼辈得寸进尺，虽诛栾大等丑类，而言神仙不死药者不绝。臣知抗旨必死，万岁不必玷污斧钺，乞请方士来将臣咒死，则其言或有据。圣上代天行好生之德，依三尺法重作决断，臣不再妄议一字。若咒臣而不死，更见方士出语荒诞无稽，陛下英明，未信其言，其罪当斩。臣以赤子爱父母之心乞求放彼等离京师，回乡与亲人团圆，不究其过，示万岁雅量！臣本无德，非经国硕才，僭居三公高位，反而误国害民。多谢吾主教化二十余载，冒死献上一孔之见，不胜惶恐之至！”

武帝久久没有吭声，思索了一会儿，朝李福一瞪眼，一挥掌，大太监弯腰挪腿而去。

邴吉心朝下一沉。选定了路，就决然走到底。

“你和邵伴仙有仇?”

“臣若与他有仇,不会求陛下开脱其死罪,让他安居故里,凭万岁多年赏赐,三代四代人吃用不愁。”

“你想另起炉灶,巧立新案,好避抗旨之罪不成?”

“陛下先赦囚人死罪,臣甘就刀斧鼎镬,凌迟寸斩,以区区蚁命,教训千秋为臣者恪守正道,即报答天恩,别无侥幸妄图!”

“哦!”

“臣与方士皆是陛下牛马走①,无恩怨可言。他能见神见鬼,臣肉眼凡胎看不着,从不妒忌。臣不信方士,百姓及同僚要信,一向不管。”

皇帝起身走下龙榻,信步徘徊,视线盯住邴吉,“卿能证实此辈弄虚作假?”

“臣无许多证据一一证其欺君作伪,至少有一事可请陛下明察。”邴吉呈上邵伴仙画的灵符,长二尺,宽尺半,黄绢上朱笔篆书:如意大吉。

“此符从何而得?”

“三十年前,邵先生尚未经前丞相田蚡引荐给圣驾,在茂陵显武里捉妖,兼卖灵符,为人镇宅辟邪。先父去世,亲友代买此符做盖棺之用,家祖母不信,卷放于旧书之内。去年迁家长安,一直未见。昨夜查书,偶然翻出此符。臣忽然想起:当年封禅泰山,方士指示武士从牛腹剖出‘天赐神符’一件,与臣家藏品如出一辙。陛下天纵英睿,任方士狡诈也瞒不过圣上,略加勘定,便知虚妄。茂陵居民中买过此符者不止一户,必有珍藏未失者,命地方官吏重赏征收,何愁邵伴仙推诿逃遁!”

武帝接过“仙符”一看,顿时了然,无奈已受愚弄,窘了半晌说:“嗯,泰山符篆与此件乃一人手笔,不用核对。后果前因,宁非天意?”

这时李福回到寝宫下拜:“邵伴仙宣到,宫外候旨。”

“李福,你也看上一眼,邴吉家藏三十年旧符是何人所画?”

“邵伴仙所画。看来,牛腹里取出的那一张也是他先喂进去的。奴辈不懂事,方士的话不能全信。邵伴仙刚才从甘泉宫过来的路上说:陛下要

①贱仆。

依他之见，斩尽刑徒，灭除诏狱里天子之气，皇上要重赏他！”

“当然重赏，赏他一条老命。让大将军派武士送他回山东。再到长安，定斩不饶！”

“陛下还要请他作法吗？”

“方士能将人咒死，何用兴师动众去讨伐匈奴？邴吉，朕看你一向讷讷少话，想不到还有几分鬼聪明，差些将朕引入司马迁的《滑稽列传》！”

“万岁明察秋毫，早已看得一清二楚，只是不忍心戳穿这些江湖术士而已。”李福说到此处，皇帝一抖袖口，他便缄默了。打击拍马正是被拍得舒舒服服的时刻。

“我也不想杀伴仙，有这样的结局也是一员福将，他做梦也不会想到是邴吉救了他！”李福暗中自言自语。

“朕觉得司马迁为你出过主意！”

“臣与中书令大人素来井水不犯河水。”邴吉按照司马迁的请求回话，免得横生波涛。太史公料定武帝若杀囚人，必杀邵伴仙。让他活着，便是不再信他的话。可惜这样绝世大才无用。邴吉为友人不宁，对已然回天的大案充满着后怕。

“邴吉卿家，杜周生前也说过你们无私交，可以为证。即是朋友，无可非议。无奈桑弘羊任御史大夫已下诏书，不便更改。念卿耿直无私，升为光禄大夫，仍管诏狱。尔祖母、母亲教养有德，赐黄金二斤为调养之需。”

“谢恩！”

武帝打了个呵欠。

李福拂尘一挥，示意邴吉快走。

“臣尚有一事请求万岁！”

“何事？”

“臣抗君旨，不予重罚，朝廷法令何以雷厉风行？”

“有理，罚俸半载，与郭穰一样责打三十廷杖，打轻了打死了惟李福是问！”武帝莞尔掩口，连连挥袖。

“奴辈遵旨！”

“司……”邴吉还要执言，又怕武帝变卦要杀囚徒。

“私事公事下回再奏。大人，李福要叫小谒们行杖了！”

“万岁为百姓保重！”邴吉下了白玉石阶，两次回顾。

“邴卿多多读书，保持正气，十年之后当为社稷重臣！”

“臣拜辞了！”邴吉停步转身叩头，体悟到一丝儿垂危者的慈温。

“宣胖孩进殿！”

“胖孩在甘泉宫，万岁有何口谕奴辈去传话，请圣驾歇息，这样操劳过度，下人们哪能安心？”李福说得恳切。

“要他连夜赶来，朕有要事谕知他去做。”

“遵旨！”

“掩上帐幔，朕困倦了！”

## 七

司马迁扣好羊皮短袄，书儿帮他披上朝服，她对杨敞说：“你这样哭个没完老人家受得了吗？快系好博带，外边太冷，太监们在车上都该等急了。”

“不必管这些势利的可怜虫！”司马迁整冠向司马谈石刻像肃然三拜，“父亲大人在天之灵：不孝子长此去若遭不祥，春秋祭祀只有书儿敞儿一家。儿拜谢二老养育之恩，告辞！”

书儿抱来大披风给他围上：“爹爹当心风寒。”

“这寒气只怕挡不住！恽儿过于聪颖任性，不能迁就，最好终身为学，不任官职，以尽天年。否则得罪权贵，难以全身，有负为父寄望殷殷……敞儿要刚毅些，生老病死，无人能免，何妨泰然坦然处之！”

“儿陪爹爹进宫。”杨敞把司马迁送上车。书儿放妥帘帷。

“李公公说，中书令大人今晚宿卫甘泉宫，有咱们侍候，杨大人不必前往。”

翁婿俩不便说什么，车就启程。

两个时辰过后，车子停在二道门外，迎接他的是李福，陪同用了晚膳。邴吉难题迎刃而解，给他无上的喜悦。看看气氛，不像有动刀下狱的迹象。

武帝擦黑就睡着，到戌时末尾才醒[①]，司马迁例行觐见礼后，见武帝脸上没有倦容，穿着宽松的便服，未戴幞头，嗓音低，吐字恬朗。“朕遵御医之嘱戒酒，代饮参汤，卿可自斟佳醪，开怀畅饮！”

这是大屋内的一间小房，封闭严实，只有一扇小天窗通风。四角放着炭盆，火色纯青，司马迁热得额角冒汗。

“冬宵苦长，卿先去更衣，再做彻夜长谈，不必拘礼。朕初见卿在三十年前，尚且是白面书生，形容修伟，情采翩翩。朕斯时年届不惑，射蛟猎虎从来不累。而今卿非壮夫，朕亦垂暮矣！”

武帝慨忆甘泉宫打围等往事，和蔼之至。

司马迁轻装之后，仅留下胖孩不时入内添些佳肴，招呼过炭火，随即退出。

“臣棋艺差，自先父弃养即废此道，不敢献丑，免得陛下扫兴。”

“棋到高境，输赢两自得，各尽妙趣。不必逞匹夫之勇，如三河少年、幽燕壮士比刀剑一般！”

“陛下以四海之内为棋盘，驱使百万大军如棋子，吐彩虹，摩青云，阅世深，自省严，方有超绝卓见，开天下人茅塞。”

“凡帝王与大臣下棋，大臣虽有国手，只敢让子，伪装拼杀，选末路，委屈求输。唯杜周三棋必得一胜，赢彼二局，甚费思量。明知出手甚低，借棋为戏以观人耳。若不为人主，早已一败涂地。此中玄妙讲穿，下与不下皆无聊之至。若说世间有人一世爱此道，下一世孬棋，又赢了一辈子棋的，便是我——大汉天子。是咄咄怪事，又平常稀松！所以摆上几个子，莫当文章做。是人下棋，非棋下人。不受外物指派就是大棋师！”

“警世妙论。臣能知其理，修身功夫欠缺，每每当局者迷，陷入棋眼，达不到超拔自如！”

“天地大棋局，为人一局小棋，似长而短。品出味来，白发斑斑。一子不慎全盘输！”

---

①二十一点左右。

"臣早已输了!"

"嗯,有点意思!但不尽然吧,邴吉的事你赢了。他没有智谋,是条刚直汉子,不贪赃枉法,也不得罪杜周,走得不远不近。靠精细慎微,悄悄罚恶,无显才取宠之意,但写不出《滑稽列传》,这是卿家绝无仅有的手艺。近世除东方朔、枚乘、冯唐三人,唯独卿不鹜声色,突出奇兵,旗分十色,眼花缭乱,井然不紊,大手笔。朕念卿与邴吉终生诚厚,说一回假话,罩上些薄云小雾,与汝等相处之日寥寥,佯装糊涂,不予追究。有利百姓,即不违尔等彼此澄衷!莫再打哑谜,为君之难,卿家上上聪明,终隔一层,无从想见。为臣更苦,朕亦无从细知。大凡君子在高位,八方进谗言,人主耳软,君子轻则罢官,重则灭族。小人心中有鬼,步步为营,结党逢迎,必久做高官。自卿为中书令,以清廉朝野知名,百姓不恨,无愧俸银,若论扬名恋印,排除异己,立亲信,上呼下应,六面经营,不留把柄,迎风转舵,尚未入门。处于危急漩涡之中而不自知,正是书生可爱所在。知卿莫若朕,文章高处即为政短处。让卿任丞相,处处为善,裹足不前,四海报灾,税收无着。大臣争相要挟,天下大乱。非不重用,只能用到这般火候,方能保卿身家,保到何时,还当另说。今晚亲如一家,百无顾忌,千载一时。卿可明白?"

诚恳,掩盖了锋芒,词锋仍在。

悟性,加重了理解,理解不偏。

造成破天荒的坦率,使老英雄放弃表演,大文豪从容倾听,是摸着两人鼻子的死神在导演,撕破灵襟,直逼本我。绕出旧格,创造意外的活剧。

"陛下推心置腹,臣获有百千世无与伦比之耳福,不应遮盖,诏狱一案是臣谋划,亦是报陛下之德!"

"不,是以德报焚稿杀身之怨,披肝沥胆者无罪!"

"轮台诏书一下,为历朝人主所不敢与不能,臣绝无私怨!唯盼陛下用霍光、邴吉等诤臣,对桑弘羊、上官桀等有所制约。年初陛下染病,忠良贤臣夜不安枕。上官桀身为未央(宫)厩令,乘机玩忽职守,天马草料皆缺,逐日消瘦。陛下病愈看马,龙颜震怒:'上官桀,你以为朕再也见不到这群宝马吗?'此人狡诈,谓:'圣体违和,臣朝夕忧惧,寝食皆忘,哪有心思管马?'

陛下转怒为喜，视为忠贞可用，任太仆高位，朝野惊诧。臣少智怕死，容小人得志，羞愧无状！”

“说得好！朕嘱顾命重臣防范。实言告卿：皇帝乃被宠坏之凡夫，把史册圣贤之主想得过好是读书人寄望所在，朕不信传闻，未便指破。尧在位九十五秋，舜三十娶尧女，观察二十年，摄政二十八春，守尧孝三岁，登极六十一，在朝三十九年而禅禹，何必延宕至百岁再交玺印？禹若不仗势逼宫，舜何以去巡狩苍梧，重病驾崩之日，娥皇女英皆未随行侍奉？想系惨遭放逐，史官讳言，未能自圆矛盾，善读古史者疑窦丛生。夏桀、纣王或荒暴无道，安知不是成汤周武王篡夺天下，夸大亡国者过失，久讹成真，后世但信笔录，无人证其真伪。卿文章不让左丘明，写高皇帝豁然大度，又似市井无赖。张良、韩信、彭越、英布早年不反，打下江山，偏要造反，一一被杀，张良饿死。功高震主，功即是过。卿有幸遇朕识才，得以成书；又不幸遇朕，书毁人灭。后世不见史料，生时或可考，亡年亡地成了万古大疑案。举世滔滔，仅你知我知，可怪耶？可笑耶？可悲耶？谁与评议？为天地永在，尔我不得永在，但有今宵奇特对谈事浮一大白！来，为朕斟酒！”

“臣不敢！”

“干！”

“多少无言之痛皆在‘无奈何’三字中！让卿人书俱存是圣君，朕想那样做，无自信，做不到；书在人亡，其实书在人即不朽，血肉之躯，无人不亡，此中上之策，弊在不知文字妙处，是为愚君；人在书亡为中下策，时时防之如虎，唯恐重写传世。以卿年事精力，尚能办到。人书俱亡，又不落杀贤者之恶名，是巧伪之举。朕一世以英雄自许，史书无害于社稷，今日必行下下策，只恨书非朕所著，忌才害才胆怯，朕不得不全输与历史，也就是败于史家之笔！再倒一杯，敬朕才臣直臣司马迁！”

武帝鼻头向前一伸，左眼盯着史臣，右眼望着壶杯。

“臣不敢当，不敢当！陛下将万事如意。”司马迁兀立不动。

武帝等了片刻，自己提起壶倒了半杯，突然放下酒具，以袖掩口抽抽咽咽地悲从中来，就气象说是败得落花流水，连着骄傲的自尊、自信、人格。

久久的无声。

“嘿嘿嘿!”太史公笑得年轻了十岁。

“咦——?”武帝惊愕地垂下广袖,意思是:我多么为自己悲哀,你怎么笑呢?怪哉!

“臣在下笔为文之际,即知今日结局。宫刑之后,又生侥幸之心。不想大奇者大不奇,输得一子未剩,足报陛下爱才之心,谈棋独到之智!请勿以臣为念,臣知去处!哈哈哈哈!”堂皇的答言,等于说:“我知道您为什么哭。面对必死,还怕什么?”他笑得轻松、冷峭。

“朕对卿不符天理人情。至若国法,朕所思所言即是法。酷刑罗织,百罪皆有,不想借酷吏杀人!”武帝似有所得。

司马迁很想说书稿远藏名山,但他不想再给女儿全家、学生添灾祸。棋似输而赢,武帝若全胜而全败。除去一条命便无所得!

“臣人棋俱输得十分痛快!”

“只怕是大赢家披着大输家外氅退出局外!朕念念不忘卿家所说,史家预知死期,而皇帝只比他多活几十天!”

“臣一时荒唐所杜撰胡言,陛下不日霍然而愈,圣寿无疆!”

“此即天人之际?”

“臣不懂大学问!”

“卿是我朝乃至两三千年间的大学问家,否则——你……”

“臣不学无术,陛下明智,是大学问家!”

“英明过,昏昏然过,皆毁在好大喜功、扰民乱法,听信过酷吏方士。”

“丞相未分担政务,陛下精力超迈常人多多,但不能巨细俱到。”

“丞相听话无能,皆朕自选。相强主弱,如剑倒持,授人以柄。无才无过便是政绩,办不成事但放心高卧!听话有三种人:一种人愚忠,是非不分,无一策可献,听话即尽责;若干人装作唯唯诺诺,实则伺机盗取权位,挟天子以令诸侯;另一类貌似听话,心中不然,明哲保官。后两种大臣能亡国,纣王宠费仲尤浑,齐桓公宠易牙竖刁开方,二世用赵高,昏君、暴君以至贤君霸主,皆不能免。卿家不解逢迎之术?”

“陛下赐教!”

“说丑为美,老为少,推愚为智,淫为贞,颂贪为廉,酷暴为慈,贤者侧目,庶民腾笑,伎俩无足道。闻者窃喜之主,为此辈丧智。次则似疾恶如仇,有利者敢批逆鳞,无利者闭目塞听。君命责五十,必打一百,而后请罪,自称出于义愤,皇帝大臣憎厌之人必加倍憎厌,冒犯律条而在所不惜。此辈仅得小罚,不久即破格擢升,人主以为大忠,岂识奸宄,伪刚真媚,所献计策皆小巧浅陋,治标害本,殃民祸国,自诩为治世大才。更有蝇营狗苟者,办事十成九分半,于无关痛痒处必留小疵,供君主大臣呵斥。如草诏书,故意写一二错别字,上峰改其小误,而全文畅行无阻。高位者以为驭下属森严不苟,实为媚术欺蒙。小人有功则争赏,不成则诿过于同朝。若处逐鹿中原分疆列土之际,则弃义卖主。朕知其害,如对方士,未能弃割,防不胜防。为卿吐出,爱谄厌谏或人之通病,卿能跳出樊篱不为所动吗?”

“臣为郎官急于功名,求售才以媚明主,即以文字末技而论,自改十遍,洋洋自若。人指一字,似由衷感德而暗暗烦其挑剔。吾主论小人烛照人微,但视杜周如何?”

“鹰犬而已,本市井之徒。从张汤、义纵,轻法度而阴窥主意为立案之据,内深外宽,诏狱及长安茂陵诸狱囚人八万,初入京为廷吏家仅有一跛马,鞍具不全,为御史大夫十余岁,家资数百千万,童仆数百。有些把柄在朕之手,用之放心,微妙处不必表白即可称心。卿初闻此语惊诧无措。千年来真面目如此,朕敢表露。而其余为君者或怯或伪或痴騃[1],不敢言亦言不出。卿不致泄此玄机。即转告亲人弟子辈,谁信大汉天子如此放肆?忠奸皆杀不尽,善避刀锋机缘巧合者功成名就,如萧何、周勃、汲黯、杜周、公孙弘等是。取天下守基业如行舟,均赖操刀为桨,不划必止。刑重系狱多而民怨,暂时少杀用锚即仁政。得仁者名后再杀。一言点明,众锁齐开。否则浑浑噩噩,治国治史虚耗时日。难居上座,终为阶下囚,忝坐末席即是天存。杜周保卿及任安,探朕意而贪爱贤重才之名,复背进谗言,置之死地而后快。朕如求全,无人可用!斤斤不愿失一鱼,则猫鼠一家,相契相安。

①音同“皑”,愚昧,呆傻。

存鼠以保身，恰到好处，主人奈何？非杜周有权谋而久安其位，实朕要其安耳。王温舒、义纵显才伤民，朕杀之以平民怨。杜周才低于王、义两酷吏而善终免戮，隐情不必使人人尽知。”

“万岁明察，臣佩服之余，为陛下荐一治国之才，不言则将悔之莫及。”

“何人？”

“酷吏后代，大多遭杀。臣思父为酷吏，子为贤臣，更见圣朝大度。杜周之子延年与乃父为人不同调，曾任职河东，有政声。”

“好个司马迁，真有心胸！不荐郭穰而荐仇人之后，可爱！”

“荐人唯才是用。”

“荐得奇怪，想是钓取名誉？”

“名于臣无益。前夜延年来臣家为其父请求宽恕，臣告以《酷吏列传》所书诸事，延年默对久之，尔后下拜，称臣为良史，不溢美隐恶，有助教化，出语自如。又赠臣白鹿皮一张，臣一口拒绝。延年说两角之间有箭伤损处，是臣出使西南夷时在大理山中所射，验之信然。昔年以皮赠昆明太守段护以示友善，太守交爱女白凤珍藏。闻知臣下狱，段护差白凤携皮珍宝至长安见杜周，为臣赎罪。杜周贪财，将白凤诱入地道射杀。此女曾托媒求为臣次妻，臣身负皇命，畏讥拒婚，彼终身未嫁。杜周临死向延年讲述白凤入京原委。延年葬父毕，原物还臣，昭昭具古人风仪，托臣上书乞求罢桑弘羊敛财之策，行孝文先帝旧政，见识荦荦可观，陛下多多提携……”

“卿对乃父不计宿怨，徇徇有儒侠之气。因之节士自刎于前，烈女赴难于后。郭穰舍命，延年还皮。浩气横流，辉映河岳。有臣如此，更有李广、汲黯、张骞、卫青、霍去病等，朕无憾而去，只是屈了卿家。杜延年将交大将军考察安顿，留给太子弗陵去用。不能在一夕之间把天下憾事补正。”

武帝扼要补叙了方正迂之死，司马迁受到深深的震荡，惊愕唏嘘一阵想道：“史料无证，我已来不及写列传。但他的品格，还该铭记力学笃行，到死前一息。我还能做什么，在这最后的机会……”

“哎，听卿申述，朕渐知士人多厄运，不趋奉朝廷无从实现报国富民之抱负；入仕为忠臣，时有灭族之虞。奸贼臭名远扬，有志者不屑为也为不了。尸位素餐,装聋哑以待迁升,朝野鄙视,虽生犹死。另辟蹊径,朕昔年有此魄力与谋略,而今上天不给予岁月,多想改画舆图,让庶民安居乐业,可悲俱晚矣!相逢在宫阙,同为不幸人。惜哉!”

“陛下龙体康泰,臣欢快雀跃。又得细禀三十年间所惑,本不应再有奢求……”

“不,只要不关卿家自身之事,有求必应,你我此世不能重见了……”武帝以袖遮住颚部垂下头去。

“恕臣狂妄,狱中尚有待决犯五百余人,臣以为除几名怙恶不悛、杀人放火通敌者,其余请改死罪为流刑,或监禁终身,以示陛下悲悯仁恕之怀,为后世君王立下楷模。不惟死囚全家感德,臣亦可安然而去……”

“儒生多尚空谈,重利禄,遇事唯唯,最怕引火烧身。司马子长,你还真不怕死已临头……”按当时惯例,在殿上觐见时帝王不称臣字,只许呼名。武帝太激动而破格。

“臣小小芥子而已!方正迂先生非亲非故能舍命进言,臣知而不说,在泉下如何见方先生?万岁能为人所不敢为,臣方敢祈求。”

“哼,草诏!”

“臣已久不起草诏书……”

“此诏卿非写不可!”

“臣……”

“从卿所奏,法外施恩,所有死囚,全免死罪,少数该杀不杀,由后世唾骂!朕原有此意,与卿所请巧合而已。不再更改,禁止多口!”

“谢主隆恩!”司马迁草完赦旨,转身告辞。

和司马迁相知、相扶、相关、相妒、相戏、相仇大半生的汉武帝,在雄鸡为他人唤来黎明风景之前,颤颤巍巍地立起,伸出细长的双臂抱住司马迁。这是他七十年中抱过的唯一大丈夫。他意识到在死的面前,贵贱、富贫、强弱、老幼、功罪、褒讥……达到相对平等,迟迟早早被掷进无涯无始无终的遗忘巨川。

“让朕回到卿这般年岁,不!用不了,只需一年就可大治,然而皇帝只能得到喂不饱庶民的欢呼。啊……”黄里透白、白中发青的手真像龙爪，掐人史官后背。

司马迁忘了疼痛，他抱着崇拜过又嘲讽过的武帝，如一轮残照坠入沃土，只能干瞪着眼做宿命的注视，想延长或缩短一呼一吸的时间都无能为力。作为诗人、思想家，深心的悲剧意识——生命的伟大与渺小的双重感觉，仿佛是万钧大锤砸在他敏锐的神经上，脑后嗡嗡乱叫，这是灵感的仙钟。面对面的汉天子却听不见这稀有的钟声在广宇回荡、冲决。尽管他在拍马溜须者、英雄、美女、酷吏、大儒、贤者、不肖者、罪犯面前都有一只手擎天，一只脚埋入黄土，也是不朽的大人物，一生中还着着实实当过几天出众的诗人！

犹如父子、兄弟、仇敌，两张熠熠闪耀过的脸扭曲了，四只眼睛被笼罩上毛骨悚然的陌生感，对方是那个人——又不是那个人。要忍住泪或流出温泉都是枉然的挣扎。咧着嘴不能痛快地张开或者索性闭成两个横写的括号：皇帝的弧度向上，是过剩的强项，背后充斥权力荣誉的空虚；史官的弧度朝下，过剩的才华背后堆积着怜悯、清澈、充实。共同架起一条深灰色的虹——孤独与死的紫焰黑火……

帐幔和瓦片都在颤抖……

两位人生与艺术的大演员，人类历史上独一无二的组合，急于要落幕长眠，都还炽烈地眷恋着神州大地舞台，被听不见的掌声埋到了眉毛，累得咻咻牛喘。

此刻，胖孩入室，用铁筐子把在外间烧红、退尽了烟味的炭火续入火盆，给司马迁的空壶里注入了益州贡人的美酒。

“胖孩送中书令回府，留在那边照料起居。”武帝换上标准的官腔，流露出职业的冷漠，不乏华丽得近于浓挚的装饰音。

“臣有小女照拂……”

皇帝阴沉含蓄地笑了。

“谢恩！”他猜想到胖孩可能另有使命，反而怡然。

四壁在升高、升高。小屋如井，人的身材被压矮到半尺以下……

## 八

司马迁倚在郭穰的左肩，右臂搂着弟子的颈项，女儿架着父亲左膀，从小餐室里走出来。夫子是醉了，脚步拖在地上，涎水漾出嘴角，两眼红浊，脸膛上泛着绛紫，淡淡地蔓延到耳根和额头，呼吸变粗，指头微微发颤。

刮了一天的北风停止了哮喘，伸得笔直的大树冠上涂着一抹朱标色的残照，给院子里略增暖意，当两位年轻人的视线触到一起的时候，都觉得凄切。他俩肩上的诗人用血写完书稿，瘦得不及史书的一半重量。以至不胜酒力，当年的豪健已不复存留。怎能不心疼与他俩最亲近的老父？

司马迁朝西一转身，双臂一收，孩子们几乎碰到一起，老人的双鬓贴着年轻人的面颊，投射于东围墙上的三人剪影多么和谐、俊爽，都浸润在短暂的幸福中，闭上了眼睑。

后辈何曾想到，伫立在晚霞中的雕像极有象征意味，他俩首次抬起这部心在跳动的大活书，孕着亘古无双的历史精神，也是最后一次灵的会合。两条小河涌进了父爱的大海，可以无所顾忌地靠在一起，没有害羞、负疚、不安的情愫，甚至连珍惜这平生一刻的想法也来不及涌生。

“穰兄，我要听你吹笛子。”她在十八岁时如是说。

“不是正在吹吗？”他在月光下停笛而答。

“不是听一会儿，是听一辈子！”

这会儿，郭穰的心吹着血管奏出的最强音，高出《山鬼》何止千丈！

司马迁的眼皮上有火在点头扭腰，踢腿摇尾，一绺委顿的灰头发夯拉到右睫毛上，朦胧间有几条铁鞭在嫣红的原野上抽动，痒痒地挺舒服。他的左眼闪开一条细缝，看到了赤绸铺垫的巨炉里，一座金山即将消融，掺进了柠檬黄、中黄、鹅黄、狗屎黄、朱砂、榴红、浅橘、大赤、粉红、橙红、绀紫……各种形形色色的颜料，抖动出抽象的具象，灵变的沉郁。排成秩序井然的浪潮，准备谢幕前最壮伟的和鸣……

“爹爹！”

“爹……没……醉……干……”不连贯的句子，头尾都有鼾声。

“恩师！”

“……”对皱缩的落日，干瘦的树，凸凹不平的院墙，堆得杂乱无章的石块，都与儿女一样依依不舍，又觉得它们尽属于昨日的悲欢，淡漠了，推远了，不可企及……

“扶老人家歇着去，昨夜在宫里折腾一宿，累得上气不接下气。”

“爹爹只说输了棋，回来挺欢愉。”

“先生会输？”

“谁敢赢？”

“我敢！说输了是假的，真输了的是皇上。从来没有昨夜的棋下得那么宏丽，浩气磅礴！永……远不……会重……复……”

“爹爹！”

“先生！”

“……”

脱靴子的时候，老人的腿有点僵直，分明已睡得很甜。

女儿抱过被子。

“我来，为恩师尽孝的机会太少！”

“唉——！”书儿用长叹做回答，指指楼板，径自上去。

郭穰放下门帘，跟着登楼。

司马迁推开被子，双袖掩面，一只手堵着嘴，忍不住哑然干哭。他怕后辈听到，不住地做着深呼吸，强迫自己平静。

天空，楼板上，承尘上，地面，车帘，门背后，都挂着棋盘，他的黑子被白子多层围住，任何狼奔豕突都是枉然，末了棋盘上的墨线拧成绞索，套住他的颈子，他本能地抓住绳套，让喉咙喘上半口气。

左耳里的我说：“挺住，绷开！不能松动，肯定有希望，人世有公道……”

右耳里的另一个我说：“这么苦苦挣扎，多喘几口气有什么意思？放手，一死万事休，希望与公道是井底星星的倒影，看得到捞不着！”

但是手偏不肯有半点儿放松。

楼上送来一个人的脚步声，他侧耳一听，是郭穰在徘徊，很轻，但比书儿的足音重。跫音向他提示：“你还活着，活着，活着……活，活；活……”

他相信被自己教养大的孩子，不会有任何越轨的行动。但马上冒出一个念头：和白凤仅仅是肉体上保持了纯洁，情感并不是那么回事。几百次梦回，摸胸自审又不胜悔恨，若携她来长安，上官清不会死，宫刑可以赎，说不定生两个儿子，资质当在杜延年之上，那又有什么不好呢？所以把精神活动比作一片森林，在一个幽密的树洞里，他企盼书儿得到郭穰灵与肉统一的抚慰，尤其得知白凤的噩耗以后……

他表演醉态，正是想让可怜的孩子们有一点交流的机会。在晚餐时说："穰儿过得太没滋少味，我活着或者走了，都搬来照应东方老太公和牛大叔。书儿要去杨家，常来走动，总是不便啊……"

"恩师莫说这样的话，也许万岁……"

"穰兄，这是你的家，太公叔叔都是好样的长辈……"那个"家"字说得分量太突出，她不大好意思，才用一句人所共知的废话来冲淡一下。

换得的是爹爹无声的叹息。

"恩师开了酒戒，弟子先敬三杯！"

"爹爹往年能喝二斤半，今晚照一斤干！"

"不，晚上想写那篇《自序》，已然背熟，吐出来这儿空了、轻了！"子长拍拍额头。

"几时不能写？晚上不写，要不女儿藏起笔，还有那幅写过题目的帛。就当刚才这一拍全拍忘啦，明儿早晨再想起来。"司马迁爱看书儿抿着小嘴的烂漫笑容，司马谈、母亲、上官清、他自己、白凤，还有小小的杨恽，全都在笑纹漾开时得到叠合与再现。给他残缺的日子以些许的补赎，较之书稿有泰山鸿毛之别，鸿毛也足以慰情，而书和作者相较，又是泰山见昆仑。

过了一会儿，促使他写《滑稽列传》，创造优孟淳于髡优旃等人物的幽默感，如久别的知己突然来访。他不愿窥觑任何人的隐私。楼上也没有隐私。只想开个小玩笑，告诉亲人："我没有醉！准备灯烛，停会儿要写作！"

他蹑手蹑脚走到梯子中部拐弯处，抬头一看，房门大开，窗口浮动着黛青色暮霭，夜的凉气穿过楼道，使他打了个寒噤。郭穰面窗伫立，在翻竹简。书儿坐在席上缝补着父亲的外氅，早晨下车时不慎被钉划开一条裂口。

“师妹眼睛真好，傍晚做针线活不扎手。”

“手做惯了，心没在针线上，全惦记爹爹。他成天说笑话，睡着了哭哭笑笑又叹气。我坐在楼梯上听了三个半夜，他八成有什么为难事瞒着我和敞兄，你该晓得些线索？”

“除了皇上逼他，怕他重写史书，别的都不值得他忧愁。”

“皇上找他下了一宿棋，不像要拿老人家下诏狱问罪……”

“陛下的事难预料，我盼他今晚死掉，恩师就躲过这场劫难……”

“嘘——！这话让小耳朵听到会掉脑袋！”

“长在脖子上，没劲，砍掉更没意思。早迟来得及死，不会对别人瞎嚷嚷。”

“怎么着才有意思呢？”

“迟了，毁了……”

“别讲，小妹不糊涂！兄长你说说人干吗会死？”

“你想让皇上再坐朝五十三年，明儿过了年就五十四载，不死行吗？”

“我是说像爹爹这样的好人，还没到五十就老得缩成个小骨头疙瘩，可当初俊挺朴茂，说话声送小半里地！”

“你小，我记得，是挺帅气。宫女莲莲告诉我：李夫人那样的大美人儿，见到恩师眼都发直还挺亮！”

“你……”

“放心，你我二人知道，莲莲一死没人再说。”

“最可惜白凤公主守了一世……”

“她守得值！天下无双人物！”

“我要能替爹爹去死就好！”

“能替死也挨不上你！”

“晓得你会抢着去死，可爹爹和穰兄都有用，小妹是废人一个，死了就不伤心！”

“师妹人品文采在愚兄之上，顶半个女太史公，可惜女的不能修史学历书……”

司马迁的泪水涌在梯子上，他索性坐在暗影里，说笑话的冲动云散烟消，在痛苦的滚油锅里，品咂着被后代理解的甘美。他说：“如果书儿是男孩……”“若眼下没有杨敞……”尽管书儿的女身不可改变，杨敞无罪过……

“想到比千千万万人的爹爹都高一大截子的太史公忽然在一夜之间不见，永远不再有音信，活着就不如死！”

“恽儿呢？”

“敞兄会再娶名门之女，让后母照料孩子。”

“师母走后你好过吗？敞弟对恽儿能跟恩师对你相提并论？愚兄做孤儿吃的苦，十辆大牛车装不下，你想抛开责任就走？书稿还没有流布！”

“穰儿反诘得好！”老师两掌无声地一击。

“如果爹真离开咱们，书稿抄它三五件副稿，藏的藏，传的传。太公、牛叔叔也走了，到那一天，这楼下堆满柴草，小妹邀请穰兄在这里祭过老父亲，兄妹俩碰上三杯酒，点着火一块走，你敢吗？”

司马迁听得全身一怔。非但没有怒火，反而钦佩、理会、同情、自豪。虽说他活五百年也嫌太短。

“不敢！”

“嗬！你的命就那么金贵？”

“不辩解！”

“是书儿瞎了眼？”

“确是个胆小鬼，你看走了眼！”

“那你怎敢向皇上请死，也不草伤害爹爹的诏书？”

“就那一会儿有点男儿气概，先前没有过，第二天消磨得片甲不剩。”

“算书儿什么也没说。”

“傻孩子，愚兄真是懦夫？”

“那你……”

“恩师一世蒙谤，我是儿子，你是女儿，九死不能报弥天厚恩于万一。

韩仲子伯父、白凤姑姑、方正迂先生，怎肯为他而死？人品固然在首位，文笔是个缘由。请问：皇上对他又恨又忌妒，因为恩师官大？当朝十名丞相六人死于白刃。受宠的君夫人、御史大夫、贰师将军、协律都尉……谁不比史官有权有势有财富？求他不就是怕他一支龙腾凤舞的大笔吗？这帮人丑化他、咒骂他，可惜只能拿他干瞪眼。他不怕死不爱钱不恋权不贪花问柳，还怕谁？愚兄敬师妹如神，心近胜过同胞，不能同日生，有缘同日死，该是拜识恩师、存妥书稿之后另一件天低头地抽泣的壮举，求之不得。但咱们忍心送借口给恶人们造谣生事，把污水泼在恩师脸上、坟上，几条性命两代人笔耕而成的书稿上？人，很少的人有幸被卷入正义的伟业，拥有至大至刚、让儿女之爱变得次要的至情来充实平庸的一世。还有谁比咱们更有福、更高峻、更纯净、更贞烈、更质实、更雄迈的情感？咱俩是两只小蚂蚁，是立在老师靴子的背脊上才比立于骊山绝顶看得高远。不许妹妹有轻生之念，一般人活易死难，有些人倒过来。老师你我皆是后者。醒醒，好书妹！”

“小妹错了，谢谢穰兄浇我一头冷水！”

“这样说太外气，下不为例。先生累了，借酒劲好歇歇乏。愚兄要回宫宿卫待草诏。”

“走吧，爹爹那儿莫去辞行。明天我替你请安。小妹不能送你，我怕自己要哭……”

“莫送，免得啼哭，使恩师伤怀。他心里太亮堂，每回走出家，可能回不来，跟亲朋一分手，或者即是永诀。活到这份上够罕见的！”

弟子所说正是先生所想，连日外来印象僵硬地乱堆在记忆里，把甄别、提炼、判断的能力震晕倒了，没有片刻来冷却。他悄然走回到卧榻，盖好被子。

郭穰下楼，书儿兀坐着没有动弹，她肩头的重量大大超载，同样无暇静思，眼前只剩一片覆盖着三尺厚雪的荒原，一直延展到凄迷的地平线。

郭穰掀帘谛视，屋里昏黑凄惨，先生侧身睡着，鼻息宁畅。便下意识地叹道：“能睡一觉也是赚的，不打扰老人家。”

他从马厩里要牵出坐骑时，小黄骠盯着他昂头喷了个响鼻，抖动长尾和拳曲的鬃，好不亲热。他抚摸着它的耳朵说："多羡慕你，我的朋友！要能变得和你一样，供先生代步，那才是福分呀！你知道背上坐的是谁？谁像他那样喜欢你、看重你、保护你，就因为你跟他的命运太相似。好好为老人家尽心，我感激不尽！"他对小黄骠抱拳一揖，但马上就觉察情绪表现得欠饱和，右膝很自然地跪倒，久久被抑止的泪水奔溢而出。

小黄骠又"咴，咴"地低哼两声，短细的音量迅速钻入地下。仿佛急于倾吐反响，又怕惊动主人。

他立起身来，给槽里添足草料，四角拌匀，从井里打来温水，让小黄骠和自己骑来的五花骢吃饱饮足。

往事如烟，闪过眼前：

小黄骠出世之前，他奉命去铁匠铺打了一把大铡刀，刃口锉得又亮又薄，扛回草料房，全家欢腾。

上官清说："孩子们，寸草铡三刀，没料也添膘。好好铡，马上烙肉饼给你们吃。子长，铡草小心，莫伤了手。"

"不会那么脓包，指头靠着木铡墩外口，离刀锋两寸。起小儿放牧，这点粗活儿一摸不烫手。"

"爹，慢！胡须碍事。"书儿把三绺长须编个小辫儿，塞进父亲领口里，手扶刀把拉了个架势说："我来试试新刀快不快！"

"你呀，哼！"上官清在鼻孔里哼了一声，"不到黄河心不死！"

"来吧，见到黄河才死心！"子长捋起袖子蹲下续草。

"啊哟！爹放得太多，去掉点儿。"书儿噘着嘴唇。

"行！挺有劲，三刀铡过，穰儿来。"

"我还要铡。"

"别耽误工夫，你爹还有事，帮我烧锅，给你的饼子里多放肉馅，乖，走！"

父亲笑得前仰后合，小辫儿从衣领里跳出来，像条黑蛇在扭腰。

"我来，穰兄续草，先生忙您的事去。"杨敞请战了。

"敞弟闪开!"那时郭穰从没想过老师会累着,师兄弟俩唱着、跳着、叫着、闹着,干任何重活都不费劲。

饭做好了,书儿抓过桑条三股叉子将碎草砌成一道六尺高的外"墙",平着二梁,里面堆着草,带着田野里的微香,播散着冲和。

两少年到塘里去洗澡,杨敞不会游水,呆呆地坐在岸边浅水中搓着胸口的灰土。郭穰不愧为渔家子,抓着三条鱼,杨敞拿来剪刀,剖膛刮鳞的时候,划破一条鱼的胆,让书儿嘲笑了一场。上官清用醋擦洗两遍,晚上用饭时,书儿还在夸张地皱着细细的弯眉毛叫苦。杨敞窘得不敢抬头。那安稳的普通日子似乎太少作料与色彩,就像老师捋着漆黑的长须仰天捧腹大笑那般见奇不觉奇,而今伴随着三后辈的青春,一起让流星驮着飞往大化之乡,再也不会归去来兮!

想到昔日遒拔修伟的形象,与眼前干瘪的面影,无法统一于司马迁这一名字之下。二者均会永无踪迹!莫名的恐惧捏住郭穰的五脏,近乎窒息的哀愁驱使他将五花骢拉到院子里,拴在树上,回头反身想再晤一次慈颜,才能甩开周身上不祥兆头的猛勒。他便拭净泪痕,放轻脚步,重入产生过许多雄文的书房。铜盆里的炭火正旺,蓝苗抽闪。

他将铁架放稳,再坐上铜水壶。

"恩师!"

先生安卧,右手贴近左脸,指头微弯,掌心抚着左肩,双腿半曲,另一只手放在膝部,和褐黄的被条一色。

屋里的光更黯然了,在苍茫中,空空的书架都似已入睡。小几案上放着一条绢帛,引首五个大字是流畅的小篆,写正文处一片暗灰透出乳色空白。

他双膝跪下,匍匐于地,仰视夫子,便是一望无垠的西北大黄土高原,那儿有山岳、大野、平畴、丛林、沙漠、河流,远古熔岩冲出地壳的火山遗址,埋过无数战士骨殖的古战场,开垦着世世代代憧憬过的丰饶年景,也有被冰河雪峰压得频频喘息的风声。离开岁月、山川、人物,历史就凌空悬挂,失去立足点。旷漠的世界孕育出襟怀永久旷漠的大师,传导民族无韵的史诗,奔啸出仙浆,滋养着巨人们的脊梁……

“恩师！”呼声比前一回稍重，仍无回应。

不知过了多久，他直起腰杆，把倾诉压得和蟋蟀的歌声那般低微：

——恩师，您在思想与躯体两头向儿施以不求回报的哺育厚恩，扒开儿心里的那只眼，知道除了打鱼、种地、娶妻、生子、祭神鬼之外，还有偌大的世界。同辈少年，仅儿一人有此天缘！为恩师养一万回老，送一万回终，葬一万次坟，割下这颗头，剖去这颗心，抽尽一罐子血，不能报答。或许，大恩都不应该吐出既奢侈又轻于柳絮般的“报答”二字！耿耿此意，皇天后土明察，儿怎能说得清楚？

——恩师，您告诉儿世上没有公平，头回听到，何等悲伤！您说自己也努力忘掉这一真实——几乎和人要吃饭一样的铁铸事实，我们心照不宣地寻求例外，只好承认我们都没找到过白乌鸦和黑桃花！对遇到的一切似不该再计较、思虑、求索，然而做不到：越无人回答的疑问反而越有魅力。碰得头破血流，怎甘认输而逃到深山，何况崇山大泽依然是皇家土地，无寸土存身！

——是的，一片红叶逐风飘，不能再生在枝上变绿！您告诉儿说，瞎子最爱给别人指路，因为他一世未尝过开拓新途的艰辛！没有皇帝，天下大乱，没有宁日；有了皇帝，争权夺利，更无宁日。你像剥笋，层层深入剥出高皇帝、吕后，都是披着人皮的恶狼！品格低劣，贪婪残忍，吃人不吐骨头；项羽要烹刘父，儿子居然要分一杯羹；被颂为文景之治的文帝嗜好男色，对人刻薄，动辄置人死地，勤俭宽厚，尽是伪装；周亚夫因反对给无功的皇后之兄王信封侯，竟被活活饿死。这些皇帝身上哪有一丝人味？除了您，谁把他们赤条条地拉到艳阳之下？您本该逃出庙廊宫殿做许由、巢父，也许是自欺欺人，自慰慰人，您又把头伸进门里教诲我们人生的目的在于行走，路的长短险平，生于足下。不断完善本我，毋庸细细寻觅后果！跨过假太阳一回回升起，受骗后不失纯真大勇，不排斥不虚构希望，达于坚忍。在绝望的大河里挣扎，荆莽边砍边生，要后代免于幻灭虚无。您的命运苦过鸡胆，敏锐的诗心又百倍放大了外来的灾难。没有人能让打破混沌的七窍重新关闭，我的恩师！

——弟子没有辰光再聆雅训，向您三拜九叩首，算给您老送上天，因为您几时动身，自己无法主宰。弟子虽盼望在您弥留之际能临别一恸，请先生宽谅。弟子一肚子话没地儿说，想对您讲又怕您悲悯。您也怕拿酸涩的苦果会缩减我本来就欠饱满的勇气，谨此拜辞！

夜色幽昏，郭穰看不到老师脸颊枕上的泪痕。走出房门，才见师妹跪在楼梯旁边，早成了泪人儿，捂着嘴唇向师兄摆手。他虔敬地向她三拜，她顿首作答，待他将马牵出大门登鞍，她已回楼咬着袖子哀泣。

司马迁听到渐渐远去的马蹄声，他为弟子骄傲，只恨自己无力再扶他在学问上走一段路。他几乎全部思维都被穰儿带走了。

辗转反侧良久，缓缓遁入紧张过度的半昏迷半睡眠状态，似乎自己骑着小黄骠走在海滩上，巨浪咧开一条条雪白的牙齿朝月亮疯笑。大潮刚刚滚落的沙原半干半湿，似亮似浑浊，映出人和马不太清晰的影儿。

他低头一看，沙滩上有许多海洋小生物爬出的痕迹，连成鸟爪、青铜器上的纹样，非篆非隶，近于图案。他让大自然的创造征服了："真是天之画，太淳朴可爱了！"

看不见的死亡铁枷，牢牢钉在肩头，一时无法解释怎么会来这里，皇上没逼他跳海！

潮头迅猛，雪涛卷到岸上，"天画"全部消失。他想："历史也如斯，没有良史记载，就要被时光巨浪荡为平野，不留点画，无迹可寻。自己的责任重过千钧，每个瞬间都要如蚕一样吐出丝来。"

忽然，黑黝黝的波涛裂开一条水巷，又深又窄，一只海龟大如水牛，两眼黄得发绿，比灯笼还亮，背上坐着司马谈，神采英发，看上去不足半百，径朝岸上飞驰。

"莫非是梦？爹爹不是弃养了吗？"子长正在狐疑。

"怎么是梦呢，子长儿！爹没有跳过龙门，变不成龙去兴云布雨。上天念我教子有功，许我骑着巨型赑屃[①]来接你。你已经是龙，五百年来仅你一

①赑屃（音闭喜），古代传说，龙生九子，其一为赑屃，形近巨龟，每被刻为碑底座，他处罕用。

条小鱼成功，要更长时间才有后续者……”

“爹爹！”子长跳下雕鞍，跪在地上相迎。

“吾儿还在恋恋不舍花花世界吗？”

“……”

“儿太执着！多少人才比你高，德较你厚，匆匆而生，恨恨而死，都像你父一样没世碌碌无足观。你遇难呈祥，风云际会，侥幸完成空前照后的大书，仅仅为了喉咙管里一口气，要拖到皇上震怒，杀身灭族，连老父都要开棺戮尸，书稿也要追个来龙去脉，拖累大批善良无辜之人，于心何忍？”

“叩谢爹爹！儿敬受教！”子长觉得头发竖起浑身颤抖。

父亲跳下巨型赑屃，伸手按在子长囟门[①]上。

“哈哈！哈哈！”巨型赑屃朝海一笑，火焰从它齿间飞上星空，大海不复骚动，波平浪灭，在紫色大镜上，司马迁看到自己身高十丈，一剑一笔，交叉挎在背后，长髯拂拂，襟袖飘飘，电目扬辉。

司马谈凌风一晃，竟与儿子齐眉。

“哈哈！哈哈！哈哈！”赑屃再次笑出烈火，把海照得红彤彤。

“迁儿，龙生九子，唯一成龙，赑屃是龙九弟兄之一，爱文好负重，不是龟。对它行大礼！”

司马迁遵命施礼。

几团烈焰围着司马迁周身燃烧。他疼痛难忍，就地一滚，想灭掉圣火，但是越滚越旺。

“爹——爹——！”声似雷鸣。

“儿舍不得您老人家，带儿入海吧！”

司马谈仰面指着长天泪光莹然，唇边带着玄秘的笑纹，频频摇头，似乎出语未尽由衷。他不无矛盾地骑上赑屃冲向水巷，水巷迅疾被潮水填平。

司马迁想叫，但已失音，他要追赶父亲，借海潮灭火，便一头钻入波涛。

狂飙骤起，黑涛扑云。雷声不止，闪电划着亮圈圈。

---

①囟门在额头上，头顶中部偏前处，小儿们头骨未长全时，发下可见此处跳动。

司马迁从浪峰底下冲出，已成为长龙，鳞甲上金芒四射，犄角追着流星，直上苍天。

“不，我要做个凡人！书儿！穰儿！恽儿！敞儿！让我回去！”

他的呼声从云头发出，离人世太远，谁也听不见。

“不，我还没做够凡人！人，世上最耀眼的瑰宝！愧我往日未把俗人做好，苍天！让我从婴儿起始再做一回小人物，活出冰峰的凛然，小草的谦卑，雷吼石默的喉咙，平常无色的丽采！人……”

这时楼上的书儿才知老人被魇住，连喊：“爹爹——！爹爹——！”

“没事！”他的眼似被灼伤，额头发胀，鼻窦酸裂，耳中百辆车子从脑后下行，穿过肺脾，在肠胃里滚动，轴轮唧唧乱叫，混乱不堪，只得起身在院子里呕吐一阵。

书儿端着油灯，下楼来看父亲。

“没吃进什么不净的东西吧？”

“你和穰儿都吃了，一点没吐出来，是我昨夜没睡，宫中太暖，路上太冷，或许受点小寒，能挺过去。吐过后松快多了。反正睡过一觉，再点一盏灯，想写点文字。”

“明天再写。”

“明天太多，又太少了。”

“您再歇会儿可成？”

“好！好！围上被坐一会儿。”

“陪爹坐会儿。”

“不困？”

“天才断黑。”

“穰儿哪天再来？”

“没吱声，再快也要到后日。”

“哦，后日——？”爷儿俩回到屋里。

“爹有事找他？”

“没什么……没什么。”

书儿从铜壶里倒出热水，拧条面巾为老人擦了脸，又给火盆添了几块炭。

“爹脸皴得厉害，擦点蜜，是做晚饭那会子搁在馍笼里蒸过的，有花香，不黏糊。”

“老了，用不着那些道道子，年轻时候都没讲究过！”

“不许爹说老，还没到五十，皇上六十多还生个小太子弗陵呢！爹比他硬朗得多……”女儿觉着提到生儿子的事让父亲联想到宫刑和无子，搭讪几句就提着木桶到井里提来清泉，将水壶加满。

“爹要送儿一样东西。”

“是什么宝贝？”

“比宝贝珍贵得多，当年十分惜护的胡子！”

“爹，您怎么动这样的念头？不挺怪吗？”

“不怪，临时想这么做。”他莞尔微哂，不像在掩饰隐衷，“哪能一言一行都有深意？”

“还是爹留着，君子不夺人所爱，儿也想做知音君子！听琴，有意思！”

“我儿是君子！”

“不，是君女，君子之女嘛！爹笑了吧？”

“‘子’——也可以美称女的，孔夫子就见过美女南子，让粗犷的仲子路看不惯，惹得老人家赌咒发誓呢！”

“南子是妖精，不贤惠。咱们不说她。”

“不说也好，先取琴过来，很久没弹过了。”

“儿也想听，只要您快乐比摔一跤捡到金印还强！”

“是的，金印没啥用处，只勾起人的贪念！”

“这琴上的灰不少！”她在楼道里吹吹灰，拨了弦，回屋里接着说：“爹也见过南子，有什么看不顺眼的？”

“南子？”他大惑不解。

“李夫人不是当代南子吗？一个聪明漂亮的副皇后，比南子阔绰得多。”

“皇后还有正副?”

“女儿造的。李夫人没有皇后名义,比卫子夫势力大得多,故而说她是副后呀!”

“儿做了四年娘,还跟小时候一样刚强,好说笑话。”

“不说不笑,家像个庙,没劲!再说管庙的官儿不行祭祀的时候也说说笑笑,要不人就憋出了毛病。”

“弹一段《礼魂》?”

“弹个快乐的调调儿,爷爷娘魂都升了天,没有谁的魂还在漂泊,等着要咱爷儿俩敬礼无涯的。”

“弹一阕《龙舟竞渡》。”

“好!”

司马迁端坐抚弦,其声脆朗,田野宽旷,阡陌交横,榆叶梅刚落,秧门初开。路途,担秧把子送饭酒者络绎不绝,田里或健朴农妇,或娇巧村姑,或须眉丈夫,或倜傥少年领唱,农夫们和声,在两村接壤处喜对秧歌。接着鼓鸣咚咚,龙舟下水,山神水鬼,燃起野火,祈求丰年。各村龙船汇聚一点,全凭锣鼓指挥,愈划愈速,舟底劈浪狂飞,犁开一片雪峰,万众欢呼……午后,传来屈大夫自沉消息,龙船再次出港,抛洒粽子,以饲鱼虾,免伤大夫遗体……

此曲华彩音节在中部,吊祭诗人只是尾声,追远虽严肃,但不悲哀。长啸江涛,呼唤来者,归结于大地山川与不朽者灵的契合,渺渺幽幽,袅袅地逸出云雾之外。

书儿听过几百次,能背会弹,挑拨揉轮,疾徐轻重,了然于胸。借助音声,由童年伊始,几次重大转折时闻曲的感受,又随着许多生活画面的忆起而深入一层,螺旋上升,非单调的重述。人,被洗去俗尘而趋于沉雄;事,有了纱幕的隔开而幻化朦胧。底蕴更汪涵。

父亲重按冰弦,节律大变。只有她能听出,竞渡虽还炽烈,只为反衬大大发展了的后文,走出原调,忽起忽落。有哲人既萎,山川为谁而壮丽,父老们打着火把去为屈子叫魂,屈平与许多大师的命运与价值,贯穿着理解者稀有的大哀，弹琴者为前修找不到历史定位的愤懑，何处宣泄？生死、永恒与无常，幸与不幸，在错位中对位，扭绞于一体，在广袤肥硕的荆棘面前质疑：江的第七面岸在何处？怎能触摸得到？夜遥遥，风瑟瑟，等待，沉默，无所为而灭亡。

行动，呐喊，斩荆棘，边斩边生出谁能“两千年夜独燃犀”，尽头安在？

诗人积极鼓舞来者走自创的路，但又不全信自己的话，理智情感两条桨不一般长，划出的漩涡一深一浅，生命之舟漏了……在无法调和之际，弦铿然断了两根，曲子不止而止。

琴被推到身后，女儿扑到父亲膝上，他双掌按在她的耳后，左手冷得发抖，右手热火燎辣，心抽拉成长绳，遭到死活两极势力的拔河。

“把我撕扯开吧！天与地，道和儒，政与史，庄严与丑恶……”

余音跟着帘角钻进来的风丝儿在回旋、奔突，缕缕不绝。

栗炭偶然炸出“劈、啪”两声，红焰自白灰中冲出而腾升。

灯火颤动，明暗反差，层次井然。如人“鬼”之不可混淆。

孩子，做了小母亲的孩子，你还没有意识到这个瞬间，无所祈求的父爱带着对你无助的歉忱，在为儿注入热能，好走完该走的行程。

享受这无比贵重的一刹那吧，我的孩子！它就是钉在儿记忆里直到最后一息的永恒。或许你的器格太小，不能装进他那些崇闳恺切的厚赐。然而小得干干净净，浅得明明白白，从不故作高大深邃。自知甚小，而安于小，就有不小的因子。书儿，我同命的小鸟！……你得非所需，所需不可得。心在空中楼阁内遗世独立，身陷在无穷的碌碌琐务之间，岁月被蚕食，灵气波鲸吞，不幸的善良者！可惜东方朴太公年事过高，快要不动石头了，又没有见到这悲剧草图，否则他会用斧凿记下这画面。十指吊在剑树，皮肉掉进洪炉里，憎恨人性中的冷漠，盲从权势，苟且偷生，不重先行者烈士们的血迹。特别健忘，蔑视心灵的独立和崇高，热衷内讧，自己是其中一员，不该嘲讽，无力变更，被提前转正的候补老人在弹奏有呼吸的“琴”。十万青丝十万弦！

“爹爹安歇吧，儿要在书房坐一晚守着您老人家，没有半星瞌睡……”

“老曲调没偌大提神的劲儿,莫非……”

“心里不安,怕……”

“怕啥？皇帝没变脸……”

“爹爹,什么心事能瞒得过两代史官孩子的眼儿？起小看到的、听见的、熏的、学的跟别人家的闺女不一样。您舍不下先人坟墓和晚辈们,还有许多书跟古物,包括这战国时代姑苏名匠造的琴……”

“琴？只是顺手多弹了几句,没啥。”

“您有话嘱咐儿吧？”

“啊,这……怎么说呢……”

“别瞒着女儿,爹心事太重,而且想死！”

“谁告诉你的？”

“琴！末了的变声内含杀机,爹爹不想杀人,连杜周那样的人都愿放过,这杀机只能应在自个儿身上！”

“哈哈哈！你是爹的好姑娘,天地间一等一流的知己！心窍竟藏有一只钟子期般的耳朵,有儿,爹没白活！说真的,想到屈大夫的独醒独醉,独往独来,为父几番萌过死念,就是撇不下你和恽儿,还有穰儿。至若敞儿,相信他能活得不差！可这会儿已然没有死的念头,爹爹几时活够过？杀头宫刑都活着,何况……”

“那时候是为书和儿活着,如今书成儿长大,皇上又老瞪着虎眼盯着爹爹,爹再没有一只会说会唱的线板,把活的劲头缠在上边,步步棋下绝,是太想活,活不了才死……”

“就怕儿前脚跟爹后脚走,爹哪敢死……”

“您没伤刘家天下半根草,是老昏了头的皇上逼你死！”

“穰儿说的？”

“他不肯说什么,霍子孟一来,爹就跟以前不一样。加上穰兄一捉一放,儿能十猜八九准！”

“爹若活不了,儿要为小外孙与没有流布的书,还有你爹的儿子——你的兄长穰儿而不死！”

“这么说您……”

“我像要死的样儿吗？”

“您活着，儿就不孤单。”

“爹死了活着都没有意外，可眼下还不会死，不会啊！”

“儿做点吃的，穰兄带来的狗肉再炖一会儿就好。”

“还不饿，先写段文字，等临近三鼓，爹擀面，儿烧汤好吗？”

“成，儿给您再点盏灯。”

“拿针线筐来做些女红陪着爹。”

“写文章，单枪独马快而好。《自序》写到一半就歇着，明儿早晨多睡会儿，下晚齐工搁下别改，晚上有精气神守岁。后天就是爹爹和许多先生改历书定下的新年伊始，爹该封笔了！”

“是得歇歇肩了……”

灯光一强，廓清了暗处，乳褐色的四墙似是往后退了两步。

“在楼上放心？”

“嗯。爹不会撇下孩子！”书儿心想，“真要分手，看得住吗？”

“知父莫若女，爹还有得活！”

司马迁的写作，有时打好腹稿，一朝命笔就如行云流水。另一种仅有几根筋络，细节不甚了了，停停写写，总不成章。停笔积以时日，豁然开朗，一发难收，终篇天衣无缝。

《自序》有父亲现存的遗著《论六家要旨》和前些日子所作的《报任少卿书》垫了底子，不待斟酌，句子排着队奔赴腕底，走笔矫如游龙，厚朴飞动的草隶不假雕饰，小大随意，神态肌理看着顺眼，进度突然恢复到鼎盛的三十五岁前后，享受着劳作的狂喜。

头晚惦记父亲入宫后的荣枯，通宵绷紧的弦轸子一松，睡意油然而生。书儿缝完大氅便和衣而卧，直到谯楼三更鼓鸣才被唤醒。悄然下楼，从帘缝朝里望去，父亲正襟危坐，灯火在他半边脸上跃动，红黑对峙，轮廓凸出。抄家后的瘦损，使眼窝凹陷，上眼泡仅在眉棱骨下露出五分之一，其余变竖为横，睫毛离眉的残影儿很近，显得既严正，又慈悯宽容。唇紧紧闭拢，鼻沟纹更有棱角。除去书儿熟知的部件，还有一种新的组合令她意外，复活的时空在他的想象里龙擒虎拿、地坼天崩、风回云啸。剪裁、拼贴、过滤，审判与颂扬时而交织，时而分用。她对无数次凝视过的亲长所知甚少，尤其是为他归纳演绎的林林总总事件，史家的角度与激情，竟像隔帘观星，疚悚的淡霞在她面颊升起。

他的手跟不上飞行的大脑，几十年的甘苦，七十几篇皇皇巨著的成因，仅能用最少的篇幅将主题点明，要力透纸背，又很含蓄，有余味可嚼。

她怕扰乱父亲文思，来到厨房，摸到火镰火石，将灯点着。狗肉煨在陶罐里，放在灶膛，四面围着木柴烧剩的炭火，早已炖热。便倒出一半在锅里，找出面缸，打算和面。父亲在门口咳嗽一声："狗肉香透三间屋。"

"快进来，累坏了吧?"

"挺顺当，不累，抬头见到灯光就来烧火。"

"不忙，面还没和没擀哪!"

司马迁扑哧一笑："做好了，瞧!"

女儿顺着他指的地方一看，晾笼布的细竹竿上挂着一排面条，粗细一个样，没有一根掉到案板上。

"爹爹您摸黑擀出来的?"

"不管大小事，该做的，就要做精到。这一手跟你爷爷学的，奶奶比爷爷更出众。荒废多年，'文章'写得平平，没大毛病好挑，也无惊人之句。"

"真服爹爹!"

"艺不压身，在颠沛流离中不亏待别人，你得这么去教恽儿，不做官能活出点意思来。"

"是，要老皇帝死掉，八岁的小皇帝坐朝，爹辞官回老家去，准会有意思。"

"对，霍子孟会帮着讲句话，好日子快到啦! 明儿晚点喊我，有点腹稿得赶出来，怕睡一觉醒来全忘掉了。就做这么一回!"

"就一回?"

"往后日出而作，日入而息。"

“好,今晚让您写个痛快,就是儿在四更醒了也不再去吹灯。”

“用不了那么晚,完稿就睡,再也没有什么挂牵了……儿也该好生安歇!”

“儿才不累呢!”她忍不住打了个呵欠。

爷儿俩用过夜餐,回到书房,一个奋笔疾书,一个调理好盆火,替他沏上茶,坐在旁边。

“明儿除夕,敞兄和恽儿要接爹爹去过年,儿不想去,留他们在这儿一样过,和敞兄分开誊抄出清稿,让他初二带给穰兄,地道里再放一份,万无一失。”

“全依你,快上楼去养精蓄锐!”

“书架上有酒,给爹倒一杯放在砚台旁边,驱驱寒气。碟子里有花生糖、炒豆子。”

“儿先喝一盅,暖和暖和,再给爹满上。”

书儿照办。

《自序》是一支响彻霄汉的歌,司马迁撕破夜幕一角,向异代的有识有缘者发出邀请:《太史公书》是一座圣殿,没有围墙和影壁,六十九扇侧门如作者的思想情感一样洞开,都可以进入其中痛饮史传文学的圣泉。周游将毕,才知侧门是落地大窗,真正的大门即此序文。司马迁高擎着心的爝火,带着隐忧向人类致意。既是守门者,又是主人。于是,史传结构突然变为一部子书:《司马子》。列传只是素材,赞评只是龙鳞凤羽,精神全在传主们得失的丰厚潜台词中。多义的歧解让登宝山者见仁见智,各取所需。因为不便说得太透明,反而容量更闳赡。

此书的主角:民族性格。

此书的主题:往者可鉴,来者可追。人人自我完善,世界便能告别残暴、阴谋、陷阱、昏迷、贫困、脸谱、猜忌,于短暂生命有害无益的灾难,让人与人成为兄弟姐妹,不断升华。

如何达到真善美?不知道。它只能在无数次失败的胎盘里孕育、修正、壮大、回潮、再浓缩教训迂回向前……

草完长文,已是四更之后。夜气如铁,星沉云厚,四面墨黑。

他放笔站起,挑明灯火,再迅读一遍,充满不朽的自我陶醉在内心独语:“一书有许多不足之处,但可以传之百世。我没有成龙,至少成了一个人,问心无愧的人!留下暗夜里最富于人性美人情味的长诗!”

他拉了两个武术架势,东倒西歪,四肢不听大脑使唤。

他做过几次深呼吸,在楼梯下脱掉毡靴,每上一层,先将脚的外侧落到板上,放稳之后,另一只脚再举起,轻捷如猫,没有音响。

他在门外伫立很久,谛听着书儿的鼻息。

灯盏点燃着一根灯草,光线弱得黄中掺和进微蓝,屋里添了阴气。盆里的炭埋进白灰,火力敌不过一昼夜间最冷的大气温。

他推帘走入,拨开灰,加上两块生炭,弹掉长串灯花,剔过两根灯草,充实了光源,再立到炕前凝眸:书儿侧身抱臂屈膝缩成一团,睡态与童年无异。脸上纯和如白绢,与后天涂上的早熟,构成不尽统一的和谐,反映出明澈短浅的阅历。

“女儿,我恨过你不是光大家学的儿子,多么可笑!你挑起的担子比男儿重得多!我去赴死本该了结你的苦难,而这种了结给你的创伤要大于往昔不幸的总和。那些日子盼望父亲活下去是你生的原动力,而今而后,还有什么?上天,要是你和恽儿、�櫰儿还有厄运,就把它放在父亲的肩头一齐携走!让你们过几天温饱无罪的日子,虽死无恨!”隔开一尺多远,他抚摸着书儿的秀发,最后抱拳一揖,退出门帘。

他倒行到楼梯口,受到看不见的重压,回身从帘侧的小缝中再凝望女儿一眼。

书儿双手伸出被子,悬空举起,低声呼喊:“万岁,让司马书儿替父亲去死,他没有罪。”下面是模糊的谵语……

“不,我有罪,因为我看到刘邦的厚颜无耻,灭绝忠良!我看到这一群农民、市井小人,打仗还算英勇,汉王朝建立,成了土贵族!农民的自私、无知、狭隘,不关心同僚,不顾百姓存亡,只求自保爵禄,是那般怯弱无能,目光短浅,让流氓淫妇一个个收拾掉。我揭穿这样一个没有德才的利害小圈圈，居然宰割山川，还不该死吗？我的孩子，你才该活下去……”

他多想唤醒女儿，再做片刻诀别，然而惊碎她的梦又能挽救自己，改变后辈无所企望的将来吗？走！早走早出迷魂阵，离开这小小的家。刻薄冷僻大海中小小的岛屿，不许沉没，莫要炸裂……

他下楼回屋，写了几句话，嘱咐女儿莫再寻找他，原因追问不得……

当他放下笔之后的刹那间，忽而想到要和自己相伴一世的笔永别，不觉全身一怔。有些抖动的手再次把它抓起，放在灯前仔细审视，如烟旧事浮在眼前。

他记不得五岁破蒙时父亲教他如何执笔；六岁之后写字笔画如蚯蚓，歪歪扭扭，母亲一天给他洗几回手，指甲缝里墨汁已干，留下发亮的黑垢；大约过了八岁那年的十月一日，艰险新年伊始，父亲上午把着他的小手开笔练大字，给儿子讲完大将蒙恬造笔的传说，又做些补充：“蒙恬之前几百年就有笔，究竟谁制造和使用，难做精确考定。”尔后孔安国、董仲舒两位大儒都说他的字写得快而易认。尤其任史官后，几乎是天天离不开此笔记言、记功、著书、抄史料，从未料到彼此分袂如此匆匆！《自序》竟成绝笔，虽是事实，总难接受。

他朝着笔一拜，再把它折断，扔在案几上，昔年的生活像是和断笔一样，今后再没有邂逅的机遇。

石砚一角，小水池朝他睁着独眼，他对“瞳仁”里的自己说：“你被墨水泡模糊了，我怕恽儿也让你淹死，愿书儿将你和我的衣冠修个假坟，后代有个祭吊的处所，不是忘了东方爷爷赐砚厚恩，全是无可如何。”他反复抚摸，多么温润下墨的至宝呀！父亲的声音又在耳畔回荡：“莫再流连，是离家的时刻了，天亮之后诸多不便！”

他在房内巡查一周，枕边放着父亲为数不多的遗物之一，一条大带。他捧起带子贴在腮边，像司马谈的手泽和余温还在带上，阳刚的父爱从未消失。出于语言不便诠释的原因，解下腰间上官清织的丝绦，换上爹爹的纪念品，汲取安慰的力量去赴死。

来不及把丝绦放到女儿枕畔，只能放在断笔旁侧，他铲起一些白灰，压死炭火，再给自己敬酒三杯。

他抓起削竹简裁绢帛的匕首，割下自己袍子的后襟，放在地上裂为四块，再将一根捆竹简的绳子切成四截，来到马厩，小黄骠把槽里的食料全部吃光。他又倒上几碗豆子，提来一桶泉水，让它饱餐饮足。

他向神骏拱手祈祷道："黄骠本是马的美称，你是骡子，当年黄口女孩取名失妥，不伦不类，这样糊糊涂涂委屈地被呼唤了一世，我向你道歉！你本该驮着大将边塞搴旗斩将，俘获匈奴首领，向天子太庙献俘，横行万里，立下勒名浚稽山北海的不朽奇功。不幸受我株累，再三遇到昏暴主人，精神肉体惨遭阉割，伤蹄破耳，饱受毒打，遍体鳞瘢。与重轭下父老同命运，和不祥不才司马子长共鼻吸。你的内心渴望耕尽荒原，遍种粮桑，佐我兄弟姐妹衣食之需。这空想永远达不到。朋友，你我重逢，面目全非，本当相依度余生，何忍再分手，怕你沦到更凄凉的下场，盼你比我幸运！末路如晚节艰危，全拜托你了！"

小黄骠咀嚼着豆子似解非解，一如天命难稽。他用衣襟的碎片一一包上蹄铁，免得吵醒女儿。

他将小黄骠拉出大门，拴在树上，退回过道，闩死大门，进入院子，攀着葡萄架上了院墙，跳落尘埃，跑到门口登鞍。寅时刚过，恰交五鼓，天尚未明，一人一马，向着韩城故里猛驰。

作为千里驹，终其一世，仅有这回驮负历史奔向永生的表现良机，其他时光在许多人心目中均是一匹身材矮小毛色花杂黯淡的驽瘸骡子，凭着"良骥三分龙"的超群预感，昂起伤残的耳朵，挂上病得黄恹恹的太阳，一个时辰能赶一百五十里，仍处于吐气悠闲的走势，不带跑的紧张，使骑者感觉不到疲惫的颠簸。它那细细的腿犹如精钢所铸（汉画像砖石上马的造型，昭陵六骏的石刻，唐人韩干、宋人李公麟、元人赵孟頫[①]画的细腿马，无不富有生活依据而达到美的饱润），御天风，腾尘海，稳如舟车。串串脆鼓，撒下朵朵蹄花。雍容的长劲令子长惊绝骄矜，为它不平，再由它而联系自己蹇厄的经历，与太公的判断力，都有大量的美被埋没、被荒废。比起人来，它

①頫，音同"府"。

更体现天公“大器免成”[1]的悲剧意识！

二百里路下来，太阳沉入铁灰色的云壑，蚕豆大的冰粒子，半寸长的细冰针，稀稀散散地落在尚未冬耕的荞麦谷子茬儿地里，疏小的白草瑟瑟地颤抖；房舍、土街、落尽叶子的树，向司马迁身后移动得太快，像是纷纷倒下，只有后面传来脆朗的马辔铃声时蓦地回眸，倒下的一切重新跃起，从马的腹部两旁，向尾巴猛挤过来。矮小的追踪者有一匹高头大马，他疑心是胖孩策动宫里的天马，侦知自己的去向。身外之事，不想再关切。猜想可能有差误，如果有人把他的结局上奏，了却皇帝的挂念也不坏。

再驰百里，小而密的雪片随着寒风钻入领口、袖筒、裤脚，眼睛眯到仅能认路躲开行人的程度，仍像抹过辣椒粉似的疼痛。板实的羊皮短袄失去重量，离前后心愈来愈远，暖气锐减，缺氧的脸灰里带青，如同卧床已久的危重患者，接近油尽灯干的临界点，靠意志在行动。

小县城洽（地名读“合”，别处音恰）阳街上，饭店伙计们在门口叫哑了嗓子，顾客寥落。司马迁丧失了食欲，喝了一碗热水，买了些猪头蹄爪和馒头，多付二十文钱，讨得一方笼布代替包袱，包裹妥当，挂于鞍后，继续趱行。

雪花飘得更稠，小的似铜钱，大块像巨觥，搅和在一起。地面铺上一层雪絮，房顶压上几层雪褥，风旋成雪柱、雪球、雪浪，时而横飞，时而被抛上天空，中途又跌落树枝上，结成冰花。云空、远山披着白纱，一片迷茫……

午时，他已将祭品呈献于先人墓前。

亭长携来壮汉四人，帮着守墓人扫清拜台，给坟上添了好多冻土。

拜祭尽心焉而已，他伏在雪地上默祷，语言过于苍白，能说明什么？

亭长恭敬地解释：“除夕向来无人上坟，中书令大人破例莅临，故里增辉。节期家家有点荤菜，请大人到寒家便酌，务必赏光！”

“免！老夫要赶到邻县祭奠岳父岳母，马已疾行四百里，喂些豆料与井水就告辞，下回再来讨扰！”司马迁摸出银子和几串铜钱给同宗们，皆大

---

①挚友黄宗江老先生改“晚”为“免”，包罗深广。一字之师，由衷敬服！

欢喜。

亭长家正磨豆腐，长工们取来泡好的豆子与木槽，令人惊奇的是小黄骠连连甩头，绝不进食。连它的主人都大惑不解。

“真是贵重牲口，宁吃城里草，不嚼乡里豆。只有大人才配骑它……”亭长不时找些恭维话说。

“……”司马迁不自然地一笑，重上征程。

山，起初只有白头发白胡须，而今蒙上了一层厚厚的白衣，把瓦灰色的天空衬托得更浊更重，仿佛随时会陷落下来。

乡邻们送到高门原，他把缰绳绕在坐骑脖子上，跟大家话别，最后掏出一锭黄金交与亭长。

“老天爷的家谁也当不了，旱涝病虫灾情插花而来，请几位老者商量做主操办。子长敬献俸银，买一片地，为祠堂所有。犁耙种收，有烦父老兄弟。所得粮食，请一位先生来办个义塾，让村里多几个明白人。剩下的粮食，丰年卖掉，培修祖坟，灾年赈救全村无粮户。明年要随天子巡狩，清明节回不来，家事拜托列公，将来杨敞和书儿面谢！”他挺直上身跪在雪原上。死，给了人力量去战胜悲痛，说出思量已久的话如同背书，不带感伤成分。

时间、地点和太史公的做法不太正常，为啥这般？老人们琢磨不定。或许是雪与坟使平板的声音另具效力。大伙儿也答拜。

“子长叔，您……多多保重！”一位须发皤然的族侄本想提问，想到不会有准确的答话，说到半句，改为嘱咐。

“保重！保重！”村民们庄穆的重复声压倒风吼。

“请回！大家保重！”他上了小黄骠。

乡亲们各回村寨，没人吭声。

小黄骠似解人意，垂下头来，走得沉缓，从鼻孔中喷出白色气流。

两箭地过去了。

司马迁饥肠辘辘，不想进食。为了御寒，解开腰带，重新系紧。

这时，他才想起母亲纺织的这根朱标丝带，已退成古铜色，厚实朴素，横写成的“寿”字纹虽被磨平，仍旧很明显。四十年前，父亲接受了娘的祝福，只活了六十几岁。他自己不足大衍[1]之数，有点讽刺意味。

出于异样的复杂情怀，他勒转骡头，回到童年学习耕牧的山梁子一带，跑了个大圆圈。在那片开阔地上初晤郭解与东方朴，就是用这根腰带缠在头上做盔，把两头的流苏在圆圆的小下巴上打个结，让它飘下来作为须髯，手握一根芦苇，自称“项霸王”，被牧童们簇拥着打仗，娶“虞姬”……

一切流逝如烟，又历历不爽。

他来到娘浣纱的河边，捶开薄冰，捧饮了两掬故乡的水，很甜，凉气沁人腑脏。擦擦双手，向河水一揖，跨上征鞍。永别了哺育他的一方水土和先人骨殖……

大路上的雪有一尺多深，风声忽而怒号，忽而呻吟，时而前者主唱，后者帮腔伴奏，龙吟的广漠，虎啸的威势，狼嗥的幽厉，鞭挞着他的头和上身，双腿犹如浸在冰窟里，膝盖之下受到阵阵锥刺。

这条大道贴近了由北南冲的黄河，水，像退了色的血，蹿起烧天的白火。东南一条官路通向华阴，可以遥瞩西岳华山侧影，正东是黄河古渡头，如在晴朝，对岸的名城有永济、解州，自殷商以来就被开发的大盐池，都届山西、河东所辖，中条山葱茏起伏，不断有饥饿的农民去占山剪径，官府睁一只眼，闭一只眼，不愿申报，免遭皇帝恼火而罢官。

他怕小黄骠过累，松开了缰绳，它会意地放慢了步伐。

天空不再倾泻着大片鹅毛，六出小白花，夹杂着未及成形为雪便过早坠地的冰凌雨，掺和一起，比较稀疏。

“爹爹呀——”身后传来一个年轻女人的啼哭声，有时明晰，有时为雨雪声淹没。

“这会不会是书儿呢？”他的心像是滞留在家中，伴着女儿和外孙，没有跟他同行。里把路下来，这种怀疑更突出。不能在路上遇到女儿，添加大量麻烦，结局不能更改。

---

① 五十岁。

他勒住骡子，跳下鞍镫，将它拉进柏树林，里边有一座高过一丈的大坟冢，背后是空地，受到树的遮护，积雪不到半尺厚。就像写作时被想不到的灵感打破碍塞，妙语横生那样，他从没有进行过骑兵们对战马的训练，仅想试试骡子的领悟程度，便拍拍它的头顶与最靠近鞍子的鬃毛，再蹲下身来拍拍地面。出乎主人意料，它完全懂得这些提示，先后屈下四蹄，侧面卧倒。他朝雪地一坐，伏在它的颈项上，轻轻拂去耳朵附近的雪粒子，分享它的体温，并在心里说："你要会说话，将比杨敞还聪明！"

哭声、马蹄声越临近，看不见的石头在他的咽喉和肺部压得越沉。马上的人顶着白头巾，身材极像女儿。他知道书儿颇具灵气，会懂得昨夜无言的诀别是最佳选择，也不能抑止后悔，应该叫醒她、安慰她，免得她对意料中的突袭不能承受，至于叫醒后如何走出自家门来，反而被省略掉。

"爹爹，你走了女儿怎么活呀？这年头太欺负老实人，你才四十来岁，女儿没尽孝道，走得太匆忙啊……"

柏树林中杂音少，他可以断定，哭泣者不是书儿，她将马拴在路旁，走入对面坟地。

"莫不是要寻短见？"

哭声更加凄哑。他想："怎么我死也死不利索？"

一匹背脊高过人的大红汗血马，上坐一个矮小的人，全身披着蓑衣，头被长巾包住，只露一丝视线，飞快地从大道上飞驰而过。

司马迁没把小骑士放在注目的位置。他已经看明：少妇是来祭新坟的，没有自尽的迹象。

小黄骠的消化道响起鼓声，它又饿了。

"抱歉，朋友！真不该累你又饿你，念在相依的知己，就这么一回苦差，不再难为你了！"

即或武术家以超众的轻功在梅花桩上击剑，脚矫捷如点水蜻蜓，全身处于半飞腾状态，比起神骥运行也有些逊色。它的前后双掌，同起同落快得见不到骡腿，由一朵青云托起全身逆风飘闪，每条血管每个毛孔都把潜力送到膝盖以下，于是"弹拨乐"吐出的音符联成一体，第一声还刚奏出，第二声赶过前者，第三声又“超车”越过前两声，造成了弓毛擦在弦上的幻觉，仿佛几百只鸭子出水拍动翅膀，瀑布跌进巨潭后正音回声交错轰鸣，柔和曼妙，不是死拼活搏、声嘶力竭节奏明丽沉着、气息畅和。

司马迁从未如此享受过骑士的快乐。无怪乎巴基斯坦古代的诗哲把马背上、酒杯里、女人胸脯上视为人生三大福境。纵有偏差，也非无的放矢。遗憾的是对勇士项藉、李广、任安……许多人体验过的东西，再也不能见之于他的巨笔之下。

“如果大禹不凿开龙门，黄河穿过北海又向何处？”首次去齐鲁吴越游学之前，他曾上到龙门顶端，心头蹦出过奇异的闪念。后来书读多了，这类荒诞的假设大为减少。今天再次掠过脑际，已然不觉可笑，郭穰、杨敞身上，都缺初生牛犊儿不畏虎的闯劲。

走到很高的地方，大河头尾茫茫不可见，狭窄的河道挤得她喘息着、跳宕着、翔舞着，一股大无畏的冲力就像我们民族向往自由的激情那样不可阻挡。司马迁身上就奔啸着道家无为观念拴不住的亘古诗情，信任人，赞美人，揭示人，归根到底为了丰富人，找到人在天地间准确的位置，放射出潜能，受到应得的尊重！

恰好眼前有片方丈之地，东面的峭壁挡弱了暴风雪。再向高处攀登，更加险峻。他的背脊和右耳紧紧贴着石墙，小黄骠跪下了，进入了半被催眠境态，闭上两眼，伸出伤残的耳朵，似睡非睡地听着他的心音。他和神骏顿时似乎嵌入了巨碑，兀然屹立，检阅着大自然的震怒。

雷声袭山，浪涛撼地，风雪急于逃出悲壮的氛围，想到天上去喘息……

是与浩然大气联体，还是疯狂前的幻觉？

“子长，我的孩儿！欢迎欢迎！我们等候你三亿年了！”黄河咆哮着。

“我们等候你三亿年了！来吧，儿子！欢迎你呀！”龙门山苦笑着。

“子长就是你们等了那么久的假智真愚者？”

“是——呀——！是——呀——！”一切景物都投入了呼喊。

“果真如此，你们值得吗？我何等的平平常常……”他无法排除犹疑，“茫茫天宇呀，我心中跟你们一样横亘着广袤无垠的大漠，那是大雪晒干的冷魂，每粒沙子都想飞上另一座星星，又全让永恒的无名定力所吸引，徒然地淹死在灰白色的长夜里，谁也动弹不得。它们跟我和万有一样无差别，一色一式的累坏了，包括生命与想象力……”

“……”也许聋子才能听到这命定的回答。就算神骏听懂了，如何破译表达呢？

时光的脚步停了良久良久，现实顽强地凸现在太史公面前。

他卸下小黄骠的笼头与鞍具，松开肚带，逐件抛入黄河。它伸出舌头，像幼年那样舔着主人的肩头和耳根，甩动它拖到地上的尾巴，抖动起伏如黄河巨浪般的鬃毛，连声长嘶。借助于风的推推搡搡，主人觉得背靠的崖板，足下的石台均在震颤。

“筋脉互通的朋友！最后的旅伴！我离开人世唯一有灵性的见证，你是真正打抱不平的侠客，哀蹇命运的分担者！冲锋陷阵如将军，不知势利谄媚为何物的义士，我给你杯羹换得满月，我应当做一次马，让你骑几年。眼下生死殊途，以你的灵气会识途归家，女儿将遵照我的叮咛为你养老。千万莫要落到坏人手中，让你拉不完的车，走不尽的坑坑洼洼，杀肉剥皮，抽筋剔骨。我想让你活得自在，你未必能找到自在！回去，朋友！”他拍拍它的脸和脊柱，朝山下大路一指。

又是一声长长的悲鸣，兀立如顽石。

春雷提前大吼，闪电在云块间抽旋。雨、冰雹、雪，手拉手，肩并肩，朝苦涩的土地上倾泼……

“去，朋友！”他恭敬地屈下双膝。

它将颈项垂到他的肩上，无限踟蹰。主人抱着它的前腿，浑身发抖。宝骡啊！你何曾晓得：他能扛得起几千年浩繁的历史，却扛不动自己一颗睿智的头颅！

良久，他伸出双臂将它一推。

它频频点头，奔下陡冈。司马迁目送它穿过树林，朝来路奔去。

他如释重负地喘息良久。

他又思索，人生，历史，自然，死……

从石壁上推下一块石头，凭最后的气力把它滚到崖边，有三分之一悬在空中。

他做得不紧不慢，等于为自己的传记写两句赞词。没有任何压力和恐惧。

死，对于无法活的人，有一种诱惑和美感。然而，他已跨越了美丑的尺度与求生的本能，背朝黄水，坐在危石上，任雪欺雨打风凌，没有反应。

来得及死，莫慌！

他抬起头，希望云缝里能走出屈原的幻影，大诗翁辜负了太史公的企盼。云片在积聚，弄不清是真是幻：有些彤云块贴近金涛在飞，甚至沉下河底；有些云墙在山腰上忽分忽合，正奇交替，阵势不可端倪。

他蓦然看到：石缝里长出一株小松树，紧贴石壁，不到二尺高，伸手摸着屈指可数的几撮松毛，令他忆起杨恽剃去胎毛之后被他爱抚的画面。霍光任大司马大将军之后，皇帝赐给宽大的邸宅，原先的府第给了杨敞使用，孩子就在大屋里生活。短缺母爱与外祖父的关切，子长很负疚。除了应付劳形的事而外，主要心血用于著书。本想成稿之后接孩子来享天伦之乐，然而……

他不能再多想了，解掉腰带，坐在地上，把石头和自己拴在一起，还没有挽成死结，突然心血来潮：要等一会儿。等什么？不晓得！

猛地，他听到了小黄骠的蹄声自远而近。

腰带松开，他缩回悬空的双腿，倒退几步，重新立起，打算下行一段，看看有实无名的神骥。若受到公平相待，它的潜能与死几千人才换一匹的天马西极马无法相提并论，尤其是在逆境中涌发而不可收的道德力量！

小憩后重新调集的活力，使他举步轻捷，仿佛与宫刑前相去无几。他直腰背手按着半蹲的两膝，扭动脊椎与骨盆，不像要散架。其实，他底子好，稍事养练，比司马谈长命。

一气儿五十步，走得很稳，小黄骠已来到他面前，略一对视，从它的鼻孔到肺管响起一阵抽搐声，热乎乎的舌尖舔在他的额头与两颐，他久久沉醉在最后的愉悦里。自从马被驯化为家畜以来，几人获得过这种缠绵？

他紧紧抱住小黄骠的头，右鬓牢牢倚靠着它低垂的耳朵下边，四只视线一同投向东去惊潮，小黄骠的下唇紧偎人的心脏不动。人的表情很独特：非哭非笑，亦哭亦笑。麻木，夹杂着终于放下了生命重荷的一丝悠闲。四成是剧中人，三成是看客，三成是命运雇用来跑龙套的票友。总之，未能全部进入"司马迁"这一角色。戏编得太假，太疙疙瘩瘩，前后台都是盲动力指间的木偶，没有人知道自己是谁。全凭惯性在运作。他甚至怀疑，小黄骠才是太史公；他不过是一匹非驴非马的骟骡子……

他从嘴角尝到咸涩的味儿，是自己的还是骡子的泪？或许兼两者而有之，泪囊之间也通灵犀。

"回家去，小黄骠！照顾难友！"轻拍它的前胸，指着西南角的都城。

"嚁——！"它一步步后退，眼睛又大又豁亮，无限惋恋……

他跌坐在石旁，把腰带缠绕两道，系了个死结……

它傲然肃立，抬着长鬃如狮发纷披的骡头，凝睇半个时辰，分立于河东河西的龙门山合成一尊摩天的巨灵。猛然抽出红亮的长剑一挥，智慧的头颅被闪电刎落翻花如沸的黄流……巨灵顿时后悔，撩开黑云大氅躬腰钻入浊浪，想抓回从伏羲、神农、轩辕、老子、孔子、墨子那儿不断拓展的思想，将头重安在颈子上面。可惜用力过大，为时过迟，巨灵上半身扎入河底，双腿从两岸伸出来，夹着野性未驯的大河……

小黄骠不再嘶鸣，转身背着风雪与早产的闪电雷霆，用疯狂的飞驰，倾泻说不出的孤哀。

风，停了。

雪，止了。

云，散了。

河，静了。

冒血的晨阳似朱砂染出，举着七色花冠。

横跨两岸的彩虹朝初曙的碧空弯着硕大无双的巨弓。然而，司马迁的巨笔折了，箭在何处？

大野披麻戴孝，万里银辉。华山、禹门、终南、骊山、中条，顶着白云头巾垂首默哀。

整个后半夜，神骏在龙门顶峰肃立。堆在身上的雪冻成纤尘不染的银鬃，像一座玉雕，它仰视八极，谛听宇宙无声的召唤。

长虹投身到它的瞳仁，它吐出带点沙哑的长啸，往悬崖下一跃，被绛霞托住，落入母亲河的怀抱。

波涛漾开金叶银蕾的超级花圈，献给人类普普通通的儿子——司马迁！

# 余　响

# 一

听到李福宣召，胖孩连蹦带跳上了台阶，一进空旷的寝宫，突然放慢脚步，垂手叩拜如仪，病成了半木乃伊状的武帝让孩子很伤痛。

武帝目视大太监，用伸在袖口发青的细细指头朝外一挥，李福走出帷幔，送来渐远的脚步声。屋里只剩下一老一少，阴气逼人。

"司马迁怎么样了？"

胖孩拿起武帝手边的大玉圭，指指粗大的柱础，表示圭和它一般大，用腰带捆在自己肚皮上，侧身翻了两个跟斗，再扯下一根长发，把两个橘子系在一块，摸过大些的指指自己，点过小的，又点点柱础。两只一齐投入水壶，搅起水花。他划动双臂，表演游泳，但圭太重，终于沉沦，挺直了身体，躺在地上。

"他身绑大石头跳入了黄河，淹死了？"

"嗯。"

胖孩蘸着水，在小几上画了两座高山，手代替水从中流过，十分湍急。

"是在龙门吧？宝马要走大半天？"

"嗯。"

"这事就朕与你知晓，告诉他人，将你腰斩！"

"嗯。"孩子指着天地和自己心口。

"李夫人升仙了，你还想念她吗？"

“嗯。”

“朕也要升天去见夫人!”

胖孩抱住武帝的靴子,泪水像断了线的珠子一样洒落西域贡来的羊毛毯上。

“好孩子! 你舍不得朕走? 过来。”武帝鸡爪般的手抱着他的头,想到少年时代的刘据,十分悲酸;戾太子换为弗陵,说不出是安慰、渺茫,还有一丝对太监的厌恶……“让你去茂陵白鹤馆,天天为朕的长明灯添油,守着朕与李夫人的陵墓……”

“嗯,嗯。”胖孩涕泣不能仰面。

“回去歇息,喊李福来。”此时武帝在凄凉中感到得意:云土之间只有我刘彻一人能叫司马迁连着他的大书无声地消失,没有任何记载。

一会儿,李福跪在榻前。

武帝说出对胖孩的处置,补了一句:“给他好吃好穿,走出白鹤馆——斩!”

“奴辈去传旨!”

武帝昏天黑地地眯盹了一刻,睁开老眼有气无力地问道:“李福,怎么还没杀掉你?”

“奴才忠心耿耿,没犯刑律……”李福吓得身流冷汗。

“知道的事太多就该杀! 韩信、彭越、英布都忠心耿耿,留侯张良为保全子孙财产体体面面地饿死,说什么‘辟谷’。司马迁是大忠良……忠有何用?”后面四个字未吐出唇,又轻轻扯起呼噜。

“天!”李福在心中惊呼。

次日天明,武帝醒来,指指厚重的窗帘。

内侍们扯起帘幕,大铁窗框里钻进了旭阳,琉璃瓦上,彩霞腾舞,空气清新而潮润。

武帝挺身坐起,揭开狐腋被,李福为他登上便靴,他颤巍巍地站起来,笑容可掬,推开太监们,龙行虎步走到门口,他志得意满地认为还能做三五年太平天子,集尧舜周公孔子之长于一身,让百姓们富庶安定,欢庆太平。

他挽着李夫人立于七彩云霓之上，门外罗拜山呼的不再是大汉臣民的伶牙俐齿，而是万国来朝的国君……

行将沉落的夕阳容易被误认为是仪态万方的曙日。百僚朝官们立在霍光后面，以为奇迹发生，武帝病情缓解，一齐手舞足蹈地狂喊："万岁！万岁！万万岁！"

武帝皱眉而笑，他看到路边还有一盏鹤舞形的大宫灯，衰疲不堪地吐出苍白的余焰，陷入包容天地的灿烂光明中，孤独地陶醉于曾在遥夜里给过人们小小的温馨……

"这不是司马迁吗？"他带着轻蔑僵冷的微愠，扭过身躯前行三步，饱吸晨风将它一口吹熄，留下两缕轻寥的残烟。

武帝的肩头一晃，倒在海啸般的欢声中，把五十四载的功过交给了历史。

百家争鸣的余火也跟着他同时圆寂！

## 二

催花雨，落花风，打打闹闹，匆匆一夏又一冬。

葡萄藤迅猛地绕着木架爬满了四圈，胖笃笃的叶子堆成一条碧廊。

书儿怕杨恽沾染纨绔子弟劣习，父亲出走后半年，携他回到了大司农杨敞的深宅。东方朴每年有一半时光不在家，只剩下牛大眼一个人洒扫屋宇庭院。书儿送给他一匹代步的宝马还在养着，铡草就得雇个短工。

楼上书儿卧室，楼下书房，收拾得窗明几净，图书放得有条不紊，似乎主人到村店去小酌几杯，或入城访友，马上就会回来写作。

常来翻阅老师藏书的只有被人们遗忘的郭穰，抄了一套又一套《太史公书》，其中的一部由杨敞献给了皇上，被霍光指定为金柜秘籍藏于石室，保存者还是郭穰，没有引起任何是非。《报任安书》早已传诵开来。

有一回，郭穰在朝房遇到光禄大夫邴吉，这位好狱官慨叹地说："令师子长先生若还健在，可以翩然归来。想当大官，皇帝、大将军十分欢迎，不做官姑爷也供养得起。过个安稳日子，修订扩充旧作，也是快事！"

"少卿老叔，可惜老师没有消息！"

“唉，李少卿、任少卿都完了，我这个少卿也垂垂老矣！”

“老叔不老，还要做许多造福苍生之事！”

“不说这些，留下这个就不错啊，贤侄还是一个人过吗？”邴吉拍拍后脑勺，笑得恬静。

“嗨！……”谈话算结束。

始元二年（公元前八十六年）清明节，太公宴请杨敞一家、郭穰，牛大眼、书儿下厨房。

太公说：“子长离家三年，若在人世早已回来，虽说咱们老小几代都盼望他还活着，盼望未必是事实。老朽之意：在家乡买一块大坟地，把子长的衣冠旧笔，还有老朽送他父子两代人用过的砚，装口棺木下葬，供后人凭吊。他真回来再扒掉也不费事！”

“太公的教诲说到了后辈心里，没有老师——我还不愿称先师，哪有郭穰？小子甘心出钱买地，修个墓庐，欠点钱慢慢还。”

“敞兄，此事不宜穰兄独力为之。你的俸禄比他高，咱们拿钱理所应当！”

“师妹所说甚是！穰兄奇节卓行大白于天下，众人皆尊敬。孑然一身，又时抱贵恙。小弟乐于出全资，由太公擘画。”

杨敞的话除了师兄，一致赞同。

“穰兄本是咱们家一口人，他……就是爹爹的儿子，快些告老搬这儿来，侍奉太公，照应牛叔叔。这样异姓骨肉相依，小妹一朝去了也放心……”在场的人都比她年长，谁也没有重视无意间吐出的思维迹象。

“该，该当如此。师兄本对仕途淡漠，眼下辞官，小弟长兄为师，能尽菽水之欢。岳父书稿，有微言大义，千余年掌故，加以注释集解，师兄当仁不让。今日当着长辈之面一语为定！”

“敞弟，”郭穰起立拉住杨敞，“兄弟身在官场，仰承大将军鼻息，小兄一向同情，又不以为然！今日剖心自白，令愚兄豁然开朗。弟弟还和小时候一样懦弱善良，谢谢！先敬一杯酒！”

“不必，同门人该同敬子长，你弟兄望空一拜！”太公倒满双杯。

师兄弟酹酒于尘埃，跪在地上紧紧相抱，涕泪交流，人性中的好东西得以凸现。

太公说："今儿五人饮酒五个姓，坐到一块儿，每人一条路，多不易呀！孩子们，有好开头不算啥，好到底才是君子之交。所谓淡如水是恩怨两忘，永不计较。否则以恩报恩，以怨报怨，就血比水浓，还淡个什么？什么亲人比咱们还亲近，敞儿出了官场是个无用的好人，有个小心眼儿，出了这屋咱不管，到这儿来一笔勾销！钱你出，牛大眼操办。咋操办？听老朽的。穰儿盖墓庐，守墓到死是义士，就这么板上钉钉！"

雨水买好地，到了芒种，坟与石庐一道齐工。虽然简陋，借得山水之势，甚为壮观。下葬之日，书儿夫妇、郭穰披麻戴全孝，霍光、邴吉等故旧隆重送出横门。街道两面不少百姓摆着香案恭送，书儿一一答拜。

忙了几天，杨敞、郭穰休沐日[①]已过，便带着书儿乘车返回京师。

乡村人睡得早，二更天，太公、大眼各自上了床。到三更敲过，高龄人已经醒来，想到与子长家四代的交往，难再入梦。过了一会儿，似听得十多丈以外有人在抽泣，嘴被什么东西捂住，出声很细弱。太公掀被而起，来到外屋一看，牛大眼床上没有人，便顺着哀音找到太史公衣冠新冢面前。

大树上挂着一根绳子，牛大眼伏在墓前哭得很伤恸。

"先生，大眼要算到您有芝麻大危难，咱早早晚晚会像影子一样守着您。也许山不转路转，有个岔道儿就熬过来了，总不像这样没个声响就不见了。先生一去，俺活着没劲，愿到九泉去侍候您，不然还有几十年，总不能吃白食呀……"

"大眼，你别胡来！子长巴望你活得久，做个对别人有用的汉子。我这一大把年纪都不寻短见，贼官恶吏活得挺自在，你就该死？"

"路越走越窄。"

"你天天出力干活，吃谁的白食？我活着你就饿不死，子长、子长学生女儿也该报答你呀！活下去，等我死过后住到这儿来，给子长修个祠堂，郭解、仲子的坟也要有人问事，不能全扔掉。做石头活，老朽眼力不济，塑个

①即假期。

泥像不费劲。孩子，祠堂就该你管。你老了，司马家同宗后代还有几百口子，再说你抬腿就走，撇下我上百岁的人多孤单？”老人落下别人罕见的泪水。

“爷爷，大眼一时拐不过弯，对这肮脏世界看不惯，错了，我做您子孙，将来也会有后生跟俺相依为命，像我跟爷爷一样。”

回到石村，东方朴试用石头为子长造像，刻到眉毛就砸豁了眼，大师也有力不从心的时候。

泥塑很传神，书儿说供奉在父亲书房里，可以时常来拜谒，将来再挪到韩城去。她还没死心：苦苦等着爹爹回家。

## 三

小皇帝八岁登基，二十一岁去世，史称汉昭帝。他与民休息，国库充盈。杨敞由大将军府长史、搜粟都尉、大司农、御史大夫升到丞相。大政由霍光主持，他仅仅虚在其位，安享尊荣。弗陵十四岁时，上官桀要刺霍光篡位被族诛，杨敞知情未立即告发，有霍光挡风，不影响迁升。这年杜延年由谏议大夫升迁太仆，政声颇佳。

国不可一日无君，经大臣研究，奏请十五岁的小太后(霍光外孙女)批准，命光禄大夫邴吉等去昌邑迎接李夫人之孙，刘髆之子刘贺入朝继大统。不想刘贺是一名罕有的昏君坯子，沿途抢民女，入宫终日奏乐宴饮，乱召宫女伴寝，随行属吏三百余人，厨师乐工随便封官。至长安二十七日，下诏一千一百二十七次，大失帝王身份，扰乱祖宗制度，眼看汉室江山要亡于旦夕。直臣龚遂、王吉上书进谏，刘贺不理。

霍光忧心如焚，夜不安枕，便召亲信的旧部下大司农田延年、车骑将军张安世商议对策。

“将军为大汉柱石，今嗣主荒淫误国，徜不奏白太后更立贤君，何以固社稷?”田延年首先发难。

“前朝有此事例吗?”霍光不无犹豫。

“昔日商朝圣人伊尹为相，曾将昏君太甲流放于桐宫，宗庙得安，百姓欢呼。大将军何不做大汉朝的伊尹?”牵强附会的根据比全无根据更有利于行动。伊尹能使太甲在流放中悔过，霍光办不到。且据野史《竹书纪年》，伊尹终于被杀。

霍光命延年来给杨敞打个招呼，试试他对废立的态度。

田延年来到相府客厅，说出原委，杨敞口中如衔个萝卜，支吾唯唯，虽在三伏天，止不住冷汗横流。

田延年到邻室去更衣，书儿从厢房走出说：“敞兄，大将军已有成议，使大司农来报，你同意与否皆是箭在弦上，稍一迟疑，视为异类，便将灭门！”

“这……”

此时延年归座，书儿来不及回避，便坦然相见说：“大将军以社稷万民为重，对我们一家恩泽匪浅，愿敬奉大将军教令！”

次日朝会，百官云集，霍光历数昌邑王淫昏，问众公卿何处置。大家诺诺，莫敢仰视。田延年按剑而起：“孝武帝以大将军为托孤大臣，今国事垂危，若不立大计，坐令江山灭亡，将军有何面目见先帝？今日共议良策，应声落后者，延年请求奋剑斩首不贷！”

此刻霍光已请张安世、田延年写好奏议，以杨敞为首一一署名。霍光引导百官至长乐宫禀明小太后，她只说一个“可”字。

昌邑王被送回原来封地，除龚遂、王吉二贤者外，狐群狗党全部斩杀。

邴吉向霍光提出刘据之孙病已年满十八，好学有德，可承大业。霍光会同杨敞等在太后那里走一过场，拥立新主，即比较英明又忌才的宣帝。

邴吉懂得刘家天子以刻薄为传家宝，未呈报自己对皇帝的救命之恩，几年后多亏流落民间的宫婢叩宫门请赏，说明真相，宣帝才封他博阳侯，食邑一千三百户。那时他已升御史大夫，主张慈宽治狱。后来还做过丞相，是一代贤臣。

宣帝择吉日登位，霍光摄政，杨敞仍居相位，封了安平侯。

他喜滋滋地下朝回到官邸，儿子杨恽报知说：“母亲给外祖上坟回来了。”

“唔。”书儿常去祭祀父亲，杨敞哼了一声，全没在意。等走到卧室，才见枕上放着书信，打开一看：

君侯尊前：

妾苟活十有四载，苦待父归，因遗著未流布，恽儿甚幼也。今父仍无音书，遗稿及副本藏于诸大邑，儿亦成年。新君立，恩礼益隆，兄德已报，妾得从长者于泉下矣。儿下笔千言，有外祖遗风，教以韬光避谗，守拙读书，他复何虑……

杨敞阅毕，急呼杨恽同上后楼，儿子挥剑劈落门锁，但见司马书儿倒在床上，身无伤痕，额角已凉，或系吞金辞世。

杨恽顿足长哭，痛不欲生。杨敞叹息连声，两月后病故，丧事极有排场，死前还给儿子留下一位新娶的后母。

杨恽未从母教，入了仕途，因预告霍光后人谋反，在公元前六十六年封通平侯。他通《春秋》，是一流散文家，对《史记》的流传是功臣。他居官廉正，仗义疏财，唯喜面折人过失，评讥大臣。被太仆戴长乐上书检举为诽谤不道，免官为百姓。据《汉书》所载："恽为中郎将，罢山郎，移长度大司农，以给财用。其疾病、休谒、洗浴，皆以法令从事。郎、谒者有罪过，辄奏免。举荐高第有行能者至郡守、九卿。郎官化之，莫不自励。绝请谒货贿之端，令行禁止，宫殿之内，翕然同声。"可见杨恽是一位爱才执法、堵死后门的直官，政声斐然。赋闲后问心无愧，依旧宾客盈门，宴饮连日。友人孙会宗写信劝他莫置产业，杜门谢客自省。恽在回信中将会宗反驳得痛快淋漓。公元前五十四年五月日食，有人举告杨不法，方有日食之警。孙会宗呈献杨恽复信，皇帝厌恶杨恽给"中兴盛世"的黑暗腐朽曝了光，本来就忌才，听了吏人分析，认为大逆，钦定腰斩，家眷流徙酒泉，在朝亲友尽行免职。作为罪证的《报孙会宗书》成为《报任安书》的姐妹篇至今传诵。从此一套完整的文字狱技术代有嫡传，不断发扬光大。在清代集大成，至"文革"而登峰造极。

帝王们为了掩饰社会冲突真相，对百姓们总是制造矛盾，各个击破，分而治之。知识者依附自己憎恨的统治者，却主动响应号召，同室操戈。一部分人练出了打人绝招,以满足官位名利私欲;另一部分人专会挨打,幻想委曲求全达到主人赏识,实现富民强兵的抱负。两套功夫消耗了大量智慧与财富。陈词滥调再花样翻新,难对地球宇宙做出多大贡献,养育不出巨人!

## 四

院墙角落里一棵平平常常的老枣树枯萎后,剩下还挺结实的干枝挺立在秋风中,自有一种死而不倒肉朽骨存的硬气,剪影在夜间托着星星,尤其傲岸。

太公从边地回来,每天午后都要坐在房北檐下对它出神。这一阵老人精力不足,吃肉便吐,酒也忌了。

"大眼,砍了它,不能开花结果,就莫再占块土,遮住小树小草的阳光,白费雨水露滴,太丢丑啊!"

"它矗在那儿几十年,对老朋友,怎忍心动斧头?"大眼不以为然,"将来郭穰嫌它碍眼的工夫再伐不迟。"

老石匠笑得挺寂寥。

"快到重阳节,爷爷一百一十一岁大寿,该热闹两天,我得张罗一下。"

"甭忙,那天不在家,约定与郭穰一道上华山。以后再上也难……"

"那也得操办,等您回来再开寿宴,反正不请外客。"

"嘿,我也快成那棵枣树,该伐了!"

"不,您有得活呢!"

"嘿……"

初七动身,两日才走到山下,老人把大驴寄养在客店,给自己砍了一条藤杖,扶着它指探随意,牢稳又轻便。沿途走不到二十里,东方朴就要坐在草地,倚着大树合上眼就扯呼噜,片刻就醒来,再走上一段又困倦了。第四天才爬上玉女峰。遥观南峰落雁最高,与西峰莲花、东侧朝阳峰,似三足鼎倒立,下为一体,危崖峭壁,云雾荡漾,壑深不见底,众峰围拜于膝下,气象森罗。正午的烈阳自东峰反照过来,无际的松林送来碧色气流扑人须眉,天地罩着绿纱,让松针寸草,一一毕现。老人伏在老松树的矮枝上发呆。

前行三步，便是悬崖百丈，几只秃鹰在崖下盘旋，两翅不动。老人扭着下唇，打了个悠长的口哨，它们的眼紧随哨音凝望着老侠。

“太公活得比两个秦始皇还长，再劳碌风尘，还忙些什么？”

“杀贪官污吏，帮穷人。”

“越杀越多！”

“活一天杀一天，杀不尽别人接着杀！”

“杀五个坏东西，十个又爬上来，能救黎民出水火？”

“我也穷，谁救老朽？做点小事和百姓干系甚少，只图自个儿良心快活罢了。”

“游侠会被朝廷杀光吗？”

“不会，你们书呆子但知朱家郭解那样小侠。墨子不让楚国侵犯宋国，鲁仲连排难解纷，不承认强秦为帝王。他们不会武艺，才是大侠。像施小惠买大名交接官府的朱安世之流，不过地方豪强而已，老朽不取。”

“太公高论，拨云雾而见青天，可惜上哪儿去找大侠？”

“没有大侠，侠行永在，万世受人景慕。老朽为什么活到今天还没有死？”

“这……高寿！举世寥寥的大寿翁！”

“因为能动弹。等到这棵老树快要枯死，像人得了肠痈之类绝症就该了掉此身，不能坑累后辈活不痛快！”

“您活二百岁咱们也舒心，怎会受累？”

“不说这个。你们念书人为啥活着？”

“老师在诏狱里赐教：士人为质疑而生。悠悠万机，合理中有悖理处，不合理中有合情理所在。破小疑小进，解大疑大进。不疑则盲从，无据而妄疑流入虚无。疑而有得，便当提出质问：天命，伦常，开国名君名臣，英雄豪杰……他老人家在《太史公书》里都有剖露。质问即为庶民仗义执言，百死无悔。否则读书再多何益？”

“你可以疑，我不许你质问皇帝大官富商，没有人回答，白白送命。不如留下有益之身为百姓办些小小好事，写出好书。子长之误在执，专找不讲理的皇帝讲理，哪知玉玺即是非，权柄即至理！我劝他，他不听，知其不可为而为之，是别人不可及处，可敬可爱。活到今日才到花甲，正是收庄稼的好季节！死了，世上几个人还在叨念这个好史官？他不该受冷落，嘿……”

“老师永垂不朽！太公看人能见五脏！”

“也是个偏执老朽！记得子长曾荐任道远为新安县令，那孩子能给百姓做些正事，老朽偏要道远跟韩小仲做游侠，将任职文书撕个粉碎，后来又把子长训一顿。他不生气，老朽想起来不安，对不起任少卿和道远啊……不过很快就要改正此病。怎么改？请拿竹筒子到泉边替我取点水来喝，回来再细对你说。但人跟人不一样，你不能踩着老朽的脚印走。”

“请退后几步，这样站着，看在眼里发怵。”

“行。”他退后十几步。

郭穰下了石级，但听老石匠大笑：“鹰儿们飞得真高，老夫想比你们飞得更高……”

等郭穰取得泉水回来，老人已无踪影。他只能是跳下了大壑！郭穰在绀红的云光中，看到东方朴的汗巾，挂在树梢飘动……

郭穰到云谷中寻觅，未见太公遗体。在崖顶跪守二夜一昼，米水未尝，听着啄木鸟丁丁的啄虫声，此外四野寂寂。后来牛大眼说：“太公是做神仙去了……”于是种种传闻，遍地开花。

郭穰独身活到八十岁，已称病致仕三十多年，一直守着先师故宅过着清贫日子。他原想把司马迁对皇权恶性膨胀的隐忧，呼唤政简刑轻、君主与民生息、和贤臣分权、用才树德则久安，专断孤行、巨细管死、穷民以纵欲富国则必亡——以此大义为轴，辐射于《史记》的注释之内。以阐明为君、为将、为相、为学、为大小吏、为文、货殖、安民、直谏等等法则，其体大，其思深广。至若挟山岳湖海之气，泼墨烘彩毕现世代风云，以兵法谋篇，用细节勾勒传主闪光与阴影，疑天疑命的参与激情，迂回疏宕，还有漏洞、矛盾、玄虚、残缺、重复，明眼人自知，都不重要。他有舍生取义之勇，全节保身之谋，未能完成此一工程，除了多病，怕说得太直反而惹得皇帝注目，危及书的存在，或是主要原因。[①]

太史公泥像迁至墓庐，由老而弥健的牛大眼守护着。

## 五

感谢民风淳朴，交通闭塞。虽说两千五百年来，全国无战争的时光只占五分之一，司马迁的祠堂还是得天独厚，被保存下来，无数次劫火都被拒绝于山门之外。

出韩城市南门二里，即古夏阳县旧址。嵬东乡高门村埋葬着太史公先人，古碑尚巍立村口。

下韩塬南行十公里，芝水上曾有石桥，两头立坊，竣工于18世纪末，毁在20世纪20年代初。留下坑坑洼洼的土路，使我们忆起桥毁之后，中国走向科学、民主、独立、自由的艰辛历程。1936年杨虎城拨款重修了芝阳桥，可行汽车。不远便有两柱一顶的简易木坊，挑梁，无科拱，上书“汉太史司马祠”。建于光绪十二年(1873)，犹如一本古书的题签，展示了古建筑群的吸引力。入门是韩弈坡，初建于战国，大石块依山铺成，为去长安要道，因风雨剥蚀，车马损伤，坎坷不平。

踏过层层磴道，渐入佳境，三开间祠堂大门，唐代建筑，由城内东寺于1977年迁建于此，平台上陈列当代名人书法的展馆，为禹王殿旧构，碑刻多而具独立审美价值者寥寥；接待室原系彰耀寺大殿。《史记》版本陈列厅本是三圣庙献殿，三座元代古物均稀有国宝，1978年迁入此处。书法馆外立有河渎碑，由河渎灵王庙移来，这方五米高，一米三宽的宋代名碑，不幸在运输途中折断。路北小庙祀司马谈，虽不起眼，已近千岁高龄。再攀若干级，进入“高山仰止”木门坊，用科拱装饰，穿插工整，掩巧于拙。坊偏北向，重建于明嘉靖十五年(1536)，初建年代不详。坊额为1944年强汉山先生所题，运笔锋芒内敛，稳固可观。门右侧立着小碑亭，坊脚砖砌，扎实、沉稳。横幅标明司马迁在世界史学上的极高位置，又抒发了巡礼者共同的心声。

---

①国人不乏慧眼，李世民是善读《史记》的明君。此公运用“司马子”的论述为明镜，推动了贞观之治。子长做了一次实无名的帝王师。在记载李世民治世的《贞观政要》一书内有些迹象。周天先生所著《文人的悲哀》(北岳文艺出版社版)里尤有发现。

康熙七年至十三年(1868—1874)县令翟世琪发动村民将原南泥土运至祠前,垫成十平方丈台基,外围砌灰砖加固,并造砖阶九十九级显示崇闳,另造砖坊"河山之阳",翟世琪题额及旁联:圣人光道统;汉史竞经文。首次尊子长为圣者,《史记》媲美《六经》。和皇帝玄烨拒赠司马迁谥号对映成趣,皆见之碑记。砖坊比山门及坡下木栅门略高,造型敦实,它标出地处黄河梁山之南。和《太史公自序》所述身世吻合,书法平正宽博。大门上有光绪时县令王增棋手书"太史祠"就立于砖阶尽处,悬山卷棚顶,其色土朱,五彩绘。院子占地面积颇小,但壁画者大处落墨,以深代阔,雍容自如,无狭窄拥挤之感。

明万历三年(1575)芝川人张士佩任南京户部尚书,捐银二十五两,司马坡下水田二亩半,募人守坟,积累三十载得资修成献殿。殿为敞厅,是寝殿的大氅,内列自宋迄清石刻六十四方,记载着历次维修的资料。寝殿五架四楹,与献殿为"复屋",前后檐仅隔数尺,几乎连为一体,前明后稍暗,悬山顶,两山博风做悬鱼,灰陶瓦,增添了肃穆感。前庭空阔,垣墙高耸如小城环护,侧院稍矮,主次分明。石级左右有深深的山沟,便于排水,把主体建筑与次要配角们割裂开来,形断意不断。山门两殿保存了宋代建筑遗范。治平元年(1064)、元丰三年(1080)、元祐五年(1090)三次大修相隔时间仅为二十六载,大约是祠墓的一段兴旺岁月,奠定了基调。后来大修十次左右,损益无多,又是罕见的木结构,审美情趣高洁,在建筑史上价值很高,同类作品寥寥。

现存太史公塑像红袍束带,乌髻高耸,修髯浓眉,表情持重温煦。碑文说:"宣和七年(1125)烁子始官韩,寻遗访古,得太史公之遗像焉。"宋代原非中国雕塑的黄金时代,气格劣于汉唐甚多。后来哪个朝代加固维修,就渗入哪个年代的风尚与弱点。跟人们设想中的清雄形象不无距离。清代以来作品的人文格局更小,宋塑已弥足珍贵。像上有一九四六年横额:文史祖宗。辞或过誉,足见钦仰之情。

大圆冢立于小平台上,墓壁砌于元代,朴拙静雅。砖上有八卦及其他图案。管理者称为"衣冠冢",没有依据。古柏一株,分开五指齐指苍穹,远望如青峰的冲天怒发,枝杈虬挺,郁勃多生机。小山高仅百余米,相对地孤立擎霄,总体形象伟岸突兀,踏顶峰俯瞰黄河天外飞来,一出龙门百来公尺宽的狭谷,冲积出大片良田,东岸中条青痕一发,令人心旷神爽。加上南麓芝水东去,东部滹水直下,皆奔向巨川。除去帝王陵墓,只有中山陵在气势上可以抗衡,国内外诸多艺术大师的墓葬都未享如此雄浑博厚的地利。

古建筑群最早见之《水经注》:"子长墓前有庙,庙门有碑。永嘉四年(310)夏。阳太守殷济瞻仰遗文,大其功德,遂建石室,立碑树柏。"晋代纪念性古墓原址不明,早已荡然无存,墓地谁选,为何选中此处,墓中有无子长遗物,无可稽考。从山门牌坊的"瘦小"看,小得恰如其分就成为不小。小画盖个大图章,图章突出了,画被破坏,失去整体效果。量体裁衣是美,还可以证明乡里人士集资建祠的艰难。素净可亲的布衣风格无比曼妙,看不出皇家及达官显贵的参与,正是司马迁的大幸!

这里大中见大,黄河,山陵阔野;大文豪,大胆质疑担当的凡人,向星花小草的眷念低回,对独夫民贼的讽刺,奔腾不息如大江的浪漫主义激情,天人合一的东方睿智,做了大手笔的发挥。把大块文章留于后世。

这里小能见大,山是大墓,墓亦小山。有限空间,将一部无声史诗献给无言的大地,展示生命、创造、青春三不朽!如作于宋代的刻壁诗所说:"荒祠邻后土,孤冢枕黄河!"

这里大中见小,把自己放到大自然、社会、文化的巨大存在中去咀嚼个体的分量,为人类当一个合格细胞,无愧于前哲后代,摇醒人的曾经是人的记忆,去呼吸巨人伤口流出的清芬,超出妨害子孙精神成长的尘嚣,分享太史公的一分宁静……

这样,天声离我们并不遥远。

# 别了，太史公！（代后记）

## 一

七岁上小学，黄雨铣老师教我们临摹常见的颜真卿《麻姑仙坛记》，他仔细讲了颜字间架结构及行笔特色，但我的两眼老盯着窗外草地上的一只黑色大蝴蝶，半句也没听进去。与我同桌的孩子的父亲开炒坊，却一钱如命，让儿子习字用的纸是他用极低价格收购进来包花生瓜子的古书。老师走到我的桌边重重地咳嗽一声，提示我应该正襟危坐地练习悬腕。

“罪过罪过！这是太史公著的《史记》呀，怎么翻过来订成习字本？”

“柯文辉！”

“有！”我拘谨地站起，以为偷看蝶儿的事被先生发现，出气变粗了。

“把本子裁开，给他一半，他把古书给你带回家，让你爹爹买二刀毛边把史书换回去，老人家准会高兴！”

也是天缘太凑巧，我照先生的指示去做了，父亲居然得到虽不珍贵也有些学术价值的明代刻版，康熙元年重印本。我所以能记住这个年号，是因为父亲有一部《康熙字典》，炒坊小开得过天花，脸上有几颗不太打眼的白麻了，和康熙皇帝同病，孩子们都用“康熙麻子”来称呼小老板。

父亲研了一点明矾粉，搀在细面里打了糨糊，把一条蓝底白花的旧被面子托上两层毛边纸，刷在门上，几天后揭下来剪成书面，将《史记》重新装订成两函二十册，贴上宣纸签条，请他的老师潘希正爷爷题了书名，盖着红印。书忽然变得年轻。

“儿子，这部书是中国最好的文字，瞧瞧墙上福建书家汪甸侯写的联语：‘诸子以南华为绝妙；列传惟太史得沉雄！’儿还太小，不知东南西北，将来书念多些才会懂得。上苍有眼，黄老师有心，我有幸细看世界一流杰作。前面添上五页白纸，因为书里没有收进《报任少卿书》，潘老师为我抄全，订在卷首。卷末多一页，有我抄的一篇小赋……”父亲目光炯炯。

“您说些什么呀？”我只能向他翻白眼。

“唉——我……说早了十五年！”他笑得很扫兴，等于自我解嘲。

此后陌生的司马迁著作成为家中的一员。只要父亲碰上不快之事，书都成了倾诉对象，有时我一觉醒来，他还在苦读——正确地说是一种无名愤懑的宣泄。他不会饮酒，想喝好茶又嫌贵，梁饮和茶叶店老板照顾老顾客，给他留着价廉物美的高级茶叶末儿，边读边饮，也是贫困失业岁月里的一点奢侈的享乐。寒家不时断炊，我不得不在十三岁便到一家洗染店去帮工。老板朱治平先生手艺出色，爱唱几句黑头，嗓门亮堂，还会拉自制的双筒胡琴，上面竹筒子是京胡，下边六角木琴筒子是二胡。半个世纪过去了，我从来没有把店主看作剥削者，维持一妻二子，还有账房先生胡嵩伯叔叔，加上我这半大孩子，一年付两块袁大头，还算过得去。我做完夜工总在十二时，摸回陋巷，百米外就见楼上父亲的小屋开着窗子，借助电工师傅的好心，把路灯就安在窗前，我一见灯光就如同见到双亲慈祥的眸子，心头猛地一暖。抓住窗下一条棕绳抖两下，父亲就会干咳一声为我开门，母亲端来一碗稀粥，我进食，父亲读书，书里说什么，听老人讲了也是一盆糨子。但能朦朦胧胧地感觉到其中有个美好奇特的天地，离我很远，却异常有吸引力，读书声低沉微哑，含着难以言喻的沉痛，给我以淡淡的欢欣，放下了一天的劳累，能大口吐吐气，并不曾意识到此乃平常日子里的幸福。

炮火迫近了江城。我一家五口被撵到楼上的斗室，下边的房子被一位伤兵医院的院长所占据。此人的祖母是武术世家，小脚，九十高龄，还能提得起两大桶水——在百斤以上。她说:“小男孩长大可不能去俺老家青岛,那儿的姑娘太漂亮,每朝皇帝都派人去选娘娘妃子,你要上俺家见到满街的美女,就惊得倒在石板大街上再也起不来。”少年时不知皇帝选妃的年月,青岛仅是几个小渔村。她的重孙女一点不标致,那故作诡秘的语气与表情,比她那天天克扣伙夫饭菜的狗官孙儿可亲。

解放军围城二十天后,柴火粮食日趋紧张。伙夫开始偷邻居的家具做饭,不久狗官开始吃起窝边草,竟光顾起父亲的藏书。首当其冲的是《史记》。

父亲忍无可忍,把我推进房内,反带好门扣上铁锁,拉过两把椅子挡住书架说:“大炮在吼,人各凭良心,积点德也好!木器烧掉拉倒,书不能动!”

那厮丧心病狂地大笑:“椅子和书都得烧!”

“不行!”父亲伸手夺过夹在木板里的古书。

“啪!”那厮举手就给父亲一拳,血从老人嘴角溢出。

“你们不能烧太史公的书!”遇事持忍让哲学的父亲一反常态,奋不顾身地扑过去给了狗官一耳光。

那厮居然摸出手枪:“老子毙了你这老刁民!”

“爹爹!”我急得像油锅里的小鱼,从门缝朝外凝视,心悬在半天空,为父亲和全家不安。

不等狗官抬手,一只铜酒壶从屋里飞出来恰好击中此人右腕,枪当的一声掉在楼板上。

“畜生!向老先生跪下赔罪!”胶东老太太一个箭步冲出门帘猛按狗官的肩膀,后者脸孔一阵痉挛,身不由己地扭过身板面壁跪下了。

“你欺侮老百姓,孬种才烧书!留着大头(银圆)不买柴干啥?再要无礼俺卸下你胳膊,总不能把俺也毙了吧?”

“对不起大叔!”狗官不再抖威风。

“先生恕罪,他是浑虫!”老太太热泪盈眶。

“老太太快请坐下!”父亲给老太太递上一杯茶。

风波总算平息。

“儿子，这位老婆婆就是太史公《游侠列传》里的人物，不然要遭大难啊！”父亲事后这样对我说。他劈开两只肥皂箱钉成小柜专装《史记》，放在承尘的苇席上，仿佛是层小楼供子长公隐居。

江城老百姓迎来了解放军。

狗官参加了起义，被编入教导队，天天学习。

“大叔，马上要开诉苦大会，镇压反革命，看在俺奶奶面上，您老高高手让侄儿过去……”

“哈哈哈哈！从前焚旧书的一页翻过去了，好好替老百姓做点事吧！”

即使是自己家人，也不可能事事沟通。代沟横在生的棋盘当中，楚河汉界分明。父亲竟没有一次悠闲的机会来给儿子讲一篇太史公的著述。至今念起，抱憾终天。

一九五四年，父亲去世。“狗官”在医院当了大夫，全家回到青岛，在诸多的政治运动中再无消息。

这套《史记》比父亲多活十三年，没有逃脱火刑。我的文化太浅，又在十五岁离家外出，竟不曾精读过父亲手泽仍温的古书。

“名篇要高声朗诵千遍才得其味，万遍才得其神！读，读，读……”父亲的遗训未敢忘却，在“十年沉思”中开批斗会时，总是躲在后排，一遍遍无声地背诵司马迁的书信，磕磕碰碰，记不周全，念不顺畅，认识肤浅。

二十世纪只剩二百天，我顽愚如故，只有对父亲的怀念和对那部化为灰烬的古书，自己想象中的太史公形象，纠缠不清地扭成一条永远吃不完的大麻花，横亘成记忆中的一条大山脉……

黄老师活到八十多岁，饱受乡里尊崇，想不到在一九九八年的大水灾中灭了顶。

## 二

这部小说的写作为时约五个月。从动念到草拟这篇札记，前后竟达二十年。

一九七九年夏末，我住在上海永福路一家招待所，照顾剧作家吕宕住入胸科医院做二尖瓣膜狭窄手术。黄梅戏《天仙配》老导演李力平兄来沪看望老吕和我，国庆之夜同在黄浦江畔漫步，我提出与老李合写个戏曲剧本《司马迁》，草稿很快完成。他又请老作家彭拜兄添了些主角受宫刑前的独白，润色了唱词。老李耐心反复加工，删掉了司马夫人出丧的一场戏。这部作品命运多舛，直到一九九〇年才有幸发表，上演则十分渺茫。李克战胜了癌症，已将八旬，还未封笔。老吕在一九九七年辞世于马鞍山。老而弥健不断以佳作震动文坛的只有彭拜，他风格清超，不肯在剧本上署名，令人钦敬。

我又和老友陈仲的儿子金沙、孩子的同学朱抗美讲过太史公的故事，每次所讲不尽雷同。他们也坦率地讲了些设想，让我得到的朝气与教益，跟从老年人那里所得的仙乳不同。友人们的硕德长才，不断鼓舞我与自己的失误和几番停步不信能走完这条小路的惰性较量，愧悚即是鞭策。

一九八七年十月，借住在大慧寺友人梁智开弟慷慨让出孩子住的房屋，劝我安心笔耕。约在二十天内草成《出狱》《焚史》《杀庙》《宦海》四章。接着在南京古林公园南边小土山上写完《晨帆》，从南京艺术学院图书馆借得有关司马迁与《史记》论文三十篇，形象逐渐清晰。得以续写成《历险》《骡魂》《郎中》的下段。因为无法解答汉武帝用什么方法让司马迁死得不留只字史料，只好搁笔。以上手稿全存放于好友李少文兄家，迅速忘记了，手边仅有个复印稿，改得自己也难辨认。

次年春节陆陆续续写完全书，反复审读，深感乏味。出于对自己绝望的心情，把稿子一卷卷地烧去，决心抛开力不胜任的工作。

一九九四年偶住天坛，少文说稿子的一半还在他家，批评我不该畏难焚稿，越改越差。书中人物绣像已经四易其稿，画出两年了。写作应当善始善终。另一位至交戴志秋弟说："三年见一回面，老听你说司马迁，再说不听了，拿出书来看！"他们鞭辟入里地剖析了我的好高骛远，要坚忍不拔地量体裁衣。我草完《郎中》前半章，无奈积习难改，又搁下了。这一章让王宏韬兄读过，他一时兴起，为王好为导演改成两集电视片剧本。终因机缘不巧，他的劳动落了空。

良朋益友能使干涸多年的河道复活，获得第二次第三次生机，度过许多无法想象的心灵危难与外部千钧一发的险途，以无私的光热驱散四面涌来的误解和非议，慨然给以由衷的持久信赖。平生若有什么可以自慰自豪的地方，就在于得到过也付出过真挚的情谊，否则人都不存，艺术又将焉附？

一九九八年春天，我蛰居在墨尔本郊区，与当地居民语言不通，很少借到合乎胃口的名著，闲极无聊，每晚十时，外孙小蹄子小尾巴入梦，万籁俱寂，多年难题，迎刃而解。便用二十多个长夜，写出《廷辩》《璧沉》《尾声》。迁到维多利亚学院附近，儿子儿媳白天上班，我把自己锁在屋内，草出《宫刑》。这时我到塔斯马尼亚岛上去访书法家张大我，为期一周。在大学的别墅区，我邂逅了大我的好友刘吉祥教授，他是写过《宋教仁评传》的近代史专家，又教了三十年中国历史，尤嗜读太史公妙文。谈到小说内容，一拍即合。刘先生想把太史公的故事英译给海外华人及关心东方文化的人们。大我说："这是最适宜的人选，西方人要译此书太费劲。我也尽一臂之力，为小说校订末两章打字稿。"

回到儿子寓所，顺利地写了《壮歌》，我才自觉地想到莎士比亚式的人物内心独白。可惜太迟，木已成舟。

这段日子很特别，墙上挂着吴祖光先生的书法："生正逢时"。午夜后病态的兴奋令我不能合眼，阳台长帘的缝隙里泻进和祖国一样的月色，邻人开夜工的灯光，儿时影事扑上心来。上不若父母，下不如子女的惭愧固足以使我背热耳根发烧。和父亲一样，我也没给孩子们讲过一回古文。这部书算保存了一点思维的轨迹与火花。慰情聊胜于无。其实，书也是一个孩子，丑相如歪瓜瘪枣也是农夫投入许多劳作才长成的。它即将"出嫁"之际，既盼望它们得到为数众多的畏友、诤友、挚友，又未能脱开父性的自私，觉欠了它许多心债，再也还不清。

记忆力衰退，写作时间拖得太久，我的思维空间离汉代太远，对那时的社会形态很无知，和焚去的三十万字旧稿相比，细节刻画有所削弱，所幸尚有诗情激荡于胸臆，句子竞奔腕底。可惜手不从心，一些吉光片羽略一闪现就飞逝了。记得初次坐火车时是那样狂喜，把揣在小背包里的一斤多油菜种子不断撒入窗外的田野，今天怎能把它们找回来？

## 三

“小屁孩，怎么不喊我妈妈？”老太太双手叉腰，歪着一头稀稀拉拉的灰白头发，咬着一只长长的旱烟袋向精瘦乌黑的放牛娃喝道。

“你这个无赖的老妖婆逼得我爹发疯上了山，把我娘关在什么地窖子里，找了几年也见不到双亲的影儿！你霸占了俺爹娘的草棚和大牯牛，还有河沿半亩夜潮土。真恨你这个一辈子吹牛逞强的女光棍！”

“儿子，莫要不服气！你刚说的那些话全是跟俺学的。俺就靠这一手心想事成。就算俺是一条狼，你也是喝过几年狼奶才长到四尺半高，想骂倒俺也得换一套骂人经。”

“这……别的我不会！”

“不会？那你还得老老实实吆喝俺妈妈！”她仰天大笑。

我崇尚现实主义的表现方法，也不反对吸收浪漫主义及其他健康的现代手段。但心胸狭隘，抗拒白水之外的一切饮料，无力洗净席勒主义反现实主义的病毒。就像上述民间故事里牧童与妖婆的关系一般。

力与愿违，对我是莫大的讽刺。

所以，在岸上游泳的三十年过去了，左脚跨上了尚在升高的山顶，右腿依旧陷入正要沉沦的泥潭。

云间，一个朴素亲切的声音在召唤：“莫流连惰性的沼泽，把小插曲看成一部史诗！腾跃上来享受一下正常艺术的美与温馨，时光有限，不奋发晚程要给腐朽的东西殉葬！正确的自信不是自大，就如谦虚不是假客套一样！”

“我先天不足，后天营养失衡。情绪偏枯而欠恒温，只怕补救弊病不成，反而……”

“拼搏一下，怕什么？等着沉沦何如试试新的攀登方式？”

“能指示得具体些吗？”

“我未曾体验过你的身心旅程，也许只是个善良的空谈家……”

“不！为了答谢长者的慈爱，我大干一场！”我把全身的力气运到左足，狠命一抽右腿……

苍山悭吝地把夕阳收进肩上的褡裢。

“对不起，孩子！”长者不住地浩叹，“这……”

“不要紧，来日方长，我从零开始……”泥淖淹没了我的宏誓。尽管，我从来不宿命。

## 四

我尊敬的当代优秀词人，无名大画师吴蔼汀先生教诲我说：“不客气地讲，你不会看戏！老强调什么生活气息！没有它固然不灵，但它只能是从客体里蒸发出来的外在之物，足以让浅尝辄止的顾曲家过过瘾。大师们在台上（包括在历史舞台上）表现活生生的人在具体时空中的挣扎与感受。谭鑫培、老三麻子、杨小楼、余叔岩、王瑶卿、梅兰芳、程砚秋、筱翠花、何桂山，乃至钱金福、刘奎官、刘斌昆等等，都有这类自觉去自塑塑人。不太自觉又苦苦追求此境的角儿是叶盛兰，小生绝品演员。论武打翎子功不及徐榀仙；唱工苍凉未若程继仙、朱瘦云；儒雅书卷气不及俞振飞。然龙虎凤三音齐全，创境有小生名家们未到之外。唱腔之刚劲何让金少山，更勿论裘盛戎与袁世海；婉妙处不弱于荀慧生、黄桂秋；威猛胜过高盛麟、王金璐。观剧要种好熟地，不停地开生荒！”

“我连熟地都种不好，哪有余力去垦殖？”

“哈哈哈哈！好自为之吧！”

记得父亲教导我欣赏时讲过：“读书、读书画、聆曲、观剧，神品、妙品、逸品极少，要善于抓住。所谓精品近乎刻，能品甜熟，只是乡愿而已！”

这些话都过深，久久吃不透。

若把虎音代表阳刚美，凤音代表阴柔美，龙音可是指变化极尽自由之能事？

吴翁未阐明，查了些书，隔雾看花。

叶先生的唱法对本书的写作颇有教益，我用的语言是不折不扣的“三合水”：

皇帝、高官、知识分子用昆曲京剧韵白，近似《三国演义》的通俗文言。不太难懂，也不太通今日之俗。“千斤话白四两唱”，高手演来易于营造历史幻境，低手演来千人一面而公式化。《四进士》《拜山》里套话不少。马连良、周信芳、杨小楼、郝寿臣则演得个性毕露。

推小车出身的将军大吏任安、市井出身的李广利做了张飞牛皋式三花脸处理。韵白为主，京白为辅。

司马迁、武帝、方正迂（此人代表在野知识分子风范）的心理独白用无韵而节奏强烈的诗意散文，每句音步大致相等，乐感铿锵、形式靠近莎剧，更拥抱生活，不给人以假嗓唱高八度那样背离真实。

白凤、牛大眼、书儿，说小丑花旦（闺门旦，贴）式的京白。市井角色皆享此类待遇。

作者的叙述避开长句偶句，洗练而书面化，接受白话小说、“五四”后散文及外国小说影响多。

东方翁、郭解，是司马迁向往游侠的种子。

方正迂保留我国义士舍生取义的气质。

韩仲子介乎上述两种人之间，又多些李广式的行伍气，用来对比衬托李广利、李绪之流。

郭穰是在朝的方正迂，更接近司马谈，是未长成型的太史公袖珍本。

杨敞仰慕霍光式人物，庸懦善良。

书儿似在是郭穰白凤之间，胆略过之，文采武艺不及。

苏武、李陵、司马迁——立德立功立言三类悲剧角色。

仲子、正迂、牛大眼——促成史记诞生的真、善、美。

美由丑转化而来。克格勃搜查索尔仁尼琴的《古拉格群岛》手稿时，有人自杀切断线索来抗议。《史记》比索氏非小说文学的文化意义高出太多，有人赴死呵护助产，才显示炎黄子孙的磊落耿介。

杜周、李福、李广利甚至邵伴仙，都有脸谱化倾向，反不及稍具粗糙美的邴吉任安有活气。

李陵、杨敞、书儿失之浮泛。

司马迁夫人按照《盐铁论·周秦篇》说:“今无行之人,一旦下蚕室,创未愈,宿卫人主,出入宫殿;得由受俸禄,食太官享赐,身以尊荣,妻子获其饶。”显系指迁。中书令职设于武帝时,迁有可能为首任。据此,迁夫人比小说中人物多活了几年,是一位颇俗的官太太。作者自惭笔力稚弱,书中人物愈少愈有发挥空间,也不忍让坎坷一世的文学大师再受一世女人的窝囊气,这样,书中的命运感、生活真实感、日常言行的史诗化方面大为减色,只乞读者们谅解!表现力如醇酒,一兑水就完全变质。家的功过非本书副主题,奈何?

出场机会多不等于人物的环境色明艳,容易性格凸出。上官清书儿杨敞面孔反而不及李夫人、方正迂清晰。二十年来想到的漏洞很多,知道不等于可以补救。否则批评家读者太有智慧,作者何其愚也?

找莎剧弊病很容易,超过此老,难而又难。

“五四”后的三十年间,除少量学者型人物的笔能驾驭文言文,但大多数都能读懂古文,讲解史料。中短篇历史小说取得尚在被时间筛选的成就。鲁迅、郁达夫、冯至、郭沫若、郑振铎、茅盾、沈祖棻、曹聚仁、孟超、聂绀弩等贡献了名篇。此后的三十年,陈翔鹤、黄秋耘等人的响箭无大军后续,历史小说除个别幸运者有产品,总体受制于特定尺度,害怕“借古讽今”铁冠而告沉寂。幸运者的巨作又为幸运付出了艺术代价,在春色复苏的大花园中失去独占风情的地位,虽说其中不乏出色篇章。看来借古颂今拔高人物堆砌史料亦非坦途。但愿倒洗澡水时留下孩子吧!

近二十年来长篇较多,徐兴业、彭拜、顾汶光、凌力、霍达、林鹏……(名单很长,从略)人才济济,正在各献铁肩搭造云梯,让异日的天才登上昆仑,笑对星群。

历史小说作家的成长,比描绘现实的作家走的路更漫长而艰峻。20世纪80年代震动文坛,余光尚在闪耀的作家群中,当不上大地主角的“小右派”,与当上主角的老知青功劳卓著,影响深远。在表达一个民族的幸与不幸上倾吐出与父老姐妹一致的体验,说话的空间比上一代人广阔。其中战胜自身局限而艺术生命长久者会成巨匠,被流光拭擦出无负于时代苦苦培育成的光焰。无力刷新二十世纪文学成就的大多数作家，原料用尽，开拓力有限，书斋功夫，历史眼光两欠缺，作品的哲理性与道德文明之美苍白，语境离开了诗境，难免跟我一样消逝于忘川。上述两类作家长于历史题材者不多，反过来证明历史小说家需要过人的胆量，见人所未见（包括古人心里丘壑），过硬的诗外诗内积累，更丰厚的修养，还要超越过拜金潮权势欲的定力，以苦为乐的恒心，与世界文化接轨敢于向西方名流以作品决雄雌的宽博襟怀，沸腾又不失冷峻的豪情。学术界、亲朋友生、家庭、图书资料部门等多方供给的电源。更难者还得向教育界"定购"大批审美趣味高洁的读者，识货又敢喂千里马的出版家。精神相对安静的写作条件。总之，只有全民对非原创性的消费文化兴趣淡化，对一些大而空的礼品书、古籍校译、大丛书有了透视力，为数不多寿命较长的历史文学作品便会走出国界，走出追星味颇浓的媒体以及华而不实的广告与书评，去参与普通人的生活。

放弃实验，急于求成，依赖评奖，都不利于做好实事。坦率地说，把五十年来获奖之作印成丛书只能营造短暂的气氛，半数离千家万户的书架颇远。

一个自立于世界民族之林的群体，必须有独特的、不断丰富又相对稳定的审美观。

百多年来时隐时现的文化侵略（让人流血与"舒舒服服"的两种方式），片面向西方寻求真理，造成民族审美力的衰退。

美育满足于非原创性的转播，贡献给世界的独特成果有限。

复古是死路，大部分同胞乃至文艺工作者读不懂文言文，未必是喜事。

视照片为立体、古画为"平面"、民间雕塑为"不科学"，要用西方落后僵化的院体艺术来加以改造的沉痛史实未引为教训（二百年后有可能被视为国耻，不管造成"国耻"者何等的爱国）。

对东方先秦与民间文化，西方希腊罗马的文化源头，极少艺术家去刨根究底。传授艺术轻学术而重技术，艺术家行列中学者寥寥，只需看看当代人的画跋诗词印跋，名人自传，一目了然。

我们的文艺无疑要借鉴西方。但借鉴一失去炎黄子孙的主心骨,便为殖民地文化开道。对于西方因科技施用不当的麻烦;描摹、割裂现实给艺术带来的精神贫血症,推广写意思维去加以解救,何尝不是东方学人的天职?

从美育开始,为写意艺术培养师资、欣赏者、读者观众。底气旺盛后自然涌出大批巨人。

按老谱走下去也享有高度自由。

知古而出古,通西又出西。把遗产中文论、画论、诗话、词话,艺术品中能推进民族文化发展的活东西变成大众财富。东方人才有自己不同于西方人的路。

书写失败了,毫不意外;若它完美,倒是咄咄怪事。

书,命运一如他的作者,生无益于大千世界,走得和某些文戏中的龙套一样暗下。没有欢欣,也没有悲痛。

书中人言行打动了读者,靠史料及读书人的创造力。绝不会贪老天与亲友之功为"独创"。

世人对书的要求只讲质量。作家生平何等幸运或坎坷;治学创格及抵御流行色的默化何等困苦;是关于X朝的第一部小说或第一千部故事;如歌德写《浮士德》费时六十载,《马赛曲》作者仅一夜天才……均微不足道。

读完书稿的友人给我很多鼓励。大我君誉为史诗,过于溢美。董三白说:"史家据事实制镜,镜子年久发昏,史论家是磨镜人,恢复亮度。本书出色完成双重任务。但白凤游离题外,虽出色亦宜割爱。"曹野说:"这部戏剧小说是纪念碑式的传世佳作,人物似浮雕,言行皆活脱。富于生活气息,功力深厚。惟剪裁未能简繁照映;白凤笔力千钧,当补写一章使之完整。我读到刘彻摔皇冠时,惊心动魄,觉得已登绝顶,再也找不到另外的云梯升入另一层天空;然而太史公辞世的几段意外地异峰突起,我几乎是十分快乐地大哭一场,没有一丝儿害羞。艺术的魅力是拿生命换来的!很多朋友笑呵呵地奉献上生命,连我在内,没有换得那境界!"齐效斌说:"本书为长篇小说平添一道新景观。以既传统又别开生面的姿态,向其他类型小说挑战。我不禁为之动容叫绝,有一种填补历史空缺的满足感。是一部杰作,使读者经受一场感情冲击，一次人文关怀的洗礼！它是全景式小说，是充满莎士比亚味的戏剧，又是新的心理小说、诗化小说。诗情画意的结合，以感化的语境，消解了历史小说惯用的情节化方略，堪谓比德彪西的《海》还丰富多彩的精神海洋。”

将史料及多种文学样式综合运用自如，对我而言是小鸟搬山。溢美有害，欢迎有心猛士从我肩头跨过，去垦拓东方文学新疆域。我欣然把习作推出蜗居去领受应得的冷遇，书轻如尘埃，命短若蜉蝣，不意味着这条路与找路的苦衷皆是蛇足。

我画出的太史公一身是病，无力治好。无论有多少歉憾，只能分袂，担子太重，我的肩头肿了！

别了，司马迁！真舍不得你……

# 司马迁的生年

司马迁的生年历来有两说，一说根据张守节的《正义》，在《太史公自序》“五年而当太初元年”下有“按迁年四十二岁”，由此上推迁生于景帝中元五年(公元前145)。郑鹤声作《司马迁年谱》，王国维、梁启超、王伯祥、游国恩贤师徒，四家皆同意此说。张惟骧认为司马迁享年仅四十二岁，不失为一家言，但把二十八岁定在太初三年，应生于元光六年(前129)则欠妥。

另一说出处仍是《自序》，司马谈“卒三岁而迁为太史令，紬史记石室金匮之书，五年而当太初元年”。在“太史令”下面，司马贞的《索隐》引《博物志》：“太史令茂陵显武里大夫司马迁年二十八，三年六月乙卯除六百石也。”谈死于元封元年，元封三年迁二十八岁，当生于建元六年(前135)。若持前说，则“二十八”应是“三十八”(游氏说：“疑今本《索隐》所引《博物志》‘年二十八’，张守节本作‘三十八’，三讹为二，乃事之常；三讹为四，则于理为远。则史公生年当为孝景中五年，而非孝武建元六年矣。”用什么来证明《索隐》错了呢？谁也举不出实证)；如依后说，则四十二当为三十二之误。

据李长之先生考定，《索隐》是对的，主要理由是：

一、《报任少卿书》迁自称“早失二亲”，二十六岁丧父母较相吻合，大十岁则欠妥。

二、《报任少卿书》谓“仆赖先人绪业，得待罪辇毂下二十余年矣”。信作于太始四年，迁二十出头南游归来即任郎中，恰好二十年，若依《正义》则当为三十余年，与迁说不符。

三、孔安国在元光、元朔年间为博士，元朔元年是前125年，迁十岁，与信中自言“十岁诵古文”一致。如早生十载应是“二十诵古文”，迁不会如此健忘。

四、如迁二十多岁当郎中，到三十六岁才出使西南，十五年间未见有其他活动，减去十载则较合理。

五、《自序》说：“太史公既掌天官，不治民，有子曰迁，迁生龙门。”司马谈任职在建元、元封之间，生子当在此时，再早十年，谈未做史官，与《自序》矛盾。

六、《自序》中写到父亲弥留之际的教诲，是对青年人说话口气，若子已三十六岁，似不全熨帖。

七、郭解在元朔二年(前127)去世，迁十岁时在故乡可以一晤。若已十九岁，则早已至茂陵，在父亲身边读书，无法见到郭解。

八、李广自杀六十几岁，迁与其孙有交往，如为十七岁，比二十七岁更近情理。

九、王静安先生说《索隐》引文与敦煌汉简格式一致，“本于汉时簿书，为最可信之史料”。若《索隐》可靠，王梁等家改二十八为三十八便无必要。

这些论据说服了我，汉时四十八岁已属老人，这种年纪受宫刑与壮年的三十八岁不同。《史记》行文极有瑰奇跌宕的青春气息，情感沉郁，讽刺尖锐，是无韵史诗。虽然“烈士暮年，壮心不已”，一位当代诗人说“烈士无暮年”，司马迁永远不会衰老迟暮。

人的性格总是变中有不变，不变中有变。基调稳定，若非重大灾变刺激，情调气质行为依据与年龄关系至大。本书采《索隐》说及长之先生论定，与自己的设想更为吻合。

司马迁之卒年，迄今无任何史料。为思索武帝怎样让太史公自行消失而未留下只字记载，小说写作中断十多年之久。读者对此事视为无关宏旨，但作者必须合理交代，含糊不得。这点艰辛非亲历者不知。小说非历史，允许艺术虚构，自由度较大，但不可失去艺术真实。真是善与美的基础。查《高祖功臣侯者年表》，序中言“至太初，百年之间，见侯五”。表中第一行谓“建元至元封六年，三十六，太初元年至后元二年，十八”。表中写太初之后涉及征和者两处，书后元者一。故目前写法在史料上还不是全属子虚，选择除夕夜让司马迁辞世，因我们民族有在这天全家团聚的传统，气氛更强烈。当然，在司马迁的晚年，岁首由十月改为正月为时不到二十载，除夕守岁等风习尚不浓厚，但已开始施行。表中有关后元文字可能系褚先生所补，亦未尝不能视为司马迁自己手笔。是与不是皆无旁证。如全接受张惟骧说，连《报任少卿书》皆不可信，风格与全书一致的李广利降匈奴文字亦非司马迁作，许多地方难自圆其说，而报任安一信从来无人指为伪作，尽管和《自序》两文引用史实皆不全贴切。

读史时有所疑，而今存古书未必皆是原貌。以武王伐纣为例，《周本纪》和《齐鲁世家》有出入；东汉章帝命杨终将《史记》删去五分之四，后人访求文献，尽力恢复旧貌，传抄翻刻，每多失误。读书重在求古人主导精神，参考相类著述，比较贯通，体悟原著风骨即可。考订字句章节是专家的事。如《刺客列传》谓：“始公孙季功，董生与夏无且游，具知其事，为余道之如是。”这个“余”若是司马谈，死时六十左右(元封元年)，离荆轲刺秦王已一百一十七载，当事人夏无且等皆享高年，勉强可以接得上。假如“公孙季功”是“公孙季公”之误，公孙弘名季，殁年八十余，司马迁约十五岁，有无听到第一手材料机会，颇为可疑。此处行文称“公”，弘本传不称“公”，似有抵牾。视为父作子订正，或稍合逻辑。

附年表:

| 年号 | 年 | 起　讫<br>(公历纪元前) | 事　略 | 章　名 |
|---|---|---|---|---|
| 建元 | 六 | 140—135 | 建元六年迁生 | |
| 元光 | 六 | 134—129 | | |
| 元朔 | 六 | 128—123 | 元朔二—四年,迁8—10岁 | 晨帆 |
| 元狩 | 六 | 122—117 | 元狩四年,迁始壮游: | |
| | | | 元封元年迁25岁出使 | 郎中 |
| 元封 | 六 | 110—105 | 西南夷,父病死。27岁, | 历险 |
| | | | 再登泰山,堵黄河缺口 | |
| 太初 | 四 | 104—101 | 太初元年修历书。 | |
| 天汉 | 四 | 100—97 | 天汉三年迁37岁入狱 | 廷辩 |
| | | | 四年38岁 | 宫刑 |
| 太始 | 四 | 96—93 | 太始元年迁40岁 | 出狱 |
| | | | | 杀庙 |
| | | | | 骡魂 |
| | | | | 宦海 |
| 征和 | 四 | 92—89 | 征和二年,迁45岁 | 壮歌 |
| 后元 | 二 | 88—87 | 后元元年十二月底迁死,48岁 | 焚史 |
| | | | | 璧沉 |
| | | | 二年春,武帝死, | 余响 |
| | | | 在位54年,71岁 | |

# 千秋青史　一片丹心

——读柯文辉先生《司马迁》

李小白

后人写历史总比前人要丰富生动，所以顾颉刚先生说："古史是层累地造成的"。历史小说比历史更为丰富生动却又不等于历史，它虽有着一副历史的骨架，包裹着时代的皮囊，但是却长着一双作者自己的眼睛。正所谓"博考文献，言必有据"；"只取一点因由，随意点染，铺成一篇"。所以说，历史小说能够弥补正史的缺憾，通过人物塑造，走入人物内心，从性格、情感等方面去剖析历史人物，从而把握历史重大事变的前因后果，进而对历史做出评价。从这一点说开去，历史小说也许比历史更真实，甚至能超越历史，猜透历史背后的玄机。

柯文辉先生《司马迁》一书，是一部历史小说，但又是一部非同寻常的历史小说。非同在什么地方呢？在于它以历史脉络为经，以人物关系为纬，围绕司马迁这个中心，纵横交织、敷衍故事。相较一般历史小说而言，它更像是为太史公写的一部传记，一篇铭诔。小说洋洋五十八万言，以跨越时空的视角和不落俗套的笔调将太史公的一生娓娓道来，完成了对司马迁形象的"复原"与重塑。其思想丰富复杂，情感昂扬激荡，非是一篇短文所能说尽。本文就其思想价值进行一些探讨。

## 一、史家绝唱与文人选择

中国文化实际就是史官文化。五帝三皇之时，灼龟见兆、图像结绳以为行事之准、记事之本，此乃记史之滥觞。自有文字以来，“史官”一职应时而出，记取当时之事，裁汰世风人言，成书以垂范后世，成为时代的见证者和历史的传承者。古语云：“夫以铜为镜，可以正衣冠。以史为镜，可以知兴替。”三代以来，治史修史皆为史官立身之本，亦乃国祚绵延之根。后世易代修史，已成定制，历代因循。及至司马子长撰写《史记》，述志发愤，《春秋》之后，一人而已。其书立史家之例，开纪传之先，运春秋笔法，发大义微言，足以彪炳青史，流芳后世。故人云“诸子无出于南华，史家无过于司马”，可见一斑。

然而脱离这部史家绝唱，抛开存世的片语只言，后世关于司马迁的记载，不过是艺文志传中寥寥数语，是文思卓绝与经纬天地，是耿谏直言和半生坎壈。也许正是他充斥着悲情色彩的人生际遇和遭逢危难时的坚忍品格，使他名垂千古，感染、激励了无数来者。所以后人提及司马迁，多慨叹他命途多舛，又敬仰他才华超世，尤其是立下不朽之功。故将“史界太祖”的大名压在他头上，把他捧上“史圣”的神龛。然而对于他的生平经历却有意无意地不谈或少谈。当中自然有史料缺失、文献贫乏的原因在。想来连他的生卒年都不可考，更遑论透过历史的重重烟幕去还原一个真实人物。此外，也因他的名头太盛，一切有损于圣贤光辉的言论都会受到抨击，是以人们对他的著作许有微词，但对他这个人的评价却大体论调一致。这也是为何谈起他的生平，无过于受业游历、因罪下狱、毁身不用继而发愤著书之类。可以说，有关于司马迁和《史记》的评价，已然内化为一种心灵符号，烙印在这个名字背后。后世再有言及司马子长也无脱窠臼。

世间摒弃固见不易，绝圣弃智更难。然柯文辉先生用笔却不坠于平庸之调，他站在历史之外，以纵贯古今、穿越时空的眼光去书写司马迁的一生。他笔下的司马迁，不再仅仅是历史长河中一个虚空的影子；也不仅仅是故纸堆中风烛残年两鬓萧疏的模样，而是有着自己的少年、青年、中年、老年，从出生到死亡，是一个鲜活饱满的形象。柯先生从星散的文献中抓住了司马迁的魂，完成对他生动形象的塑造；在乏善可陈的史载基础上，敷衍出一本鸿篇巨制，这无疑是困难且浩大的工程。

所有的历史小说都要有一个落足点。柯先生写《司马迁》，与其说是他的个人决定，不如说是千古文人的共同选择。自古以来，文人本就命运相连，无一不是心系庙堂又向往山林，心中入仕建功与妄图摆脱尘嚣缰锁互相抵牾。心存江山社稷，却无力扭转乾坤，便只能退而求其次，于立德、立功、立言中寻求最末，于是苦守书斋，用一支秃笔写尽胸怀，发愤著书以期能在历史上留下一笔色彩。

司马迁是千古文人的典范，作为历史上最负盛名的史官，与他的千秋名著一道，早已成为文坛上的一座丰碑，后世著史罕有能与之比肩者。因此，历代文人对司马迁和他的《史记》念念不忘，多有评论，千载流传。加之他的为人，又太过符合中国士人“立心、立命、继绝学、开太平”的行为准则，所以将他作为标榜和吟诵的对象，实在无足为怪。柯先生不是第一位写司马迁的人，也不会是最后一位，但他的《司马迁》如同太史公的《史记》一样，承上启下，亦有开创，独树一帜，自备华光。既不会被前代著作所湮没、掩盖，亦无法被后人复制、模仿。

## 二、精神帝国与心灵激荡

柯先生的开创出新主要表现在他对人物精神世界的塑造上。在《司马迁》中，作者笔端出现两个帝国，即现实中的大汉帝国与太史公的精神帝国。

在现实帝国中，汉武帝是至高无上的君主，掌握着生杀予夺的绝对权力，无所不能，世间一切都匍匐在他的脚下。在他面前，司马迁不过是他无数臣属中的一个，命运前程都捏在他手上。而与现实大汉帝国相对耸立的，是精神帝国。在那个世界中，一切现实的权利和财富都成虚名。就连汉武帝也沦为普通人，任精神世界的主宰者对他评头论足，剖开他的内心，肢解他的灵魂，将他一切耻于呈现人前的隐秘和背地里的阴谋公之于众。

作者这样刻意地构建出两个帝国，又似乎无意地模糊着两个帝国的界限，或许也是给在现实帝国中受苦的人们以解脱，为现实中的司马迁寻求开慰。毕竟现实帝国是短暂的，甚至是虚幻的，它将随着时光的流逝很快地消隐于历史的黑洞中。而精神的帝国是永恒的，甚至是绝对真实的，存在于这个帝国中，能穿越古今。在这个精神帝国中，司马迁就是王者。一旦遭他贬斥，将沦入万劫不复之渊，千秋骂名，永无超脱。这种超现实的写法，以戏剧的形式和文学的语言，对所有皇权崇拜者发出历史的猛喝。这对于身处现实泥潭中的人而言，可能是唯一快意的事。

作者借助司马迁这个人物，提出了一个“文权”的话题。这个话题，实际继承了中国历史、文学的传统，并且上升到一种新的哲学高度；用深邃的目光，对皇权与文权进行了重新的诠释。甚至带有一种绝对宗教式的仪式感，让人相信，冥冥之中似乎有着一种因果循环，时时告诫“抬头三尺有神明”，人在做，天在看。于是，真理与谎言，权力与人格，施虐与忍受，丑恶与美好，似乎都变得凝重起来。作者将现实世界无法解决的疑难，赋予精神的评价与审判。现实帝国中，一切发生在司马迁身上的不幸，统统交给未来，交给精神帝国去处理。这不是一种无奈的回避，而是一种深刻的隐喻，是作者的一片良苦用心。既然明知历史与现实无法改变，不如去往精神世界，这是古代士人常用的一种自我开解手段；是司马迁从苦难中逃出的心灵洞口；亦是作者为历史、为他笔下人物寻找的一条出路。从现实到精神，由精神又回归现实。作者让这两个帝国以一种奇怪的交叉方式，迎头相撞，产生巨大的历史回响，留下一地碎片，也给读者留下震撼的余音。

现实与精神，可以看作是《司马迁》中整个时空的缩影。它涵盖着物质与思想、肉体与心灵。具体到司马迁本人而言，现实世界就是施加在他肉体上的枷锁，现实的阉割使他的肉体变得残缺不全，面对这种非人的折磨和耻辱，他唯有寻求心灵的出口。于是他摸索历史，记载当下，追忆逝去的、活着的人物，揣摩他们的言行，窥探他们的内心。撰写《史记》成为他摆脱肉体桎梏，跨越心灵篱障的最佳途径。

而同样，对于柯先生而言，在现实世界中，他与司马迁有着两千年的时空跨度，想要超越历史去追溯当时，无疑是困难的。但所幸心灵间总有相通，所以作者才能够穿越时空，以心灵的激荡挽起时代的狂澜。

柯先生以一支铁笔刺破一个时代繁华锦绣的皮囊，深深扎入大汉王朝的心脏，庖丁解牛一般将笔锋划过历史的每一寸肌肤、骨骼，层层剥离掉附着在筋肉上凝固的溢美与颂扬，剔除掉三纲五常搭建起的血脉和经络。于是千古士人积郁于胸的那些话语终于喷薄而出。平头百姓与将相帝王，圣贤文士和英雄草莽，这些游离于历史之中人物的魂魄，也在这一刻得到解脱。笔锋过处，灵魂已经升天。于是所有崇高、神圣、君威、尊严，一切卑微、怯懦、阴晦、黑暗都随之烟消云散。最后只留给我们一根挺直的脊梁。

## 三、命运拷问与人性诘难

"文章憎命达，魑魅喜人过。"历史总是惊人的相似，命运的车轮喜欢从那些拥有才华、心怀壮志、充满血性的文人身上碾过。司马迁亦如是，只不过他的才华得到了统治者的认可，却没能帮他避免灾祸。他的一生，既有辉煌，也有坎坷，抑郁于世，却名垂千古。这样的曲折复杂，在作者笔下便化作一个个离奇波诡、惊心动魄的故事，这些故事环环相扣，连贯成司马迁一生的命运轨迹。

从后世评价来看，司马迁是幸运的，甚至远比那个给他带来不幸的君主要幸运。但是对于活着的司马迁来说，他又是不幸的，他的不幸如同屈子、贾生一样，是时代造就的，是君主赋予的，更是自身导致的。

柯先生在书中不断探究人物命运的根源，他对帝国制度的构建发出了叩问。因为没有制度，帝国就无以存在，帝国的存在，反过来又催生了制度的严酷，从而形成人们共同的桎梏。人们在孜孜以求中设立并构建起来整个封建制度，其结果是造就了一个巍巍帝国，造就了皇权的至高无上、强大无比。但同时带来的却是无一人幸免，无一处安全的局面。不独是司马迁，对于所有人而言，上至贵胄、权臣，下至宫人、小吏，甚至是远离朝堂的百姓，都随时面临着不虞之灾，他们的生命随时可能如落叶一样飘逝。

绝对的权威，扼杀了一切自由呼吸的空间，使得所有人都成为虚幻的不真实，也就是人性的异化。身处那个时代，真话便成为一种时代的奢侈。这是司马迁的悲剧，也是所有人的悲剧，即便是汉武帝也无法摆脱时代的魔咒。书中，他间歇性发狂，他的喜怒、善恶交织在一起，支配着他，使他在人性与魔性之间痛苦而无力地挣扎，这是他的帝王宿命，又未尝不是封建制度的宿命呢？

时代与社会造成了他个人的膨胀，他的喜怒哀乐于他人命运意味着随时死亡。这是极荒谬的现实，也是活生生的存在。于是，一方面人们向往权力，另一方面又高唱隐歌。这难道就是“制度”的理想或者是理想的制度？这难道就是皇权或是忠于皇权的理由？作者用冷酷而精细的笔触，一丝不苟地刻画出一个强大时代、伟大皇帝光辉笼罩下的社会迷茫。这一个沉重的话题，早已超出司马迁一个人的命运范畴，成为困扰着许多人、贯穿了千年的思考。

人在事中迷，虽可作为一个借口，但纵观历史，史家的铁笔又肯轻易放过哪些人？这足以让后人惊醒。从这点上看，司马迁悲剧的根源，或许正是他史家之心在作祟。因为史家“不虚美，不隐恶”，太过真实。所以无法做到视而不见，不能忍受良心的谴责，于是奋不顾身，发出一声高喊。他不是时代唯一清醒的人，但却做了许多清醒之人不敢做的事。明知赴死地而不旋踵，这是司马迁命运的“悲哀”，却也是他伟大人格所在。他的行为闪耀着人性的光辉。

如果说酷苛的制度、暴戾的君主是外因，那么人性选择便是关乎书中人物命运的内因。所以书中充斥着对人性的诘难。面对君主的垂青与仕途的诱惑，面对强权的恫吓和死亡的威胁，你会何去何从？是要死得其所还是要苟且偷生，是要锦绣前程还是要身后贤名？历史抛出的无数个难题，在柯先生笔下得到了一一回答。他以静观历史的姿态，将千百年来世人所做的选择浓缩在书中。

比如面临危难，司马迁选择了耿直不肯低头，宁愿忍受酷刑的苦楚。而郭穰选择“出卖老师”，背负骂名，从而完成承继师业治史修书的重任。又比如，面对宫刑，司马迁选择忍辱负重完成他作为史官肩负的使命，而任安却选择为全尊严只求一死。你不能说谁比谁高贵，也不能妄断谁比谁伟大。

再比如，面对强权，一大批自诩傲骨铮铮的士人，也不得不向现实低头。当中有些“聪明”者会选择迂回的套路，借助委婉的劝谏、比喻来传递自己的心声。在汉代，最具代表性的汉赋便是“劝百讽一”，但你不能将汉赋一概论为官样文章，也不能说赋作家只会阿谀逢迎。身处一个时代，那是当时士人安身立命的手段。只不过相较于他们，司马迁显得有些不合时宜、不识时务。他的不幸与其说是命运使然，不如说来自他的人性。然而那些“识时务”的士人就能免于命运的捉弄吗？答案也是否定的，因为只要他们的人性仍在，一些人便需时时忍受良心的责难，求存是人们的本能，向上是人们的天性。但短暂的安定过后，诉求若仍得不到回应，人性便会被唤起，心中压抑的郁愤与不平就会破骨而出，或宣于文字，或表于言行，最终为他们带来命运的悲剧。

“人都是渺小与伟大、卑微与崇高的统一体。”只是有的人让理性战胜了欲望，而有的人任凭欲望压倒理性。《司马迁》中没有泾渭分明的恶与善，因为柯先生深知，没有一个人可以是真正的黑白分明。所以书中没有彻彻底底的坏人，也没有完完全全的好人，有的只是人性的暂弃与回归。

## 四、人物辉映与灵魂碰撞

一部小说的成功，离不开成功的人物形象塑造。柯先生笔下图绘了一个宏阔的时代，将太史公的一生化作笔底波澜。他所塑造的司马迁，不再高踞神坛，而是沾染上世俗的烟火气，带着凡人的喜怒哀乐甚至是缺点。无论是《晨帆》中的少年心性，《廷辩》时的义正词严，《下狱》时的愁肠百转，《壮歌》里的饮恨难言，字里行间，嬉笑怒骂皆跃然纸上。

除去司马迁，书中的诸多人物，无一不鲜明生动，性格、言语被刻画得入木三分。当中尤数武帝形象最为出彩。

司马迁与汉武帝，如同璀璨于当时的两颗明星，命运纠缠却又无法掩盖彼此的光辉。可以说没有汉武帝，也许成就不了司马迁；而没有司马迁，武帝时代也会失色不少。岁月流逝已经证明，司马迁与汉武帝同样伟大。这是历史的力量，人心的力量，文明的力量，也是人类向往理想社会的力量。他们一个是汉帝国雄才大略的皇帝，被历史供上了祭台；一个是肩负使命著书传世的文臣，被文化推上了灵台。柯先生的《司马迁》就在祭台和灵台之间，仰望这两颗耀眼的巨星，发出了历史的长啸。

他在塑造武帝时，既没有文过饰非，也没有刻意丑化。在他笔下，武帝仍是那个活在历史中心怀天下、有勇有谋的君主，但同时也是一个有血有肉、心思复杂的凡人。他有金屋之誓，有卫后之封，有李夫人之幸，亦有钩弋之宠，他看似多情，然一旦当后宫可能成为动摇前朝的隐患，那么一切温情皆荡然无存。他屠戮后妃、诛杀亲族，因巫蛊之祸逼死太子，为立储君去母留犊。似乎一切皆为了皇权永固，但实际上不过是为了暂抚源自他内心的敏感多疑、猜忌无度。深陷权谋争斗的漩涡中心，使他整日生活在一种不安全的气氛当中，不信任任何人成为他无法治愈的心病，造就他的冷酷无情，步步为营。他可以前一刻对臣子委以重任，给他们至高无上的荣耀，也可以转过身对那些立下汗马功劳的忠臣良将举起屠刀。青眼有加、风头无两，在武帝这里只是昙花一现般的短暂现象，更多的人落得被弃不用、身死族灭的下场。猜疑与忧虑伴随着他有生之年，也伴随着他的灵魂；并且这种心病具有无法克服的遗传性，将一代一代传递下去。书中武帝对刘弗陵的一番话就说明了这一点。他告诫儿子要杀掉霍光的子孙，还要灭掉长安城中一切灾异。他既忧现实，也忧未来，是一个“生于忧患，死于忧患”的、永远不可轻松的人。他的太子、他的子孙，也将继续承受这种难以言传的痛苦，直至终了。

这种猜忌和忧虑扭曲了他的人性，所以偶尔的人性回归更会使他内心备受折磨。书中武帝听信谗言认为太子谋反，却又在太子自缢后，扪心自问发出孤独无力的悲叹。他深知这一切是他残暴多疑酿出的苦果，他终于像一个年迈老父失去爱子那样肝肠寸断，也终于开始痛恨他手中的权势、头顶的皇冠，甚至于悲痛中生出狂癫。在他将司马迁错认为刘据，对着他自陈“罪状”时，武帝重回了一个普通人的本性，甚至“变本加厉”地悔恨自责。正是这种矛盾的心理和巨大的反差，使得武帝形象更加丰满。

此外，《司马迁》还塑造了才情横溢的上官清，放诞任侠的郭解，敢爱敢恨的白凤，忍辱负重的郭穰，以铁杖碎首的仲子，吞金而死的书儿，自宫求为司马迁仆人的牛大眼，宁肯腰斩而不愿受辱的任安等等，每个人物都独具特色，不会因故事庞杂而使人凌乱混淆，也不会因出场短暂而让人难留印象。一个个人物串联起一个个故事，跌宕起伏，峰回路转，不到最后一刻，都不能对这个人有一定断。即便到了结局，转过头再回味，那些人似乎没有预想的好恶之别，亦没有绝对的正邪之分，有的只是人类本能和理性的较量。可以说《司马迁》熔铸了柯老对人生的感悟，他写活了书中的人物。

信史从来不是一个人的历史。“史家之绝唱，无韵之离骚”的完成，来自司马迁的家庭熏陶，来自他的史家良心，来自他的学养积淀，更来自他所处的伟大时代和无数耀眼的时代人物。《史记》的伟大之处不仅在于承载历史，更在于其中记录着一个个屹立于历史之中的形象。同样的，《司马迁》的成功，亦在于作者生动刻画的一大批人物，是这个群体支撑起了整部书。

人物是故事的灵魂，但故事的圆满又不独在人物，更在情节，而情节的升华又离不开矛盾的制造。这种矛盾，不单指为推动故事情节发展而制造的戏剧性冲突，更来自人物之间的针锋相对和斗智斗勇。柯先生在书中塑造了一个个形象鲜明的人物，这些人物之间不可能“秋毫无犯”、各不相干，势必“狭路相逢”、灵魂碰撞，共同将故事推向高潮。

以武帝和司马迁为例，柯先生笔下的武帝，是霸主，却不是仁君，他爱司马迁的才情，但又不能宽宥其过错，所以才有了司马迁苟洁一身，却遭逢不幸的结果。面对乱世昏君，终古象挚尚能携书出奔；然而身在太平盛日的司马迁，却无从选择自己的去路，那种无奈透过直面君权的无力传递出来。李陵之祸，请斩昭平君，为仁安乞情……两人的一次次对峙博弈掀起故事迭起的高潮，通过与司马迁的矛盾冲突，武帝作为君主的杀伐果断、心思复杂被刻画得淋漓尽致。两人的碰撞也使整部书更加生动、圆满。

## 五、历史怀悼与情感投射

《司马迁》的主体是历史小说，其间又有戏剧形式间隔。这种小说与戏曲结合的形式，实在是一种全新的创造。这种形式的创新，象征意义十分明显，即历史是一场永远不会落幕的大戏，司马迁和与之相关的诸多人物不过是演员。这是一种比喻，也是一种影射，曲终人散时戏剧终要落幕，也许不等演完，一场新的大戏又已紧锣密鼓开演。

《司马迁》是柯先生对太史公的缅怀，也是对历史的追悼。历史上的司马迁“忍辱苟活”，以期“藏之名山，传之后世”，这是他精神的支柱，也是他忍辱的动力。为了完成他的使命，甚至不惜做了历史的殉道者。柯先生的《司马迁》读懂了司马迁的这段话并在书中给予回应。他以后人怀悼历史的方式来证明太史公的使命已经达成。

小说不时用轻松调侃的语调，将现代语言与历史故事重叠起来，通过不断强调着《司马迁》这部小说的现实意义，告诉人们：人只是世间过客。山河不改，人世苍苍。史有所轻，人有所忘。所以史家记叙历史，所以后人怀悼历史。

柯先生语言颇具莎翁风格，文风老辣，用笔纯熟。更难能可贵，他能站在当世眺望当时，从个人体悟出发与两千年前的灵魂对话，做到既不成为完全冷漠的旁观者，亦不头脑过热地掺杂过多私人情感，这种高深的功底实在令人钦佩。他用生动的笔触，深刻告诉人们，历史需要信史，史家必须真诚。然而人类历史上能担得起“信史”的史书究竟有几部？柯文辉先生要写一个真实的司马迁，他想还原历史上的司马迁。于是，在书中他采用梦幻手法，在“作者的梦”中，竟然虚构自己与司马迁相会，且有一番精彩的对话，司马迁说：“希望别人理解，你就错了，因为你也不了解他人。失望从过头的希望里分泌出来。”作者说：“阴影可以增强画面的立体感。我想写人，写出人身上的神和鬼的搏斗。”

不可否认，书中可能存在一些遗憾。如对武帝残忍一面的塑造上，作者用笔过于克制，使得武帝形象略显脸谱化、符号化。又如，书中一些配角形象锋芒太盛，反而弱化了主角的光辉。相反，对反派人物的描写就显得有些单薄，这或许是历来创作者本身的精神“洁癖”使然。这种对人性完美追求和人格的理想化，无疑会影响到文章的现实主义精神，使之成就受到局限。如《壮歌》篇中，作者特意安排了汉武帝与司马迁的一段对话，借武帝之口赞扬《史记》是骨气奇高，颇具气概的好文章。这种安排便体现了作者的一种理想,甚至是幻想,他憧憬着武帝能为真实而感动落泪。他借司马迁诉说着好文章能传世的希望。

有人说,柯先生能跨越千年鸿沟,写出这样的力作,其根由恐怕源自他自身的经历坎坷,故而在心灵上与太史公有着某些契合。所以他写司马迁,更像是两个灵魂的碰撞与交融。所以他说“苦恨无人识”,说的那样情真意切,字字带血。

仰面观之,《司马迁》无疑是成功的。至于个中故事是否完完全全符合事实,或是七实三虚,抑或三实七虚,这是小说特征决定的,所以没有必要去计较书中的司马迁与历史上的那个有几多相似。柯先生刻画的司马迁鲜活生动,契合了历史上那个伟大灵魂。这便已经足够。

李小白(1991—),女,河南洛阳人,郑州大学2017级中国古典文献学在读博士,主攻汉魏六朝文学与文献学研究。